LAURE VAN RENSBURG

DE NOS CENDRES ENTREMÊLÉES

Traduit de l'anglais (Royaume-Uni)
par Nelly Ganancia

Les Presses de la Cité

Publié au Royaume-Uni sous le titre original THE GOOD DAUGHTER par Penguin Michael Joseph, une marque de Penguin Random House, en 2023.

Les Presses de la Cité, un département Place des Éditeurs
92, avenue de France – 75013 Paris

ISBN 978-2-258-19523-3
Dépôt légal : septembre 2025

Pour B.
Merci pour tout

PARTIE I

Silencieux ami, des lointains nombreux, sens
comme ton souffle accroît encore l'espace.
Dans la charpente des sombres beffrois
consens au carillon.

Rainer Maria RILKE[1]

1. Rainer Maria Rilke, *Les Sonnets à Orphée*, II, XXIX, trad. J.-F. Angelloz, GF-Flammarion, 1943. *(Toutes les notes sont de la traductrice.)*

Mail d'information

De : Leroy Trevorrow

À : Adjoint en chef Larson

Objet : Données extraites du téléphone récupéré à Newhaven Plantation

---

Nous avons analysé le téléphone découvert dans les décombres de Hunters Cottage, l'un des bâtiments de Newhaven Plantation, sur Jaspers Island. Nous n'avons pu récupérer ni liste de contacts, ni fichier texte, ni liste d'appels. Nous sommes encore en train d'analyser les photos et images. Toutefois, nous avons pu mettre la main sur un certain nombre de fichiers audio depuis la fonction enregistreur. Vous en trouverez la transcription en pièce jointe. Vous noterez que, dans tous les enregistrements, c'est la même personne, de sexe féminin, qui interviewe un ou plusieurs interlocuteurs. Les enregistrements ne sont pas classés par ordre chronologique et leur qualité est variable ; certains passages n'ont pas pu être transcrits.

N'hésitez pas à me contacter si vous avez des questions. Je reviendrai vers vous dès que j'aurai d'autres informations, que ce soit sur les données récupérées dans le téléphone, ou sur les autres éléments en cours d'analyse. Voici les conventions typographiques utilisées pour la transcription :

(...)	Inintelligible
FORT	Les capitales indiquent que la personne crie ou parle fort
Bas	Les italiques indiquent des voix plus douces ou des murmures
(Italiques)	Bruits de fond, non verbaux

Fichier audio n° 1

Qualité du son : Mauvaise
[Voix A] : Féminine
[Voix B] : Féminine

[Voix A] : (…) Qu'est-ce que ça veut dire ? Et si jamais tu avais envie de partir ?

[Voix B] : Les gens peuvent partir quand ils veulent. Ce n'est pas une prison. Dieu nous a faits libres (…) sont partis.

[Voix A] : Mais les gens peuvent encore venir rendre visite à leurs amis ou aux membres de leur famille qui sont (…) église ?

[Voix B] : Non, ce n'est pas (…)

[Voix A] : Donc c'est pas une décision facile à prendre. Je veux dire, est-ce que tu partirais sachant que tu ne pourrais jamais revenir, ni voir ta mère, tes frères et ta sœur ? J'appelle pas ça avoir le choix (…)

[Voix B] : Pourquoi je voudrais partir ? C'est là que je veux (…) marier et élever mes enfants un jour. J'adore cet endroit et ma famille. Je voudrais ne jamais les quitter. Il est parfait, cet endroit, il ne peut rien m'arriver tant que j'y suis. J'espère ne (…)

[Voix A] : (…) connais le dicton (…) attention à ce que tu souhaites (…)

1
Moment présent

La mort a fait entrer dans notre maison des mouches et des inconnus. Les premières bourdonnent entre les décombres calcinés de la salle de séjour. Les seconds ont sorti des chaises de la cuisine dans le jardin, mais je suis la seule assise, entourée d'une muraille d'uniformes bardés d'étoiles rutilantes à cinq branches. Ils disent qu'un homme de la région a vu de la fumée en se promenant sur son bateau du côté de Hangman's Creek, et qu'il a appelé les pompiers. À l'avant de la maison, Mr Abernathy parle avec un autre groupe de policiers. Papa aurait refusé de recevoir de la visite de l'extérieur. Nous n'en avons jamais eu jusqu'à présent. Mais on ne peut sans doute pas dire que ces hommes sont en visite.

Papa. Dans le séjour. Avec elle. Rouge. Le rouge et jaune des flammes. La peau craquelée par la chaleur. Deux formes distordues sur le parquet brûlé. Deux housses noires qu'on a emportées. C'est donc là qu'on va vraiment, après : dans un sac mortuaire.

Bien qu'il y ait un monde fou, nous n'avons que nos silences à partager jusqu'à ce que le vrombissement d'un hors-bord nous interrompe. Levant les yeux vers eux, il me semble être la marée qui va et vient. Entre le jardin et ce qu'il reste du séjour, entre maintenant et il y a quelques heures, entre le réel et l'irréel. Je les regarde et me demande s'ils ont conscience des moments où je ne suis pas vraiment là.

Une policière se fraie un chemin dans la masse des corps trapus aux épaules carrées. Ses cheveux courts lui balaient la nuque. Elle porte un plateau plein de gobelets en provenance de Joe's Café. Un badge étincelant, épinglé au-dessus de son sein gauche, l'identifie comme l'adjointe Pritchett. Les autres – tous des hommes – sont rassemblés autour d'elle, les mains dans le dos ou les bras croisés, le regard abrité par des lunettes noires. Elle ne devrait pas être avec eux, c'est contre-nature. Les femmes ne sont pas destinées à faire carrière, mais à être mères de famille. Celle-là ne porte pas d'alliance et ne semble même pas en éprouver de honte. « Encore une victime de notre monde », aurait commenté papa. Les gobelets sont fumants, alors que le temps exigerait plutôt un pichet de thé sucré bien glacé. Elle me fait de la peine.

À côté de l'adjointe Pritchett, deux policiers encadrent l'un des gommiers qui poussent derrière la maison. Un balbuzard pêcheur sautille dans l'herbe sous leurs yeux, aussitôt suivi par un congénère. Leurs becs déchiquettent quelque chose dans l'herbe. Je me concentre sur eux, sur l'arbre, sur la haute clôture du fond du terrain… sur tout ce qui peut empêcher mes pensées de revenir vers la maison et de traverser la cuisine, la porte fermée et le couloir jusqu'au séjour calciné.

Papa, sa forme noircie et distordue, et *elle* – je ne peux pas prononcer ce mot. Rien que d'y penser, quelque chose brûle dans ma poitrine.

L'adjointe Pritchett distribue les gobelets, dont un qu'elle place entre mes mains bandées. Remerciements marmonnés, toussotements. Puis ils se remettent à m'étudier. Des regards furtifs sont jetés dans ma direction. Voient-ils une jeune fille, ou bien les cendres et la suie dont elle est couverte ? Seigneur, j'ai inhalé tellement de cette fumée ! Elle est en moi. Ils sont en moi tous les deux, ils tapissent ma gorge et mes poumons. J'ai un haut-le-cœur mais rien ne sort.

Ces étrangers ne se sont jamais souciés de nous, alors pourquoi faire semblant tout à coup ? Peut-être sont-ils juste curieux de voir à quoi ça ressemble, ici, sachant qu'ils n'y sont pas les bienvenus. Je voudrais qu'ils s'en aillent. Nous n'avons pas besoin d'eux. Leurs rubans jaunes, leurs radios criardes qui crépitent : quel manque de respect envers la beauté grandiose et fanée de Newhaven Plantation House ! Leur présence insiste avec grossièreté sur ce qu'il s'est passé. La nouvelle s'échappe par la grande porte après avoir parcouru les couloirs de Newhaven, portée par toutes ces voix – des mots murmurés, étranglés, bégayés –, un incendie. Une tragédie. Le pasteur Heywood et sa femme. Morts.

Quelqu'un a enlevé le couvercle de mon gobelet. Je ne me rappelle pas l'avoir fait. Avec le lait, le contenu est d'un beige pâle. Papa aurait détesté ; il n'aimait que le café très fort. Un café léger était un signe de faiblesse. Or un caractère faible laisse la porte ouverte à tous les péchés. J'ai les genoux qui tremblent en me remémorant cette vérité.

Soudain, une voix suraiguë crie mon nom, tranchant le fil de mes pensées. Tel Moïse ouvrant la mer Rouge, Mrs Calhoun fend la foule des policiers et pompiers à grand renfort de coups de coude et de détermination farouche.

— Dieu soit loué, tu es saine et sauve ! Ne bois pas ça, ajoute-t-elle en posant mon gobelet par terre.

Alors qu'elle veut les prendre dans les siennes, elle s'aperçoit que mes deux mains, ainsi que mon avant-bras gauche, sont emmaillotés dans de gros pansements. En avisant mes vêtements et mon visage maculés de suie, elle écarquille ses yeux rouges et gonflés.

— Ça va ?

Ses paroles ne rencontrent que mon silence. Lorsqu'il devient trop pesant, elle le brise :

— Je t'en supplie, Abigail, dis quelque chose ! Est-ce que tu es blessée ? On s'est fait tellement de souci ! Tu avais disparu. On t'a cherchée toute la journée, hier. Et maintenant ça ! Seigneur…

— Vous dites qu'elle a disparu hier ? répète l'un des policiers.

Je desserre les mâchoires, mais au lieu de mots je ne produis qu'une quinte de toux. Chaque bouffée d'air ravive l'incendie dans ma gorge et me fait tousser davantage. Le visage de Mrs Calhoun se couvre de larmes. Quelqu'un presse contre ma bouche le goulot d'une bouteille, dont le bord me scie les lèvres. L'eau me fait du bien.

— Elle n'est pas blessée, dit le brancardier qui s'est occupé de moi. Elle a quelques brûlures superficielles et a inhalé un peu de fumée. Nous lui avons mis le masque à oxygène pendant quelques minutes. En revanche, elle n'a pas dit un mot depuis notre arrivée. Nous allons l'emmener…

— Vous ne l'emmènerez nulle part ! lance Mrs Calhoun en le fusillant du regard avant de se tourner vers moi. Tes frères et ta sœur vont bien, Abigail. Tu comprends ce que je dis ? Elijah, Matthew et Sarah sont en sécurité à Newhaven. Grâce au Ciel, ils ont passé la nuit là-bas.

Sur ce, elle fait volte-face et se dirige vers ce qu'il reste de la maison.

— Hé, vous faites quoi, là ? demande un policier.

En déplaçant sa masse imposante, il me cache le soleil et barre le passage à Mrs Calhoun. Elle redresse les épaules comme pour hisser sur son dos un gros sac de linge.

— Il faut que j'entre. Matthew a besoin de son inhalateur. Il est rangé dans la salle de bains du haut.

L'homme ne bougeant pas, Mrs Calhoun développe :

— Le petit a de l'asthme, ne me dites pas que vous voulez priver un orphelin de son traitement ? Où est votre charité chrétienne ?

— Vous n'avez pas d'inhalateur de secours dans la maison principale ?

— Non.

— Vous ne pouvez pas passer par là, madame. Nous n'avons pas fini d'inspecter les lieux.

— Et par où voulez-vous que je passe ? Je grimpe le long de la gouttière jusqu'à la fenêtre de la salle de bains ?

Le policier jette un bref coup d'œil en direction de la personne compétente. Il y en a toujours une. Une tête, pourvue de cheveux gris et d'une grosse moustache, acquiesce.

— C'est bon, suivez-moi, soupire le policier.

La porte vitrée s'ouvre en gémissant. Une puanteur indescriptible s'échappe de la maison. Aussitôt, le visage de Mrs Calhoun se fripe autour de son nez. C'est le genre d'odeur qui impose des images à l'esprit, que vous le vouliez ou non. Elle colle à mes vêtements, à mes cheveux. Mrs Calhoun se tourne vers moi, l'horreur peinte sur le visage, avant de forcer un sourire.

— Je reviens tout de suite, Abigail. Je vais juste chercher le médicament de ton frère, et puis nous rentrerons à Newhaven. Ne leur dis rien, surtout !

Elle lance au policier un regard qui sous-entend : « Gare à vous si vous essayez encore de m'arrêter ! »

Je baisse les yeux vers le sol, où mon gobelet fume encore. Je voudrais le toucher, presser le bout de mes doigts contre le carton brûlant pour tenter de revenir à la réalité, mais mes mains sont enfouies sous plusieurs épaisseurs de gaze.

Ils continuent à me regarder, attendant que je parle, mais je n'ai pas de mots pour eux. Pas de réponses à leurs interrogations. L'incendie a dévoré et déformé mes souvenirs. Il a brûlé mes sensations et me laisse abrutie sous l'avalanche des questions que je me pose.

Est-ce que c'est moi ? Est-ce qu'ils sont morts à cause de moi ? Parce que… je ne me souviens de rien. Ni du feu, ni de leur décès, ni de la raison pour laquelle j'ai pu disparaître hier. Je ne me souviens de rien.

DEUX MORTS DANS L'INCENDIE DE NEWHAVEN PLANTATION
par notre correspondante Marilynn Wassermann

Un incendie survenu à Newhaven Plantation a causé la mort du pasteur John Heywood, 45 ans, et de son épouse Genevieve, 38 ans. C'est lors d'une sortie en bateau dans Hangman's Creek que le plaisancier Beau Travers a remarqué une épaisse fumée et appelé les secours. L'incendie a rapidement été maîtrisé par les pompiers de Parkerville. La jeune Abigail, 17 ans, fille aînée des Heywood, a été sauvée des flammes et n'a que des blessures bénignes. Les trois autres enfants du couple se trouvaient dans la maison principale de la plantation quand l'incendie s'est déclaré. Selon les informations dont nous disposons, les pompiers seraient arrivés sur les lieux vers 18 h 45, après quoi le bureau du shérif a rapidement été informé de la découverte des deux corps dans les décombres.

La cause de l'incendie n'est pas encore établie ; une enquête a été ouverte. Selon la plus grande vraisemblance, la famille avait allumé des bougies et des lampes à kérosène pour pallier une défaillance du générateur à la suite de l'orage survenu samedi en début de soirée. Le marshal Wesley Dunlop, chef de la caserne de Parkerville, nous a indiqué qu'une autopsie des deux corps allait être pratiquée. Apparemment, le feu s'est limité à Hunters Cottage, l'une des nombreuses habitations qui composent la propriété, et n'a touché aucun autre bâtiment.

Newhaven Plantation était autrefois le Newhaven Grand Hotel. Depuis une trentaine d'années, c'est le siège de la New America Baptist Church (NABC) en Caroline du Sud. Cette congrégation évangélique est connue pour ses positions extrêmement conservatrices, et pour ses blocages à la porte d'institutions locales telles que le centre LGBTQ et la clinique du Planning familial, située sur Mercer Street.

Ce drame survient huit mois après la mort accidentelle du précédent pasteur de la NABC, qui s'était rompu le cou en tombant dans le grand escalier de la maison de maître de la plantation. Ni Jeb Abernathy, qui vient d'endosser à son tour les responsabilités de pasteur, ni les autres représentants de la communauté n'ont souhaité s'exprimer pour le moment.

COMMENTAIRES :

Julie_Green1982

C'est une tragédie, pauvres enfants ! Quelle façon horrible de perdre ses parents !

ConfederateJoe

Encore un coup des gauchiasses. Sûr qu'ils ont foutu le feu pour essayer de faire taire les bons chrétiens.

Anon_1978

Ce n'est pas une Église, c'est une secte qui séquestre des gens partout dans le pays. La NABC est dangereuse et doit faire l'objet d'une enquête.

MissyCat

Srx, @ConfederateJoe, c'est tout ce que tu trouves à dire ? Va boire du chlore pour soigner ton Covid, pauvre trumpiste !

Chad1287678

Je les ai vus en ville avec leurs fringues de zombies, tous coiffés pareil. Une belle bande de tarés, si vous voulez mon avis.

Anon_1978

Ils l'ont bien cherché. Ils détruisent la vie des gens.

JuicyJuice

Newhaven ? La grande baraque sur l'île hantée ?

2
Début juin

Maman nattait mes cheveux, serrant mèche après mèche entre ses doigts jusqu'à ce que je reconnaisse le tiraillement familier de mon cuir chevelu. *La fille obéissante adopte une coiffure modeste.* Les mèches devaient tenir parfaitement en place – chez les Heywood, on gouvernait par l'exemple. Tout le monde pensait que je me coiffais seule, vu que j'avais presque 18 ans, mais c'était notre truc à nous, et la tresse était toujours mieux réussie quand maman s'en chargeait.

Mes mains se crispaient sur mon cahier à mesure que maman tressait – *il n'est de perfection sans sacrifice.* De nos jours, les gens sont habitués à la facilité, ils attendent qu'on leur serve tout sur un plateau. Même si je connaissais déjà les versets par cœur, j'articulais en silence les mots notés sur la page. *Perfection.* Ce jour-là plus que jamais, je voulais être parfaite : une mission d'évangélisation était prévue d'ici peu dans l'un des refuges pour femmes battues de Charlotte, une grande ville située à plusieurs heures de route de Newhaven, et je mourais d'envie de faire partie de la délégation.

— J'ai fini, on y va, dit maman en piochant pour moi un foulard dans le tiroir.

Je le fourrai dans ma poche. Malgré l'heure matinale, l'air était déjà lourd de la chaleur estivale et du bruit lointain des conversations qui filtraient par les fenêtres ouvertes de Newhaven. Le flot de fidèles était prêt à se déverser par la porte à double battant. De l'autre côté de l'allée, la famille Caine sortit de Myrtle Cottage. Tout près, la maison des Favreau me donna un pincement au cœur. Comme c'était bizarre, même sept mois plus tard, d'en voir sortir la famille Garrett !

Papa accueillit la congrégation sur le seuil de la chapelle, répondant d'un signe de tête à chaque « Bonjour, pasteur Heywood ». Maman se tenait près de lui, ne saluant que d'un sourire, tandis que Matthew et Elijah s'agitaient à ses pieds et que la petite Sarah dormait dans ses bras. Le bébé commençait à peser son poids ; maman ne cessait de le changer de position. Je résistai à l'envie de lui proposer de le porter, ce n'était pas le moment de parler. On sentait d'ici la chaleur étouffante qui régnait dans la chapelle et qu'il faudrait affronter pendant l'office. Se montrer digne de l'amour du Seigneur n'est pas chose facile, sans quoi la grâce serait accordée à n'importe qui. La plupart des gens voulaient une spiritualité sans effort, sur des fauteuils rembourrés, dans des auditoriums climatisés. Des hypocrites.

Nous entrâmes les derniers. Le visage de maman s'éclaira d'un sourire plus large lorsque je tendis les bras pour la soulager de Sarah le temps qu'elle noue son foulard sur ses cheveux. Devant l'estrade, Mr Garrett fixa son téléphone sur le trépied et en orienta l'objectif vers le pupitre. Chaque famille finit de s'installer sur son banc. Je me redressai en songeant que tout Newhaven était assis derrière nous. Maman était placée à ma droite. Près d'elle, le banc de Mrs Favreau – la femme de notre ancien pasteur – restait vide. Elle était désormais trop malade pour quitter sa chambre. Nous devions nous occuper d'elle depuis plusieurs mois déjà, et même lui apporter ses repas.

Papa monta sur l'estrade, puis fixa le micro au revers de sa veste. D'un geste, il invita la congrégation à se relever et prier, avant de nous faire rasseoir, selon notre immuable chorégraphie dominicale. Puis il se plaça derrière le pupitre, un sourire aux lèvres, et fixa l'objectif de ses yeux d'un bleu pâle.

— Avant de commencer la prédication de ce dimanche, je voulais vous rappeler à tous la collecte organisée pour Janet Munro et ses enfants à Wellmont, le centre de notre congrégation en Floride. Voilà bientôt six mois que cette tragédie a emporté deux membres de la famille, notre cher frère le pasteur Munro, ainsi que sa fille aînée, Fleur. Il est de notre devoir de nous serrer les coudes autour de Janet. Parmi les horreurs de ce monde, notre rôle est de nous assurer qu'elle et les siens ne manquent de rien. Le pasteur Munro en aurait fait autant pour chacun d'entre nous. Chers amis qui nous suivez en distanciel, vous pouvez faire un don sur la cagnotte que nous avons ouverte en ligne. Vous trouverez le lien dans les commentaires de la vidéo. Dans un monde où l'égoïsme fait loi, soyez l'instrument de Son amour : Dieu place nos prochains sur notre route pour nous permettre de mieux voir Sa bonté…

Sur l'estrade, une grande photo de Fleur et de son papa était exposée sur un chevalet. Joue contre joue, elle lui enserrait le cou et on voyait bien son joli médaillon. Depuis que son père le lui avait offert, elle ne l'avait jamais quitté. Elle avait pris l'habitude de jouer avec quand elle réfléchissait à quelque chose, le faisant glisser de bas en haut le long de sa chaîne. Il était devenu une extension d'elle-même. Sur la photo, le grand sourire de Fleur découvrait ses dents du bonheur. Les larmes me piquèrent les yeux. Six mois plus tard, je ne parvenais toujours pas à croire qu'elle était partie. Son absence pesait lourd dans ma poitrine. C'était le premier été que je passais sans elle. Le bout de ma langue vint se plaquer contre mes incisives. Moi aussi, j'avais les dents du bonheur quand nous étions petites, c'est pourquoi maman m'appelait Honey-Bunny, « ma lapinette au miel ». Au fil des ans, l'écart s'était refermé entre les miennes, mais pas entre celles de Fleur. Au-delà de ce détail, nous nous ressemblions beaucoup : mêmes cheveux blonds comme les blés, mêmes yeux bleus, même courbure des lèvres. Nous partagions nos secrets, échangions nos vêtements. Fleur était la sœur que je n'avais jamais eue, jusqu'à l'arrivée de la petite Sarah.

Malgré l'éloquence magnétique de papa, mon attention divaguait, se glissait entre ses mots, s'échappait de l'église, flottait jusqu'au rivage. Fleur et son père venaient nous voir plusieurs fois par an, lui pour l'administration de la communauté, elle pour jouer avec moi. Nous passions des heures au bord de l'eau. En grandissant, nous avions cessé de jouer, mais nous étions restées très proches et passions encore tout notre temps ensemble à chacune de ses visites. Nous les attendions pour le lendemain quand ce crime insensé nous les avait enlevés tous les deux à jamais. Le pire, c'était que papa était en voyage pour les affaires de l'Église ; il n'était pas là pour me soutenir quand j'avais appris l'horrible nouvelle. Fleur avait-elle compris qu'elle allait mourir en entendant le premier coup de feu ? J'avais des visions d'elle en train de se cacher, dans son armoire ou sous son lit, une main plaquée sur la bouche. Papa disait toujours que Dieu rappelait les âmes à Lui sans distinction, que nos actions déterminaient simplement où nous allions ensuite.

Si seulement Il l'avait laissée rester ici-bas plus longtemps ! J'écrasai une larme avant qu'elle ait le temps de couler.

Maman me rappela à l'ordre d'un petit coup de coude ; je sursautai. Mon regard rencontra celui de papa – des yeux sévères au-dessus de sa barbe, qui s'étirait en un sourire bienveillant. Derrière lui, le lourd rideau fut brièvement agité par un courant d'air. Papa affirmait toujours que la mort faisait partie de la vie. Moi, je pensais que la mort n'avait pas besoin de nous côtoyer de si près.

Je rejoignis ma place dans la chorale : la deuxième en partant de la droite au premier rang, composé des filles. Les garçons s'alignaient derrière nous sur l'estrade. Je sentis un souffle tomber sur ma nuque et agiter les petits cheveux échappés de leur prison nattée.

Anita Jones se glissa derrière l'orgue électronique. Tout le monde prit son souffle et la chapelle résonna des premières notes de « Louons la puissance de notre Seigneur ». La mélodie me remonta le moral, relevant les coins de ma bouche, et la tension de mon cuir chevelu se relâcha malgré la tresse. En secret, je dédiai mon chant à Fleur. Matthew me souriait depuis notre banc, balançant ses petites jambes en rythme. Depuis le léger vertige que j'avais ressenti les premières fois en montant sur l'estrade, j'adorais chanter dans la chorale, avec cette pulsation qui irradiait du centre de mon corps. Mais, ce jour-là, le plaisir du chant était entaché de tristesse.

Nous entonnâmes notre deuxième cantique, « Levons nos yeux pleins de joie ». Mon attention se porta sur la foule des fidèles dans la salle. Au troisième rang, la tête blonde et mal coiffée de Tom dépassait celle de ses voisins, ce qui lui offrait une vue dégagée sur l'estrade. Son regard me transperçait comme un scalpel, m'arrachait les vêtements du corps et la chair des os. Il y avait moins d'un an qu'il avait rejoint notre congrégation, et un sentiment de malaise s'y était immiscé en même temps que lui. Même s'il essayait de s'adapter, sa vie d'avant lui collait à la peau. On la devinait dans sa silhouette osseuse, résultat d'une vie gaspillée entre jeux vidéo et petits boulots, et on l'entendait dans son accent yankee. Une fois, il avait essayé de dire « vous autres » comme un vrai gars du Sud ; Birdie et moi en avions pleuré de rire. Mais son visage s'était tordu d'une telle rage silencieuse que le rire s'était figé dans notre gorge. Et là, dans l'église, il me regardait comme si j'étais le dernier pichet de thé glacé en pleine canicule.

Dehors, la marée des fidèles monta en direction de l'entrée sombre et caverneuse de la maison principale. Le temps avait déposé une couche de poussière sur la façade de Newhaven, la chaleur et l'humidité ayant patiné d'un jaune sale ses murs autrefois blancs. Mais, si la nature avait commencé à reprendre ses droits sur lui, on percevait encore la gloire passée de l'ancien hôtel de luxe avec son élégante colonnade et son balcon qui courait sur tout le premier étage.

Chacun prendrait bientôt place dans l'ancienne salle de bal pour notre repas partagé hebdomadaire, sur des chaises taillées et polies à la main – ces mêmes mains qui avaient récolté et préparé notre nourriture, et qui à présent la servaient. Ici, sur Jaspers Island, le « je » s'effaçait au profit du « nous ». Cette proximité, elle était à la fois réconfortante et envahissante. Parfois, elle vous étouffait en vous enveloppant, en une seule étreinte.

Le mobilier rudimentaire de la salle de bal, rebaptisée « salle commune » par la congrégation, jurait avec la grandeur du lieu.

Les tables aux pieds massifs cohabitaient avec les moulures délicates des corniches. Même avec son papier peint partiellement décollé et taché d'humidité, la pièce en imposait par sa noblesse, surtout quand on levait les yeux vers l'impressionnant lustre suspendu au milieu du plafond. Il ne marchait plus depuis de nombreuses années et le cuivre était oxydé par endroits, mais cela m'était égal. Les pampilles de cristal me faisaient toujours penser à des gouttes de rosée prises dans une immense toile d'araignée.

C'est donc au milieu de cette beauté datant d'avant la guerre de Sécession que chacun se plaçait à présent derrière sa chaise, prêt à prendre la main de son voisin pour former une véritable chaîne humaine pendant que papa réciterait les grâces. Et, comme toujours, la nourriture serait simple et délicieuse : montagnes fumantes d'œufs brouillés, gruau au miel, pain de maïs parfumé tout juste sorti du four. J'en avais l'eau à la bouche en me dirigeant vers les grandes portes, quand tout à coup mon genou droit lâcha et manqua de me flanquer par terre.

Faisant volte-face, je vis papa en train de rire. C'était sa farce préférée. Même après toutes ces années, je me faisais encore avoir au moment où je m'y attendais le moins – une légère chiquenaude de la pointe du pied, appliquée au creux du genou.

— Papa, dis-je en souriant.

— Héhé, travaille tes réflexes, ma chérie !

Passant un bras autour de mes épaules, il m'entraîna dans la grande maison.

3

Les jumeaux paraissaient minuscules dans leurs lits de grands, avec leurs visages encore arrondis et poupons. *Ils grandissent si vite*, pensai-je en refermant la porte. Je les aimais depuis leur naissance ; ils étaient venus mettre un terme à la souffrance de maman. Deux petits points finaux emmaillotés de coton. Dieu l'avait mise à l'épreuve à chacune de ses fausses couches, lui demandant de prouver sa détermination. J'avais arrêté de compter après la cinquième. Elle ne s'était jamais résignée, en dépit de sa santé de plus en plus fragile. J'avais prié, et même tenté de négocier avec Dieu, jusqu'à ce que les jumeaux se fraient dans un cri un chemin en ce monde, suivis par l'arrivée de la petite Sarah, qui avait maintenant quelques mois.

Après le brouhaha des conversations à Newhaven, le silence pesait sur Hunters Cottage. La majeure partie de la congrégation vivait dans le bâtiment principal ; seules quelques familles avaient choisi, comme nous, d'habiter l'une des maisons plus petites qui parsemaient le domaine. À la cuisine, maman mettait le pain dans la corbeille pendant que je me lavais les mains dans l'évier. Sur un simple signe de tête de sa part, je m'avançai dans le couloir jusqu'à la seule porte fermée.

Je frappai discrètement.

— Le dîner est prêt.

Je n'attendis pas la réponse. Dans la salle à manger, maman rectifiait le couvert : elle replaçait un verre, réalignait une fourchette, lissait un pli invisible de la nappe – ses mains ne s'arrêtaient jamais. Elle était si dévouée à notre famille ! Un toussotement de papa mit fin à son agitation. Il s'assit en bout de table, maman et moi de part et d'autre, et nous l'écoutâmes rendre grâce.

— Est-ce que tu as eu du mal à endormir les jumeaux ? s'enquit-il tandis que maman remplissait son assiette.

— J'ai à peine eu le temps de leur lire *Douce nuit, petit ange*.

— « Les enfants sont un héritage de l'Éternel. Heureux l'homme qui en a rempli son carquois ! », dit-il avant d'embrocher une tranche de pain de viande pour la mettre dans son assiette.

Je noyai ma part dans une grosse louche de sauce tomate. La viande hachée croustillait sous la fourchette avant de fondre dans la bouche. Bientôt, j'aurais moi aussi un mari et des enfants, suivant le chemin que Dieu avait tracé pour moi. Je leur cuisinerais des repas sains, non des saletés ultra transformées comme ces pizzas surgelées dégoulinantes de graisse. Répugnant. Le goût de la sauce tomate me ramena à l'époque où, pour le petit déjeuner, nous nous en partagions une part cartonneuse, un reste de la veille. Nous avions alors si peu de moyens que nous devions nous rationner sur tout. Jusqu'à ce que papa nous emmène à Newhaven pour nous offrir une vie meilleure, en sécurité. Ici, rien de mal ne pouvait arriver.

— Papa, est-ce que je pourrais aller au foyer pour femmes battues de Charlotte la semaine prochaine ?

— Pourquoi veux-tu venir ?

J'osai enfin prononcer les mots que je m'étais jusqu'alors contentée de répéter devant le miroir :

— Je me sens appelée à diffuser la parole du Seigneur et à contribuer à sauver autrui du péché et d'une vie sans joie. Marc 16:15 : « Puis il leur dit : allez par tout le monde, et prêchez la Bonne Nouvelle à toute la Création. Celui qui croira et qui sera baptisé sera sauvé, mais celui qui ne croira pas sera condamné… »

— C'est tout à ton honneur, ma chérie.

— Je ne sais pas, John, dit maman. Le foyer Shermont est quand même très loin, et elle n'a encore jamais passé la nuit en dehors de la communauté.

Cela ne m'étonnait pas. Maman détestait que je m'absente de Newhaven. Mais pourquoi fallait-il qu'elle s'en mêle ? Ce n'est pas parce qu'elle n'avait jamais dépassé les barbelés du domaine qu'elle devait interférer dans ma vocation pour le travail d'évangélisation. Je n'étais plus une gamine. Et puis j'avais déjà séjourné chez Fleur et sa famille par le passé, en Floride. Elle n'avait pas à s'inquiéter.

— Je ne sais pas, Genevieve, repartit papa. Peut-être que je devrais plutôt me tourner vers les intérêts de ma famille, et te demander de concentrer tes efforts sur la préparation du pain de viande.

La fourchette de maman cessa de triturer le contenu de son assiette, et le silence tomba sur la salle à manger, aussi inconfortable que la chaleur du dehors. La lampe grésilla, projetant sur les murs des ombres dansantes : le générateur menaçait une fois de plus de tomber en panne. Papa se plaisait à dire que c'était la personne la plus irascible de la maison.

— C'est la même recette que d'habitude…, avança maman qui, tête baissée, avait recommencé à sonder sa tranche de viande hachée comme si elle allait y trouver des réponses.

On voyait les pensées se bousculer dans sa tête. Son rôle principal était de prendre soin de sa famille et de son mari, qui travaillait si dur. À la limite de mon champ de vision, je vis papa m'adresser un clin d'œil conspirateur. Je pinçai les lèvres, impassible, pour permettre au jeu de continuer.

— John, je…, je suis désolée…

Le visage sévère de papa se fendit d'un large sourire.

— Mais je plaisante ! Où est passé ton sens de l'humour ?

À la vue de ce sourire, les bulles de rire qui montaient au fond de ma poitrine éclatèrent à la surface. Maman nous imita, mais son rire fut comme noyé par les nôtres. Papa avait raison : si maman était certes une épouse et une mère dévouée, elle ne brillait pas par son sens de l'humour.

Papa était assis à son bureau, penché sur de gros livres et des feuilles noircies par son écriture en pattes de mouche, sans doute en vue de son prochain sermon.

— Je t'ai apporté du thé glacé.

— Merci, Abigail.

Son accent du Sud étirait les voyelles de mon nom.

— Je voulais te demander…

— Oui ?

— Est-ce que tu as pris une décision, à propos du voyage à Charlotte ?

La plume de son stylo cessa de gratter le papier. On n'entendit plus que la pendule qui égrenait les secondes sur la cheminée. J'attendis. Dans ma main, le grand verre était mouillé de condensation. J'ignore pourquoi, mais j'avais l'impression de ne pas pouvoir bouger tant qu'il ne parlerait pas. Il revissa lentement le capuchon avant de reposer son stylo sur le bureau. Il sourit, fit craquer ses cervicales. Mes doigts commençaient à s'engourdir au contact du verre froid, qui glissa un peu dans ma main.

— Pose-le, veux-tu, avant que je sois obligé de laper mon thé sur le parquet.

Je le plaçai sur le dessous-de-verre qu'il m'indiquait, un accessoire indispensable en un lieu où tous les meubles étaient en bois, et où le climat couvrait les verres de perles humides.

— Nous verrons d'abord comment se passe la visite de jeudi à Parkerville. Mrs Calhoun dit que certains de tes arguments sont encore mal assurés. La NABC n'a jamais été aussi scrutée de toutes parts. La semaine dernière, alors qu'il était à Parkerville, Wade Pruitt a été abordé par une fille qui prétendait faire des recherches pour un documentaire sur nous. Imagine qu'elle se soit adressée à toi et que tu te sois laissé déstabiliser.

Je sentis mes épaules s'affaisser.

— J'y arriverai. Je me suis entraînée.

— Ce n'est pas que je n'aie pas confiance en toi, ma chérie, mais le monde en dehors de Newhaven et de Parkerville est plein de dangers. S'il t'arrivait quelque chose, je ne me le pardonnerais jamais.

J'acquiesçai en silence. *La fille obéissante respecte la volonté de son père.*

Fichier audio n° 2

Qualité du son : Bonne
[Voix A] : Féminine

[Voix A] : (*Respiration bruyante*) Putain ! Ça me l'a encore fait. Réveillée dans le noir total, sans savoir où j'étais. (*Respiration bruyante*) Le vieux a dit que c'était bon de parler à voix haute de ces choses-là. Que ça aidait à digérer toute cette merde. Sauf qu'au lieu de « merde » il dit « traumatisme ».

Les nuits comme ça, j'ai toujours peur d'être revenue là-bas. Il fait complètement noir à part la lumière de mon téléphone. J'aperçois la porte mais j'ai trop la trouille, et je me dis que si j'essaie de tourner la poignée ce sera fermé à double tour. Sérieux, une nuit comme ça, c'est comme si j'y étais. Je me retrouve face à la peur. Ils me traitaient d'animal et leurs mots me rentraient sous la peau. Ils y sont restés longtemps après la disparition des bleus.

(*Déclic*) Moquette verte, commode en pin, télé cadenassée au mur, dessus-de-lit à fleurs en boule par terre… OK, c'est bon, je suis bien dans un motel pourrave. Libre. Enfin je suis partie ! Mais mon cerveau il est toujours en cage ; cette foutue prison, je l'emmène partout où je vais.

Et elle, là, je la déteste pour ça. Comment elle a pu me faire ça ?

4
Moment présent

Ils sont assis en rang d'oignons de l'autre côté d'une table qu'on a sortie, sous l'arbre aux pendus. Mêmes uniformes, autres visages, me semble-t-il. En tout cas, l'adjointe Pritchett n'est pas là. Peut-être qu'elle est retournée faire du café au bureau du shérif. Peut-être qu'elle a recouvré la raison et démissionné. Dans l'herbe, ma chaise est bancale. Le pasteur Abernathy ne les a pas laissés poser le pied dans la grande maison. C'est bizarre de penser que c'est lui le pasteur, maintenant. On n'a pas perdu de temps !

— On ne pourrait pas faire ça à l'intérieur ?

La question provient de l'uniforme du milieu, sûrement le responsable. Était-il dans le jardin derrière Hunters Cottage il y a trois jours ? Je bloque cette pensée avant qu'elle ne m'emmène trop loin. Je ne veux pas retourner parmi les débris calcinés. Ils ne peuvent pas m'y obliger.

— Vous avez un mandat ? leur demande Mrs Calhoun, le menton légèrement relevé.

Elle est là pour me soutenir, même si je n'ai rien demandé.

L'uniforme-en-chef pousse un soupir. Au-dessus de nous, l'arbre aux pendus déploie ses branches comme si, sans trop y croire, il attendait qu'on lui fasse des câlins. Une touffe de mousse espagnole me chatouille la nuque comme une caresse fantôme.

— Nous n'avons pas l'intention de perquisitionner les lieux, dit le chef en levant les yeux vers Newhaven. C'est juste qu'on serait peut-être plus à l'aise dedans.

— Allons, commençons, dit le pasteur Abernathy en rapprochant sa chaise de la table.

Les pieds du siège ont laissé un sillon dans l'herbe. Le pasteur est aussi large que les deux policiers assis face à lui.

Pendant un moment, personne ne parle.

— Comment te sens-tu, Abigail ? finit par demander le chef.

J'ouvre la bouche, mais les mots sortent de celle de Mrs Calhoun.

— À votre avis ? Elle est profondément traumatisée. Vous avez du nouveau ? Si oui, dites-nous ce que vous savez et fichez-nous la paix. La petite a besoin de calme pour se reconstruire.

Sa main moite me serre le poignet au-dessus du bandage. Je ne sais pas comment lui demander de me rendre ma main. Elle la tient depuis qu'elle est venue me chercher dans la chambre du premier étage où on m'a installée. Elle craint sans doute que les uniformes ne m'emmènent si elle me lâche. Ils ont accepté de m'interroger ici plutôt qu'au bureau du shérif... pour le moment. Le pasteur Abernathy et Mrs Calhoun ne leur ont pas vraiment laissé le choix. Faute de pouvoir m'examiner moi, ils ont envoyé mes vêtements à Parkerville pour analyse.

Je veux leur parler. Leur demander s'ils savent des choses que j'ignore. S'ils ont retrouvé certains de mes souvenirs dans le salon du cottage ou dans les replis de mes vêtements. Tant d'éléments de cette journée et des semaines précédentes ont été effacés. Eux, au moins, ils ont fouillé la maison de fond en comble. Savent-ils où j'étais passée quand les autres me cherchaient, la veille de l'incendie ? Mrs Calhoun n'arrête pas de me le demander, et je ne peux toujours pas lui répondre. L'incendie a dévoré mes souvenirs avec le reste. *Je vous en prie, Seigneur, ramenez-les-moi ! Apportez-moi les réponses que je cherche. Je vous en supplie.*

— Le chef des pompiers est en train d'établir son rapport et le médecin légiste nous transmettra les conclusions de son autopsie d'ici quelques jours.

— Et ? demande le pasteur Abernathy.

— Et à ce stade nous n'excluons aucune hypothèse, mais les choses semblent assez simples, répond l'uniforme-en-chef. De toute façon, plus vite nous en aurons fini ici, plus vite nous vous laisserons tranquilles.

Avant que le pasteur Abernathy ou Mrs Calhoun aient eu le temps de répondre, le regard du policier se pose sur moi.

— As-tu retrouvé un souvenir de ce jour-là, Abigail ? Le moindre détail nous serait utile. Est-ce que tu as vu quelqu'un ?

Je secoue la tête.

— À ce que je comprends, tu avais disparu toute la journée la veille de l'incendie. Où étais-tu ?

Je secoue la tête.

— Tu ne veux pas nous le dire ou bien tu ne sais pas ?

— Arrêtez de la harceler ! intervient Mrs Calhoun.

— Je ne me souviens pas, dis-je dans un souffle.

Ils me regardent tous avec des yeux de merlan frit, aussi muets que si le diable leur avait coupé la langue, puis le chef reprend contenance.

— Tu veux dire que tu ne te rappelles pas comment le feu a pris, ou l'endroit où tu es allée quand tu as disparu ?

— Rien. Je ne me souviens de rien. Tout est noir.

La frustration me serre la gorge.

— Quelle est la dernière chose que tu te rappelles ? demande l'uniforme-en-chef.

Ils déversent sur moi leurs regards et leurs attentes.

— L'office en mémoire des six mois de Fleur et du pasteur Munro.

— Mais, Abigail, cela fait des semaines ! s'étrangle Mrs Calhoun.

— Et après cela, plus rien ?

Je secoue de nouveau la tête. Ça ne sert à rien. Un souffle de vent ramène l'odeur âcre du bois calciné. La façade noircie de Hunters Cottage s'impose à l'arrière-plan telle la porte de l'enfer. Autour de moi, la conversation passe en sourdine tandis que la maison m'observe, me scrute jusqu'aux tréfonds. Je suis son regard ; mon esprit n'est plus qu'un miroir brisé où se réfléchissent d'insaisissables détails, trop petits pour que j'y comprenne quoi que ce soit. J'ai la main qui brûle.

Comme ce soir-là. Quelque chose s'instille dans mes veines.

5
Juin

Les terres marécageuses, déchirées de criques et d'estuaires, défilaient autour de notre canot ; Newhaven s'éloignait à mesure que nous approchions du continent et de son monde chaotique. Nous fendions l'écume et bondissions au-dessus des vagues, les embruns me fouettaient le visage. Enfin, Parkerville et sa marina se dessinèrent plus nettement : le front de mer afficha une rangée de boutiques aux devantures plates et toute une ribambelle de restaurants ornés de balcons et de colonnades ainsi que de tables déversées sur des terrasses.

La nausée avait fini par passer, mais mon envie de vomir n'avait rien à voir avec le roulis. Ce matin-là, j'avais dévalé l'escalier grisée par l'idée que mon comportement lors de cette visite à Parkerville déterminerait si papa me laisserait aller plus loin, jusqu'à Charlotte. À la salle à manger, les jumeaux s'étaient écriés « Abbyyy ! » en se levant de la table du petit déjeuner. J'avais ouvert les bras et ils avaient failli me faire tomber à la renverse en se jetant contre ma poitrine. Je ne les avais relâchés qu'après les avoir à demi étouffés de baisers. Les doigts de papa écalaient un œuf dur, retirant lentement les morceaux de coquille pour découvrir le blanc lisse et galbé. Une fois que l'œuf avait été complètement dénudé, papa avait mordu dedans et des miettes de jaune s'étaient prises dans les poils de sa moustache. Après en avoir mastiqué la dernière bouchée sans cesser de sourire, il s'était frotté les mains.

— Bonjour, papa...

Tout s'était arrêté net. Une enveloppe bleue trônait sur le dessus de la pile de courrier. Il avait suivi mon regard... ce bleu n'était pas de bon augure, ces derniers temps.

— Est-ce que c'est... ?

— J'en ai bien peur, ma chérie.

— Qu'est-ce que ça dit ?

En guise de réponse, il m'avait tendu l'enveloppe. À l'intérieur, il n'y avait qu'une seule feuille pliée en deux, elle aussi couleur bleuet. Je n'avais pas eu besoin de l'ouvrir pour savoir que les mots seraient griffonnés en lettres capitales, à l'encre rouge. Ces courriers apparaissaient à intervalles irréguliers depuis quelques mois, ils nous prenaient toujours au dépourvu. Seules la couleur du papier et la haine dont ils étaient chargés restaient constantes.

VOUS NE DEVRIEZ PAS AVOIR LE DROIT DE VIVRE. VOUS ÊTES UN FLÉAU. VOUS DEVRIEZ BRÛLER EN ENFER ET ÇA NE VA PAS TARDER.

— Pourquoi ces gens nous détestent tant ? Ils ne nous connaissent pas.

— Les gens ont souvent peur de ce qu'ils ne comprennent pas, ma chérie. Il est plus facile de haïr que de faire un effort. C'est pourquoi ta mère et moi sommes si inquiets quand tu sors dans le monde extérieur, comme aujourd'hui. On ne peut pas faire confiance à ces gens-là, ils sont méchants et pleins de rage, ces lettres le prouvent. Sois prudente, d'accord ? Reste loin d'eux.

Il m'avait emprisonnée dans l'un de ses câlins géants et j'avais enfoui la tête contre sa poitrine. Une partie de moi avait envie de s'accrocher à lui pour toujours, de vivre en permanence dans la sécurité de ses bras et de Newhaven, mais l'autre était déterminée à ne pas laisser la crainte avoir le dernier mot. Si certaines personnes extérieures à Newhaven se méfiaient de ce qu'elles ne comprenaient pas, je pourrais toujours le leur expliquer.

Je décidai de ne plus penser à l'enveloppe bleue tandis que nous descendions du canot pour débarquer dans la brutalité du monde urbain. Parkerville avait l'air d'une énorme bête, grondant du vacarme des voitures, des cris des mouettes et des éclats de conversation. La jetée exhibait une explosion de couleurs et regorgeait de touristes dans des tee-shirts *I ♥ South Carolina*. L'air était saturé d'odeurs – goudron chauffé au soleil, relents de friture, parfums échouant à dissimuler l'odeur trop mûre, douceâtre et légèrement putride des corps en sueur. Ce bombardement de sensations me donna le tournis. La vie chaotique de Parkerville s'était mise à pulser dans mon corps, mes poumons semblaient se recroqueviller dans ma poitrine au contact de cette folie et j'avais du mal à respirer. Le temps d'une seconde, je regrettai le calme de Newhaven. Sur Jaspers Island, les sons résonnaient en accord avec le lieu et les gens, ils n'étaient jamais intrusifs. Notre « île » n'en était pas une à proprement parler : elle se situait sur la même ligne de côte que Parkerville, mais l'eau rongeait tellement la terre de tout côté que cette péninsule semblait déconnectée du reste.

J'avais beau adorer mon lieu de vie, une vague d'excitation me parcourut au moment de poser le pied sur la terre ferme. Nous étions là pour servir le Seigneur. C'était partout une nécessité pressante.

Malgré mon enthousiasme, je ne pouvais ignorer les regards qui s'attardaient sur notre groupe. Lèvres pincées, murmures échangés, rictus de mépris. Ils finirent par avoir raison de mon sourire. Je savais que nous faisions tache. Au milieu des couleurs criardes, on ne pouvait que remarquer l'uniformité de nos vêtements. La colère me démangeait, j'avais envie de crier que la vanité était un péché. Mais ce n'était pas le moment – notre travail d'évangélisation nous attendait. Me rappelant les avertissements de papa contre les dangers du vaste monde, ainsi que des mots de haine contenus dans la lettre bleue, je me contentai de baisser les yeux.

— Quelle heure est-il ? demanda Mr Garrett.

C'était toujours lui qui coordonnait nos expéditions à Parkerville et il prenait son rôle très au sérieux.

— 11 h 35, répondit sa femme.

— Bien, les nouveaux doivent être en train d'arriver. N'oubliez pas qu'ils seront fatigués et désorientés.

La gare routière était un bâtiment trapu, tout en briques et panneaux de verre, situé à l'angle de Dunbar et Liberty Street. À l'intérieur, la climatisation me donna la chair de poule. Une foule dense s'écoulait par la sortie. Je m'éloignai un peu du groupe. Des gens à peine vêtus allaient et venaient autour de moi dans ce qui semblait être une chorégraphie bien réglée.

Mon regard fut attiré par l'écriteau indiquant le comptoir où des employés en uniforme étaient assis dans des cabines vitrées. La partie supérieure du panneau métallique était couverte de petits présentoirs remplis d'horaires de train et d'autocar. Jackson Caine traînait près des dépliants. C'était un garçon grand et mince, et ses cheveux souples qui lui frôlaient les oreilles ajoutaient à son air dégingandé. Il aurait des ennuis s'il ne se les faisait pas couper bientôt : son père aimait qu'il ait la nuque bien dégagée. Les mains profondément enfoncées dans les poches, Jackson contemplait les fiches, des centaines de destinations, d'heures de départ et d'arrivée... Puis je le vis remplir ses poches d'une poignée de ces prospectus avant de s'éloigner rapidement du présentoir.

Au-dehors, un autocar se gara avant de décharger sa cargaison de voyageurs. Ils s'engouffrèrent par la porte, à demi dissimulés par leurs masques chirurgicaux : les dangers du monde leur barraient le visage d'une bande blanche. À moins qu'ils n'aient simplement pas la foi. Le flot de passagers me fit l'effet de sables mouvants. Mon cœur tambourinait dans ma poitrine.

Je cherchai Mr Garrett du regard et repérai sa tête qui émergeait de la foule, à l'autre bout du hall. Quelque chose n'allait pas. Il parlait à quelqu'un les bras croisés sur la poitrine et les sourcils tellement froncés qu'on percevait à peine ses yeux. Ses lèvres bougeaient à toute vitesse sous le coup de la frustration, et même d'où j'étais je le voyais postillonner. Alors que la plupart des gens finissaient de quitter le hall, je distinguai mieux à qui il s'adressait.

C'était une fille, ou bien une femme – son corps semblait hésiter sur le seuil de l'âge adulte. Elle avait peut-être trois ou quatre ans de plus que moi. Ses membres élancés luisaient d'une fine pellicule de sueur. Ses longs cheveux bruns, ondulés et un peu plus clairs que sa peau, étaient retenus par un mince bandana rouge. Dès que je l'aperçus, un muscle tressaillit au creux de mon ventre tandis qu'elle répondait avec véhémence aux propos de Mr Garrett puis s'en allait d'un pas rageur.

J'ouvris la bouche mais avant que j'aie pu demander ce qu'il s'était passé, Mr Garrett déclara :

— Apparemment, le car en provenance de Raleigh a trente minutes de retard.

Il n'avait clairement pas envie de commenter l'incident. Je n'insistai pas et décidai de faire bon usage de notre temps libre.

— Cela ne vous ennuie pas si je vais acheter des fournitures pour les jumeaux en attendant ?

Le bazar du coin m'accueillit par un déferlement de couleurs sur toutes les étagères : palettes de peinture, paniers débordant de colliers et de bracelets pailletés, portants pleins de maillots de bain et de chemises multicolores. Un boulevard vers la vanité et la tentation. Cela flattait l'envie de s'habiller à la dernière mode, de se pavaner dans des teintes criardes. *Que les femmes, habillées d'une manière décente, se parent avec pudeur et simplicité.* « Beige, marron et kaki, ou blanc, gris et noir pour les grandes occasions, voilà des couleurs honnêtes pour les cœurs honnêtes », aurait dit papa.

À la caisse, j'attendis derrière une dame entre deux âges qui empestait un très fort parfum floral. Elle jeta sur le comptoir plusieurs magazines et deux billets chiffonnés.

— Est-ce que vous savez où se trouve cette communauté appelée Newhaven ?

Instinctivement, je baissai les épaules et m'enveloppai de mes bras comme pour me cacher derrière mes achats.

— Vous en faites partie ? demanda la caissière.

— Non, j'ai juste des affaires à régler avec elle.

— Sur Jaspers Island. Le mieux, c'est d'y aller en bateau.

La femme ramassa sa monnaie et sortit en trombe devant moi.

Je quittai le magasin juste après, les bras chargés d'albums de coloriage et de crayons de cire pour les jumeaux, ainsi que d'un roman pour moi. Dehors, je me crispai en apercevant au bout de la rue le centre LGBT. Un frisson de dégoût me parcourut à l'idée de longer ces murs, de respirer le même air que ces gens-là. Des hommes qui embrassent des hommes, des femmes qui embrassent des femmes. Mon estomac se serra. Plutôt que de passer sous le drapeau arc-en-ciel qui claquait au vent, je décidai d'emprunter la ruelle adjacente pour regagner la gare routière.

Je repensai à la femme du magasin. Au balancement énergique de sa queue-de-cheval quand elle était sortie devant moi. Quel genre d'affaires pouvait-elle bien avoir à régler avec nous ? Ce ne devaient pas être des démarches officielles ou administratives… pourtant, ça ne pouvait pas être grand-chose d'autre.

J'en étais là de mes spéculations lorsqu'une voix inconnue me fit sursauter.

— Salut… jolie robe.

6

Le garçon était adossé à une voiture, les mains enfoncées dans les poches d'un jean sale. Il était flanqué de trois autres gars qui attendaient de voir ce qu'il allait faire pour savoir comment se comporter. Bizarrement, c'était aussi mon cas. Ils semblaient tous dans la vingtaine.

— Qu'est-ce que tu as là-dedans ?

Comme je ne répondais pas, il se décolla de la portière et avança lentement, avec sur le visage un rictus dont je n'arrivais pas à détacher les yeux. De près, le violent parfum de son après-rasage cachait mal l'odeur de la sueur, de la fumée et des mauvaises idées. Je respirai à fond pour me calmer. Il passa un doigt dans l'ouverture du sac serré contre ma poitrine et tira sur le papier kraft pour en voir le contenu.

— Qu'est-ce que tu vas faire de toutes ces conneries ?

Je ne répondis pas.

— T'es une timide, toi, ajouta-t-il, arborant à nouveau un sourire carnassier.

J'avais tellement de mots coincés en travers de la gorge que je ne parvenais pas à avaler ma salive, et encore moins à parler. Les mises en garde de papa me revinrent en bloc. Dieu me mettait à l'épreuve par le biais de ce garçon et il fallait que je réussisse le test pour participer à l'expédition de Charlotte.

— Ça ne te regarde pas, dis-je en tirant brusquement le sac vers moi.

— Ah ouais ? répliqua-t-il comme dans un bâillement.

Sa bouche grande ouverte laissa voir un chewing-gum gluant de salive. J'en eus moi-même soudain l'eau à la bouche. Quel goût pouvait-il avoir, ce chewing-gum ? Était-il encore tendre ou devenu coriace ? Mrs Calhoun le répétait sans cesse : le sucre gâtait les dents et pourrissait le cerveau.

— C'est quoi, ça ?

Il empoigna le roman que je venais d'acheter, laissant de grosses traces de doigts sur les pages neuves et cassant la reliure. Il ricana en lisant le titre :

— *La Jeune Fermière.*

— Il n'est pas à toi, rends-le-moi ! À moins que tu ne sois un voleur ?

— Non, m'dame, répondit-il en levant les deux mains comme s'il se rendait, le rire résonnant encore au fond de sa gorge.

Mon bras droit se contracta, mon poing serré cogna contre ma cuisse.

— Eh, Zach, elle pourrait te faire la lecture ! lança l'un des autres garçons, ce qui suscita l'hilarité de tous.

Le corps tendu derrière leurs bras croisés, ils avaient les yeux rivés sur le dénommé Zach.

— Comment tu t'appelles ? demanda-t-il en s'approchant encore de moi.

— Rends-moi mon livre, dis-je en le lui arrachant.

À présent qu'il avait les mains libres, il se mit à tripoter le bout de ma tresse entre ses doigts aux ongles bordés de crasse. Je me sentis pétrifiée comme un lapin dans les phares d'une voiture. Son haleine lourde aux relents acides me brûla l'oreille et un frisson me parcourut la colonne vertébrale. Ces garçons-là n'avaient rien de commun avec ceux de Newhaven. Ils présentaient la même physiologie mais appartenaient à une autre espèce. La plupart des types comme ce Zach couchaient avec des filles en dehors du mariage et s'attendaient à ce que tout leur soit donné sans effort.

Le soleil dardait sur nous ses rayons indifférents et me mordait la nuque. Du coin de l'œil, je vis les autres avancer. Derrière Zach, la rue principale semblait à la fois proche et hors d'atteinte.

— Allez, viens, on se casse. Austin nous a pris une table et commandé un pichet chez Sal.

C'était le plus grand de la bande qui avait parlé ; sa barbe naissante était parsemée de boutons d'acné. À l'idée de l'alcool, le visage de Zach se fendit d'un sourire qui découvrit des canines luisantes et des gencives rougeâtres.

— Pourquoi tu viendrais pas avec nous ? demanda-t-il en passant un bras autour de mon cou.

Sa peau était tiède et moite, et l'odeur de sueur de son aisselle me prit à la gorge.

Non. C'est tout ce que j'avais à dire. Une syllabe pour leur signifier que je n'irais pas. Je n'étais pas ce genre de fille. Mais le mot restait coincé tandis que Zach commençait à m'entraîner à l'opposé de l'artère principale par laquelle j'étais venue.

Un filet de sueur ruissela le long de mon dos. Le garçon m'emmenait. Il me serrait de plus en plus près et ses doigts ballants frôlaient ma poitrine. Je tournai la tête : derrière nous la ruelle était déserte et la grande rue semblait de plus en plus inaccessible. Zach m'entraînait sans cesser de sourire. J'étouffais, le dos trempé de sueurs froides. Papa avait raison : je n'étais pas prête.

Le déclic d'une voiture qu'on déverrouille me glaça jusqu'à la moelle. Un de ses amis ouvrit la portière du pick-up. Cette fois je paniquai pour de bon.

— Lâche-moi !

Je me débattis, mais cela ne servit qu'à resserrer son emprise. L'odeur de sueur et le contact de sa peau poisseuse m'étaient devenus intolérables.

— Allez, quoi, mes potes et moi on va à une petite fête dans les marais. Pourquoi tu viendrais pas avec nous ? Tu serais notre invitée d'honneur.

Il me poussa vers la portière ouverte, d'où sortait un air surchauffé qui empestait le cuir. Des emballages de fast-food jonchaient le plancher de l'habitacle. J'eus une vision des premières fêtes de Pâques que j'avais célébrées à Newhaven : les bêlements pathétiques de l'agneau se débattant avec la corde qui le tirait comme s'il avait compris quel sort l'attendait. La même peur absolue s'emparait de moi. Tentant en vain de résister alors que Zach avait plaqué la main à l'arrière de ma tête pour la pousser à l'intérieur, je le suppliai :

— Laisse-moi partir…

— Eh, connard, elle t'a dit d'arrêter ! lança une voix.

— Quoi ?

— T'es sourd ou juste con ? Elle t'a demandé de la lâcher !

Piqué au vif, Zach hésita et sa main faiblit derrière ma tête déjà engagée dans l'embrasure. La voix n'était pas celle d'un membre de Newhaven ou de la NABC, mais j'ignorais si c'était une bonne ou une mauvaise nouvelle. Zach avait tourné les yeux en même temps que moi pour voir qui remettait en cause son intelligence. La jeune fille que j'avais vue se disputer avec Mr Garrett à la gare routière était campée dans la pénombre au bout de la ruelle.

— Et qui va m'y obliger ? Toi ?

— Si je dois en arriver là…

Dans la main de la fille, l'éclat d'une lame affaiblit la résolution de Zach, ainsi que sa poigne autour de mon bras. J'en profitai pour m'échapper de ses sales pattes. Son odeur me collait à la peau.

— Maintenant, dégage avant que j'appelle les flics pour leur dire que je t'ai pris en flag en train d'enlever une fille.

— Salope, lui cracha Zach. On se casse, les gars. Cette meuf vaut pas la peine.

Sur ce, ils montèrent tous dans la voiture, claquèrent les portières et s'éloignèrent sur les chapeaux de roue.

Je poussai un soupir de soulagement. La jeune femme me regardait. La chemise qu'elle portait dans la gare routière était à présent nouée autour de sa taille. Chaque centimètre de son corps légèrement vêtu révélait tout ce qui n'allait pas dans notre société, du décolleté plongeant de son débardeur dissimulant à peine les contours de son soutien-gorge à ses longues jambes offertes à la vue de n'importe qui. « Une vraie catin de Babylone », m'aurait dit Mrs Calhoun pour me faire la leçon sur les différentes façons dont les femmes profanaient leur propre corps, avant de conclure que *la fille obéissante s'habille avec pudeur*. Il n'empêchait que cette fille venait de me sauver la vie. L'aide du Seigneur se manifestait sous bien des formes.

— Comment tu te sens ? demanda-t-elle.

Je n'arrivais pas à me dire que c'était une femme. Pour moi, une femme s'accompagnait d'un mari, et le plus souvent d'un enfant, qu'elle portait sur la hanche.

Pour toute réponse, j'opinai lentement. J'étais sous le choc, et la tête me tournait. Le soleil tapait encore dur sur ma nuque, mais il n'y avait pas que cela ; quelque chose pulsait sous ma peau, le battement d'un nouvel organe dont je ne connaissais pas encore l'existence. La fille et moi nous regardions sans rien dire, mais son visage affichait une détermination farouche que je savais absente chez moi : le courage de me défendre bec et ongles. Que se serait-il passé s'ils m'avaient emmenée dans ce pick-up ? Où aurais-je échoué ? Mes jambes fléchirent face à l'horreur absolue de cette pensée. Je chancelai.

— Oh, merde ! lâcha-t-elle. Ça va ?

Elle glissa la main sous mon coude pour me soutenir. Une foule de choses se bousculaient dans ma tête et je n'arrivais pas à articuler un son.

— C'est quoi ? demanda-t-elle en ramassant mon livre, tombé par terre.

Elle lut le résumé au dos, souriant davantage à chaque mot.

— Ah ouais, c'est impressionnant. C'est une histoire vraie ?

— Rends-le-moi. S'il te plaît.

— Ça alors, mais elle parle ! Je me suis demandé si tu étais devenue muette, dit la fille en me rendant le livre.

Je le serrai dans mes bras comme pour m'y arrimer. Cela me donna une sensation de réconfort et de sécurité.

— Écoute, tu devrais quand même faire attention aux personnes dont tu t'entoures. Moi, c'est Summer, au fait.

Sa familiarité me désarçonna. Je fus forcée de constater que son prénom lui allait bien. Cette fille était la canicule : torride et aveuglante, incommodante et envahissante. L'une des bretelles de son débardeur pendait en équilibre précaire au bord de son épaule, mais elle ne semblait guère se soucier de se dénuder encore plus. L'envie me démangeait de la remonter pour elle.

— Je suis en ville pour un podcast. Ou plutôt pour faire des recherches en vue d'un podcast.

— Je sais qui tu es, dis-je en me rappelant la personne dont papa m'avait parlé.

C'est elle qui avait interrogé Wade Pruitt.

— Ah oui ?

— La documentariste.

— En fait, c'est un podcast. Et toi, tu es… ?

J'hésitai un instant.

— Abigail. Enchantée.

Ma main se tendit d'elle-même, encore tremblante : la situation ne devait pas me faire oublier les bonnes manières du Vieux Sud. La poignée de main de Summer fut énergique. En effleurant son poignet je sentis le sang pulser au bout de mes doigts. Sa peau était tiède et humide, elle dégageait un parfum sucré sous lequel perçait un relent de tabac froid. Cette odeur doucereuse, écœurante, avait quelque chose de familier mais j'ignorais quoi. Et, plus je cherchais à la saisir, plus cette chose m'échappait.

— Moi aussi, je sais qui tu es, dit la fille en me scrutant du haut de ma tresse à l'ourlet de ma robe. Tu fais partie de la NABC, la New America Baptist Church.

Elle avait prononcé ces mots sans le dédain et la méfiance que nous rencontrions d'habitude chez les gens du coin.

Après avoir retiré sa main, Summer se croisa les bras sous les seins, et une fois de plus je ne pus m'empêcher de regarder.

— Tu sais, puisque tu fais partie d'une Église prônant la gratitude, tu pourrais peut-être dire merci. Franchement, Dieu sait ce que ces types t'auraient fait. Même si ce n'est pas très difficile à deviner…

Malgré la chaleur, un frisson me parcourut le dos. Je m'interdis de laisser mon esprit divaguer au-delà du pick-up et de ce vers quoi il aurait pu m'emmener.

— Oui, pardon. Merci. Merci beaucoup.

— Pour me remercier, tu pourrais peut-être accepter que je t'interviewe pour mon podcast ?

Moi, interviewée pour un podcast ? Papa ne l'aurait jamais permis. Et de toute façon je n'avais rien d'important ni d'intéressant à dire.

— Tu me dois bien ça, non ? Je ne mentionnerai pas ton nom ni rien. Tu pourrais m'en dire plus au sujet de ton Église et du type de travail que vous faites, répondre à quelques questions… Allez, quoi, un peu de sororité !

— Je ne sais pas…

— C'est très sérieux, je te promets : pas d'embrouille ! Je peux même te laisser essayer de me convertir.

Elle rit, mais sans moquerie ni méchanceté. Elle me regardait droit dans les yeux, et son attitude ouverte me fit fléchir. Tout à coup, Summer m'apparut comme une chance offerte par Dieu d'affirmer ma foi. Je pourrais poursuivre l'évangélisation et diffuser nos messages les plus importants via son documentaire, enfin son podcast. Au lieu de venir à mon secours, elle aurait très bien pu passer devant moi sans s'arrêter, mais elle avait bon cœur sous ses vêtements indécents, son vocabulaire ordurier et son attitude rebelle. À présent, c'était à mon tour de repêcher son âme de la corruption où elle était tombée, et de la sauver.

De : Jeb Abernathy
Date : Dimanche 21 août 2022, 9:27
À : Cameron McPherson
Objet : Tragédie des Heywood

Cher pasteur McPherson,

Je prie pour que ce mail vous trouve en bonne forme.

Comme convenu, je vous tiens au courant des suites de la tragédie qui a coûté la vie au pasteur Heywood et à son épouse Genevieve. Nous avons réussi à tenir le bureau du shérif à l'écart de Newhaven et de cette pauvre Abigail. Bien entendu, les agents ne demanderaient pas mieux que de l'interroger seule ; tous les prétextes sont bons pour mettre leur nez dans nos affaires et Dieu sait ce qu'ils pourraient essayer de lui faire dire. Ils ne lui poseraient sans doute de questions que sur notre Église et d'autres choses qui ne les concernent en rien. Vous pouvez être assuré que nous prenons bien soin d'elle et la protégeons de leur influence néfaste.

La pauvre enfant est profondément choquée, comme vous pouvez l'imaginer, après avoir perdu ses parents – et de façon si tragique. Remercions Dieu de l'avoir épargnée dans Sa grande miséricorde. Il ne nous inflige que ce que nous sommes en mesure de supporter. *Afin de t'humilier et de t'éprouver ; pour connaître les dispositions de ton cœur et si tu garderais ou non Ses commandements.* Il met notre Abigail à l'épreuve, et nous resterons à ses côtés. Il guide nos pas.

Elle n'a toujours aucun souvenir de la nuit en question, ni, ce qui est plus inquiétant, des semaines ayant précédé l'incendie. Et elle affirme ne pas savoir davantage que nous où elle a passé la journée de la veille. Elle souffre en outre de très violents cauchemars et se réveille souvent en hurlant. Nous prions pour que ses souvenirs refassent surface et que nous puissions comprendre la cause de cet accident tragique.

Je me demandais si vous pouviez organiser une session de prière avec les différentes congrégations pour aider notre Abigail à recouvrer la mémoire, et ainsi donner à la police des éléments de réponse qui nous aideront à tenir les agents à distance de Newhaven et de nos affaires.

Il guide nos pas. Que votre journée soit bénie.

Pasteur Jeb Abernathy

7
Moment présent

Ça me rattrape toutes les nuits.

Le feu. Tellement de feu.

La brûlure de mes mains. Comme si ce n'étaient pas les miennes.

Ma tête est pleine de cris, d'échos assourdissants qui résonnent contre les parois d'une grotte ; ils se mêlent aux rugissements des flammes, mais il y a quelque chose d'autre en dessous, qui tente de sortir.

Je ne vois que ces détails, infimes reflets dans les fragments d'un miroir brisé – jamais l'image d'ensemble, rien qui ait un sens.

Toujours ce feu, rouge. Tellement de rouge. Un rouge qui brûle.

Mes cris font accourir Mrs Calhoun. Une explosion de lumière au-dessus du lit qui éclabousse la pièce et dissout les ombres. Par la fenêtre, il me semble apercevoir une lueur qui vacille dans la nuit, mais quand je regarde à nouveau tout est sombre.

Le monde réapparaît par bribes chaque fois que je cligne des yeux, avant de se remettre tout à fait en place : la chambre, mon corps, qui je suis. La brutalité du deuil me coupe le souffle.

Mrs Calhoun m'attire à elle, tête contre sa poitrine, et me berce comme un tout petit enfant. Mais c'est d'autres bras que j'ai besoin.

— Tu es en sécurité. Il est avec nous, Son amour est avec nous.

Elle répète ces mots en boucle et je me demande s'ils sont pour moi ou si elle se parle à elle-même. Ma joue humide colle à sa chemise de nuit, je sens son sternum sous ma peau. Les draps détrempés adhèrent à mes jambes, et ma propre chemise de nuit est plaquée sur ma poitrine – l'air est un bain de vapeur. Je suis prise de l'envie de la repousser, de sauter du lit pour courir dans la nuit et me jeter à l'eau. Qu'elle m'avale toute crue. Avant que les mots « Je me sens mieux » aient quitté ma bouche, les mains de Mrs Calhoun saisissent mes poignets.

— Seigneur, bénissez cette enfant de Votre lumière, protégez-la de l'obscurité sans fond. Montrez-lui la voie, Seigneur.

Le « amen » que j'articule automatiquement la sort de sa transe. Elle lâche mes poignets.

— Tu t'es souvenue de quelque chose ?

Un bruissement. Tom rôde dans l'embrasure de la porte, ses boucles blondes éclairées par un rayon de lune. Depuis que je couche à Newhaven, sa chambre n'est qu'à trois portes de la mienne. Je ne suis pas sûre que ça me plaise. Sa façon de me regarder, les yeux brillants, avec la même intensité qu'à l'église. Sous la lumière vive, son grain de beauté sous l'œil gauche est plus net que d'habitude. Sa veste de pyjama est boutonnée de travers, et une bande de peau est visible au-dessus du pantalon, plus claire que son cou bronzé. Sa vue fait pulser quelque chose en moi. Il semble inquiet.

— Est-ce que tout va bien, Mrs Calhoun ?

— Oui, ça va.

J'ai répondu avant elle.

— Tu es sûre, ma jolie ? Tu veux un peu d'eau ? Je peux rester encore, si tu veux. Nous pouvons prier.

Elle tient mon visage : ses doigts sont froids sur mes joues, ou alors c'est ma peau qui est en feu.

— Oui, vraiment.

— Allez, viens, dit-elle en entraînant Tom, qui ne m'a pas quittée des yeux une seconde.

Ils sortent, emportant la lumière quand ils referment la porte.

Le silence revenu, je me lève. Le plancher est rugueux sous mes pieds. Au-dehors, ce sont les bois profonds. Et, au milieu de l'obscurité qui relie les arbres, une lueur comme un battement de cœur. Elle m'envoie un message codé, me dit de me rappeler quelque chose, mais je n'y arrive pas – cette chose est trop enfouie pour se laisser saisir.

8
Juin

Je sortis de Hunters Cottage et j'entrepris de traverser la pelouse en direction de Newhaven, pour apporter son déjeuner à Mrs Favreau. L'humidité mouilla aussitôt le dos de ma robe, le dessus de ma lèvre. La canicule avait un goût salé. En cette saison, le soleil implacable asséchait les nuages. L'immense bâtisse m'attendait tout au bout ; je ne me lassais jamais de sa présence. La colonnade était couverte de taches de mousse d'un vert éteint, la rouille formait des fleurs rouges sur le noir du balcon en fer forgé. Il y a de la beauté en toute chose, même dans le déclin.

J'entrai dans le hall, et mes yeux prirent un instant pour s'habituer à la pénombre. Un craquement du grand escalier me donna la chair de poule. Quand j'étais petite, la rampe et la balustrade me faisaient une peur bleue – on aurait dit des os sculptés et plantés dans une colonne vertébrale en acajou.

Un bruit en provenance de l'étage. Je sursautai. Tom rôdait en haut des marches, adossé au vieux papier peint à rayures, un rictus sur les lèvres. J'étais censée réserver un bon accueil aux nouveaux venus mais il me mettait mal à l'aise. Je me demandais comment il trouvait de la place pour Dieu quand il semblait si gonflé de sa propre importance.

Il entrouvrit les lèvres, mais avant qu'il puisse prononcer un mot je tournai les talons et retins mon souffle – il semblait ne pas m'avoir suivie. Puis le bruissement d'une latte me fit sursauter et je m'engouffrai à toute vitesse dans l'escalier de service afin de retrouver l'ambiance rassurante de la cuisine, au sous-sol.

En bas, le couloir était plongé dans l'obscurité, à l'exception d'un rai de lumière en provenance du bureau principal.

Des paroles étouffées filtraient par la porte ouverte et quelque chose, dans le ton sur lequel elles étaient prononcées, me fit ralentir. Je jetai un coup d'œil par l'entrebâillement : la silhouette d'un homme de profil et une paire de jambes derrière le bureau. Papa était le seul à travailler là depuis quelque temps. En regardant mieux, je vis que c'était bien lui ; il parlait à Corey Palicki. Il était penché en avant et murmurait des mots trop rapidement pour que je puisse en saisir le sens. Une tension orageuse émanait de la pièce. Arqué au-dessus de la table de travail, il avait le front plaqué contre celui du garçon ; leurs nez se touchaient. Papa nous avait dit que Corey avait besoin de beaucoup de guidance ces derniers temps. Ma respiration se fit plus lourde. Je n'avais encore jamais intercepté un geste aussi intime, surtout entre deux hommes. Mon instinct me souffla que j'étais tombée sur une conversation privée, quelque chose qui m'échappait et dont je n'étais pas censée être le témoin. Le front toujours appuyé contre celui de Corey, papa lui prit le visage. Je m'éloignai lentement, à reculons. J'avais un repas à servir.

Le couloir s'étirait sous les combles, où la lumière s'aventurait rarement. Je ne pouvais pas lui en tenir rigueur : à sa place je ne m'y serais pas attardée non plus. L'obscurité mêlée au silence, aux moutons de poussière et à une légère odeur de moisi créait une atmosphère étrange. Si la maison était hantée, c'est là que les fantômes tenaient conseil. J'adorais Newhaven, mais le dernier étage m'avait toujours fichu la trouille. Chaque porte était en faction devant une pièce pleine de souvenirs enfouis. Derrière les plâtres et sous les parquets, des canalisations grinçaient, l'eau gargouillait dans les vieux tuyaux de cuivre ; le vent sifflait à travers les fenêtres disjointes ; le bois gémissait sous le poids des ans et les souris trottaient derrière les plinthes, peuplant le dernier étage de présences inquiétantes. Et, couvrant le tout, le claquement de touches métalliques sous des doigts osseux me parvenait depuis la chambre de Mrs Favreau. Elle ne cessait d'écrire, depuis quelque temps. Chaque son me hérissait, et c'est au moment où la mitraille était le plus intense, alors que j'allais frapper à la porte, qu'il cessa soudain comme si Mrs Favreau savait qu'il y avait quelqu'un de l'autre côté. Le mieux était d'entrer tout de suite. Je déverrouillai la porte et l'ouvris, le plateau en équilibre sur le bras. À l'intérieur, l'air lourd et renfermé me prit à la gorge. Je serrai les dents.

Fichier audio n° 3

Qualité : Moyenne
[Voix A] : Féminine
[Voix B] : Féminine

[Voix A] : OK, allons-y, on n'a pas beaucoup de temps.

[Voix B] : Désolée pour le retard. J'étais de service chez Mrs Favreau.

[Voix A] : Tu étais de quoi ?

[Voix B] : (...) service. Maman ne pouvait pas lui apporter son déjeuner, j'ai dû y aller. Papa la protège beaucoup. C'est maman et moi qui devons prendre soin d'elle, personne d'autre.

[Voix A] : Et lui, que fait-il pour elle si elle lui est si chère ?

[Voix B] : Il va la voir tous les deux jours, il lui lit la Bible et il prie avec elle.

[Voix A] : C'est sa mère ?

[Voix B] : Non, la femme du pasteur Favreau. Enfin sa veuve. Quand papa est arrivé à Newhaven, ils l'ont pour ainsi dire pris sous leur aile, tous les deux. Je crois qu'il leur faisait un peu penser au fils qu'ils avaient perdu des années plus tôt. Pour elle, papa devait être un peu comme...

[Voix A] : ... un fils adoptif ?

[Voix B] : Oui, voilà. Et papa ressentait la même chose pour elle : c'est la mère qu'il n'avait jamais eue. Donc quand le pasteur Favreau est décédé, il s'est senti obligé de s'occuper d'elle.

[Voix A] : S'occuper d'elle ? Dans quel sens ?

[Voix B] : Elle ne va pas bien, elle ne peut pas se débrouiller seule.

(*Soupir, suivi d'un crépitement, comme si on allumait une cigarette*)

[Voix A] : Elle est malade ?

[Voix B] : Elle est très confuse, elle ne dit presque plus rien de sensé. Elle a proféré des choses horribles, comme quoi le diable la possédait. Elle ne reconnaît plus les gens et ne sait plus en quelle année on est, mais en fait elle ne parle presque plus du tout depuis la mort de son mari. Il a eu un… un accident. (…) très en colère, aussi (…) se déchaîne (…) la contenir (…). Elle s'est même blessée elle-même. (…) affreuse griffure sur le visage de ma mère.

[Voix A] : (…) foireux. Pourquoi vous ne la mettez pas dans une institution où (…) en charge par des professionnels ?

[Voix B] : C'est très cher et ce n'est pas comme si on avait une mutuelle ou quoi. De toute façon, papa ne permettrait pas (…)

[Voix A] : (…) des médicaments ? (…)

[Voix B] : (…) pas malade dans ce sens-là (…) de l'amour et des prières (…)

[Voix A] : Tu ne crains pas (…) appeler les services sociaux ?

[Voix B] : (…) les regarde pas (…)

[Le reste de l'enregistrement est inexploitable.]

9

Je refermai à clé derrière moi la porte de Mrs Favreau. De retour dans le couloir, un air plus frais pénétra dans mes poumons. Jamais je ne m'habituerais à ces yeux, ces cicatrices... Mon cœur avait enfin cessé de palpiter comme un fou quand j'entendis un bruit. D'abord assez faible, mais il s'amplifiait et je ralentis le pas – on aurait dit un battement de cœur en provenance du mur. Pourtant, les combles étaient inoccupés, à l'exception de l'appartement de Mrs Favreau. J'avançai prudemment en direction du bruit, jusqu'à ce que quelque chose file entre mes pieds. Je sursautai. Une balle en caoutchouc bleu était venue finir sa course contre ma ballerine en toile.

Je posai mon plateau par terre et tendis le bras pour l'attraper, mais une autre main s'en saisit. Je sursautai à nouveau.

— Abigail, c'est moi.

— Nom d'un chien, tu m'as fait peur ! dis-je en administrant une tape sur le bras de Jackson.

Sale gosse. Que faisait-il ici ? La dernière fois que je l'avais vu, il chipait des fiches horaires à la gare routière de Parkerville.

Il rit en guise de réponse, d'un rire qui sonnait creux. Il rentra d'un pas traînant dans une chambre et se laissa tomber sur le lit de camp avec la mauvaise humeur qui caractérisait les ados de Parkerville. Je m'assis à côté de lui et nos épaules se frôlèrent : de près, il sentait le travail. La balle se remit à percuter le mur, y laissant une ombre de poussière avant de rebondir jusque dans sa main, en un cycle infini. Le plâtre du mur se grêlait de marques.

— Tu ne devrais pas être en train de travailler avec les hommes dans la salle informatique ?

Pour toute réponse, il relança la balle.

— Tu es bien le seul gamin que je connaisse qui n'aime pas tchatter en ligne.

— Je suis pas un gamin. J'ai 14 ans.

— Désolée, répondis-je en réprimant un sourire.

— Je les déteste, ces forums. Y a vraiment des gens chelou là-dedans. Tu verrais les trucs qu'ils disent…

— Justement. Notre mission, c'est de les sauver. De leur montrer une autre voie. Un chemin de vertu. Parmi ces gens « chelou », comme tu dis, il y a des âmes égarées.

La balle accéléra, écaillant le plâtre.

— Est-ce que ça t'arrive de penser que c'est nous ?

— Qui ça ?

— Les gens chelou.

— Jackson…

— Enfin je veux dire, quand tu vois Mrs Favreau… ?

Il y avait parfois des décisions difficiles à prendre. Papa aimait profondément cette dame et souffrait beaucoup de ce qu'on avait dû faire d'elle après sa réaction à la mort de son mari. Jackson ne voyait pas tout cela, mais moi je le savais.

— On n'avait pas le choix.

— Parfois, je déteste cet endroit.

— Mais non…

— Si.

Je posai la main sur la sienne. Jamais il ne l'aurait avoué, mais sa mère lui manquait. On ne l'avait pas vue depuis des années ; elle l'avait abandonné par pur égoïsme. Quel genre de femme pouvait ainsi tourner le dos à ses enfants ?

— Je t'ai vu prendre les prospectus à la gare routière, l'autre jour.

La balle s'arrêta comme on retient son souffle. L'atmosphère de la pièce changea, imprégnée de l'énergie de Jackson : de la colère, mêlée à de la peur.

— Dis rien à personne, s'te plaît.

— T'inquiète.

— Et surtout à ton père. Je sais que tu le trouves génial et tout, tu penses qu'il peut sauver le monde. Mais la dernière chose dont j'ai besoin c'est qu'il en parle au mien.

— J'en parlerai pas. Promis.

Ma réponse relança la balle dans son cycle de collision avec le mur.

— T'as déjà pensé à quitter Newhaven ?

La question me surprit. Jackson était né là. Sa mère l'avait mis au monde à l'étage. Ses premiers cris résonnaient encore dans les murs de la maison et il portait l'ADN de la communauté. Ici, tout le monde se connaissait et se faisait confiance, les enfants pouvaient jouer dehors sans risque de tomber dans les griffes de pervers ou de dealers.

Sans prévenir, la balle frappa le mur si fort qu'un gros morceau de plâtre tomba par terre.

De retour au cottage, je fus accueillie par des cris et des rires en provenance du salon. Papa était à quatre pattes sur le tapis, assailli par Matthew et Elijah. À califourchon sur son dos, Matthew ne se laissait pas désarçonner.

— Plus vite, papou ! Plus vite !

— Tu es sûr ? répondit papa en riant.

D'un seul mouvement, il se retourna et prit Matthew dans ses bras, avant de le chatouiller sans merci. Elijah se jeta à son tour sur son dos et s'agrippa à son cou.

Ce jeu creusait des rides de joie autour des yeux de papa, il assouplissait et arrondissait son attitude. Jamais il n'avait joué ainsi avec moi. De mon temps, il était tout en angles et en lignes droites, les pères n'ayant pas à s'immiscer dans les jeux de leurs filles. Il s'asseyait près de mon lit tous les soirs, me lisait des histoires ou me complimentait sur mes dessins, mais la proximité n'était pas la même. Les souvenirs formèrent un nœud au fond de ma gorge. Je le ravalai tout rond. Adossée au chambranle, je restai à les regarder jusqu'à ce que papa roule sur le côté et s'appuie sur le coude.

— Salut, ma chérie !

C'était le signal pour que les petits monstres se précipitent vers moi.

— Viens, Abby. Papou nous emmène voir les poules.

Ils me prirent chacun par une main.

— D'accord, d'accord, dis-je en riant.

Papa s'était relevé. Il souleva de terre Elijah pendant que Matthew tirait le bas de sa chemise, réclamant à être porté lui aussi.

— Comment s'est passée ta matinée ?

— Bien. J'ai apporté son déjeuner à Mrs Favreau.

— Comment s'est-elle comportée ?

Ses yeux scrutaient mon visage comme s'il contenait la réponse davantage que mes mots.

— Ça allait. Elle m'a ignorée, de toute façon. Elle était concentrée sur sa machine à écrire. Je n'ai pas regardé, comme d'habitude.

— Viens, papou ! scandaient les jumeaux.

— Comment va Corey ?

La question était sortie toute seule.

— Je te demande pardon ?

Les mots m'étaient adressés, mais l'attention de papa était entièrement focalisée sur les jumeaux, ou plutôt sur Matthew, qui se balançait au bout de son autre bras.

— Tout à l'heure, quand je suis passée devant ton bureau, tu étais avec Corey Palicki.

Ce que j'avais vu me traversa l'esprit par bribes. Les yeux de papa vissés sur le visage de Corey ; on aurait cru que le garçon recelait le secret du salut éternel. Les mains de mon père sur ses épaules, leurs fronts qui se touchaient, et mon cœur qui s'était ratatiné comme pour se retrancher de ce que je voyais. Je secouai la tête afin de conjurer mon léger malaise. Absurde.

— Je ne vois pas de quoi tu parles, ma chérie.

— Je vous ai vus. La porte était entrouverte, avançai-je.

Le doute faisait vaciller ma voix. Papa m'adressa un large sourire, les yeux rivés sur les miens.

— Tu dois te tromper, ma chérie. J'ai passé toute la matinée à la chapelle.

— Oh...

— Ce n'est pas grave, ça arrive à tout le monde. La semaine dernière, j'étais persuadé d'avoir vu ta mère dans le potager, et puis je me suis aperçu que c'était Anita Jones.

Ce souvenir lui tira un petit rire amusé. Je fronçai les sourcils, rejouant la scène dans ma tête. L'entrebâillement de la porte, un coup d'œil fugitif et flou. J'avais cru voir papa parce qu'il était omniprésent, dans ma vie et à Newhaven.

Il finit par soulever Matthew aussi.

— Venez, les garçons, on va voir les poules.

Les images s'embrumaient dans mon esprit. Plus j'y repensais, plus elles étaient floues, et les visages finirent par se fondre en traits anonymes. J'avais été distraite par la présence de Tom dans l'escalier ; la peur distordait les choses. Mon cœur battait avec la conviction que papa ne m'aurait jamais menti. Impossible.

10
Moment présent

Un cauchemar me tire du sommeil dans un sursaut. Au moins, maintenant, je ne crie plus quand ça m'arrive. Personne ne se précipite dans ma chambre ; pas d'explosion de lumière ; personne n'envahit mon espace ; pas de mains moites qui se posent sur moi sans que j'aie rien demandé. Tous continuent à me regarder bizarrement, mais ce n'est plus parce qu'ils m'en veulent de les avoir réveillés, c'est parce qu'ils ne comprennent pas que je n'aie aucun souvenir des dernières semaines. Comment est-il possible d'oublier tant de choses ?

Le cauchemar me colle à la peau ; j'ai le souffle court et je suis couverte de sueur. L'odeur de fumée m'emplit le nez et le drap est emmêlé autour de mes chevilles. Je me débats pour m'en libérer.

Ma tête me fait l'effet d'une batterie à plat. Peut-être qu'il faudrait me rebrancher. Newhaven est encore assoupi ; c'est plus facile pour s'aventurer pieds nus dans le couloir. Déjà, ma main glisse le long de la rampe du grand escalier. S'il y a une chose que je sais, c'est que j'aime cette bâtisse. On est pareilles, elle et moi. Elle aussi a eu une autre vie. Il y a sur les murs les traces de ses existences antérieures, imprimées sous forme de rectangles flous qui ont pris sur le papier peint défraîchi la place des souvenirs autrefois encadrés. Je porte le même genre de traces quelque part en moi. Tandis que je traverse le hall, le miroir ancien saisit une silhouette fugitive, tache rouge au milieu de boucles noires, mais quand je regarde dedans il n'y a rien.

Je m'élance par la grande porte dans l'air étouffant de la nuit. Bien que le soleil soit couché depuis longtemps, sa chaleur m'oppresse encore comme si j'avançais dans de la mélasse. L'herbe me chatouille les pieds et la pleine lune recouvre tout d'une lueur argentée, transformant le parc en un monde fantomatique. Hunters Cottage semble impénétrable avec ses fenêtres noires telles des orbites vides braquées sur moi. Et il paraît intact : l'obscurité camoufle les dégâts. Mes pieds m'entraînent en direction de mon ancien chez-moi.

À l'arrière, la porte coulissante s'ouvre dans un gémissement, mais il n'y a personne pour l'entendre. L'intérieur sent la chair carbonisée, mélange de viande avariée et de graillon. Je ne devrais pas être ici. Le chef des pompiers a dit quelque chose comme « L'intégrité structurelle du bâtiment est compromise ». La poussière et la suie me chatouillent le nez, l'envie me démange d'empoigner un balai et de nettoyer à fond, mais ce n'est pas le moment. Je m'enfonce dans la maison comme tractée par un fil. Je frissonne et, tout de suite après, ma peau semble se réchauffer à l'approche d'un feu fantôme. Encore un pas. La chaleur s'épaissit. Je revois le brasier.

Le rayonnement ardent me tire la peau des joues. Une femme crie. À moins que ce ne soit moi ? Encore un pas. C'est là, juste sous les cris. Il y a quelque chose sous la surface, sous l'incendie. Quelque chose de chaud et glissant. J'en ai aussi sous les ongles. Cela me revient sous forme de flashes comme l'éclat d'une lame de couteau qui joue dans la lumière. Il y avait une autre personne. Oui, c'est ça. Deux sacs mortuaires sont sortis du cottage. Mais il y avait quelqu'un d'autre avec moi. J'en suis certaine.

Je m'arrête sur le seuil du salon. La brûlure de mes mains m'élance au souvenir de ce cri pénétrant. Les réminiscences rallument un brasier, des flammes qui se mettent à lécher les murs de la pièce et les meubles carbonisés. Les cris continuent, le feu me pique les yeux, me chasse de la maison et m'interdit d'y revenir. Je suis étreinte par la panique.

Une silhouette d'homme bloque le bout du couloir, me barrant l'accès à la cuisine. Il lève une main, prêt à m'attraper. Je sors à toute vitesse par la porte de devant, mes pas claquent sur le vieux parquet.

Je traverse la pelouse en courant, de plus en plus vite jusqu'à trébucher dans les broussailles et dégringoler. J'ai la bouche pleine de poussière.

— Abigail. Abigail. Calme-toi.

Des mains me saisissent les bras, je me retrouve à moitié écrasée contre une cage thoracique.

— Abigail. C'est moi. Tom.

Ce prénom se fraie un chemin vers ma conscience, au milieu des cris qui emplissent ma tête. Le visage de Tom rayonne sous la lune. L'un de ses yeux est masqué par une boucle de cheveux blonds.

— Tu m'as fait une de ces peurs !

— Moi, je t'ai fait peur ?

Il rit doucement et se passe la main dans les cheveux tout en se laissant tomber dans l'herbe près de moi.

— Qu'est-ce que tu faisais là-dedans ?

— Je t'ai vue sortir de Newhaven et je t'ai suivie. Et toi ?

— J'essayais de me souvenir.

— Et… ça a marché ?

Je secoue la tête, la gorge serrée par la frustration.

— Ça finira par te revenir.

J'envie sa certitude.

— Pourquoi tu es debout ?

— J'arrivais pas à dormir, avec cette maudite chaleur. Je m'y fais pas. Et puis par la fenêtre de ma chambre je t'ai vue traverser la pelouse.

D'un geste machinal, je tire sur les brins d'herbe autour de mes pieds, noirs de suie.

Ses doigts sont tout près des miens, nos genoux se touchent presque. Le silence prend ses aises tandis que nous arrachons de petites touffes de gazon. Il ne ressemble pas au Tom dont je me souviens. Dans ma dernière image de lui, avant, il est assis sur son banc à l'église, et sa façon de me regarder me glace les sangs. Mais on ne peut pas se fier à mon cerveau en ce moment. Ce qui se passe maintenant, en revanche, est bien réel.

— Je sais qu'on n'était pas vraiment amis avant. Plutôt le contraire.

J'ouvre la bouche pour protester, mais il poursuit.

— Non, c'est pas grave. Je peux être un vrai connard, parfois. Tu te souviens pas du tout des dernières semaines, hein ?

— Exact.

Le mot est mouillé des larmes que je tente de refouler. Je garde les yeux rivés sur l'herbe. Quand j'ose les relever, il se frotte la nuque.

— Eh bien, pendant les quelques semaines avant l'incendie, on était en train de se rapprocher. Après la fois où on s'était croisés dans la cuisine.

Avec un sourire il ajoute :

— T'inquiète pas, ça finira par te revenir.

11
Début juin

Elle était en retard. Elle avait oublié le marché que nous avions conclu, ma chance de lui prouver la solidité de ma foi.

Le matin de ce même jour, les volets à claire-voie projetaient des rayures d'ombre et de lumière dans le bureau de papa quand j'y étais entrée, un verre de thé glacé à la main et un tas de mots répétés à l'avance dans ma tête. Je voulais lui demander de retourner à Parkerville, si peu de temps après ma dernière excursion. L'odeur de son eau de Cologne flottait dans la pièce. Il était courbé sur son bloc-notes et n'avait pas levé les yeux quand j'avais posé le verre près de lui. J'avais prononcé ma phrase longuement préparée, mais les mots n'avaient pas entamé sa concentration d'un millimètre. J'avais toussoté, avant de recommencer. Son stylo s'était abaissé lentement. Cette fois, le regard de papa s'était brièvement levé, et ses lèvres avaient lâché les mots « très bien ».

Pour la première fois, aussi loin que je me souvienne, je n'avais pas dit toute la vérité : je m'étais évadée au prétexte d'acheter du matériel d'art pour les jumeaux. J'avais mis mon âme en péril, et voilà que la fille ne venait pas.

Malgré l'air conditionné, l'arrière de mes mollets collait au Skaï de la banquette, qui grinçait au moindre mouvement.

Mon alibi était posé sur la table devant moi. J'étais en enfer, plus spécifiquement dans un *diner* du centre-ville, entourée de silhouettes déformées par le péché : chairs flasques trahissant la paresse, seins gonflés par la vanité.

Quatre tables plus loin, la femme que j'avais vue demander l'autre jour où se situait Newhaven était en train de commander un café. C'était étrange de la revoir, puisque apparemment elle n'était pas de la région. La façon dont elle avait posé sa question la fois précédente suggérait une certaine tension vis-à-vis de nous. Je me tassai sur mon siège, priant pour qu'elle ne me remarque pas avec mon uniforme au milieu de cet endroit. La pendule accrochée au mur indiquait 14 h 10.

La sonnette tinta au-dessus de la porte. Mon cœur fit un bond, mais ce n'était qu'un groupe de trois adolescentes qui égrenaient des éclats de rire. *Allez, dépêche-toi*... Je décidai de m'en aller si elle n'arrivait pas dans les cinq minutes. Pourvu que je parvienne à passer devant la dame sans me faire repérer !

Bien que j'aie choisi la table la plus éloignée de la vitrine, je me tassai encore un peu. Chaque silhouette qui passait pouvait être un membre de la communauté, quelqu'un qui me reconnaîtrait et me poserait des questions. Tant que je n'avais pas obtenu de résultats, papa ne devait pas savoir que j'étais là, à essayer de convaincre Summer de l'infinie supériorité de nos choix de vie. Je tripotais nerveusement les coins de l'un des petits drapeaux qui ornaient les tables. La ville pavoisait à l'approche de la fête nationale.

Je sursautai : Summer venait de se laisser tomber sans crier gare sur la banquette opposée. Le drapeau en papier était tout déchiré. La jeune femme signalait sa présence dans le monde par un tee-shirt en technicolor qui laissait entrevoir un haut de bikini rouge. La gêne me brûla les joues ; je baissai les yeux sur mes couverts.

— Désolée pour le retard. La vie s'est mise en travers de mon chemin.

— J'ai pas beaucoup de temps, répondis-je à l'intention de ma fourchette.

— Alors on commence.

Summer jeta son téléphone sur la table et ses doigts coururent sur l'écran tactile.

— Qu'est-ce que tu fais ?

— J'enregistre, comme ça pas d'embrouille.

Je fronçai les sourcils.

— Pour que je ne puisse pas changer ou déformer tes propos, expliqua-t-elle. Et c'est plus rapide que de prendre des notes. OK pour toi ?

Elle se mit à farfouiller au fond de son sac. Je la regardai comme une enfant devant un magicien qui vient de plonger la main dans son chapeau, mais au lieu d'un lapin elle sortit un paquet de cigarettes, qu'elle lança sur la table avant d'en sortir une et de l'allumer à l'aide d'un briquet multicolore.

— 'tain, s'il y a une chose que j'aime dans cet État, dit-elle dans un panache de fumée, ce sont les lois concernant le tabac. Ou plutôt leur absence.

— Qu'est-ce que je vous sers ?

Nous devions faire une drôle d'impression à la serveuse. Une jeune fille en robe beige, l'autre à peine vêtue d'une explosion de couleurs, assises à la même table.

— Je veux bien une portion de frites et un Coca light.

— Et pour toi, ma belle ?

— Juste un verre d'eau, s'il vous plaît.

Après le départ de la serveuse, nous restâmes un instant sans rien dire. Autour de nous, le monde vibrait. Un monde dans lequel je n'avais pas ma place. Ma jambe droite tremblait sous la table. J'avais envie de m'échapper de l'air glacial de la clim réglée à fond pour courir retrouver la touffeur familière de Newhaven. Un tintement de la cloche signala une nouvelle arrivée dans le *diner*. Je me tassai à nouveau sur la banquette, mais ce n'était qu'un vieux monsieur, coiffé d'une casquette de base-ball et avec des lunettes de soleil sur le nez.

— Oh merde, tu as honte d'être vue avec moi, c'est ça ?

— On peut commencer ?

— C'est bon, respire. Détends-toi ! Donc, Abigail, tu as toujours vécu à… comment s'appelle cet endroit, au juste ? Newhaven Plantation ?

— Oui.

Techniquement, ce n'était pas vrai, mais nous ne parlions jamais de ce que nous avions vécu avant d'arriver. Cette règle-là, je n'étais pas prête à la transgresser.

— Mais on dit juste « Newhaven », précisai-je. Pas « Plantation ».

— Est-ce que la plupart des membres de votre congrégation viennent de la région ?

— Certains oui, mais nous accueillons beaucoup de monde. Les gens viennent de partout pour trouver le salut et la rédemption.

— Est-ce que tu peux préciser ce que vous entendez par « rédemption » ?

Elle avait dégainé sa deuxième question aussi vite que la première, dans le brouhaha des conversations animées et des bruits de couverts. Moi, j'avais posé les deux coudes sur la table, j'étais parée. Toutes ces répétitions face au miroir prouvaient enfin leur utilité.

— Vivre en accord avec les enseignements des Saintes Écritures, selon les rôles que le Seigneur a assignés aux hommes et aux femmes. « Celui-là seul qui fait la volonté de mon Père qui est dans les cieux entrera dans Son royaume. »

La serveuse apporta nos commandes. L'odeur des frites me fit saliver, et je m'accrochai à mon verre d'eau. « Sois ouverte et franche, montre-leur le chemin, mais n'oublie pas qu'eux seuls peuvent pousser la porte », aurait dit papa. Summer aspergea ses frites de ketchup, les noyant dans une mare de rouge. De l'autre côté de la vitrine, des éclats de voix me firent sursauter, mais ce n'étaient que des inconnus qui passaient dans la rue.

— Est-ce que c'est ta conviction profonde, ou alors tu répètes ce qu'on t'a dit ?

Tout en parlant, elle se fourra plusieurs frites dans la bouche, qu'elle réduisit en une bouillie rosâtre. Du ketchup plein les doigts, elle lécha tout le rouge.

— C'est ma conviction. On aide les gens. Regarde dans quel monde nous vivons. Le chômage, le taux de natalité qui s'effondre, l'abandon des valeurs familiales, les enfants qu'on séduit et détourne dans les écoles publiques, les femmes qui oublient leur véritable nature. Nous voulons proposer une autre voie.

Summer enfourna une nouvelle bouchée, se lécha à nouveau les doigts. Elle valait beaucoup mieux que ça, et j'allais lui ouvrir la porte vers son salut.

— Comment le fait de haïr et d'opprimer les femmes pourrait-il les aider à quoi que ce soit ?

Son accusation me gratta le fond de la gorge. Ses mots avaient une saveur rance. Newhaven était un sanctuaire où les femmes étaient célébrées pour ce qu'elles étaient : des mères et des épouses. Elles jouaient un rôle central, de soin et d'éducation, elles élevaient les générations futures. Papa chérissait maman, il le lui prouvait par son sourire et ses mots de gratitude après chaque repas qu'elle servait, par le bouquet de fleurs des marais qu'il lui apportait encore chaque mois, après toutes ces années. La bulle de sécurité qu'il avait créée autour d'elle était si puissante qu'elle n'aurait jamais voulu en partir.

— Newhaven ne déteste pas les femmes. Nous les célébrons pour ce qu'elles sont.

— Tu peux expliciter ?

— Des épouses et des mères.

— Tu veux dire des femmes de ménage et des utérus sur pattes ? Des esclaves qui font ce qu'on leur dit, qui obéissent aveuglément aux ordres ?

À ces paroles dégoulinantes de mépris, je redressai l'échine pour déclarer :

— Moi, j'ai hâte de devenir mère à mon tour.

— Tu as quoi, 15 ans ?

— J'en aurai 18 d'ici quelques mois.

— Oh pétard…

— Tu interprètes tout de travers. Si seulement tu écoutais…

— Est-ce que tu as déjà entendu parler du syndrome de Stockholm ? C'est assez fréquent dans les sectes comme la vôtre.

C'était la catastrophe absolue. Pourquoi ne se contentait-elle pas d'écouter ? Je bus de longues gorgées d'eau pour noyer ma frustration. La porte s'ouvrit avec fracas, faisant hurler la sonnette, et une famille s'engouffra dans le *diner*. Deux petits garçons couraient en tête : un instant, je m'attendis à ce qu'ils sautent sur mes genoux en criant « Abby ! On t'a retrouvée ! », mais ce n'étaient pas mes frères. Mon cœur continua de tambouriner contre mes côtes. J'empoignai le sac en papier posé près de moi.

— Il faut que j'y aille. C'était une mauvaise idée.

— Écoute, on peut se revoir ailleurs. Dans un endroit plus discret. Je suis désolée. Je suis sans filtre, c'est mon grand problème.

Elle me saisit par le poignet alors que je me tortillais pour m'extraire de la banquette.

— Attends, j'ai quelque chose pour toi.

Elle me colla un livre dans les mains. Il s'intitulait *Les Quatre Filles du Dr March*.

— Je pense qu'il te plaira. C'est bien mieux que celui que tu avais l'autre jour. Tout ce dont tu as besoin est dedans, OK ? Tu n'as qu'à l'ouvrir pour y jeter un coup d'œil.

Je sortis en courant, l'extérieur m'accueillit par un mur d'air brûlant qui me couvrit aussitôt le front de sueur. Mon cœur battait à l'idée de retrouver les autres, de reprendre le bateau pour Newhaven. Dans ma course, je passai devant un bâtiment où flottait un drapeau aux couleurs de l'arc-en-ciel. J'avais atteint sans le vouloir le temple de la dépravation. Sur l'enseigne, chacune des lettres d'un acronyme ridicule signifiait un péché différent.

— Abigail !

Cette interpellation me transperça jusqu'à la moelle avant que j'aie eu le temps de tourner le coin de la rue. La voix qui avait ainsi tonné mon prénom jurait dans le paysage. Elle me stoppa net. Il n'était pas censé venir aujourd'hui. Je l'avais laissé à son bureau, en train d'écrire sa prédication, pendant que je mettais le cap sur le continent et mon entretien avec Summer. Je fis volte-face et levai une main devant mes yeux, aveuglée par le soleil. Ce n'était pas un mirage. La silhouette de papa se détachait sur le ciel bleu, où quelques mouettes lançaient leurs cris aigus.

Fichier audio n° 4

Qualité : Moyenne
[Voix A] : Féminine
[Voix B] : Féminine

[Première partie inaudible]

[Voix A] : Vous généralisez un peu vite, non ? Là-bas, tout le monde n'est peut-être pas méchant ou malintentionné ?

[Voix B] : Je vais vous dire : le vieux pasteur, c'était quelqu'un de correct. Toujours aimable avec tout le monde. Il venait acheter des pralines pour sa femme. Alors que le nouveau… il se pavane comme s'il était le Messie en personne. Il se croit au-dessus du lot. Mais vous verriez ses yeux ! Je lui fais pas confiance. C'est un alligator déguisé en mouton. Croyez-moi, j'en voudrais pas pour ma paroisse, et encore moins comme mari. Ça me fait de la peine pour sa famille.

[Reste de l'enregistrement inaudible]

12

Le temps que papa me rattrape, mon cœur avait cessé de battre, se préparant à l'impact. Quelque chose d'affreux avait dû se produire pour qu'il soit venu me chercher jusque-là. *Mon Dieu, faites que maman, Sarah et les jumeaux aillent bien.* Je sentais le poids du cadeau de Summer dans ma poche.

— Qu'est-ce qu'il y a ? Qu'est-ce qu'il s'est passé ?

— Ce qu'il s'est passé ? Il s'est passé que tu nous as fait une peur bleue, Abigail.

La tension de sa voix dispersa les passants autour de nous. Je me retrouvai seule au milieu du trottoir. La colère pulsait sous sa peau, dans les muscles de sa mâchoire. Je ne comprenais rien à sa réaction. Et puis tout à coup sa colère fondit, pour se transformer en un masque d'inquiétude.

— Nous ne savions pas où tu étais. Ta maman était dans tous ses états.

— J'ai dit où j'allais au reste du groupe. On t'a appelé ? J'étais juste… J'ai acheté des trucs… pour les jumeaux. Désolée si j'ai mis plus longtemps que prévu.

Pour preuve, je tendis le sac en papier contenant les babioles que j'avais achetées avant de retrouver Summer. Les doigts de papa se plantèrent dans ma chair au-dessus de mon coude.

— Tu sais comment réagit ta mère. Comment as-tu pu lui faire une chose pareille ?

— Tout va bien, jeune fille ? Ce monsieur vous importune ?

Une femme aux cheveux courts, avec de grosses lunettes à monture rouge, avait fait son apparition près de nous. Elle avait les sourcils froncés, mais je ne regardais que celui de gauche, percé d'une petite tige métallique.

— Elle va très bien, répondit papa.

— C'est à elle que je le demande, dégaina-t-elle, pas à vous. Vous allez bien, mademoiselle ?

J'opinai. C'est alors que j'aperçus le pin's arc-en-ciel sur son tee-shirt, et je priai pour qu'elle s'en aille.

— C'est une affaire de famille. Laissez-nous tranquilles, ma fille et moi.

— En voilà une façon de traiter votre famille ! Écoute, ma belle, si un jour tu as besoin d'un endroit sûr, ou juste de parler à quelqu'un, tu seras toujours la bienvenue ici. Le centre est ouvert à tout le monde.

— Pour que vous puissiez corrompre son esprit ? Ma fille ne se laissera jamais laver le cerveau dans votre centre de dépravation ! « Ce que Dieu veut, c'est votre sanctification ; c'est que vous vous absteniez de l'impudicité, c'est que... »

— Épargnez-moi vos bondieuseries ! Ça renforce votre sentiment de virilité, de terroriser une adolescente ?

La femme fit mine de s'interposer entre nous. Elle avait tout faux. Papa n'était pas en train de me terroriser, il était juste inquiet, même si je ne comprenais pas pourquoi.

L'atmosphère s'alourdit.

— Allez-vous-en, gronda papa. Je ne suis pas dupe de vos manigances. Je connais les gens de votre espèce et je ne vous laisserai pas pervertir ma fille.

Un crachat l'atteignit au visage et resta suspendu dans les poils de sa barbe. Son regard s'assombrit, son cou se crispa et la tension se resserra autour de mon bras, à m'en plisser la peau.

— Allez, viens, Tania chérie, il n'en vaut pas la peine.

Une femme en robe à fleurs, coiffée de tresses collées rassemblées en un chignon bas, prit sa compagne par les épaules et l'éloigna de nous.

Papa essuya le crachat avec son mouchoir. Je voulais le réconforter, mais ne savais pas comment. Ce n'était pas la première fois que quelqu'un s'en prenait à lui devant moi : sa passion et sa foi irritaient les pécheurs et les esprits faibles. Mais ce jour-là c'était différent, comme un affront plus personnel. Sa main relâcha mon bras pour se poser sur mon épaule, son poids m'indiquant qu'il était temps de partir. Le silence nous accompagna jusqu'au point de rendez-vous.

— Tiens, pasteur Heywood ! Nous ne pensions pas vous voir ici aujourd'hui ! dit Wade Pruitt en se détachant du groupe lorsqu'il nous aperçut.

— Je suis venu quand je me suis rendu compte qu'Abigail s'était jointe à vous sans nous en avertir. Sa mère est malade d'inquiétude.

Je demeurai bouche bée, ne sachant que penser.

— Toutes mes excuses ; elle a dit qu'elle vous en avait parlé, bredouilla Wade Pruitt.

Je ne l'avais jamais vu perdre ses moyens comme ça, mais il est vrai que le regard désapprobateur de papa pouvait produire cet effet sur les gens.

— Abigail ?

— Mais si. Je t'en ai parlé. Je suis allée te le demander dans ton bureau. Je t'ai apporté un verre de thé glacé et je t'ai posé la question. Deux fois, même. Tu ne t'en souviens pas ?

— Tu es venue m'apporter du thé glacé dans mon bureau, c'est exact.

Ma langue cessa de pousser nerveusement contre mes incisives, mes lèvres esquissèrent un sourire…

— Mais tu ne m'as pas parlé de venir ici, et si je t'en avais donné l'autorisation je m'en souviendrais. Tu crois que je me serais permis d'infliger une telle chose à ta mère ?

La honte me brûla les joues. J'étais partie avec la certitude d'avoir son aval. Je me souvins qu'il avait marmonné, mais peut-être son attention était-elle focalisée sur quelque chose de plus important à ce moment-là. Il aimait rédiger ses sermons à la main, cela lui donnait l'impression d'être plus près des mots de Dieu. Le doute germa dans mon esprit. Et s'il ne m'avait pas entendue ? J'avais pris un congédiement marmonné pour une approbation, imaginé les mots « très bien ».

— Je suis désolée. Je pensais que tu m'avais entendue et que tu étais d'accord. Je ne voulais pas te faire peur, ni à maman. Je suis tellement désolée !

Le reste du groupe devint flou derrière un rideau de larmes. L'humiliation était aussi profonde que si papa m'avait déshabillée en pleine rue devant tout le monde, et devant ces gens que je voyais tous les jours. Des gens qui se souviendraient, ne manqueraient pas de me rappeler l'incident. L'éventualité que ce ne soit pas une erreur mais une ruse de ma part assombrissait déjà leurs yeux. On en parlerait à mi-voix derrière les portes closes : j'avais cru m'en tirer à bon compte sur ce coup-là. C'était plus que dégradant. Personne n'aimait les menteuses. Et, pire encore que de les avoir tous déçus, j'avais trahi la confiance de papa.

13

Nous attendions près de l'entrée de la marina. Les autres étaient plongés dans leurs pensées ou bavardaient par petits groupes, unis dans leur effort pour regarder n'importe où excepté dans ma direction. Je scrutai le carrefour. Toujours aucun signe de papa depuis qu'il s'était éloigné à grands pas dix minutes plus tôt. Je ne savais pas trop où il était allé, mais nous ne pouvions pas repartir sans lui.

Un visage émergea de la foule ; ce n'était pas celui que j'attendais. Immenses lunettes rouges, piercing à l'arcade sourcilière. La fille qui était intervenue quelques instants plus tôt : Tania. Elle descendait la rue, main dans la main avec la femme à la robe fleurie, à la si jolie coiffure. Leurs doigts entrelacés parlaient un langage secret qui m'intriguait et me troublait. Je ne sais pas pourquoi, mais l'image de Summer s'est imposée à moi, Summer en train de manger ses frites avec les doigts. Les femmes ralentirent le pas en arrivant au passage piéton : le compte à rebours du feu indiquait qu'il allait passer au rouge. Elles s'arrêtèrent sur le trottoir. Dans ce moment d'attente, elles se penchèrent l'une vers l'autre et leurs lèvres se touchèrent. Quelque chose se serra au fond de mon ventre. Leur baiser se fit plus osé, débridé : bouches et joues se mouvaient à présent comme pour ruminer. J'avais une boule dans la gorge. Dieu aurait dû les foudroyer sur-le-champ pour leur impudence. Et, pourtant, je n'arrivais pas à détourner le regard. Des passants les avaient rejointes et attendaient que le feu passe au vert sans prêter attention au spectacle qu'elles offraient.

Autour de moi, les conversations n'étaient plus qu'un bruit blanc fondu dans le ronronnement de la circulation. Que faisait Summer à cet instant ? Je la revis assise à la table du *diner*, la tête penchée en arrière pour finir son Coca avant de s'essuyer les lèvres du revers de la main. Summer n'avait cure des serviettes de table et des bonnes manières. Chacun de ses gestes, chacun de ses mots prouvait qu'elle avait besoin d'être sauvée, de même que ces deux femmes. Avec mon aide, elle pourrait échapper à la damnation éternelle. Je sentais le poids du livre dans ma poche. *Les Quatre Filles du Dr March*. Qu'est-ce que c'était que ce titre ? Venant d'elle, sans doute un manifeste féministe. Je l'effleurai, pensive, quand une silhouette floue passa devant Tania et son amie.

Un cri me sortit de ma rêverie. Il éclata en plusieurs autres, qui déchirèrent la foule amassée au carrefour. Le temps que je m'approche, la panique s'était transformée en hystérie. Les badauds formaient un attroupement sur le trottoir. Je me frayai un chemin entre deux corps, avec l'impression de patauger dans les marécages de Jaspers Island. Une forêt de bras et de jambes moites, de cheveux qui pendaient telles des touffes de mousse espagnole, le tout dans une odeur de transpiration à couper au couteau.

Un camion de livraison s'était arrêté au milieu de la chaussée, et il y avait comme des éclaboussures de peinture rouge sur son capot jaune. Sur le trottoir d'en face, la femme croisée au *diner* et au magasin braquait sur moi un regard noir, et tous ceux qui ne détournaient pas les yeux les gardaient rivés sur le sol.

Le son s'épaissit comme si les gens parlaient sous l'eau. Mon cerveau ne parvenait pas à analyser les événements, jusqu'à cette image : une paire de lunettes à monture rouge sur la chaussée, les deux verres cassés. Tania était étendue à plat dos, ses yeux flous regardant le ciel, ses membres tordus dans une position peu naturelle. Son amie était agenouillée près de son corps, le visage déformé par les cris et luisant de larmes. Sa bouche béante ne semblait pas humaine, ses hurlements transperçaient l'âme. Je ne savais pas quoi faire de sa douleur.

Je frissonnai dans la chaleur. L'air lourd s'alourdit encore d'une odeur métallique qui me fit monter la bile dans la gorge. Une mare de sang se formait lentement sur l'asphalte, derrière la tête de Tania. Je baissai les yeux, m'attendant à en trouver sur mes mains, mais elles étaient immaculées et elles tremblaient. Peu à peu, un brouhaha de phrases émergea de la confusion générale.

— Appelez les secours !

— Elle a trébuché puis est tombée.

— Je n'ai pas pu la retenir. Pas pu la retenir…

— C'est pas possible…

— Est-ce qu'elle respire ?

Moins d'une heure auparavant, ce corps s'était interposé entre papa et moi, frémissant de vie et d'indignation. En moins d'une seconde, sa peau avait pris une teinte cireuse. Cette pensée me glaça. Je fixai sa cage thoracique, y scrutant un mouvement, comme quand je regardais dormir ma petite sœur Sarah ou les jumeaux. Mais rien ne bougeait. La poitrine de Tania était d'une immobilité macabre. J'enveloppai son âme d'une prière silencieuse avant qu'elle ne soit livrée au Jugement dernier.

Je sentis sa présence avant même que ses mains réconfortantes ne viennent peser sur mes épaules.

— Papa, c'est horrible, la pauvre ! sanglotai-je en enfouissant mon visage contre sa poitrine.

Il m'entoura d'un bras, me berçant dans un cocon de sécurité que j'aurais voulu ne jamais quitter, et déposa un baiser sur le sommet de ma tête. Son cœur battait dans mon oreille, avec une régularité réconfortante. Je calai ma respiration sur son rythme.

— Tout va bien, ma chérie. Je suis là. Papa est là.

Il baissa les yeux vers moi et essuya du pouce une larme que je n'avais pas sentie couler.

— Quelle tragédie... Elle s'est adressée à nous il y a à peine une heure...

Je me réfugiai dans son étreinte tandis que le chaos le plus total continuait à régner autour de nous.

— Je sais, ma chérie. C'est une tragédie, mais notre Seigneur trouve toujours un moyen de punir les impies.

Il avait parlé d'une voix si douce. Mon corps s'était crispé un instant avant de se détendre à nouveau. Il avait raison. Le diable se cachait souvent derrière un visage d'ange. L'intérêt que m'avait porté Tania ne changeait rien à sa nature profonde.

— Vous ! C'est vous !

À ce cri, nous fîmes volte-face. L'amie de Tania dardait sur papa un regard où la douleur le disputait à la haine. Je pris une brève inspiration, choquée. Sa robe à fleurs était maculée de sang. Papa restait silencieux près de moi, mais tout son corps se tendait tandis que la femme poursuivait :

— Je sais que c'était vous. C'est votre faute. C'est à cause de vous !

Ses mots se muèrent en hurlement. Je levai les yeux vers lui.

— Papa, qu'est-ce qu'elle raconte ?

— Tu sais comment sont ces gens-là, ma chérie. Ils aiment mettre leurs problèmes et leurs malheurs sur le dos des autres, sans jamais se remettre en question.

Sans un mot de plus, Papa m'entraîna hors de la foule, et les éclats de voix s'estompèrent en un murmure incohérent.

Service de médecine légale du comté de Briar
N° de dossier : 234
Rapport préliminaire d'autopsie (extrait)

Sexe : Féminin
Âge : 20-40 ans
Poids : 55 kg
Taille : 167 cm

TRANSCRIPTION DES NOTES VOCALES

Le corps est celui d'une personne de sexe féminin, d'âge probablement compris entre 20 et 40 ans. La victime a subi des brûlures de troisième degré sur 95 % de la surface du corps, tous ses vêtements ont brûlé ou fondu. L'identification par empreintes digitales est impossible. Afin d'établir une identification formelle, le bureau du shérif du comté de Briar recherche un dossier dentaire compatible. L'utérus et la région pelvienne sont trop endommagés pour déterminer si la victime est nullipare ou a donné naissance à un ou plusieurs enfants. Le pasteur Jeb Abernathy a confirmé au bureau du shérif qu'à sa connaissance les seules personnes de sexe féminin présentes dans le bâtiment étaient Abigail Heywood, 17 ans, qui a survécu, et Genevieve Heywood, 38 ans. Il confirme en outre qu'aucune autre femme ne manque à l'appel à Newhaven Plantation. Une alliance a été retirée de l'annulaire gauche de la victime et identifiée comme étant celle de Genevieve Heywood. Toutes les données physiologiques, y compris la taille et le poids estimés de la victime avant l'accident, suggèrent que ce corps est aussi le sien.

La forme des brûlures suggère la présence d'un produit accélérant sur les vêtements des victimes, ce qui expliquerait aussi leur sévérité. Des prélèvements ont été envoyés pour analyse au laboratoire.

La présence de fumée dans les poumons et la trachée indique que la victime était vivante au début de l'incendie. Toutefois, le corps n'a pas été trouvé en position fœtale, ce qui semble indiquer que la femme était inconsciente lorsqu'elle a pris feu. Malheureusement, le corps est très endommagé. Un examen minutieux semble cependant indiquer qu'il ne présente aucune lésion majeure en dehors des brûlures.

À ce stade de l'autopsie, nous établissons comme cause du décès : d'une part, l'asphyxie due à l'inhalation de fumée, et, d'autre part, les brûlures, profondes et étendues. Toutefois, les circonstances de la mort (accident/suicide/homicide) restent indéterminées, et nos résultats doivent être croisés avec ceux de l'enquête ouverte par le shérif.

14
Moment présent

C'est aujourd'hui. Je me force à sourire, et le sourire de maman me répond. Je ne me souviens plus quand cette photo a été prise. Son visage est plus jeune, cela date d'avant les jumeaux, mais sa coiffure et son corsage bleu pâle, à col rond, indiquent que nous étions déjà ici.

Les nuits où je ne fais pas de cauchemars, elle hante mes rêves. On fait ensemble des trucs banals comme cuisiner, jouer avec les jumeaux ou danser en écoutant la radio. Et puis je me réveille. C'est comme si on me coupait en deux. Parfois, je voudrais que ça s'arrête. Qu'elle me laisse tranquille.

La chaleur est si pesante que les couronnes de fleurs se fanent à vue d'œil. Un courant d'air encore plus chaud charrie l'air âcre du marais, remonte la travée centrale à la hâte tel un retardataire à la recherche d'une place libre. Le vent n'est pas le seul intrus. Personne ne réagit quand les deux policiers quittent la chapelle, pourtant tout le monde a été témoin de l'échange entre les deux représentants de la loi et ceux de notre communauté. Tout le monde a vu le pasteur Abernathy se crisper face à leurs uniformes différents des nôtres et à leur attente obstinée, bras croisés, tant qu'ils n'auraient pas parlé avec moi.

« Tu devrais venir à Parkerville avec nous. Ça te changerait les idées. Qu'en dis-tu, Abigail ? »

Ils pourraient arrêter de prononcer mon prénom, tous ? Je ne supporte plus. Ça m'écorche les oreilles.

« Cette enfant ne va nulle part avec vous, a dit Mrs Calhoun. Pas tant qu'elle sera sous notre responsabilité. »

Je ne suis plus une enfant. J'ai bientôt 18 ans.

« Nous aimerions qu'Abigail consulte un spécialiste au sujet de ses trous de mémoire.

— Vous avez un mandat ?

— Il ne s'agit pas de cela. Parfois, un violent traumatisme émotionnel peut causer une amnésie partielle, mais certaines formes de thérapie peuvent aider à faire remonter les souvenirs.

— Thérapie ? a craché Mrs Calhoun. C'est le venin de la société actuelle ; seul notre Seigneur peut nous montrer la voie. Vous allez l'arrêter ?

— Bien sûr que non…

— Alors dans ce cas je voudrais que vous partiez, est intervenu le pasteur Abernathy. Vous êtes sur une propriété privée. »

Dans la bataille, tout le monde en a oublié de me demander ce que je voulais, moi. Je joue avec le bout de ma tresse. Le picotement de la mèche a quelque chose d'apaisant, même si le souvenir de maman en train de me natter les cheveux avant l'office du dimanche me fait une boule dans la gorge. Les larmes embuent ma vue, mais ne coulent pas.

« C'est une cérémonie privée, et je voudrais que vous partiez, maintenant, si vous savez encore ce que veut dire le respect ! Vous ajoutez à la peine d'une pauvre orpheline. Vous n'avez pas honte ? »

En parlant, le pasteur Abernathy m'a désignée d'un geste éloquent. Les policiers sont donc sortis de leur pas lourd, et les mots qu'ils ont prononcés sur le seuil ont flotté jusqu'à nous : « Je me demande pourquoi on se fatigue à aider ces gens-là. C'est comme s'ils ne voulaient même pas essayer de comprendre ce qu'il s'est passé. »

Près de moi, les jumeaux s'agitent sur le banc, les bras tendus en direction de son visage, de son sourire. Ils crient « Mamoune ! Mamoune ! » sans comprendre pourquoi elle ne vient pas, pourquoi elle ne les enlève pas dans ses bras comme autrefois, quand il leur suffisait de donner de la voix pour qu'elle accoure. Leurs petits yeux sont mouillés de larmes. Ils ont hérité du regard de papa, d'un bleu de glace, et des cheveux auburn de maman. Je me demande à qui ils ressembleront le plus quand ils seront grands.

— Mamoune ! Mamoune !

Leur voix, de plus en plus aiguë, enfle en même temps que leur frustration. Elle me transperce, me rappelant une fois de plus que maman ne reviendra jamais.

— Chut !

Ma réprimande résonne sous le haut plafond et leurs cris se muent en pleurs étouffés. L'attention de la congrégation est rivée sur nous. L'air crépite dans l'attente de mon prochain geste. Mes mains demeurent en suspens au-dessus de leurs petites épaules, mais je ne sais pas trop de quelle façon les consoler. Quoi que je puisse faire, ce n'est pas de ça qu'ils ont besoin. Je ne suis pas *elle*, même si elle est présente dans mon sang, mes cellules.

— Là, là… c'est pas grave, les garçons, vous n'avez rien fait de mal.

Mrs Calhoun s'est précipitée pour les calmer, elle assaille notre banc comme le lierre un mur fissuré, aussi fidèle qu'inévitable. Elle peut adopter les jumeaux si elle les veut. Et la petite Sarah aussi. Je ne leur suis d'aucun secours, elle fera mieux que moi office de famille. Hier encore, elle a dû m'arracher ma sœur des bras : le biberon que je prétendais lui faire boire était vide et son petit visage avait viré au cramoisi à force de hurler. Mon esprit s'était évadé dans les trous noirs de ma mémoire, tentant vainement d'agripper la lisière d'une impression ou d'une image. Je ne leur sers vraiment à rien. Quand ils seront plus grands, ma présence ne saura que souligner son absence. Comment pourrais-je assumer pour eux le rôle de mère alors que je ne sais même plus comment être leur sœur ?

Deux photos exposées sur des chevalets, au milieu des couronnes de fleurs. C'est tout ce qu'il nous reste. Le rideau s'agite et je me concentre sur cette image pour éviter de penser à la pièce située derrière. À son corps prisonnier du sarcophage métallique du crématorium. À l'embrasement du cercueil. Au feu qui termine ce qu'il a commencé. À cette chaleur si intense qu'elle ne laissera que fumée et cendres. Des cendres. La pensée de leurs cendres entremêlées m'apaise un peu. Jusqu'à ce que la mort vous sépare… et au-delà.

— Abigail, tu tiens le coup ? me souffle Mrs Calhoun.

Ma mâchoire se serre. Ce qu'elle veut vraiment dire, c'est : « Pourquoi tu ne pleures pas ? » Est-ce qu'ils voient quel néant règne en moi ? Le choc m'a vidée de ma substance, larmes comprises. Leur expression change d'un instant à l'autre, le conflit intérieur tiraillant leurs traits entre pitié et suspicion, compassion et inquiétude, consolation et distanciation.

Comme moi, ils ne peuvent que s'interroger. Que s'est-il passé ce soir-là ? Où étais-je pendant la journée et la nuit où j'ai disparu, où ils m'ont cherchée ? J'ai saisi au vol dans la cuisine des bribes de conversation témoignant de l'érosion de leur foi – pas en notre Seigneur, mais en moi. « Tu crois qu'elle fait semblant ? Je suis sûre qu'elle était en train de traîner à Parkerville. Je ne serais pas surprise s'il y avait un garçon là-dessous… »

Si seulement je pouvais me rappeler ! Peut-être qu'ici je vais y arriver. Après tout, mes derniers souvenirs s'arrêtent entre ces murs, lors d'une occasion similaire, quand nous avons rendu hommage au pasteur Munro et à Fleur, autres portraits souriants exposés sur un chevalet. Le dernier jour que j'arrive encore à me rappeler, dans ma vie d'avant.

Les yeux fermés, je sonde l'obscurité de mon cerveau. La chaleur y allume une étincelle. Des cris s'élèvent – de moi, de lui, d'elle – et s'entremêlent avec le rugissement des flammes. Du feu ou des cris, qui était là en premier ? Une silhouette se laisse couler le long du mur du salon.

Les yeux ouverts, je vois se couvrir de suie mes mains sur mes genoux. Elles brillent à force de noirceur. Elles paraissent si petites et enfantines sous ce noir dégoulinant ! *Concentre-toi.* Un battement de cœur, une poitrine qui se soulève et s'abaisse sous mes doigts. Le mouvement ralentit. Il y a sous mes mains une vie qui s'échappe avant que j'aie le temps de la rattraper. Et quelque chose d'autre en dessous. Si je franchis la barrière de feu, je verrai peut-être ce qui est caché derrière. Son origine. Au milieu du chaos et des cris, la voix de papa s'élève, tranchante comme un couperet.

Le pasteur Abernathy prononce son éloge funèbre mais je n'en saisis pas le moindre mot. Je ne vois que le portrait de maman, son doux visage, ses lèvres qui ont embrassé si souvent mes joues, mes paupières, le bout de mon nez, chacun de mes doigts et de mes orteils. Même quand je ne l'avais pas mérité. « On est bien, entre filles, Honey-Bunny ! » disait-elle à l'époque où nous n'avions pas d'autre famille.

Et puis je revois son visage dans les derniers instants : ses yeux qui se révulsent, ses lèvres qui articulent des mots inaudibles, son teint qui se vide de couleur. Une panique incontrôlable me saisit. Les images sont accompagnées de l'écho d'une voix. Une voix d'avant les flammes, qui vient de retrouver son chemin jusqu'à moi.

« Qu'as-tu fait, Abigail ? Qu'as-tu fait ? »

De : Cameron McPherson
Date : Mardi 30 août 2022, 11:34
À : Jeb Abernathy
Objet : RE : Inquiétude – besoin de guidance

Mon cher pasteur Abernathy,

Merci pour vos dernières nouvelles.

Je suis alarmé d'entendre que la police a interrompu l'office en hommage au pasteur Heywood et à son épouse. La dernière chose dont nous ayons besoin serait que les agents fassent ingérence dans nos affaires. Tant au sein de la police que dans l'opinion publique, certaines personnes sont hostiles au travail que nous menons et nous en veulent de vivre selon le plan de Dieu. Après la perte tragique du pasteur Munro dans un acte de violence insensée, qui sommes-nous pour dire que le pasteur Heywood n'a pas connu un sort similaire ? Nous ne pouvons exclure l'hypothèse que le feu ait été déclenché volontairement, pour attaquer une fois de plus notre Église et l'un de ses dirigeants. Je suis d'accord sur le fait que nous devons intensifier nos patrouilles pour renforcer notre sécurité, et que les forces de l'ordre n'ont pas droit de cité dans l'enceinte de Newhaven. Rien ne nous dit qu'elles ne soient pas elles-mêmes responsables de l'incendie. C'est une occasion de rappeler à nos ouailles quels dangers rôdent en dehors de notre communauté. Il est temps de resserrer les rangs.

Je vous prie de m'envoyer l'inventaire à jour de l'armurerie de Newhaven. Au besoin, je pourrai passer une commande de quelques armes de poing ou fusils semi-automatiques, ainsi que de munitions supplémentaires.

Je m'en remets à votre discernement mais, si vous voulez mon avis, je pense que les déplacements à Parkerville doivent se limiter au plus strict minimum, et qu'Abigail devrait rester à Newhaven.

Il guide nos pas. Que votre journée soit bénie.

Pasteur Cameron McPherson

15
Juillet

Depuis la sortie à Parkerville, les regards avaient changé. Ils glissaient furtivement dans ma direction avec de la tristesse teintée de quelque chose d'autre – comme si j'étais malade et qu'ils recherchaient des symptômes. *La fille obéissante ne ment pas.* À leurs yeux, je ne correspondais plus à cette définition. Ceux qui étaient à Parkerville ce jour-là en avaient été témoins, et la nouvelle s'était répandue dans Newhaven comme des plumets de pissenlit dans un ouragan. *Elle a menti à son propre père. Elle aurait dû être à la maison.* La honte me coupait le souffle chaque fois que je rencontrais leurs yeux réprobateurs, mais s'y mêlait une braise de ressentiment. Pourquoi ne croyaient-ils pas en ma bonne foi ? Cette braise, toutes les fois j'essayais de l'étouffer avant que la colère et l'arrogance ne me consument l'âme.

— Le féminisme.

Le mot résonnait sous la charpente de la chapelle, flottant au-dessus de nous tel un nuage noir avant l'orage. Papa se tenait au pupitre, tous les visages tournés vers lui. La chaleur pesait sur la congrégation, présence écrasante que les éventails en papier ne parvenaient pas à chasser. Un filet de sueur coulait le long de mon dos. Je m'agitais sur mon banc ; les ventilateurs suspendus aux poutres ne faisaient que brasser l'air chaud. Et le foulard noué autour de ma tête n'arrangeait pas les choses.

— Le féminisme, c'est un poison que le diable instille là-bas, sur le continent, en prétendant libérer la femme. La libérer de quoi ? D'une famille aimante ? D'un époux qui prend soin d'elle et pourvoit à ses besoins ? De vivre une vie épanouie de mère de famille ? « Elle sera sauvée en mettant des enfants au monde, pourvu qu'elle persévère dans la foi, dans la charité, et dans la sanctification, avec modestie. » Le féminisme est un prétexte que certaines invoquent pour se détourner du Seigneur et du rôle qu'Il a créé pour elles, préférant l'égoïsme et la compromission sexuelle. En venant nous établir ici, nous avons laissé cela derrière nous. Mais ne soyez pas présomptueux.

Il ménagea une pause théâtrale, fixant l'objectif du téléphone qui lui faisait face. On n'entendit plus que le battement des éventails en papier. J'imaginai ceux qui suivaient le sermon en direct s'approcher de leur écran, aimantés par le charisme de papa.

— Ne soyez pas présomptueux, car je vous le dis : la corruption peut aussi bien se trouver sur notre île, au plus profond de notre cœur. Nous devons faire preuve de vigilance. Marchant dans Ses traces, nous pouvons vivre dans Sa vérité. Nous savons que les impies sont condamnés à l'enfer. Nous en avons encore été témoins il y a quelques jours, à Parkerville, quand Dieu a frappé l'une d'entre eux.

La chapelle fut de nouveau plongée dans le silence, le temps que ses paroles s'imprègnent dans les esprits. Dans le mien, une autre scène ne cessait de se rejouer en boucle : je me voyais en train de lui parler dans son bureau, et je visualisais sa réaction. Je me détestais d'avoir commis une erreur aussi grossière. Je ne l'avais encore jamais déçu à ce point. Avoir perdu sa confiance m'oppressait tellement que j'arrivais tout juste à respirer. Je détestais le regard qu'il portait sur moi et sa moue désapprobatrice. Mais lui, au moins, il ne m'avait pas ostracisée comme le faisaient les autres.

Il me semblait entendre bourdonner leurs pensées, être écrasée par le poids des regards dans mon dos. Papa balaya la congrégation des yeux avant de lever les deux mains en direction du plafond.

— Pour ceux d'entre vous qui nous suivez en direct, et qui nous avez soutenus par vos dons : vous êtes dans nos prières. Il guide nos pas. Que votre journée soit bénie.

— Amen.

Derrière lui, le rideau de velours chatoyait de reflets plus rouges que d'habitude. Le visage de Tania s'y superposa, puis son corps inanimé étendu sur le bitume. *Dieu trouve toujours un moyen de punir les impies.* Connaître la vérité était une chose, voir couler du sang en était une autre. Son image ne me quittait plus depuis Parkerville. Si elle méritait le châtiment de Dieu pour ses péchés, je n'arrivais pas à concilier la brutalité de ce décès et la personne qui s'était inquiétée pour moi au beau milieu de la rue. Tania me hantait, mais je me gardais bien d'en parler.

Fichier audio n° 5

Qualité du son : Médiocre
[Voix A] : Féminine
[Voix B] : Masculine

[Première minute inaudible]

[Voix A] : En tant qu'homme d'Église, quel est votre ressenti vis-à-vis de la NABC ?

[Voix B] : Ces gens déforment la parole de Dieu pour justifier leur haine et leur étroitesse d'esprit. (…) passage de la Bible : « Mais ce que je fais, je le ferai encore, pour retrancher l'occasion à ceux qui cherchent l'occasion ; afin qu'en ce de quoi ils se glorifient, ils soient aussi trouvés tout tels que nous sommes. Ces hommes-là sont de faux apôtres, des ouvriers trompeurs, déguisés en apôtres du Christ. Et cela n'est pas étonnant, car Satan lui-même se déguise en ange de lumière. »

[Voix A] : Est-ce que (…) les confronter ?

[Voix B] : (…) plaisantez ? (…) trop (…) rester en vie.

[Reste du fichier inaudible]

16

Le jaune d'œuf creva sous mon couteau et le liquide visqueux se répandit, dévorant la surface blanche de la porcelaine avant que je ne le récupère à l'aide d'un morceau de pain de maïs. Je déglutis avec difficulté, et la bouchée me tomba lourdement sur l'estomac. Le petit déjeuner ne se déroulait pas mieux que l'office. Un silence de plomb régnait à table. Papa était si alarmé qu'il m'avait confrontée en public, pointant du doigt ma défaillance. Il m'avait pratiquement traitée de féministe devant toute la congrégation. Le jugement des autres était partout. Dans chaque bruit de fourchette, claquement de langue, respiration et toussotement. Le moindre son était décuplé ; les paroles qu'ils refusaient de m'adresser étaient assourdissantes.

— Je peux me lever de table ? demandai-je tandis que les pieds de ma chaise gémissaient sur le plancher.

— Abigail, je ne crois pas que…

— Laisse-la, dit papa en posant une main sur celle de maman.

À l'extérieur, la chaleur m'assaillit tel le baiser du diable. Le soleil chassait les ombres ; je ne pouvais me cacher nulle part. Je trouvai Jackson assis sur la margelle de la vieille fontaine, face à la forêt qui s'étendait au nord du grillage. Ses cheveux avaient désormais une coupe plus décente et dégagée au-dessus des oreilles. Du coin de l'œil, je perçus un frémissement dans le sous-bois, mais ne vis rien quand je regardai à nouveau. Je m'approchai du garçon. Nous restâmes assis sans rien dire au milieu des nombreuses statues du jardin. Le temps et les intempéries avaient si bien érodé leurs contours qu'elles n'avaient presque plus forme humaine. Jackson avoua qu'elles lui faisaient peur, à lui aussi. Il regardait fixement la forêt et moi mes mains, nous étions reliés par notre mécontentement.

— J'ai cru que tu t'étais évadée ou quoi.

— Pas du tout.

Au moins, lui, il me parlait. Mais cela n'aurait sans doute pas plu à son père.

— Je t'ai considérée comme mon héroïne tout le temps que tu étais partie, dit-il en ponctuant son commentaire d'un rire sans joie.

Pendant que papa était parti me chercher à Parkerville, la nouvelle de ma disparition s'était répandue comme le choléra dans Newhaven. Alors que le canot du retour s'approchait de Jaspers Island, une silhouette solitaire attendait sur le rivage, prenant peu à peu l'apparence de maman. Dès que j'avais posé le pied sur la terre ferme, je m'étais retrouvée étouffée dans son étreinte féroce, le visage écrasé contre sa joue mouillée. Elle bredouillait entre ses sanglots des mots incohérents qui nourrissaient ma honte : « Je croyais que je t'avais perdue. Je croyais qu'ils t'avaient attrapée et emmenée… » Tout Newhaven s'était rassemblé pour être témoin de la façon dont j'avais déshonoré mon père et contrarié ma mère. Elle ne m'avait pas pardonné de lui avoir fait peur de la sorte, et me parlait encore avec une certaine froideur qui faisait mal.

— C'était juste un malentendu, expliquai-je à Jackson.

— Je te crois. Cet endroit déforme tout.

Il donna un coup de talon dans la margelle. C'était bizarre de le voir comme ça. Jackson ne se mettait jamais en colère, d'ailleurs c'était l'une des choses que j'aimais bien chez lui.

— Même ton père, lâcha-t-il.

— Tu veux parler de ce qui s'est passé l'autre jour ?

J'étais rentrée à la maison afin de me changer après avoir nettoyé une des chambres du haut pour un nouvel arrivant, et j'avais entendu des voix filtrer par la porte fermée du bureau de papa.

« Comment pouvez-vous me dire en face que vous ne ferez rien ? »

J'avais tout de suite reconnu la voix de Jackson, mais papa lui répondait à voix si basse que je ne saisissais que quelques mots étouffés. Mal à l'aise, j'avais passé mon chemin pour éviter de me retrouver au milieu de la confrontation, lorsque la porte s'était ouverte en grand.

« Vous êtes un imposteur ! Dieu vous fera payer d'avoir fermé les yeux là-dessus ! »

Jackson était passé en trombe devant moi. Je n'étais même pas certaine qu'il m'ait vue. Papa était penché au-dessus de son bureau, le visage fermé et désapprobateur, tandis qu'une autre émotion, que je ne parvenais pas à identifier, faisait tressaillir le coin de sa bouche. Il retenait son souffle ; on aurait dit qu'il essayait de contenir une chose qui menaçait de déborder. Je passai la tête par l'embrasure.

« Tout va bien ? »

Il avait levé les yeux vers moi, soudain très calme.

« Très bien, ma chérie. Jackson est en pleine crise de doute, il est très agité en ce moment. »

Jackson s'était montré encore plus introverti que d'habitude après cet épisode, au grand dam de son père. Or, par moments, Mr Caine le menait à la dure. À moi, il me faisait de la peine : après tout, ce n'était qu'un gamin qui avait grandi sans présence maternelle.

— Les gens ne veulent pas voir comment il est vraiment, conclut-il à présent au sujet de mon père. Mais moi je le vois, et ta mère aussi…

Il ne cessait de taper la margelle.

— Qu'est-ce que vous mijotez, tous les deux ?

Derrière nous, le mépris de la voix de Tom me glaça l'échine. Sa façon de surgir de nulle part m'évoqua les serpents qui rôdent dans les hautes herbes. Je sentis Jackson se crisper.

— Sans t'offenser, Jackson, il serait temps que tu commences à te comporter en homme. Si tu montres que tu en as dans le pantalon, ton vieux finira peut-être par te respecter, au lieu de se servir de toi comme d'un punching-ball.

— Tom, ça va pas d'employer un langage pareil ?! Mais de quoi il parle ? demandai-je en me tournant vers Jackson.

— Je parle du fait que Jackson devrait apprendre à se défendre. Comment veux-tu qu'il chope une donzelle s'il persiste à se conduire comme une fiotte ?

Les yeux de Jackson luisaient de rage, il serrait les poings si fort que tout son corps vibrait. J'ai passé un bras autour de ses épaules. À 23 ans passés, Tom n'avait pas à traiter un adolescent de cette façon.

— Se comporter en homme, il y arrivera bien mieux que toi ! crachai-je.

— Pour le savoir, il faudrait que tu m'essaies, ricana Tom avec un clin d'œil.

Chaque fois qu'il me regardait, j'avais l'impression qu'un spectre m'effleurait la taille. Jackson avait bondi sur ses pieds.

— Hé, tu lui manques pas de respect, OK ?

— Qu'est-ce que tu comptes faire ? fit Tom avec ironie.

Il baissa exagérément la tête devant les poings serrés et le visage rubicond de Jackson.

— Tu n'en as pas assez de prendre des raclées ? ajouta-t-il.

L'autre laissa échapper un grognement de rage et se rua sur lui. La violence déchira l'air comme les feux d'artifice de la fête nationale du 4 juillet. Tom repoussa Jackson, qui revint à l'assaut jusqu'à lui assener un uppercut. En retour, Tom lui mit un direct en plein plexus solaire, et Jackson se plia en deux.

— Arrêtez !

Ma supplique se noya dans leur fureur. Toujours courbé, Jackson fonça tête baissée sur Tom, et ils culbutèrent en un féroce imbroglio de bras et de jambes qui souleva un nuage de poussière. Tom prit l'avantage. À califourchon sur son adversaire, il se riait de chaque coup de Jackson, jusqu'à ce que l'un d'eux l'atteigne au menton. Cela le fit tressaillir, mais il déversa une pluie de coups de poing dans les côtes de l'adolescent.

Lorsque je sortis enfin de ma sidération, mon regard glissa en direction de Newhaven : ses fenêtres austères nous observaient en silence. Après un instant d'hésitation, je m'enfuis en courant, emportant ma mauvaise conscience. Oui, c'était lâche, mais j'avais trop peur d'être jugée à nouveau, même si je n'avais rien fait…

Fichier audio n° 6

Qualité du son : Bonne
[Voix A] : Féminine
[Voix B] : Féminine

[Voix A] : C'est pour quoi ?

[Voix B] : Pour un podcast. Vous êtes d'accord pour que je vous enregistre ?

[Voix B] : Pourquoi pas.

[Voix A] : Super. Est-ce que vous avez toujours vécu à Parkerville ?

[Voix B] : Non, j'ai grandi à Charleston, et je suis venue ici après mon mariage. Mais mon mari est de la région, par contre.

[Voix A] : Comment voyez-vous les habitants de Newhaven Plantation et les membres de la New America Baptist Church en général ?

[Voix B] : Vous allez citer mon nom ?

[Voix A] : Si vous ne voulez pas, non.

[Voix B] : Très bien. Ces gens-là ne sont pas de vrais chrétiens. Ils déforment la parole de Dieu en fonction de ce qui les arrange. Dieu est amour. Il nous a donné le libre arbitre. Eux, ils ne prêchent que la haine. On les voit en ville tous habillés pareil et les filles ont des robes comme dans cette vieille série télé avec la famille, là, les Ingalls…

[Voix A] : *La Petite Maison dans la prairie.*

[Voix B] : Oui, voilà.

[Voix A] : Pensez vous qu'ils laisseraient entrer quelqu'un de l'extérieur ?

[Voix B] : C'est ce que vous comptez faire ? Un conseil : n'y allez pas. S'ils vivent sur une île, c'est parce qu'ils ne veulent voir personne. Ils disent qu'ils adorent notre Seigneur, mais notre Seigneur ne se cache pas dans ces fichus marais. C'est un lieu pour les démons et les morphoisés.

[Voix A] : Les quoi ?

[Voix B] : Les morphoisés. Des esprits maléfiques. Franchement, ces gens, ils débloquent à mort. Ils sont comme les rats des marais, si vous voulez mon avis. D'ailleurs, on entend même dire qu'ils attirent du monde. Des jeunes femmes. Et puis, une fois que vous êtes entrée, vous ne pouvez plus ressortir.

(*Bruit de froissement*)

C'est tout ce qu'il vous fallait ?

[Voix A] : Oui, merci.

[Voix B] : Ça fait 32 dollars et 45 cents. Carte ou espèces ?

[Voix A] : Espèces.

[Voix B] : Croyez-moi, vous n'avez rien à faire là-bas. Les marais de Jaspers Island sont dangereux, surtout pour les gens de l'extérieur. Vraiment, si ces gugusses se sont installés au milieu de nulle part, ce n'est pas pour rien. Ils ne veulent pas qu'on fourre le nez dans leurs affaires.

17

Les bois m'attendaient de l'autre côté. Selon papa, la clôture servait à empêcher les gens d'entrer, et non le contraire. Le panier vide se balançait dans ma main : je n'avais pas vraiment menti en disant que j'allais cueillir des mûres pour faire une tarte. La fin justifiait les moyens. Sous l'épaisse canopée, il y avait de l'ombre, mais l'air n'était pas plus frais. Je m'enfonçai dans les broussailles, traçant mon propre sentier jusqu'à ce que les arbres se fassent moins denses et que les premiers reflets du marais apparaissent derrière le feuillage.

Le soleil estival se brisait en mille éclats scintillants sur la surface de l'eau, d'un vert saisissant. C'était si différent de l'ambiance éthérée de l'hiver, où des lampées de brouillard enveloppaient le paysage... Ce jour-là, le ponton qui traversait la zone humide, tout moussu et noirci par le temps, était auréolé de lumière. Impossible de trouver le sentier pour l'atteindre, à moins de savoir exactement où le chercher... ou de tomber dessus par hasard, comme cela nous était arrivé un été, à Fleur et moi, alors que nous étions justement en train de cueillir des mûres. Jaspers Island était notre domaine. Bien sûr, c'est Fleur la téméraire qui était montée la première sur les vieilles planches pourries.

Elles s'affaissèrent sous mes pieds avec une odeur de bois en décomposition, mais pouvaient encore supporter mon poids. Par centaines, les grands cyprès de Louisiane émergeaient de l'eau avec leurs branches dégoulinant de mousse espagnole, leurs troncs noueux et nervurés. Je sentis mon cœur s'apaiser. Le vert était partout. Accroché aux branches ou miroitant à la surface de l'eau, ornant la mangrove sous forme de grenouilles-taureaux posées tels des joyaux sur les vieilles souches. Cet endroit appartenait à la nature même ; je n'y étais que tolérée. Comment pouvait-on tourner le dos à un Dieu qui avait créé tant de beauté ?

Je me mis en marche sous le regard d'un couple de hérons et d'autres animaux, invisibles, dans un concert de coassements. Bientôt, les cyprès se firent moins nombreux et le soleil se remit à taper, décolorant le paysage. Je dépassai Marshall Point et poursuivis mon chemin jusqu'à ce que l'eau capitule et que la terre ferme émerge à nouveau du marais.

La masure était adossée à la forêt telle une vieille sorcière reléguée à la marge par les villageois. Le jour où Fleur et moi étions tombées dessus pour la première fois, elle avait poussé un cri de joie en serrant son médaillon dans sa main, et son grand sourire avait découvert ses dents du bonheur. Là, ce souvenir produisit un pincement dans ma poitrine. À mesure que j'approchais de la maison délabrée, une certaine appréhension se mêlait à mon impatience.

Énorme cicatrice sur le visage d'un grand brûlé, le lierre dévorait tout un côté du bâtiment noirci par les flammes. L'autre était flanqué de la carcasse rouillée d'un vieux pick-up envahi de lianes de kudzu. Elles poussaient jusque dans les trous de la carrosserie. Sur la droite, un lilas des

Indes se rebellait contre la marée de vert et de brun par une explosion de fuchsia. Le toit de la masure était avachi, épuisé d'avoir à rester debout par cette chaleur. Je me faufilai parmi le lierre pour monter sur le perron. Comme toujours, la porte s'ouvrit avec un gémissement de bienvenue. L'odeur d'humidité et de bois brûlé vint me chatouiller la gorge. Il y avait un bon moment que cet endroit était abandonné. On aurait pu penser que des pillards auraient vidé la maison de son contenu, ne laissant que la carcasse, mais le vieux canapé élimé et la plupart des autres meubles étaient toujours là. La cuisine aussi restait en l'état, avec ses placards délabrés encore pleins de vaisselle poussiéreuse, son fourneau et son vieux réfrigérateur. Même dans cette région où tant de gens vivaient au-dessous du seuil de pauvreté, personne ne se risquait à dévaliser les morts.

La nature reprenait ses droits, s'insinuant dans chaque anfractuosité. Le lierre, entré par les fenêtres cassées, avait entrepris de conquérir le plafond. La terre elle aussi regagnait du terrain par monticules entiers, et toute une famille de fougères s'était établie dans un coin du salon. Je ne savais pas comment était l'étage – j'avais trop peur d'affronter les reliques de la tragédie qui avait fait basculer le destin de ce lieu.

Tout à coup, le parquet craqua derrière moi et une voix s'exclama :

— Dis, c'est grave la merde pour trouver cet endroit ! T'aurais pu me donner des indications plus précises. Non mais sérieux, on pouvait pas se retrouver dans un truc plus simple ? J'ai dû laisser ma caisse à 2 kilomètres !

Summer tira une bouffée de sa cigarette.

— Enfin bref, j'ai bien fait de te laisser mon mail et mon numéro dans l'exemplaire des *Quatre Filles du Dr March*, on dirait.

18

La silhouette de Summer se tenait dans l'encadrement de la porte du séjour, moulée dans un short en jean effrangé, Dr Martens aux pieds, une cigarette en équilibre au coin de la bouche. Ses cheveux étaient relevés en un chignon ébouriffé au sommet de sa tête, et une pellicule de sueur brillait sur son front et sa lèvre supérieure. Sans un regard pour le vieux canapé, elle se laissa tomber en tailleur à même le sol, puis tira de son sac une bouteille de Coca luisante de condensation. Elle but à longs traits qui pulsaient dans sa gorge.

— T'en veux ? proposa-t-elle en s'essuyant la bouche du revers de la main. Personne te jugera, ici.

La bouteille était lourde et glissante. Je posai les lèvres sur le goulot qui avait touché la bouche de Summer. En signe de confiance, je bus une goulée. L'effervescence et la fraîcheur me réveillèrent les papilles ; le soda avait le goût de la vie d'avant. Le goût de quand j'avais besoin des deux mains pour soulever la bouteille, avec le risque d'en renverser, et la satisfaction d'avoir évité l'incident. Dans cette vie-là, j'attendais devant un comptoir plus haut que moi qu'une pluie de petite monnaie tombe sur la surface, et que la caissière de la station-service les recompte pendant un temps qui me semblait infini. Je buvais à petites gorgées pour faire durer le plaisir. En retrait, maman se découpait en ombre japonaise contre le soleil estival. Elle faisait semblant de boire pour me laisser la plus grande partie du soda.

— Désolée d'avoir déconné, au *diner*. J'avais passé une nuit pourrie, suivie d'une journée pourrie.

Je tressaillis face à ce vocabulaire, et lui rendis la bouteille.

— J'aurais pas dû t'agresser comme ça, poursuivit-elle.

— Pourquoi tu nous détestes tant ? Tu ne nous connais même pas ! Tu n'es pas censée être impartiale quand tu réalises un documentaire ?

— Un podcast. T'as raison, sauf que c'est pas toujours facile.

— Alors pourquoi tu le fais quand même ?

— J'essaie juste de comprendre comment des gens dont la foi prône le pardon et la compassion peuvent faire preuve d'une telle haine. C'est pour ça, entre autres, que ça s'intitule *A Question of Faith*, « Une question de foi ». Parce que, en fait, tant que c'est légal et entre adultes consentants, pourquoi on s'occuperait de qui aime qui ou de comment chacun choisit de vivre sa vie ?

Le visage de Tania me revint en mémoire. La façon dont elle s'était interposée entre papa et moi, puis ce même corps, inerte, sur le bitume. Quant aux cris de désespoir de son amie en robe à fleurs, ils avaient l'accent de l'amour, non de la luxure. La perte d'un objet de désir ne vous ravage pas de la sorte. Le deuil est la continuation de l'amour. Le pasteur Favreau ne nous l'avait-il pas répété à plus d'un office funèbre ?

— Les femmes devraient pouvoir faire ce qu'elles veulent, être qui elles veulent. Pourquoi certaines viennent-elles dans cet endroit où elles n'ont aucune liberté ?

— Mais les femmes font bien ce qu'elles veulent. Elles peuvent toujours vivre dans le péché, si tel est leur choix !

— Mais le péché défini par qui ? Et sur la base de quoi ? Sur des textes et des coutumes d'une époque où il n'y avait même pas de connaissances scientifiques ni rien ? Sérieux, on parle d'un temps où c'était OK d'avoir des esclaves, de lapider quelqu'un à mort et d'autres conneries de ce genre !

Le langage de Summer était aussi relâché que sa posture : assise par terre, voûtée, les coudes posés sur les genoux, avec la fumée de sa cigarette qui s'élevait de sa bouche en volutes. Elle jeta son mégot dans la cheminée.

— Putain, ça chlingue, ici ! Allez, viens.

Sans attendre de réponse, elle me prit la main et nous hissa toutes deux sur nos pieds. Aussitôt dehors, la chaleur implacable se rappela à nous. Summer quitta ses bottillons et s'engagea sur la jetée à moitié effondrée, que jouxtait un ancien abri à bateau englouti de longue date par le marais. Elle remonta son tee-shirt au-dessus de sa tête, révélant son dos barré d'un soutien-gorge et laissant échapper un « Putain, on crève de chaud, ici ! » qui se perdit dans le tissu de son vêtement. Le temps qu'elle arrive au bout du ponton, son soutien-gorge avait rejoint son short sur les planches poussiéreuses, et seul un triangle de coton lui couvrait les fesses. Elle sauta avant que j'aie eu le temps de l'en dissuader. Le bruit de son corps frappant la surface me fit sursauter. Elle ressortit comme une torpille, reprenant son souffle avant de se passer la main sur le visage. Le soleil montait la garde derrière elle : je risquais sa brûlure si je m'approchais de trop près.

— Ah, la vache, ça fait du bien !

— Sors de là, c'est dangereux.

— Quoi ?
— C'est plein de sales bêtes !
— Plein de quoi ?
— D'alligators et de serpents.
— Ah, merde.

Summer se rapprocha du bord et ressortit en pataugeant sur la berge, les jambes emmêlées dans les algues et les hautes herbes, les pieds couverts de boue. J'étais assise sur le ponton, mes orteils se balançaient au-dessus de l'eau scintillante. Normalement, les alligators ne s'aventuraient jamais aussi loin à l'intérieur des terres, mais on ne savait jamais... J'attrapai ma tresse et ma langue vint se coller contre mes incisives comme si elle cherchait encore entre elles cet écart que la puberté avait comblé. Fleur aussi adorait l'eau. Elle me parlait toujours de la mare où elle allait nager avec ses frères. Son absence me pinça le cœur, et l'eau s'assombrit.

Summer se laissa tomber près de moi, l'eau de ses cheveux dégoulinant sur le ponton. Elle avait les yeux ambrés comme du miel. De près, elle sentait la noix de coco sous l'eau du marais. Le sang pulsa sous ma peau. Après s'être essuyé les mains sur son tee-shirt, elle sortit son téléphone de sa poche et le posa entre nous.

— Tu veux m'enregistrer ?
— Si tu es d'accord.

Elle prit mon haussement d'épaules pour un acquiescement.

— Pourquoi tu nous as traités de secte, l'autre jour, au *diner* ?
— Ben c'est un peu ça, non ?
— Bien sûr que non. Nous sommes une Église, un lieu de culte.

Papa disait toujours que Newhaven était un phare dans la nuit. J'inspirai profondément pour m'imprégner de sa sagesse.

— Nous sommes un havre de paix pour ceux qui cherchent à vivre selon la volonté de Dieu. La corruption se cache sur Internet, dans les films, dans le système éducatif, dans l'égoïsme des femmes qui cherchent à faire carrière et gagner de l'argent plutôt que de prendre soin d'une famille. Les ignorants nous traitent de secte, mais les universités, les sororités étudiantes et les organisations féministes, voilà les vraies sectes. Elles lavent le cerveau des femmes pour leur faire oublier leur place dans la société. Les gens viennent à Newhaven pour renouer avec la vérité et retrouver leur place.

Elle aussi balançait les jambes, sauf que ses orteils agitaient l'eau ; les miennes étaient trop courtes.

— Tu crois vraiment tout ça ?

— Bien sûr.

— Ou tu répètes seulement ce que te dit ton pasteur ?

Je sentis mes joues s'embraser, mais je poursuivis :

— Est-ce que tu ne mènerais pas une vie plus épanouie si tu prenais soin d'un mari et de vos enfants au sein d'une communauté soudée plutôt que de battre la campagne pour je ne sais quel documentaire ?

— C'est un podcast. Et la réponse est non. Je n'aime pas avoir un fil à la patte. Ni qu'on me dise quoi faire. Enfin bref, tu as toute cette eau autour de chez toi, mais tu ne nages pas ?

Je secouai la tête.

— Sérieux ? Genre, jamais ? Je peux pas croire qu'il y ait des prédateurs absolument partout…

— Je ne sais pas nager.

La honte me brûlait les joues.

— Et merde, j'ai encore gaffé. Désolée.

Un souvenir de Fleur émergea dans ma mémoire. Quand je séjournais chez elle en Floride, nous allions à la mare près de la maison et elle se balançait au bout d'une corde au-dessus de l'eau. Quand elle avait atteint l'amplitude maximale, elle lâchait prise, s'abandonnant à la gravité. Elle ponctuait toujours sa chute d'un cri aigu juste avant que son corps ne pénètre à grand bruit dans l'eau turquoise. Moi, je la regardais depuis le bord, assise sur un rocher plat, bien à l'abri dans les rayures de ma serviette multicolore. Ces jours-là avaient le goût du paradis et des épis de maïs grillé. Une boule se forma dans ma gorge. J'essuyai la sueur de mes sourcils.

— Tu pourrais au moins te mouiller les jambes…

Summer s'était à nouveau enfoncée dans l'eau jusqu'aux genoux, et elle me tendait la main.

— Je ne te lâcherai pas, c'est promis.

J'hésitai un instant. Cette fille était encore une inconnue pour moi.

— Allez, faut avoir la foi !

Poussée par ces mots, je me relevai pour attacher le bas de ma robe autour de ma taille. *Fleur, c'est pour toi que je le fais*, pensai-je en descendant du ponton. La vase gicla entre mes orteils. C'était écœurant, mais je les retroussai dedans pour un meilleur ancrage, comme si à tout instant un courant risquait de me déséquilibrer. Appuyée sur le bras de Summer, je jetai un coup d'œil à la terre ferme, damée par le soleil. À chaque pas, le marais m'engloutissait un peu plus. Quelque chose me frôla le mollet mais je me raisonnai : il n'y avait pas de créature tapie dans ces eaux troubles. Mon attention passait en permanence de Summer à la jetée. Il n'y avait personne. Tout à coup, mon pied glissa et ma cheville fléchit, mais Summer me retint dans ma chute. C'est sûr, mon cœur tambourinait dans ma poitrine… mais de quoi avais-je le plus peur, au juste ? Je n'aurais su le dire.

19

Sourde à mon conseil, Summer replongea pour se rafraîchir. Quelque chose me disait qu'aucun alligator n'aurait osé s'attaquer à elle. Elle agrippa le bord du ponton et se hissa hors de l'eau. Sa culotte lui collait à la peau. J'essayai de ne pas regarder, mais elle agissait sur moi à la manière d'un appât au bout d'une ligne de pêche. Elle se laissa tomber sur le dos, les bras allongés au-dessus de la tête, le corps offert aux rayons du soleil. Juste au-dessus de l'élastique de son slip, une inscription était tatouée – dans une langue que je ne connaissais pas. Sa graphie austère m'intimidait, on aurait dit une mise en garde… Je fixai mon attention sur un arbre comme si mon salut en dépendait.

— C'est quoi, cette vieille baraque ? Qui est-ce qui vivait là ?

— C'est une histoire tragique. Ça remonte à un bout de temps… L'homme qui l'habitait a essayé d'y mettre le feu avant de se tirer une balle dans la tête. Là, dans la chambre à coucher.

— Pourquoi il a fait ça ?

— Parce que sa femme l'avait quitté, apparemment. Tu imagines une horreur pareille ?

— J'ai entendu pire. Bien pire, même.

Je m'assis, ramenant mes genoux contre ma poitrine. Le marais avait laissé son empreinte olfactive sur ma peau, effaçant l'odeur de savon de ma vie à Newhaven. Un froissement dans les branches me fit lever la tête, mais il n'y avait rien à voir. Je n'écoutais Summer que d'une oreille, focalisée sur le ponton qui cheminait entre les bosquets de cyprès et de gommiers. Elle poursuivait :

— J'ai entendu parler d'un mec, dans l'Idaho, qui avait enchaîné quatre femmes dans sa cave, au beau milieu d'une banlieue résidentielle. Eh bien elles y sont restées près de dix ans avant qu'on s'en aperçoive. Y en a même une à qui il avait fait un enfant. Dans le même genre, une femme, Tiffany Brice, qui venait d'annoncer à son mari qu'elle demandait le divorce. Et *bim*, une seconde plus tard, le type essaie de foutre le feu à la baraque, avec elle dedans !

Je sentais de l'acrimonie dans ses paroles, sans en comprendre la raison. La peine de cet homme n'était-elle pas digne de compassion ?

— Ou encore ce mec, là, en Alabama (je me souviens plus du nom de la ville, un truc en *-ston*). Bref, il était jeune, marié à une jolie nana, ils avaient une petite fille et un bébé. La famille parfaite selon tes critères. Il bosse à l'usine du coin, elle est mère au foyer. Ils sont heureux, jusqu'à ce que l'usine le licencie pour raisons économiques. Il retrouve pas de boulot et l'échec le rend méchant. Les voisins disent qu'ils entendent des disputes, qu'elle finit par crier qu'elle va se barrer avec les gosses alors que lui sort en claquant la porte pour filer au bar.

Summer interrompit son récit pour allumer une cigarette roulée. L'humidité de ses doigts avait rendu le papier translucide. Elle tira une grosse bouffée et le tabac chuinta ; la braise émit une lueur orange vif. Sa bouche relâcha un nuage de fumée et l'odeur, bien plus âcre que celle du tabac normal, m'irrita aussitôt la gorge.

— Bref, un beau matin, la petite se présente pas à l'école maternelle. La directrice appelle chez eux, mais personne ne répond. La mère – elle s'appelait Karen, Karen Elsher – ne vient pas au rendez-vous qu'elle avait avec ses copines pour déjeuner. Comme elle ne répond pas au téléphone, les filles décident de passer chez elle après avoir avalé leurs œufs à la diable et leurs travers de porc. Eh bien, je t'assure qu'elles ont eu tort de manger avant d'entrer dans cette baraque…

Le récit s'imprégnait en moi. Je n'étais pas certaine d'en avoir envie, mais quelque chose me poussait à vouloir entendre la fin de l'histoire de Karen. Comme si je lui devais bien ça. Summer s'allongea sur le plancher, appuyée sur un coude. De près, la peau de son torse brillait de sueur. Je déglutis avec peine.

— Elles ont trouvé Karen dans son lit. La gorge ouverte d'une oreille à l'autre : c'est pour ça que personne ne l'a entendue crier. T'imagines ce que ça fait, quand la carotide éclabousse toute une pièce ? C'est comme une toile géante de Jackson Pollock, meuf.

Les yeux de Summer se firent plus durs sous l'effet de la colère, plus sombres. Je n'osai pas poser de questions, dans l'espérance insensée que Dieu ait pu faire preuve de Sa miséricorde…

— Les flics ont trouvé chacun des deux enfants couché dans son petit lit, avec une balle dans la tête. Sérieux, non mais à quel point il faut être taré pour shooter un bébé de 1 an ! Bien entendu, cette ordure avait mis les voiles depuis longtemps. Ils n'ont jamais retrouvé le « père de famille parfait ».

Elle mima les guillemets.

— Tu penses que l'assassin a fait disparaître son corps ?

— Nan mais t'es vraiment aussi naïve que ça ? C'est lui qui a buté sa propre famille !

— Pourquoi ?

— Le gars a décidé qu'il avait besoin de changer d'air, et que sa famille lui mettait des bâtons dans les roues. Dans son esprit tordu, c'était la meilleure façon de repartir sur de nouvelles bases. Comment ton Dieu laisse-t-il faire des choses pareilles ?

J'ai ouvert la bouche, mais Summer a parlé la première.

— Et épargne-moi les conneries du genre « Les voies du Seigneur sont impénétrables ».

Des images atroces s'imposèrent à mon esprit : les jumeaux dans leur lit, les draps maculés de rouge, leur bouche enfantine béante, inerte, le berceau de Sarah barbouillé de sang pendant qu'une sombre silhouette leur lacérait le visage à tous, avec sur les lèvres un rictus cruel et dans les yeux l'éclat de la folie.

— Tu pleures ?

J'essuyai rapidement les preuves humides de mon émotion.

— Bon, faut que j'y aille. J'ai une interview en ville.

À l'idée qu'elle puisse s'entretenir avec d'autres personnes, j'éprouvai un pincement au creux de l'estomac. Elle ramassa ses vêtements et regarda un instant derrière moi. Je tournai la tête, mais il n'y avait rien à voir que la vieille masure.

— T'as mon numéro et mon adresse mail. Dans tous les cas, je reviendrai ici demain à 14 heures si jamais t'as envie de parler vraiment, et pas juste de me servir la propagande de ton Église.

Elle m'adressa un signe en partant, la main levée bien haut, comme si elle était dans son milieu naturel. La masse de ses boucles brunes lui balaya le dos avant que l'obscurité ne l'avale tout entière entre les arbres.

Alors que je rentrais à Newhaven le panier plein de mûres au bout du bras et la tête pleine de Summer, je rencontrai un groupe de garçons hurlants et gesticulants agglutinés près de la clôture, à la lisière du bois. Ils me tournaient le dos, tellement concentrés sur une chose qu'ils ne me virent pas arriver. Leurs mouvements nerveux et désordonnés me laissèrent enfin voir ce qui les captivait ainsi : un opossum pris au piège. Jackson restait à la périphérie de leurs manifestations de violence, orchestrées par Tom. Ce dernier était évidemment à l'origine de ces actes de cruauté, même s'il était trop vieux pour se livrer à ça. En revanche, les réactions de Jackson étaient décalées par rapport à celles des autres, comme quand on récite une prière dont on ne connaît pas vraiment les paroles. L'opossum se débattait, boule de fourrure aux abois dans la poussière, tandis que les garçons s'abreuvaient de leur propre énergie collective et de la peur viscérale qu'exsudait l'animal. Ces mains, qui se joindraient en prière pendant l'office du dimanche, frappaient et tourmentaient à cet instant la petite créature terrifiée. Finalement, l'une d'entre elles la saisit à la gorge et la peur me gagna à mon tour. J'aurais dû secourir la pauvre bête, mais je ne voulais pas attirer l'attention. Je m'éclipsai avant d'avoir vu jusqu'où ils pouvaient aller. Comme disait papa : « Les garçons joueront toujours à des jeux de garçons. »

Fichier audio n° 7

Qualité du son : Moyenne
[Voix A] : Féminine
[Voix B] : Féminine

[Début trop endommagé]

[Voix A] : (...) Péché originel ?

[Voix B] : Cela veut dire que nous sommes tous nés pécheurs. Nous croyons qu'il faut vivre une vie vertueuse pour expier ce premier péché.

[Voix A] : (*Longue expiration*) Dans le fond, j'aime bien cette idée.

[Voix B] : Expier ?

[Voix A] : Non. L'idée que, qui que l'on soit, tout le monde naît complètement cramé, foiré, foutu dès le départ. Laisse-moi deviner, c'est en rapport avec Ève et la pomme ?

[Voix B] : Tu devrais venir à l'office, dimanche. Tu y apprendrais beaucoup de choses. Et après tu pourrais sûrement participer au repas partagé.

[Voix A] : Ouais, c'est très tentant, mais je doute que le reste de ta congrégation ait vraiment envie de me recevoir pour un brunch. D'ailleurs j'ai rien à me mettre pour aller à l'église.

[Voix B] : Je pourrais te prêter une robe.

(*Rire de l'une des deux*)

[Voix A] : Ben quoi ?

[Voix B] : Sérieux, tu me vois dans l'une de tes robes ?

(*Les deux rient*)

[Voix A] : (…) rentre pas dans le cadre (…). Est-ce que je peux avoir (…) y réfléchir (…).

[Reste de l'enregistrement inaudible]

20
Moment présent

Je n'ai parlé à personne de la phrase de papa, celle qui m'est revenue pendant les funérailles. « Qu'as-tu fait, Abigail ? » Qui sait ce que les gens pourraient en déduire alors que je ne sais pas moi-même quoi en penser ? J'erre comme une âme en peine entre la maison et le jardin, vêtue de nippes chiffonnées. Mrs Calhoun a renoncé à me coiffer. Elle n'y arrivera jamais aussi bien que maman. Les seules choses que je n'ai pas laissé filer sont mes frères, ma sœur, et mes visites à Mrs Favreau. J'aime bien être auprès d'elle. Sa chambre est très calme. Et de toute façon les autres semblent m'éviter.

Tous sauf les jumeaux. Ils courent partout en plein soleil, tournent autour de moi et slaloment entre les statues. Sarah est endormie dans un coin de la chambre de Mrs Calhoun, qui prétend me soulager en m'aidant à m'occuper de ma petite sœur. Selon elle, passer du temps dehors ne peut que me faire du bien. Je ne vois pas très bien pourquoi, mais j'obéis. L'herbe sèche, déshydratée par la chaleur implacable, me chatouille la paume. Les jumeaux débordent de vie. Ils vont et viennent telles des fusées, déposant de petites offrandes au creux de ma robe à chaque passage : des cailloux, des fleurs, une brindille aussi blanche et lisse qu'un petit os.

— Regarde-moi, Abby, regarde-moi ! crie Matthew en se lançant dans une série de roulades dans l'herbe.

Mes yeux se tournent dans sa direction, mais mon regard s'attarde sur les bouleaux qui marquent la lisière de la forêt. Le vent charrie l'odeur du marais, avec une note douceâtre qui attire mon attention. Wade Pruitt et Mr Garrett montent la garde le long de la clôture, fusil en bandoulière. C'est la deuxième fois qu'ils passent en une heure.

— Abby, tu me regardes même pas !

— Hein ? Oui, pardon.

Matthew roule comme un tonneau pendant qu'Elijah m'escalade.

— Maman me manque, dit ce dernier.

— Je veux voir maman et papa, ajoute Matthew en arrêtant ses cabrioles.

— À moi aussi, ils me manquent.

Je les attire tous les deux dans mes bras et les serre à les étouffer, humant leur parfum familier jusqu'à ce qu'ils s'échappent en gigotant. Si les enfants venaient avec moi à Hunters Cottage, ils pourraient voir la couleur de leur peau imprimée dans ce qu'il reste du parquet et des murs du séjour. Ils pourraient les toucher en posant les mains contre le bois et le plâtre. Nos parents existent encore, là-bas, mais l'endroit n'est pas sûr ; je ne veux pas qu'ils se blessent, encore moins par ma faute.

Newhaven pèse sur mes épaules de ses trois étages, irrigué par ses couloirs reliés à l'épine dorsale que forme l'escalier central. Une activité circule en flot continu dans ses entrailles, des combles aux tréfonds de la cuisine du sous-sol. La bâtisse m'avale chaque soir pour me recracher au matin, broyée et ruminée. La nuit dernière, le sommeil m'a encore jetée dans un cauchemar. Il y avait une porte rouge, béante comme des lèvres. Une jeune fille, aussi, silhouette aux longs cheveux, qui rayonnait d'importance. Elle était aussi aveuglante que le soleil, et entourée de feu, mais son visage restait plongé dans l'ombre. Les murs parlaient, répétant avec la voix de mes parents : « Elle est là, elle est là. »

— Abby, tu me regardes même pas !

— Abby ?!

Qu'as-tu fait, Abigail ?

— Abby, regarde !

Abigail, comment tu as pu ? Ta propre mère...

— Stop, ça suffit !!!

J'ai rugi ces mots malgré moi, en martelant ma cuisse du poing. Les yeux des jumeaux se remplissent de larmes. J'ai envie de tendre les bras vers eux, mais ma main reste en suspens et mon cœur se serre de honte.

— Les garçons, il y a du thé glacé et des cookies à la cuisine, annonce derrière moi une voix masculine.

En un clin d'œil, ils déguerpissent, mus par la promesse de tout ce sucre.

— Je me suis dit que tu avais peut-être besoin d'une pause, ajoute Tom en m'aidant à me relever.

Nous marchons côte à côte en direction de l'arbre aux pendus. Nos mains se balancent tout près l'une de l'autre, nos phalanges se touchent presque. C'est bizarre, je ne le reconnais pas vraiment, comme s'il y avait un fossé entre l'image qu'il donne et un souvenir enfoui. Il parle, mais c'est derrière lui que je regarde, sondant l'espace entre les arbres. Le vent se lève et la forêt murmure. Wade Pruitt et Mr Garrett tournent au coin du bâtiment pour en surveiller l'autre côté.

— Est-ce qu'il y a toujours eu autant de patrouilles ?

— Non, on les a renforcées depuis… tu sais quoi. Tout le monde ne croit pas à la thèse de l'accident.

Je ne sais pas trop comment répondre. Papa disait souvent que certaines personnes nous détestaient, mais de là à imaginer que quelqu'un puisse agir ainsi…

— Et toi, qu'est-ce que tu en penses ?

— Tout est possible. Beaucoup de gens sont gênés par notre façon de vivre et par le travail que nous réalisons. Ils sont prêts à tout pour nous empêcher de continuer. En tout cas, je suis très heureux que tu sois sortie indemne de cette histoire.

Nous nous adossons à l'arbre et il me prend la main : les siennes sont moites. On m'a enlevé mes pansements depuis quelques jours et le feu a laissé sur ma peau des taches rose pâle, une marque au fer rouge. Tom sourit et je vois le visage de papa s'illuminer, quoique dans une version plus jeune, glabre, et avec les cheveux plus clairs. Mais c'est le chagrin qui m'égare. Ni le nez ni la bouche ne correspondent. J'esquisse un sourire. Je me demande bien ce qu'il a pu se passer – dans la cuisine, a-t-il dit – pour que la nature de notre relation ait changé. Et je ne me sens pas encore prête à le lui demander.

— Nous devons rester prudents. Qui que soit l'auteur de cette abomination, il court encore.

Il arrache distraitement des touffes de mousse espagnole, qu'il jette ensuite par terre. Cela me ramène au temps où nous arrachions les ailes des mouches, quand nous étions petits. Ces petits actes de violence que l'on qualifiait de jeux d'enfant. Tom me regarde fixement.

— Cette personne risque de revenir t'attaquer. Peut-être que tu l'as vue, ce jour-là, et que tu l'as oubliée.

J'ouvre de grands yeux à cette idée. Je n'y avais encore jamais pensé. Mes doigts se crispent sur une branche jusqu'à ce que l'écorce s'enfonce comme des ongles dans ma peau. Et s'ils s'en prenaient aux jumeaux ou à la petite Sarah ?

— Ne t'en fais pas. Je veille sur toi.

Il se rapproche tout en continuant de parler, mais je ne l'écoute pas. Derrière lui, les bois me regardent par les yeux de dizaines de bouleaux. *Summer is here*, me souffle la nature, « l'été est là[1] », à chaque éclat de soleil qui me cloue sur place dans l'herbe sèche. Mais peut-être qu'en fait l'été est parti et qu'il ne nous reste que le fantôme de la canicule, qui rend l'air irrespirable.

Seigneur ! De l'autre côté de la clôture, il y a une femme qui me regarde, aussi immobile que les arbres. La panique me serre la gorge. Même d'ici je peux lire dans son regard une envie de s'en prendre à quelque chose ou à quelqu'un. La clôture ne semble pas assez solide pour la retenir. Si elle le voulait, elle pourrait sans doute fondre sur nous. Elle pose un doigt sur ses lèvres, puis ce même doigt trace un trait en travers de sa gorge. *Elle est là*, murmure la voix de papa au creux de mon oreille.

— Abigail, tu as entendu ce que je viens de dire ?

Un instant, le visage de Tom éclipse dans mon champ de vision celui de la femme. Juste le temps d'un sourire et d'un hochement de tête. Quand il prend congé, la femme a disparu.

1. Le prénom Summer signifie « été » en anglais. *Summer is here* c'est donc à la fois « L'été est là » et « Summer est là ».

21
Moment présent

En fin de journée, le chagrin me dévore toute crue. Il se repaît de mes entrailles comme le feu a englouti l'intérieur de notre maison. L'après-midi passé avec Tom et les jumeaux n'a pas suffi à maîtriser le brasier. Mrs Calhoun et Birdie me font descendre dans la grande salle, répétant en boucle « Ce n'est pas sain de rester enfermée toute la journée dans ta chambre ou dans celle de Mrs Favreau. Revenir à la vie normale te fera du bien ». Apparemment, la normale, c'est de dîner avec le reste de la congrégation et de regarder les gens manger en famille.

La vieille salle de bal m'impressionne toujours autant. Des guirlandes électriques, clouées aux moulures de plâtre à motif floral, scintillent comme un paquet d'étoiles emmêlées. Je me souviens parfaitement de la première fois que j'ai pénétré dans cette pièce. La tête levée en direction du lustre en cristal qui se déployait en toile d'araignée couverte de givre, je m'étais dit que c'était la chose la plus belle et la plus imposante que j'aie jamais vue.

Des yeux se tournent vers moi à chacun de mes pas. Tous mes souvenirs effacés, toutes les questions sans réponses alimentent les flammes de leur suspicion. Ils me regardent.

Ils pensent que je ne le remarque pas. Je suis là, objet de curiosité dont on dissèque les gestes, expressions, mots ou silences – pour tenter de déterminer si je joue la comédie. Une fois que les derniers arrivants ont pris place, le pasteur Abernathy dit les grâces, mais ses mots sont interrompus par ma quinte de toux caverneuse, de plus en plus forte, et qui semble ne jamais vouloir prendre fin. Je me plie en deux sur ma chaise. L'odeur de la viande grillée au barbecue est omniprésente dans la pièce. Mon esprit vide se remplit d'images de restes calcinés sur le sol du salon. La toux s'intensifie encore, me tire la peau des joues et me liquéfie les yeux. Autour de moi, les gens deviennent flous, mais cela ne m'empêche pas de voir leurs regards effarés et les mains des mères qui serrent leurs enfants contre elles. Mon corps lutte pour recouvrer une respiration normale, dans ma gorge l'air rugit comme pour en extirper quelque chose. Alors que la panique me contracte la poitrine, une main se met à me tapoter le dos… comme le faisait maman. Ce souvenir me serre le cœur. Ses gestes de tendresse sont carbonisés et enfermés dans une urne. À l'inspiration suivante, je me cambre en arrière, suffocante. Quelqu'un se met à crier.

La chambre est habitée par l'obscurité et par une silhouette endormie. Après avoir verrouillé la porte, je rampe sous la table, cachée par la chaise. Il n'y a que moi, Mrs Favreau et le silence. Les cicatrices qui entourent ses yeux et sa bouche paraissent blafardes au clair de lune. Je jurerais qu'il y a des jours où l'on sent encore l'odeur du chlore sur sa peau. Je n'arrive pas à comprendre comment on peut avoir l'esprit assez dérangé pour s'infliger une chose pareille. La toux a disparu en même temps que l'odeur de viande grillée ; je les ai semées toutes les deux quelque part entre la salle de bal et le dernier étage. Personne ne m'a couru après. De grandes respirations, amples et profondes, apaisent mon rythme cardiaque. Mrs Favreau dort dans son lit à une place, sans conscience de ma présence. Je n'ai toujours pas de réponse à leur donner – à ceux de Newhaven, à la police, à Tom. Leur patience s'amenuise, je le vois bien. Le sermon d'aujourd'hui résonne encore dans ma tête. Le pasteur Abernathy faisait les cent pas sur l'estrade, et l'air de la chapelle vibrait de dévotion et d'un besoin de réponses.

— Les gens du dehors haïssent le travail que nous menons. En leur montrant qu'il existe une meilleure façon de vivre, nous leur rappelons les péchés dont ils comblent la vacuité de leur existence. Ils savent que nous avons raison et sont prêts à tout pour nous saboter, nous démoraliser… et nous nuire.

Il a brusquement cessé de marcher et balayé la congrégation du regard. Dans ce silence soudain, on n'a plus entendu que le battement frénétique des éventails en papier comme autant de palpitations cardiaques affolées.

— Prêts à tout, y compris mettre le feu à la résidence de notre bien-aimé pasteur Heywood. Nous ne pouvons exclure l'hypothèse que l'incendie ne soit une conséquence de cette haine. Nous devons être vigilants. Et nous savons de quel côté se situe la police. Nous ne pouvons pas lui faire confiance. Nous devons resserrer les rangs. Augmenter la fréquence de nos patrouilles. Je demande aux hommes de notre communauté de sortir armés partout où ils vont.

Papa m'avait parlé de la haine que nous vouait le monde extérieur. Il me le rappelait assis à la table de cuisine, chaque fois que l'une de ces fichues lettres bleues nous parvenaient.

Je sors de ma cachette, j'époussette ma robe. Tandis que je regagne ma chambre, mes pensées s'organisent pour former un plan d'action. Si ces lettres haineuses ont trouvé le chemin de notre maison, la main qui les a rédigées peut tout aussi bien avoir craqué l'allumette. Je frémis à l'idée que quelqu'un puisse nous détester au point d'avoir l'intention de nous brûler vifs.

De : Jeb Abernathy
Date : Dimanche 4 septembre 2022, 15:50
À : Cameron McPherson
Objet : Re : Inquiétude – besoin de guidance

Cher pasteur McPherson,

Je prie pour que ce message vous trouve en bonne forme.

Je me tourne à nouveau vers vous pour vous demander conseil. J'ai bien peur que l'état d'Abigail ne s'améliore guère. Au contraire, il me semble même que sa foi décline. Aucun souvenir ne lui est encore revenu, mais il y a pire... L'autre soir, elle a été prise d'une violente quinte de toux alors que nous disions les grâces, comme si les mots de notre Seigneur lui donnaient des haut-le-cœur. Elle est de plus en plus souvent responsable de moments de disruption.

Beaucoup de nos frères et sœurs commencent à se méfier d'elle, plusieurs pères de famille ont demandé à leur femme de tenir leurs enfants à l'écart de cette jeune fille. Elle affirme toujours ne pas se souvenir de la journée précédant l'incendie, pendant laquelle elle avait disparu. Je commence à craindre qu'il ne lui soit arrivé quelque chose et qu'un esprit malfaisant ne se soit immiscé en elle. Nous prions pour son salut, mais j'ai bien peur que nous ne soyons en train de perdre la bataille.

Il guide nos pas. Que votre journée soit bénie.

Pasteur Jeb Abernathy

22
Juillet

Je fourrageais dans la cuisine déserte. On n'entendait que le cliquetis lointain des claviers d'ordinateur, entrecoupé de légers toussotements. Les hommes étaient en train de répandre la bonne parole en ligne, de sauver des âmes sur les forums. Je souris à l'idée de Mr Garrett en train de taper à deux doigts, courbé sur sa tâche, le front plissé sous l'effet de la concentration.

La bouteille de thé glacé vint rejoindre le pain de maïs sur le plan de travail. Ils ne manqueraient à personne, le réfrigérateur en était plein. Et puis partager n'était-il pas un acte de charité chrétienne ? Je pensais que Summer avait besoin de nourriture digne de ce nom pour changer des cochonneries ultra transformées qu'elle pouvait trouver au supermarché ou au distributeur du motel, et qui risquaient à terme de lui pourrir le cerveau. Après l'avoir vue à l'œuvre au *diner*, je n'ai pas eu l'impression qu'elle faisait particulièrement attention à ce qu'elle ingurgitait. Ce panier de produits maison allait lui montrer que nous prenions soin de nous, et pas seulement sur le plan spirituel : elle ne pourrait nier les aspects positifs de notre mode de vie.

À moitié engouffrée dans l'un des garde-manger, je passais les étagères en revue à la recherche des pots de miel – la touche finale. Je n'avais pas souvent la cuisine de Newhaven pour moi seule. Un grand groupe était parti en mission à Charlotte, porter la parole divine devant un foyer d'hébergement pour femmes. Je n'avais toujours pas digéré le fait de ne pas en être. Maman s'activait quelque part à l'étage. Rien n'aurait pu la convaincre de quitter Newhaven ; son travail d'évangélisation consistait à aider les nouveaux arrivants à s'installer et à s'habituer à leur environnement. Elle avait le chic pour mettre à l'aise les mères célibataires.

Mes doigts frôlaient l'un des pots de miel, mais je n'arrivais pas à l'attraper. Quelqu'un les avait rangés tout au fond, hors de portée des enfants, surtout après que le jeune Michael Pruitt avait démoli trois pots et vomi partout sur le linge propre. J'esquissai un sourire en y repensant.

— Un petit creux ?

La question me fit l'effet d'une décharge électrique, et je me cognai la tête contre l'étagère.

— Qu'est-ce que tu fabriques ici ?

Passé 10 ans, les hommes n'avaient plus leur place à la cuisine, à moins de s'être égarés.

Tom s'appuya contre le chambranle. Les mains calées sous les aisselles, il regardait le fruit de mon larcin, les provisions posées sur le plan de travail. Je me précipitai devant pour lui en cacher la vue, jouant avec le bout de ma tresse.

— Je peux t'aider ?

La sueur faisait briller sa peau et collait ses boucles blondes sur ses joues et sa nuque. Le grain de beauté qu'il avait sous l'œil paraissait plus sombre que d'habitude. Il avait dû travailler à la construction du nouvel enclos pour les animaux. Son tee-shirt mouillé était plaqué par endroits contre son torse, dessinant sa musculature. Son odeur musquée me rattrapa à l'autre bout de la pièce. J'eus tout à coup la bouche très sèche. Me mordant la lèvre, je ne pus que secouer la tête.

— Ne t'inquiète pas, je ne le dirai à personne. Ce sera notre petit secret.

Il m'adressa un clin d'œil tout en se passant la main dans les cheveux.

— Il n'y a rien à dire. J'avais un peu faim, c'est tout. Maintenant, je vais y aller, ajoutai-je en reposant le pain de maïs dans le garde-manger.

— Ne te dérange pas pour moi.

Son corps obstruait complètement la porte. De près, l'odeur de musc était plus forte, semblable à celle que papa laissait derrière lui après avoir passé la journée dehors. Selon lui, c'était le parfum du labeur et de la fierté de nourrir sa famille. J'attendis, la langue frottant mes incisives, que Tom mette fin à la plaisanterie et me laisse passer. Mon silence releva un coin de sa bouche en un sourire asymétrique. Une fossette apparut sur sa joue. Je ne l'avais encore jamais remarquée. Il riva son regard dans le mien et ne le lâcha pas.

— Je ne te plais pas, c'est ça ?

— Hein ? Tu ne me déplais pas. Enfin... je ne te déteste pas, mais tu ne me plais pas spécialement non plus. Je ne ressens rien pour toi. Bref, tu vois ce que je veux dire.

Ma salade de mots élargit son sourire. Je me sentis devenir très rouge. Si seulement il me laissait passer !

— Mais qu'est-ce que tu fais ici, d'abord ? ajoutai-je.

— J'avais envie d'un truc. Quelque chose à croquer, un truc sucré et doux... comme une pêche.

— Je ne pense pas qu'il y en ait, dis-je en secouant la tête.

Il prit ma tresse et la roula entre ses doigts, comme Zach le jour où Summer avait volé à mon secours. Je sentis mon corps se figer, à l'exception de la peau de mon dos, qui frémissait.

— Tu me rappelles quelqu'un. Elle aussi, elle était douce et sucrée.

Ma tresse retomba sur ma poitrine, et c'est alors que mon corps se ranima. Comme sous l'effet d'un ressort, je plongeai sous son bras, mais il me rattrapa par le poignet et m'attira à lui. Mon cœur tambourinait dans ma poitrine. Son bras m'enserra les côtes, la main dangereusement proche de mon sein. Un cri m'étouffait, refusant de sortir. Il se mit à me balancer, rivée contre lui, au rythme d'une mélodie inaudible. J'aurais dû le repousser. J'aurais dû crier. Mais j'étais pétrifiée dans son étreinte tandis que son pouce caressait le galbe de mon sein, et que quelque chose d'épouvantablement dur pressait contre ma hanche. Ma peur alluma sur son visage un de ses sourires asymétriques. Tout son visage était tordu dans ce rictus malveillant et son regard brillait d'un éclat lubrique.

— Je t'en prie, lâche-moi ! trouvai-je la force de protester.

— Il te faudra un mari, bientôt.

— S'il te plaît, Tom.

— Ça disait quoi, déjà ? Ah oui : « Tout comme l'Église se soumet à Christ, que les femmes aussi se soumettent en tout à leurs maris. » Tu vois, je connais les Écritures. Qu'est-ce que tu en dis ?

Il se pencha, je ne vis plus que son œil avec la tache noire en dessous – un gros plan hideux qui obstruait le reste du monde. Une odeur de fermentation flottait dans son souffle, m'effleurant les lèvres. J'avais la bouche complètement desséchée.

— Tu veux devenir ma femme, Abigail ?

— Tom, s'il te plaît…

Le reste de la phrase se noya dans ma gorge alors qu'il glissait sa langue entre mes lèvres, forçait le barrage de mes dents et envahissait ma bouche. Son haleine rance se mêlait au sel de mes larmes dans une chaleur oppressante. C'est au moment où sa main empoigna mon sein qu'une remontée de bile et d'instinct de survie me donna la force de lutter. Mais la pluie de mes poings sur ses épaules ne servit qu'à resserrer son emprise – et sa turgescence contre ma hanche. Sa main me pétrissait le sein sans ménagement et finit par me pincer le mamelon si fort que je laissai échapper un couinement. Mais ce cri-là aussi, il le dévora. Une sensation de fatalité s'abattit sur moi et mon corps s'effondra entre ses bras, attendant que tout cela prenne fin. Il finit par laisser retomber ses bras et sa bouche libéra la mienne. Alors qu'il était absorbé par sa propre victoire, je profitai de l'instant pour me précipiter hors du garde-manger et sortir de Newhaven en courant, bousculant au passage Mrs Calhoun dans le hall.

— Eh, attention ! cria-t-elle alors que je bondissais sur les marches du perron.

Maman était assise sur le canapé, en train de raccommoder un pantalon de papa, un panier plein d'ouvrages à ses pieds. Dans la vie d'avant, elle ne savait même pas recoudre un bouton ; nous portions nos vêtements jusqu'à ce qu'ils tombent en lambeaux, puis nous allions en acheter d'autres à la friperie.

Ce souvenir acheva de me bouleverser. Maman eut à peine le temps de poser sa couture que je me jetai dans ses bras.

— Que se passe-t-il, ma puce ?

Je déversai un flot de paroles et de phrases entrecoupées. Je m'essuyai le nez du revers de la main, tentant de reprendre mon souffle entre deux sanglots pour laisser sortir tout ce que j'avais à dire.

— Attention à ne pas te piquer, prévint ma mère en me retenant de tomber sur l'aiguille plantée dans le pantalon de papa.

Comme si, après ce que Tom venait de m'infliger, une simple aiguille pouvait me blesser ! Il me semblait qu'on m'avait arraché le cœur.

— Moins vite, ma chérie.

— Il m'a embrassée et... et il m'a touchée.

Je me laissai couler à terre, la tête sur ses genoux, et sa caresse sur ma joue desserra un peu le nœud que j'avais dans la poitrine.

— Je ne comprends rien. Qui donc t'a embrassée ?

— Tom. C'est Tom qui a fait ça.

Je sentis ses jambes se raidir sous ma joue. Le silence s'abattit sur nous tel un couvercle de cercueil. J'interprétai son mutisme comme la prise de conscience de l'horreur que je venais de vivre. Quelqu'un avait fait du mal à son bébé, quelqu'un avait violenté sa chair et son sang, la fille chérie qu'elle avait portée dans son ventre neuf mois durant. Je savais que cette infamie suffirait à réveiller l'ancien esprit combatif de ma mère. *Tu ne convoiteras point la femme de ton prochain*... Cela valait sans doute aussi pour « la fille de ton pasteur » ? L'infamie que je venais de subir permettrait peut-être enfin l'exclusion de Tom.

— Et toi, qu'est-ce que tu as fait ?

— Je me suis enfuie dès que j'ai pu. Je suis venue te voir en courant. J'ai même bousculé Mrs Calhoun au passage. Je devrais aller m'excuser auprès d'elle...

Ma tête retomba sur le canapé : maman s'était relevée sans prévenir et la douceur du velours ne m'était d'aucun réconfort.

— Il faut que j'en parle à ton papa.

— Quoi ? Non, maman, s'il te plaît !

Papa serait anéanti, et j'avais tellement honte... J'aurais dû crier, le griffer... Je n'étais qu'une idiote. Et j'avais déjà tellement déçu papa ! Après ce qu'il venait de se passer, il ne me regarderait plus jamais de la même façon.

— Ne bouge pas.

— S'il te plaît, ne me laisse pas toute seule !

Mais j'entendais déjà ses pas dans le couloir.

— S'il te plaît, j'ai besoin de toi !

Ma supplique fut ponctuée par le claquement de la porte d'entrée.

— Maman !

Le mot me brûla la gorge. Elle n'était qu'à l'autre bout de la pelouse mais ne m'avait jamais paru si loin.

23
Moment présent

Mon intuition d'hier soir s'est muée en certitude dans la nuit : la clé du mystère est dans les lettres bleues. Aujourd'hui, après le déjeuner, je suis revenue à Hunters Cottage, où l'odeur de mort m'oblige à respirer par la bouche. La cuisine est pratiquement intacte, épargnée par les flammes. À première vue, rien n'y trahit ce qui s'est passé ici. Mais moi je remarque les différences. L'envie me démange d'empoigner un balai et de commencer à nettoyer. Alors que maman tenait sa cuisine de manière exemplaire, le sol a été piétiné par des dizaines de godillots qui ont laissé des traces de terre partout. Maman. À son souvenir, c'est mon cœur qui se consume.

Je reste un instant sur le seuil du bureau. En l'absence de papa, je ne me sens pas complètement autorisée à y pénétrer. Sans sa présence imposante, la table de travail paraît étrangement petite au milieu de la pièce, qui a perdu son aura. Il est vraiment parti. La réalité me frappe en pleine poitrine.

Tout à coup, une voix familière m'indique que je ne suis pas seule en ces lieux.

— Je me suis dit que tu apprécierais un peu de compagnie.

— Oui, tu as bien fait. Merci, Tom, dis-je d'une voix tremblante.

Sans un mot de plus, il me prend la main et nous passons la porte comme on saute dans un trou d'eau du haut d'un rocher. Le bureau exerce une sorte d'attraction sur moi. J'en effleure la surface : le grain du bois est lisse et doux. Mon doigt retrace la demi-lune un peu effacée – une cicatrice laissée dans le bois un jour où j'ai servi un verre de thé glacé à papa, oubliant d'utiliser le sous-verre. Je devais avoir 7 ans. Nous avions emménagé depuis peu dans la maison, le pasteur Favreau avait insisté pour nous laisser la place. J'avais pleuré toutes les larmes de mon corps en prenant conscience de mon erreur. Papa, assis sur le petit canapé, m'avait prise sur ses genoux et assuré que non, je n'irais pas en enfer juste pour avoir oublié le sous-verre.

— Et donc, que devons-nous faire ici ?

— Je cherche un truc. On a reçu toutes ces lettres… Il me semble qu'elles pourraient avoir leur importance. J'espère que papa les a gardées.

Tom sourit. Un instant, ses yeux brillent comme ceux de papa. Il serre ma main et tout à coup je me sens un peu moins seule dans mon malheur. L'idée de m'arrimer à cette main – à lui – me traverse l'esprit comme un moyen de mettre fin à la sensation de perdre pied.

— On commence par le bureau ?

J'acquiesce d'un sourire sans joie. Nous prenons chacun un côté. Tom se met au travail tout de suite, ses mains remuent les objets bruyamment. Les miennes hésitent. Je prends une grande inspiration avant d'ouvrir le premier tiroir, une sorte de plateau peu profond, plein de stylos, de trombones et d'autres petits articles de papeterie. Le suivant semble plus prometteur avec sa pile de papiers et de cahiers. Mes doigts feuillettent les pages, puis je retourne et secoue les cahiers, mais rien n'en tombe.

— Ça ressemble à ça ?

Mon cœur fait un bond. Tom tient une banale enveloppe à fenêtre avec l'adresse imprimée en dessous. Déçue, je sens mon pouls revenir à la normale.

— Non, des enveloppes bleues.

— Compris, chef.

Il m'arrache un sourire en singeant un salut militaire, et nous reprenons nos recherches. Le tiroir suivant héberge un système de dossiers suspendus. Le premier porte l'étiquette *Sermons*. Ma gorge se serre quand je m'empare du bloc-notes aux pages noircies par l'écriture penchée de papa. Alors que ses paroles étaient tout en consonnes arrondies et voyelles étirées, il écrivait en pattes de mouche brèves et saccadées. Quand je m'agenouille pour déchiffrer le dernier sermon à moitié rédigé, mes yeux se mouillent à l'idée qu'il ne sera jamais fini. Un coin de bleu émerge derrière le mur de mes larmes et je laisse tomber le bloc-notes pour attraper le dernier dossier, au fond du tiroir.

La lettre pèse dans ma paume. Les capitales semblent hurler notre adresse et la fureur de l'expéditeur est visible dans les sillons que le stylo a creusés dans le papier. Le timbre – un drapeau américain flottant au vent – est un peu de travers. Il a été en contact avec la langue de quelqu'un, imbibé de salive et de haine à notre encontre. Tom a abandonné son côté du bureau et se tient à présent à genoux près de moi, le menton légèrement appuyé contre mon épaule.

— C'est ça ?

J'opine en passant le doigt sur le haut de l'enveloppe, intact. Papa n'aura jamais le loisir de voir ce qu'elle contient.

— On l'ouvre ?

— D'accord.

Faute de coupe-papier, je glisse un doigt dans un coin, et l'enveloppe s'ouvre en dents de scie. Le papier que je découvre à l'intérieur est de la même couleur bleuet. Il tremble dans ma main tandis que nous prenons tous deux connaissance du message, aussi bref qu'épouvantable. Comment une si petite feuille peut-elle contenir pareille violence ?

UNE NUIT JE VIENDRAI DANS TA MAISON QUAND TU DORMIRAS... CHAQUE JOUR POURRAIT ÊTRE LE DERNIER POUR TA FAMILLE.

— Waouh, ça craint !

Le souffle tiède de Tom contre mon oreille.

— C'est rien de le dire.

Cette lettre est une preuve. Une telle haine a très bien pu pousser quelqu'un à nous brûler vifs. Lorsque je remets la feuille dans l'enveloppe et la fourre dans ma poche, nous nous relevons et la pièce flotte un peu autour de moi. La main de Tom se place sous mon coude pour m'offrir son soutien.

— Tu as besoin d'air frais.

Dans le corridor, l'escalier semble m'exhorter à monter à l'étage.

— J'ai quelque chose à régler, dis-je en levant les yeux vers le plafond, la tête pleine de ce qui m'attend là-haut.

Je ne suis pas venue pour cela, mais puisque j'y suis je ne peux pas faire autrement. Tom se dirige vers l'escalier mais je ne le suis pas. Il s'en aperçoit et se tourne vers moi. Ma langue vient titiller mes incisives. Il s'est montré vraiment gentil avec moi ; je m'en veux de le congédier pour l'étape suivante.

— Ça t'ennuie si j'y vais seule ?
— Je t'attends dehors.

Je ne devrais pas être ici. Les pompiers ont dit qu'à tout instant le plancher pouvait céder et la chambre parentale se retrouver dans le salon. Les vêtements sont suspendus côte à côte dans l'armoire comme des silhouettes auxquelles il suffirait d'insuffler vie. Le panier à linge attend juste à côté. Je sors l'une des robes de maman et la presse contre mon visage. L'odeur me fait monter les larmes aux yeux, et je scrute les souvenirs dans les plis. Elle est à la fois partout et nulle part. Mon corps se laisse couler sur le sol, se roule en boule, terrassé par le chagrin. Dans l'intimité de cette chambre, enfin, les larmes viennent, entre hoquets et sanglots. En même temps, la crainte insoutenable que je pourrais être responsable de leur mort – ou pire – continue de me ronger l'estomac. *Qu'as-tu fait, Abigail ?* Le parfum de maman m'enveloppe, savonnette et eau de lavande, bientôt remplacé par un relent âcre de fer. Agrippé à cette odeur, un souvenir émerge du marais boueux qu'est devenu mon esprit. L'image s'impose, nette : les flammes lèchent le tissu de la robe de maman, dévorant le sang dont il est imbibé.

Seigneur ! Il y avait tellement de sang !

Fichier audio n° 8

Qualité du son : Mauvaise
[Voix A] : Féminine
[Voix B] : Féminine

[Voix A] : Est-ce je peux… ?
[Voix B] : … sûr.

[Passage inaudible]

[Voix A] : Il est comment, ton père ?

[Voix B] : Dans quel sens ? Il est super, je l'aime.

[Voix A] : Mais qu'est-ce que ça fait d'être élevée par un homme qui te croit inférieure, ou de moindre valeur en raison de ton genre ?

[Voix B] : Ce n'est pas du tout ça. Pour papa, hommes et femmes sont égaux, mais leurs devoirs et leurs responsabilités sont différents. Moi, je suis d'accord avec ça, et ma mère aussi. C'est elle qui a choisi de rester à la maison pour élever ses enfants.

[Voix A] : Est-ce que cette (*soupir*) approche est la plus répandue ?

[Voix B] : Certains disent que papa et d'autres hommes comme lui sont laxistes. Je pense qu'ils ne sont pas nombreux, mais…

[Voix A] : Mais quoi ?

[Voix B] : L'autre jour, j'ai entendu une conversation. Le père de ma meilleure amie disait au mien qu'il manquait de fermeté, qu'il me laissait trop de liberté et que cela donnait une mauvaise image de lui. Que c'était un signe de faiblesse. Je n'ai jamais apprécié cet homme, mais maintenant cela me fait encore plus de peine pour mon amie Abigail.

24
Juillet

Des pas lourds annoncèrent l'arrivée de papa. Mon corps était sagement assis sur le canapé, visage débarbouillé et robe lissée, mais mon esprit, lui, se débattait comme un opossum en cage.

Les coussins ployèrent et je me sentis glisser légèrement dans sa direction. Le bout de ma langue derrière mes incisives... La honte me serrait la gorge ; je gardais les yeux rivés sur le sol. Ses chaussures étaient couvertes d'une mince couche de poussière, qu'il nettoierait plus tard. Il aimait qu'elles brillent et tenait à s'en charger lui-même. C'était son propre père qui lui avait montré comment s'y prendre. Probablement l'une des seules occasions qu'il avait eues de lui parler. Sinon, je ne l'avais entendu l'évoquer qu'une seule autre fois, pour dire que c'était un petit homme, et je ne suis pas sûre qu'il était question de sa taille.

J'ai jeté un coup d'œil entre mes cils. La silhouette mince de maman se tenait debout derrière lui. Même après toutes ces années, sa perte de poids me surprenait encore. Un mode de vie sain avait affûté ses muscles, brûlé les kilos de paresse et de mollesse luxurieuse autrefois incrustés dans son corps, tracé des sillons entre ses côtes. Sa foi ardente, autant que sa peau tendue sur ses os saillants, la contenait désormais dans un cadre de droiture.

— Ta maman m'a dit ce qu'il s'était passé.

Son ton neutre ne laissait rien deviner de ses émotions.

— Elle a dit que c'était Tom, poursuivit-il.

Sa phrase ne présentait pas de tour interrogatif, mais j'opinai du chef, la gorge serrée. Ensuite, il me fit répéter tout ce qui avait eu lieu dans la cuisine de Newhaven. Une main sur mon genou, le regard rivé sur le mien, il écouta, hocha la tête et fronça les sourcils aux moments opportuns. Ma voix gagna en confiance, mais lorsque je trébuchai sur le souvenir de l'érection de Tom ou de la brutalité de son baiser, papa pressa ma main. À la fin de mon récit, je me sentais complètement vidée.

Les lèvres pincées, il arborait un air solennel radicalement différent du regard affolé que m'avait jeté maman en écoutant la même histoire. Je me demandais à la fois quelles seraient les conséquences pour Tom, et quelle publicité serait donnée à l'affaire. Tout Newhaven serait au courant, et ces détails insoutenables seraient exposés, analysés, soupesés et discutés. Cet événement changerait à jamais le regard que chacun poserait sur moi. Impossible d'y échapper. Il aurait été tellement plus simple de tenir ma langue et d'oublier l'incident !

Papa tenait dans sa main son menton barbu ; derrière lui, maman ne bougeait pas, si ce n'est pour changer de pied d'appui.

— Qu'as-tu fait, Abigail ?

— Comme je l'ai dit à maman, je suis rentrée en courant…

— Non. Qu'as-tu fait ?

Il avait articulé les mots avec lenteur et, cette fois, avec insistance. Son accent traînant avait allongé mon prénom, l'avait écartelé tout vif tant sa déception était profonde. Chaque mot m'avait clouée sur place. Il était censé bondir de ce canapé, étouffé d'indignation, et faire pleuvoir sur Tom un châtiment digne de l'Apocalypse. Il était censé me prendre dans ses bras et tout arranger. Je n'étais pas une espèce de féministe qui se jetait à la tête des hommes. Le rouge me brûlait les joues.

— Un homme ne se comporte pas ainsi sans avoir été provoqué, poursuivit papa avant que j'aie pu formuler une réponse.

Je fus frappée par la foudre. Mes mains se retirèrent comme si je m'étais brûlée, du moins l'auraient-elles fait si elles n'avaient pas été prisonnières de doigts autrement plus puissants que les miens. L'amour de mon père, cette tendresse infinie, m'avait accompagnée toute ma vie, me procurant la certitude qu'il serait toujours là pour moi. Même à bientôt 18 ans, je restais sa petite fille chérie, ainsi qu'il le disait parfois pour plaisanter. J'étais désormais privée de l'assurance de cet amour. Déjà qu'il ne me voyait plus de la même façon depuis l'incident de Parkerville... Sous le coup de son incrimination, la pièce se mit à tournoyer autour de moi.

— Je n'ai rien fait du tout.

— Pourquoi étais-tu dans la cuisine ?

— Je... Je voulais emporter du thé glacé et des cookies à la maison. Pour les jumeaux. Mais je n'ai rien fait de mal.

— Non ? De même que tu n'as rien fait quand tu as fugué jusqu'à Parkerville ? Réfléchis mieux.

Cette repartie m'atteignit en plein cœur. Sa voix était restée parfaitement égale, c'était celle de ses sermons du dimanche pour accueillir et guider la congrégation au sein de notre Église.

Je suis mentalement retournée à la cuisine. Postée dans un coin de la pièce, j'ai vu mon corps à moitié engouffré dans le garde-manger, en train de fouiller les étagères pour apporter à manger non pas aux jumeaux mais à Summer. Papa avait raison. Je n'avais pas dit toute la vérité. Mes mains étaient moites dans les siennes. Je vis Tom entrer dans la pièce. En premier lieu, il n'avait pu voir de moi que ce qui dépassait du garde-manger. « Un petit creux ? » avait-il dit. Il arrivait aux hommes d'être tentés. Les femmes devaient adopter une attitude et une tenue pudiques, afin de ne pas devenir un instrument du diable en suscitant des pensées impures. La chair était faible.

— Il m'a surprise. Je ne l'ai pas entendu arriver.

— Je vois. Est-ce que tu as tripoté ta tresse, comme tu le fais souvent, en te cambrant pour l'attraper dans ton dos ?

Son phrasé lent soulignait le poids des sous-entendus.

Il était inutile d'ouvrir la bouche ; la réponse se lisait sur mon visage et se reflétait dans ses yeux.

— Et te voilà exposée, la poitrine en avant. Comment pensais-tu qu'il allait réagir ? « Un homme peut-il marcher sur des charbons ardents sans se brûler les pieds ? »

— Je ne l'ai pas fait exprès.

— Tu vas devoir apprendre à te surveiller, fais attention aux signaux que tu envoies. Sans quoi tu ne pourras pas reprocher à un homme comme Tom de passer à l'acte. « L'esprit est bien disposé, mais la chair est faible. » Ne le soumets pas à la tentation. Tu as changé, Abigail. Où est passée ma petite fille ? Ce type de comportement ternit ton image et celle de toute notre famille.

Il me serrait les mains beaucoup trop fort. J'aurais voulu courir jusqu'à ma chambre, mais il ne me lâchait pas.

— Tu n'es plus une enfant. Tu vas avoir 18 ans. Tu ne peux pas te promener en exhibant tes formes comme une de ces putains de Parkerville.

Je reçus l'insulte comme une gifle. Jamais il n'avait utilisé un tel mot à mon encontre. Mais ce n'était rien en comparaison de la phrase suivante, qui me liquéfia littéralement.

— J'ai honte d'être ton père.

25
Moment présent

Après notre découverte de la dernière lettre à Hunters Cottage, Tom se dirige vers la salle informatique pour son après-midi d'évangélisation en ligne, tandis que je retourne hanter mes quartiers au dernier étage. Il a promis de venir me chercher ensuite. Je patiente, avec la chaleur accablante pour seule compagnie. Après ma crise de toux, on m'a déménagée dans une chambre libre dans les combles. Je suis la seule occupante de l'étage, avec Mrs Favreau et sa machine à écrire, qui cliquette à toute heure du jour. Quelle riche idée a eue son mari de la lui offrir il y a quinze ans !

Je les vois depuis ma fenêtre – des hommes qui ont l'air de fourmis noires sur l'herbe jaune. Ils cherchent quelque chose. Je distingue même les insignes sur l'uniforme, ainsi que les éternelles lunettes noires. Entre eux et moi, il y a mon fantôme dans la vitre. De nouvelles mèches se sont échappées de ma tresse. Ce qui me contenait jusqu'ici est en train de s'effranger. Mes doigts se resserrent sur le manche de la fourchette que je tiens. Une de ses dents s'enfonce dans le bois tendre de l'appui. Pour passer le temps, je grave des mots sans réfléchir : *Solve, Et…* Je comprends maintenant pourquoi Mrs Favreau tape tout le temps à la machine. Les rainures dans le bois soulèvent l'odeur des roseaux et de la vase, de ma peau rôtie au soleil, et le souvenir d'un rire.

Ils passent devant l'arbre aux pendus et j'y aperçois quelque chose : un corps en chemise de nuit, les cheveux nattés en tresse, suspendu à une branche basse. Avant que j'aie le temps de comprendre, l'image disparaît derrière la buée que mon souffle a formée sur la vitre. Je me dépêche de l'essuyer. Au lieu d'un corps, il n'y a qu'un grand lambeau de mousse espagnole qui se balance sous la brise. La lettre bleue pèse dans ma poche. Je prévoyais de la donner ce soir au pasteur Abernathy... Mais l'occasion se présente de la leur confier à *eux* – à tous les autres. Un résidu de doute m'en empêche. Ils attendent de recueillir mes souvenirs, or je n'en ai toujours aucun digne de ce nom, seulement des flashes et des visions sans queue ni tête. J'ai peur de ce qu'ils pourraient penser. Au moins, la lettre prouve que le pasteur Abernathy n'a sans doute pas tort quand il parle d'une menace extérieure...

Mrs Calhoun s'avance sur la pelouse pour les saluer. Ce ne sont plus des fourmis, mais de minuscules policiers. Même à cette distance, sa chevelure rousse suffit à l'identifier. Elle est accompagnée de Wade Pruitt, fusil en bandoulière. L'un des policiers a la main posée sur son arme de service dans son holster. Mrs Calhoun leur barre la route à grand renfort de gesticulations. Tandis que mes doigts jouent avec les bords déchirés de l'enveloppe, je cherche en quels termes je pourrais expliquer l'origine des lettres aux policiers.

Un cliquetis interrompt le fil de mes pensées et me fait bondir sur mes pieds. Quelqu'un tripote le bouton de la porte.

— Hé, y a quelqu'un ?

J'essaie d'ouvrir. Le bouton de cuivre glisse dans ma main moite.

— Mais… Je suis enfermée !

Des éclats de voix me parviennent du côté de la fenêtre. Si je ne me dépêche pas, ils vont repartir sans avoir connaissance de cet indice. Pourquoi une telle chose m'arrive-t-elle précisément aujourd'hui ?! Je secoue violemment la porte, de plus en plus exaspérée. Je vais les manquer.

Ma frustration s'exprime en un gémissement sourd, puis la porte cède et je suis projetée en arrière. La silhouette dégingandée de Jackson apparaît dans l'encadrement, le poing serré sur sa balle en caoutchouc.

— Jackson ? Pourquoi tu m'as enfermée à clé ?

Ses doigts étranglent la balle, puis il fait un pas dans ma direction.

— Hein ? Mais non, moi je t'ai ouvert.

Je passe devant lui en courant et descends l'escalier quatre à quatre.

— Écoutez…

Le ton est cinglant, et je visualise le corps qui le prononce : un uniforme, un visage rond sous une touffe de cheveux gris. C'est le policier qui est venu dans le jardin derrière le cottage le premier jour de l'enquête.

— Nous devons lui parler. Soit vous nous facilitez les choses, soit nous serons dans l'obligation de les compliquer pour vous. À quand remonte la dernière visite des services sociaux pour… ?

— Je crois que vous feriez mieux de partir, l'interrompt le pasteur Abernathy. Tout de suite.

Je ne l'avais encore jamais entendu hausser le ton, affirmer son autorité de la sorte. Il semble hanté par le fantôme de papa. Un silence s'ensuit. Depuis la mezzanine, je vois un uniforme passer la double porte et disparaître dans la blancheur aveuglante du dehors. J'ouvre la bouche, mais Mrs Calhoun parle la première.

— Ils ne nous ficheront pas la paix tant qu'elle est ici.

Stoppée dans mon élan, je m'accroupis derrière la balustrade. Le pasteur Abernathy laisse échapper un gros soupir. D'ici, je ne les vois plus.

— Cela m'inquiète, moi aussi, mais pouvons-nous en déléguer la responsabilité à une autre congrégation ?

L'idée que je pourrais être séparée de Sarah et des jumeaux s'instille en moi et j'en ai le vertige. Même si je ne suis pas capable de m'occuper d'eux, j'ai le droit de les voir grandir. La communauté ne peut pas me jeter dehors comme ça.

— J'ai demandé conseil au pasteur McPherson. Après ce qu'il est arrivé à Elizabeth Favreau, le comportement d'Abigail me préoccupe.

Un silence suit mon prénom et je les visualise tous les deux sur le perron de Newhaven. Le pasteur Abernathy tenant sa barbe comme avant de commencer son sermon, et Mrs Calhoun qui n'ose pas l'interroger. Bien qu'elle soit presque aussi grande que lui, on a toujours l'impression qu'elle lève les yeux pour le regarder.

— Moi aussi je m'inquiète pour elle, finit-elle par dire. Ses cauchemars, son apathie... On dirait que rien ne l'atteint. Cette gamine a perdu ses deux parents et elle ne pleure même pas. D'ailleurs, où était-elle partie ce jour-là ? Quelque chose cloche. Et puis avant il y a eu les mensonges, les crises... Ça ne date pas d'hier. Si vous voulez mon avis, le diable est entré en elle.

— C'est vrai, cette histoire d'amnésie semble bien pratique. Quant aux problèmes antérieurs de comportement... Mais le lieu est mal choisi. Allons dans le bureau. Je ne sais pas, peut-être qu'un changement d'air lui ferait du bien.

Leurs pas résonnent dans le hall et la peur m'envahit à l'idée d'être ostracisée, même pour une courte période. Je fourre la lettre au fond de ma poche et, sur la pointe des pieds, quitte ma cachette pour gagner la chambre de Mrs Calhoun. L'atmosphère paisible que dégage le papier peint rose tranche avec le parquet en acajou. La petite Sarah dort profondément dans son lit, et je reste quelques instants à la contempler, savourant son odeur de biscuit chaud. Je me jure de ne leur donner aucune autre raison de vouloir me chasser.

Dans les combles, je retrouve Jackson adossé à une tête de lit, en train de faire rebondir sa balle en caoutchouc. Sur le matelas, il y a un petit tas de myrtilles, niché au creux de son mouchoir. J'en prends quelques-unes avant de m'installer à côté de lui et d'en fourrer une dans ma bouche ; elle éclate entre mes dents et sa douceur me caresse la langue avant que son acidité ne me fasse grimacer.

— Tu sais que c'est Tom qui t'a enfermée, au moins ?

La myrtille reste coincée au fond de ma gorge. Jackson guette sur mon visage l'effet de sa révélation. Mais ce n'est qu'un gamin, il doit se tromper. Pourquoi Tom ferait-il une chose pareille alors que nous nous entendons si bien ?

C'est totalement absurde.

Fichier audio n° 9

Qualité du son : Mauvaise
[Voix A] : Féminine
[Voix B] : Masculine

[Première minute inaudible]

[Voix A] : Merci d'avoir (…) me parler.

[Voix B] : (…) plaisir.

[Voix A] : Pourquoi pensez-vous que les gens rejoignent la NABC ? Il ne s'agit pas d'aller à l'église le dimanche, mais de tout quitter pour s'installer dans une communauté. Qu'est-ce qui motive les fidèles ?

[Voix B] : Les gens (…) des réponses et une guidance pour savoir comment (…) leur vie. Le Seigneur peut fournir cela en abondance à ceux qui L'écoutent. (…) en quête de liens, d'une famille. (…) congrégation et nos installations en constituent une à part entière.

[Voix A] : Une famille ? Et que (…) aux allégations selon lesquelles (…) les détruit, justement. Que dites-vous aux gens dont les proches (…) votre Église et ont coupé les ponts peu après ? Est-ce vraiment un lieu sûr ? Quel genre de famille se comporte comme ça ?

[Reste de l'enregistrement inaudible]

26
Trois semaines avant l'incendie

Dans la grange, l'air était lourd de l'odeur de paille piétinée et de la sueur des animaux. Enfin c'était toujours mieux qu'à Newhaven, où je risquais de croiser Tom. Je flattai en passant l'encolure moite de Bessie. Mue par la promesse de solitude du grenier, je grimpai à l'échelle et me laissai tomber sur un matelas de foin.

La nuit précédente m'avait épuisée. En rêve, je m'étais retrouvée arrachée à la sécurité de mon lit et catapultée dans la cuisine de Newhaven, pétrifiée tandis que Tom me dépouillait de mes vêtements avec l'application de mon père écalant un œuf. Derrière lui, le corps désarticulé de Tania se vidait de son sang sur le damier du carrelage. Ses doigts se crispaient dans un dernier souffle, tandis que sa bouche formait des mots inaudibles. Je voulais la secourir, mais papa était apparu entre elle et moi et me fixait d'un regard vide. « Le Seigneur trouve toujours un moyen de punir les impies », disait-il. Le baiser de Tom me brûlait les lèvres. Je m'étais réveillée en sursaut, le dos et le décolleté mouillés de sueur froide, le souffle court.

Le foin me chatouillait les bras et une fatigue accablante alourdissait mes paupières, qui papillotèrent jusqu'à rester davantage fermées qu'ouvertes. Au moment où j'allais sombrer dans le sommeil, j'entendis des éclats de voix s'approcher de la porte.

— Ne crois pas que tu vas t'en tirer à si bon compte, gamin !

Les mots grondaient comme le tonnerre. Je m'aplatis contre le sol du grenier. Par un interstice entre les planches, je vis Jackson se faufiler dans la grange. Son père entra en trombe, les épaules crispées et les poings serrés. Jackson se retrouva aculé contre la stalle de Bessie. Mr Caine l'empoigna par la mâchoire, le soulevant presque de terre, et mon souffle ralentit à la vue de cette éruption de violence.

— Tu es allé baver auprès du pasteur Heywood, espèce de petit morveux !

— Non, père.

— Ne mens pas. Il m'a parlé de tes « soucis ».

Un voile passa dans les yeux de Jackson, qui se remplirent de larmes.

— En tant que père et chef de famille, j'ai le droit de te corriger comme bon me semble. Peut-être que si tu te comportais en homme plutôt qu'en fillette je n'aurais pas à te chauffer les oreilles aussi fort. C'est clair ?

Mr Caine avait le visage à 2 millimètres de celui de son fils.

— Oui, père, articula Jackson entre ses mâchoires serrées.

Mr Caine mit fin à la conversation en le projetant contre un poteau de soutènement de la grange. Sa tête heurta violemment le bois. Choquée, je clignai des yeux en étouffant un gémissement dans ma main.

Mr Caine sortit comme il était entré ; Jackson était à genoux, il pleurait dans la terre battue, et je ne parvenais pas à lier le comportement de Mr Caine et les valeurs de Newhaven. Je vis la douleur de l'adolescent se muer en colère, ses poings martelaient le sol encore et encore, et les coups s'accompagnaient régulièrement d'un « Allez vous faire foutre, pasteur Heywood ! ». Dans la communauté, personne n'avait encore jamais fait preuve de colère, ni même de ressentiment à l'égard de papa. Je suis restée en haut, à me sentir complice dans mon silence. Une éternité s'est écoulée avant que Jackson ne sorte avec peine de la grange. Dehors, des nuages ventripotents, couleur de vieil hématome, avaient pris le ciel en otage. L'air était lourd des événements de la journée.

27

Le couloir de Hunters Cottage était peuplé d'ombres. Hantée par les images de ce qu'il venait d'arriver à Jackson, je me dirigeai vers la cuisine, la tête sens dessus dessous. Il me semblait m'être soudain retrouvée dans une réalité parallèle, où la noirceur du monde extérieur avait infiltré Newhaven. Juste avant que j'atteigne la pièce, des mots s'en échappèrent par la porte entrouverte.

— Je veux qu'Abigail ne retourne jamais à Parkerville ni nulle part ailleurs ! disait ma mère, étranglée par l'angoisse.

La réponse était prononcée trop bas pour que je la comprenne.

— Et si jamais ils arrivaient à la repérer ?

Me repérer ? Je ne voyais pas de quoi elle pouvait parler. Après l'épisode de la grange, j'étais confrontée malgré moi à de nouveaux secrets. Je cessai de respirer, attendant la suite.

— … t'inquiéter. Est-ce que je ne t'ai pas protégée pendant toutes ces années ? dit la voix de papa.

— Mais… s'ils… nous retrouvaient ?

— Tu dois avoir foi en ton mari.

Le besoin de comprendre m'entraîna vers l'avant. Une latte de parquet craqua sous mon pied et un silence s'ensuivit dans la cuisine. Je me hâtai de pousser la porte. Maman s'affairait tandis que papa se lavait les mains, mais cette mise en scène sonnait faux. Ils se focalisèrent sur moi, évitant de se regarder. Je m'accrochai un sourire aux lèvres. Le labeur de la journée avait moucheté de crasse la peau luisante de mes parents, jusqu'à leurs sourcils broussailleux. Les jumeaux eux-mêmes étaient avachis dans un coin, trop terrassés pour jouer avec leurs petites autos ou me sauter au cou. Nous attendions tous que la brutalité de la chaleur se résolve dans la violence d'un orage.

— Je viens de travailler dans la grange, mentis-je. Je vais me laver.

— On mange dans dix minutes.

À l'étage, je m'aspergeai le visage, mais les traces de la journée refusaient de s'effacer, incrustées en lunules noires sous mes ongles et dans les replis de mon esprit. Prise de vertige, je m'assis au bord de la baignoire. J'avais beau essayer de chasser les images de l'agression dans la grange, elles pulsaient derrière mes yeux – le corps de Jackson projeté contre le poteau, sa tête qui percutait le bois. Si les parents devaient discipliner leurs enfants, Jackson ne méritait pas une telle violence. C'était un gamin discret et charmant qui adorait cueillir des myrtilles pour en offrir à tous ceux qu'il croisait.

Je devais avoir foi dans le Seigneur. Il avait un plan pour toute chose. Mais, ces mots, je me les répétais sans conviction. Je me frottai les yeux de la paume.

Je trouvai Papa seul à table. Mon cœur était en plein conflit. Le désir de lui faire plaisir et de regagner sa confiance dominait toujours, mais sa réaction à ce qui m'était arrivé dans la cuisine avec Tom avait généré du ressentiment, voire de l'aigreur. L'odeur de la nourriture me retourna l'estomac tandis que maman s'insérait sur sa chaise. Les revoir assis là me renvoya à la conversation étouffée que j'avais surprise, au fait qu'ils me cachaient quelque chose.

La pièce était plongée dans un silence pesant.

— Où sont les jumeaux ?

— Au lit. Ce soir nous sommes entre nous, ma chérie.

Ce mot me crispa. Comment pouvais-je être sa « chérie » alors que par d'autres mots et d'autres actes il m'avait déclarée indigne d'être sa fille ?

Les bougies et les deux lampes à kérosène éclairaient si peu la pièce qu'elles allongeaient les ombres de nos visages, transformant le dîner familial en un tableau sinistre. Le générateur ne supportait pas la chaleur, lui non plus. Nous mangeâmes sans un mot, trop épuisés pour parler entre deux bouchées.

— Owen Nolan est passé aujourd'hui, finit par dire papa.

— Il va bien ? s'enquit maman.

— Il voulait fixer une date pour épouser Melanie Le Roux.

— C'est un peu tôt, non ? Mélanie est encore si… jeune.

— Notre Seigneur les a réunis. Qui sommes-nous pour nous mettre en travers de leur projet ? La sagesse d'Owen gardera Mélanie en sécurité et à sa juste place.

Papa tapota la main de maman ; elle finit par répondre à son sourire rassurant.

Melanie se mariait ? Elle avait deux ans de moins que moi mais était en meilleure posture pour avoir un mari et une famille. Cela dit, je n'aurais pas choisi Owen Nolan avec ses cheveux grisonnants et clairsemés, et son visage plus ridé qu'un pruneau. Malgré le physique guère avantageux du fiancé de Melanie, le doute m'envahit. Toute jeune fille rêve de se marier pour accomplir son destin de bonne épouse ; tel est le plan de Dieu. Étais-je en train de prendre du retard ? J'enfournai un morceau de poulet et quelques rondelles de carottes, que je mastiquai lentement.

— J'ai aussi reçu Tom Vermont en consultation cet après-midi.

Mes doigts serrèrent mes couverts comme si je voulais les étrangler, et la lueur des bougies vacilla au milieu de la table. Les trente secondes qui suivirent s'écoulèrent dans un silence perturbé par le seul raclement des couteaux sur la porcelaine. Je chipotai un morceau de poulet du bout de ma fourchette.

— Ce qui s'est passé dans la cuisine a ébranlé sa foi et il m'a demandé conseil. La chair est faible, mais un esprit renforcé avec l'aide de Dieu peut la contrôler.

Mon estomac se serra en entendant parler du mal-être de Tom. Les mots de papa nourrissaient mon ressentiment à son égard.

— Je peux sortir de table ?

— Pourquoi ?

— Je ne me sens pas bien.

Un mal de tête latent depuis la fin d'après-midi exerçait une pression derrière mes yeux. Par la fenêtre, un éclair bleuté illumina la pièce. Des nuages sombres avaient obscurci la fin de la journée et hâté la venue du crépuscule.

— Je ne pense pas que ce soit la véritable raison, dit-il sans se départir de son sourire.

— Si. J'ai mal à la tête. Je veux juste me coucher de bonne heure.

J'avais parlé lentement, pour contenir l'énergie explosive qui montait en moi. Elle se concentrait au creux de mon ventre, au bout de mes doigts, grimpait à l'échelle de mes côtes, vibrait dans mes os. Je fermai le poing, prête à me frapper la cuisse.

— Je veux t'aider, Abigail, mais comment le pourrai-je si tu ne me dis pas la vérité ?

La vérité ? Le mot s'agita devant mes yeux comme un chiffon rouge devant un taureau. L'hypocrisie relevait une fois de plus sa hideuse tête. Cette accusation me choqua moins profondément qu'elle ne me déçut. L'orage qui enflait en moi finit par déborder de ma frêle carrure. Quelque chose lâcha.

— C'est toi qui mens.

— Abigail !

Sans me quitter des yeux, papa leva une main impérieuse à l'intention de maman.

— Laisse-la parler. Pourquoi dis-tu que je mens ?

— Tu dis que tu veux m'aider. Mais la façon dont tu m'as traitée après ce que Tom m'a fait... Je me suis sentie plus bas que terre et... si seule ! Comment était-ce censé m'aider ?

— Qu'est-ce que je... ?

— Tu... tu m'as abandonnée. Tu aurais dû être de mon côté.

Ma voix était grosse de larmes, mais je ne cillai pas. Je refusais de pleurer devant lui. Je ne lui donnerais pas ce pouvoir. Pas ce soir-là.

— Non, Abigail.

— Bien sûr que si. Et tu m'as traitée de menteuse devant tout le monde à Parkerville, en disant que je m'étais sauvée de Newhaven sans ta permission. Je n'ai pas menti. J'ai oublié, ou peut-être mal compris, mais je n'ai pas menti. Je ne mérite pas d'être punie pour ça.

— Souviens-toi du Livre des Proverbes 19:18. « Corrige tes enfants, car il y a encore de l'espoir. » Peut-être que tu ne devrais plus aller à Parkerville pendant un moment. Pour ton bien.

— C'est la seule raison ?

— Bien sûr. Ta réaction suffit à le prouver. Regarde-toi. Je le fais par amour.

— Comment peux-tu dire que tu m'aimes alors que tu me rends responsable de ce qu'a fait Tom ?! C'est injuste. Je ne suis pas une espèce de féministe !

Maman ouvrit la bouche mais il leva à nouveau la main, étouffant ce qu'elle avait à dire.

— Je n'agis que par amour pour toi, Abigail.

Le mot raviva ma rage. L'amour ! M'abandonner au moment où j'avais le plus besoin de lui, refuser de me croire, dissimuler des choses ! Personne n'agit ainsi par amour.

— Bon Dieu, mais c'est pas juste ! C'est toi qui es injuste, papa !

Sa réponse roula comme un coup de tonnerre :

— Assez. Sous mon propre toit, je ne te laisserai manquer de respect ni à moi ni à notre Seigneur. Il y a des limites, surtout après tout ce que j'ai fait pour toi.

— Maman, comment peux-tu le laisser… ?

Les épaules voûtées, elle fixait un point imaginaire sur la nappe blanche.

— C'est pour ton bien. Ton père a raison de te tenir éloignée de Parkerville.

— Certainement pas !

— Tu ne comprends pas. Il nous protège.

Mais de quoi ? Je me demandais si c'était en rapport avec les lettres bleues. Maman évitait mon regard et papa fit le tour de la table pour passer un bras autour de ses épaules ; elle se serra contre lui.

— Et nous deux, maman ? Juste entre filles ?

Ces mots allumèrent quelque chose dans ses yeux. Le passé faisait irruption dans la pièce, avec la vivacité des éclairs qui se rapprochaient au-dehors. Papa se raidit à son côté, les doigts crispés sur son bras.

— S'il te plaît. Écoute ton père.

— D'abord, il n'est pas… c'est trop me demander. Je vais dormir à Newhaven.

Je sortis de la salle à manger puis de la maison en courant, au moment où un éclair déchirait le ciel. Je courus, ce soir-là, pour éviter de dire quelque chose que j'aurais regretté plus tard.

28

Le contour de la masure se découpait sur un ciel lacéré d'éclairs violets, et la carcasse du vieux pick-up veillait sur elle tel un bon chien, fidèle jusque dans la mort. L'éclair suivant révéla la présence d'une silhouette derrière le volant. J'en eus le souffle coupé. Je m'arrêtai net et me demandai si je pouvais atteindre la porte avant que l'inconnu ne sorte de l'habitacle... mais la silhouette reprit sa forme réelle : celle du siège conducteur. Je relâchai lentement l'air de mes poumons.

Je ne m'étais pas arrêtée après être passée en courant devant Newhaven ; j'avais bifurqué en direction de la masure, non sans m'être assurée que mes parents ne m'avaient pas suivie. La traversée des bois et des marais avait ébranlé ma détermination. Des racines semblables à des mains invisibles ne cessaient de me faire trébucher, et je tombai plus d'une fois, la bouche et le nez dans la terre. Une planche gondolée du ponton faillit me jeter par-dessus bord. Les bourrasques tentaient de me déstabiliser, mais je pesais de tout mon poids en avançant, sans jamais me retourner.

La porte s'ouvrit en gémissant sur un vestibule obscur et silencieux. Puisque je voulais vraiment me retrouver seule, la vieille masure semblait tout indiquée. Un nouvel éclair me salua. L'absence de tonnerre rendait l'orage encore plus effrayant, on aurait dit un cri privé de voix. J'entrai sur la pointe des pieds et découvris des lieux aussi vides et inertes qu'un corps éviscéré – tout le contraire de Newhaven. Je frissonnai. Mais je préférais encore être seule ici que prisonnière d'une famille gangrénée par le ressentiment.

Une rafale d'éclairs illumina le salon au moment où j'y pénétrais. La vision fugitive d'un sac de couchage me figea sur place et je fus prise de panique. La pièce m'enveloppa dans un relent de fumée ; les traces de la tragédie imprégnaient encore l'atmosphère. J'avais commencé à regagner la porte à reculons lorsqu'une latte du parquet grinça sous mon poids. Un courant d'air froid me hérissa les cheveux sur la nuque.

— Ah, la vache, tu m'as fait peur !

Cette voix m'arracha un cri. Un autre éclair me révéla Summer, aplatie le long du mur, un cutter à la main. Ses yeux ambrés étaient noirs de détermination, ses lèvres serrées en une seule ligne. Je fus parcourue d'un frisson. L'éclair suivant remodela les traits de son visage, sa bouche se détendit.

— Qu'est-ce que tu fais là ? demandai-je.

— Moi ? Je te retourne la question ! Tu as le droit de sortir à une heure pareille ?

Sur fond d'éclairs, elle traversa la pièce en deux enjambées, et le cutter disparut dans la poche de son short en jean. Son tee-shirt était noué sous ses seins, découvrant son ventre.

— J'avais besoin… d'espace pour réfléchir.

Avant d'ajouter quoi que ce soit, je fus éblouie par un faisceau lumineux.

— Merde alors ! Qu'est-ce qu'il t'est arrivé ?

La lampe torche révélait les traces de boue sur mes manches, sur ma robe et mes jambes – ainsi que mes mains écorchées. Différentes parties de mon corps vibraient de douleur. Je dégoulinais de sueur ; bref, j'étais dans un état épouvantable. Une énorme fatigue s'abattit sur moi. Il fallait que je retourne à Newhaven comme je l'avais annoncé à mes parents, pour y trouver une chambre libre où dormir.

— Assieds-toi.

Elle jeta par terre un coussin du canapé avant de disparaître dans la cuisine. Le tissu était rêche et couvert de poussière.

Une bouteille d'eau traversa la pièce et me fit sursauter en atterrissant sur mes genoux. Il y avait un chiffon enroulé autour. Summer éteignit sa torche et alluma à la place une lanterne de camping qu'elle posa entre nous. Je regardai la bouteille, ne sachant pas trop ce que Summer attendait de moi, mais ma gorge à vif me suggéra vaguement que je pouvais en avoir besoin après ma course folle. Cependant, je ne bougeai pas, et je compris que mon hésitation mettait sa patience à rude épreuve lorsque Summer poussa un soupir, en se pinçant l'arête du nez. Je me sentis soudain toute petite. Elle s'agenouilla, attrapa la bouteille et le chiffon puis se mit à me débarbouiller et à nettoyer les égratignures sur mes mains et mes jambes. Mon regard fut attiré par le vestibule, où je m'attendais à voir apparaître papa à la lueur des éclairs, mais il n'y avait personne.

Ma peau me chatouillait chaque fois que Summer la touchait. Elle me prit le poignet pour essuyer ma paume écorchée. Mon sang pulsait sous ses doigts et je fus surprise par la douceur avec laquelle elle me soignait. Je pensais qu'elle se moquerait de ma maladresse, mais il n'en était rien. La concentration creusait de petites parenthèses de part et d'autre de sa bouche. Ses gestes me rappelèrent ceux de maman à l'époque où un genou couronné faisait partie de notre quotidien. Elle appliquait de l'antiseptique et soufflait sur la plaie en alternance, le visage tout près du mien. À l'époque où nous étions « juste entre filles ». Ce souvenir me serra le cœur.

Lorsqu'elle eut terminé, Summer me tendit la bouteille et je bus à longs traits, laissant une rigole dégouliner de chaque côté de ma bouche et mouiller le col de ma robe. Je n'avais pas réalisé à quel point j'avais soif. Mais un son me fit tourner la tête et mon cœur accéléra. Plusieurs secondes s'écoulèrent au rythme des gouttes de sueur dans mon dos, mais personne n'entra.

Rassurée, je jetai à nouveau mon dévolu sur la bouteille. *La fille obéissante adopte de bonnes manières.* Elle pouvait bien aller se faire voir ailleurs, la fille obéissante ! Tout comme papa et son jugement permanent, ainsi que maman, qui lui avait prêté allégeance. J'aurais sans doute dû éprouver une certaine honte, mais savoir qu'ils me cachaient quelque chose rétablissait la balance. « Et si jamais ils arrivaient à la repérer ? » avaient-ils dit, sans se douter que je les entendais.

— Elle est glacée, cette eau !

— J'ai apporté un peu de gasoil et réparé le générateur, expliqua Summer en se laissant choir près de moi, une cigarette au coin de la bouche.

— Comment tu as fait ça ?

— J'aime bien comprendre comment fonctionnent les choses. Et puis il y a des tutos sur YouTube. Bref. Qu'est-ce qu'il t'est arrivé ?

Sa question souleva un panache de fumée. La douceur qui avait transparu deux minutes plus tôt s'était de nouveau retranchée derrière un air distancié et l'odeur du tabac.

— Il s'est passé quelque chose.

— Vas-y, crache le morceau.

Son ton incisif eut raison de moi et je laissai tout sortir : la cuisine de Newhaven, Tom, ce qu'il avait dit, l'humiliation infligée par sa main, puis par l'attitude de maman, qui en avait parlé à papa. Papa et ses questions qui me dérobaient la certitude d'avoir été agressée, d'être une victime, et me persuadant que je ferais mieux de ne rien dire. Summer m'écouta en silence. Quand je m'interrompais, ne sachant plus quels mots choisir pour décrire le chaos de mes émotions, elle attendait, laissant le temps se réduire en cendres, cigarette après cigarette. Chaque bouffée lui creusait les joues et lui pinçait les lèvres autour du filtre. La lueur des éclairs dansait sur son visage, encadré de cheveux plus indomptables que jamais à cause de l'humidité qui saturait l'air. Enfin, j'en arrivai à la dispute à la table du dîner, qui m'avait poussée à courir me réfugier ici. J'étais à court de mots, mais Summer ne me parlait toujours pas, la bouche pincée cette fois sans même une cigarette ; elle avait un regard assassin.

— Qu'est-ce que tu croyais ?

Je fronçai les sourcils.

— Franchement, je veux pas faire ma connasse, mais tu aurais déjà dû te rendre compte que tu vis entourée de mecs qui voient les femmes comme leurs possessions, un bien à céder de père à mari.

Son manque de compassion me laissa stupéfaite. Au même moment, le ciel se déchaîna comme si la foudre voulait me secouer.

— Je suis pas une possession, je suis pas…

Elle m'attrapa les épaules.

— Bien sûr que non. C'est eux qui sont en tort. Pas toi.

Elle, une inconnue, c'était bien la dernière personne que je m'attendais à voir prendre ma défense ! Elle chercha mon regard et ne le lâcha plus.

— Écoute-moi bien. Ce Tom, là… c'est un connard et un prédateur. L'un de ces types qui viennent dans une communauté parce qu'ils ne trouvent pas ce qu'ils cherchent dans la vraie vie. Oublie ce qu'a dit ton père. Ce n'est pas ta faute !

Je hochai la tête.

— Regarde-moi, fit-elle en me secouant les épaules. Tu n'as rien fait de mal. C'est toi la victime dans cette histoire. Ça n'aurait jamais dû t'arriver.

Son regard ne fléchissait pas : elle pensait exactement ce qu'elle disait. Je m'effondrai contre elle. Ce geste la surprit, mais la tête ainsi nichée au creux de son épaule je me sentais en sécurité. Mes bras passèrent sous les siens et je lui enserrai la taille, sanglotant contre sa poitrine. Lentement, ses bras prirent place autour de moi et m'enlacèrent.

— Je suis désolée, tu ne mérites pas ce genre de merde. Vraiment navrée pour toi. C'est toujours la même histoire. Où qu'on aille, toujours les mêmes conneries.

Je hochai la tête et reniflai, sans comprendre tout à fait ce qu'elle voulait dire. Dehors, l'orage s'intensifiait et les éclairs zébraient le ciel. Mes émotions cognaient dans ma cage thoracique comme les vagues se brisent sur les rochers. Je vis des visages : ceux de Tania, de Fleur, de Tom, de papa.

— J'arrive plus à respirer. Je peux pas…

— Il faut que tu laisses tout sortir pour qu'ils ne vous étouffent pas, toi et ce que tu ressens.

Une étincelle me picota le bout des doigts et prit de l'ampleur, et finalement c'est l'orage déchaîné qui se déversa dans mes veines, puisant dans une rage si profondément enfouie qu'elle avait la couleur du sang. En cet instant, je haïssais mon père. En cet instant, rien n'aurait été plus beau à mes yeux que de briser quelques os.

— Je le hais, je le hais, je le hais. Mais tellement !

J'écumais de fureur.

— Très bien. Concentre-toi sur ce sentiment. Laisse tout sortir.

La rage me consumait tandis que j'alimentais le brasier de souvenirs de papa, où je jetai toute sa déception et toutes ses paroles humiliantes. Pour faire bonne mesure, je livrai aussi aux flammes les pages du manuel de la fille obéissante. Cela sortait de moi sous forme de cris et me libérait de toutes mes tensions ; je bondissais comme une furie, je dansais comme une possédée. Le désir de tout réduire en cendres m'enflammait et, alors que mon poing plantait des coups dans ma cuisse, Summer me tendit un coussin en guise de punching-ball. Ma colère s'abattit dans le rembourrage à m'en brûler les épaules, mais je continuai. Un nouveau cri me déchira, auquel Summer joignit le sien. Cela dura jusqu'à ce que la gorge nous brûle et que les larmes nous brouillent la vue.

Au gré des éclairs, Summer et moi étions liées par une alternance de noirceur et de lumière pure. Je la connaissais à peine. Pourtant, j'étais affamée de sa présence – et pas seulement parce qu'elle venait de l'extérieur. Quelque chose d'autre me poussait irrésistiblement vers elle. Tout à coup, cela me sauta aux yeux : je lui faisais confiance. L'épuisement finit de me terrasser, je m'écroulai par terre, sur le dos. Au plafond, les tentacules du lierre apparaissaient et disparaissaient au rythme de l'orage et de ma respiration saccadée. La colère avait à présent un goût de fumée, elle me chatouilla tant et si bien la gorge qu'un fou rire s'en échappa, incontrôlable.

— Abigail ?

— S'il te plaît, ne m'appelle pas comme ça. Je ne suis pas cette personne.

De : Jeb Abernathy
Date : Jeudi 8 septembre 2022, 7:40
À : Cameron McPherson
Objet : RE : Inquiétude – besoin de guidance

Seigneur, je n'arrive pas à croire ce qu'il vient de se passer !!

J'ai tenté de vous joindre, mais votre assistant m'a dit que vous étiez en rendez-vous. Quelque chose d'extrêmement perturbant vient de se produire. Merci de me rappeler dès réception de ce mail.

Je crains que la situation ne nous échappe tout à fait. Priez pour nous, Seigneur !!

29
Moment présent

Mes mains travaillent vite mais ne cessent de glisser. L'odeur est si insupportable que je respire par la bouche, et mes ongles égratignent le nœud sans que la corde bouge. Si seulement j'arrivais à la desserrer un peu ! Je longe cette ficelle poisseuse à la consistance caoutchouteuse, et puis je comprends et mon estomac se révulse d'horreur : entre mes doigts, ce n'est pas de la corde mais le mince ruban d'un intestin, gluant de sang.

Un lapin a été éviscéré et ligoté au grillage par ses propres entrailles. Il n'est pas seul. Cette portion de la clôture est émaillée de carcasses d'animaux qui ont subi le même sort – principalement des opossums et des lapins, encore tièdes.

Je reporte mon attention sur la tâche en cours. *Ne les regarde pas, concentre-toi juste sur ce nœud-là.* La sueur me tombe dans les yeux, je l'essuie du dos de la main en me demandant si certains d'entre eux ont des petits qui les attendent dans leur terrier, sans se douter qu'ils ne reviendront jamais. Je prononce pour eux une prière silencieuse.

— Abigail ? Au nom du Ciel, qu'est-ce que… ?

Les mots me cinglent aux oreilles tandis que le reste de la phrase reste englouti dans la bouche de Wade Pruitt. Ses doigts se crispent sur la crosse de son fusil et il ouvre de grands yeux en avisant l'état affreux dans lequel je suis.

— Corey, va chercher le pasteur Abernathy. Dépêche-toi.

Tandis que Corey fonce vers Newhaven, la panique s'immisce sous ma peau. Ça va mal. Je me rejoue en boucle la menace du pasteur Abernathy de me chasser d'ici. Bouche bée, Wade Pruitt n'arrive pas à quitter des yeux la clôture. Je n'avais encore jamais vu un visage d'homme perdre ainsi toute sa couleur, pas même la fois où Mr Garrett est tombé du plat de la main sur un clou rouillé. Alors que nous restons là sans rien dire, je chasse les mouches qui ont répondu à l'appel du sang : elles flairent la mort à des kilomètres. Leur bourdonnement m'agace, l'une d'elles tournicote autour de mon visage et de mes oreilles. Afin de tenter de lui échapper, je fais un bond en arrière en agitant la main. Surpris par ma réaction, Wade braque le canon de son fusil sur moi… La peur me prend à la gorge.

Sans ce bruissement dans les hautes herbes, nous serions restés à nous regarder en chiens de faïence. Corey montre le chemin au pasteur Abernathy, suivi de Mrs Calhoun qui marche en se dandinant, le bas de sa robe serré dans ses poings, des mèches de cheveux roux s'échappant de son chignon. Elle s'arrête, pantelante, et porte la main à sa gorge.

— Doux Jésus, qu'est-ce que c'est que cette abomination ?

D'horreur, ils ont tous la mâchoire pendante. Une tempête couve dans le regard du pasteur à la vue des animaux éventrés. Leurs entrailles luisent sous le soleil matinal, et une petite brise charrie la puanteur de la mort, une odeur cuivrée qui n'est pas sans rappeler celle de l'oignon pourri. Le pasteur Abernathy fait un pas en avant, comme grandi et enflé par la colère.

— Qu'est-ce que c'est que ça, Abigail ?

Sa voix accusatrice m'envoie me retrancher encore davantage en moi même.

— Réponds.

Je voudrais expliquer, mais sa colère a éparpillé mes mots aux quatre vents. Je veux lui dire qu'un cauchemar m'a réveillée juste avant l'aube. Mon esprit ne cessait de me rappeler la silhouette de cette femme entrevue l'autre jour avec Tom. Je me suis levée et je suis sortie – j'avais besoin de la trouver. Je suis venue pieds nus, en chemise de nuit, jusqu'à l'endroit où elle était apparue. Si elle rôde dans les parages, elle a peut-être aperçu quelque chose le jour de l'incendie.

— Abigail ? Abigail, regarde-moi.

Quelqu'un claque des doigts devant mon visage ; derrière le pasteur, les traits sont tendus, les narines dilatées.

— Qu'est-ce que tu as fait ?

— Moi ? Je...

Je me tourne vers la guirlande de cadavres, tout en fourrure maculée de sang.

— Non. Ce n'est pas moi. Je les ai trouvés comme ça. C'est tout, je le jure.

— Tu les as trouvés ? répète-t-il en me dévisageant.

J'ai du sang étalé sur ma chemise de nuit, partout sur le visage, sur les mains. Ils me regardent avec dégoût et dépit. Je veux leur dire qu'ils se trompent, que le sang provient de mes efforts pour essayer de détacher les animaux morts, que je ne supportais plus de voir d'autres cadavres, quand bien même ce n'étaient que des animaux. Tout ce que je souhaitais, c'était les décrocher et les enterrer dignement. J'ouvre la bouche.

— Rebecca, ramenez-la à Newhaven, s'il vous plaît, dit le pasteur. Et assurez-vous que personne ne la voie en chemin.

— Bien sûr.

La main de Mrs Calhoun flotte au-dessus de mon épaule, prenant soin de ne pas la toucher. Je lui emboîte le pas, la tête basse et résignée. Mes mains sont couvertes d'une pellicule de sang. À cette vue, tous mes organes se révulsent. Je m'essuie les mains sur ma chemise de nuit, mais ça ne part pas. Ce n'est pas du sang d'animal, c'est son sang à elle. La culpabilité me monte à la gorge. Les mains pleines d'un rouge poisseux et tiède, je suis à genoux dans le salon de Hunters Cottage le jour de l'incendie. Le sang de maman. Partout sur mes mains. L'image me submerge. Et c'est là que je commence à crier.

30

Trois semaines avant l'incendie

Ma peau, moite de fatigue et d'excitation, collait à celle de Summer sous le sac de couchage, mais je ne bougeai pas. Elle alluma une cigarette roulée semblable à celle du jour où elle avait sauté dans le marais et m'avait raconté toutes ces histoires épouvantables. L'âcreté de la fumée se mêla à celle de notre sueur. Elle me tendit la cigarette.

— Je ne fume pas.

— C'est pas exactement une clope. C'est le goût de la liberté.

Elle fit jouer dans ses doigts le papier incandescent et plein de possibles. Comment quelque chose d'aussi petit pouvait-il renfermer quelque chose d'aussi grand ? Mon pouls s'accéléra à l'idée de la transgression. Je jetai un coup d'œil en direction de la porte. Toujours personne en vue. Mais la honte m'étreignait. J'avais déjà tellement dévié du droit chemin en hurlant comme un animal et en boxant rageusement un coussin ! Je secouai la tête mais ne changeai pas de position : mon épaule et mon bras nus touchaient les siens, et un frisson me parcourut le dos. Même si c'était mal, une partie de moi ne pouvait s'arracher au confort de sa peau.

— Comme tu veux.

Une drôle d'émotion passa sur son visage alors qu'elle inhalait profondément, transformant le bout de la cigarette en une lueur orangée de soleil mourant. Summer eut un sourire étrange en me recrachant la bouffée au visage. Portée par son souffle, la fumée entra dans mon nez. Ses lèvres étaient dangereusement proches des miennes et je sentis une douce chaleur se répandre dans mon ventre. Puis la fumée s'insinua dans mes poumons. Une quinte de toux, violente et épaisse, ne tarda pas à suivre – mes efforts pour l'étouffer ne firent qu'aggraver les choses. Le visage flou de Summer se tordit en un éclat de rire derrière le rideau de mes larmes.

— Désolée, je suis vache. Tout le monde tousse, la première fois.

Quelque chose me disait qu'elle, en tout cas, n'avait pas toussé la première fois ; qu'elle était l'exception à toutes les règles. Comme si elle lisait dans mes pensées, Summer inhala à fond, bloqua crânement sa respiration pendant quelques secondes, puis expira la fumée en direction du plafond. Un nuage bleu foncé flotta un moment au-dessus de nous avant de se dissiper.

Les volutes se désintégrèrent en moi, desserrant les liens de ma cage thoracique tandis que mes poumons gonflaient comme des ballons prêts à s'envoler. Je me laissai couler sous le sac de couchage. Le tissu synthétique me collait aux bras. Au plafond, les lianes tentaculaires se faufilaient le long du plâtre. Un souvenir de Fleur s'épanouit dans ma poitrine : nous étions assises en tailleur sur son lit, chacune en train d'embrasser le dos de sa main, un entraînement pour le moment où nous serions mariées. Et puis elle avait suggéré un moyen plus direct de nous entraîner, qui nous semblait bien innocent à l'époque.

Il s'agissait juste d'être prêtes pour le bon garçon. Le souvenir avait la saveur du dentifrice à la menthe. Je me demandai ce que Fleur aurait pensé si elle m'avait su ici avec Summer.

— Tu es sûre que tu ne veux pas essayer ?

La question déboula dans mes pensées, dissipant le visage vaporeux de Fleur. Je répondis à Summer par une autre question :

— Tu ne m'as pas dit. Qu'est-ce que tu fabriques ici ?

— Je squatte. Le motel me coûtait une blinde.

— Tu n'es pas beaucoup payée pour faire ton documentaire ?

— Podcast. Et la réponse est non, malheureusement. L'apport de mes sponsors finance essentiellement le matos et les frais de déplacement, et ma sous-loc me permet à peine de régler mon minuscule troisième étage sans escalier à East Brunswick. Ici, le quartier est sympa et abordable, juste dommage que je sois obligée de me garer à 1 kilomètre ! Waouh, je meurs d'envie de manger un Sloppy Joe[1] !

Alors que je l'écoutais, ses mots mystérieux me rappelaient combien j'ignorais les détails du vaste monde en dehors de notre pré carré. Sponsor, matos, sous-loc, Sloppy Joe –, chacun me semblait la clé d'une porte que je n'avais encore jamais ouverte.

— Enfin bref, ajouta Summer. Il est peut-être temps que tu y retournes, non ?

Si la fille obéissante désirait sincèrement revenir demander pardon, une autre part d'elle, toute nouvelle, était toujours furieuse à l'idée que papa ait pu tracer une ligne imaginaire et se placer du côté de Tom. Rien qu'à l'idée de retourner à

1. Sorte de burger au bœuf haché puis poêlé avec des oignons.

Hunters Cottage, d'y retrouver maman à la table de la cuisine et papa en train de monter la garde derrière elle les mains sur ses épaules... Je secouai la tête.

— Je ne peux pas. Pas ce soir. Ne me force pas à m'en aller.

Ma voix était rauque de fumée, je toussai dans mon coude.

— T'inquiète, c'est pas mon genre. Mais tu ne risques pas d'avoir des ennuis ?

— Je m'en fiche. Ils pensent que je suis allée dormir dans la grande maison. Ça m'est déjà arrivé.

Si j'étais rentrée chez moi à ce moment-là, avec l'odeur du péché sur la peau, il l'aurait su rien qu'en voyant mes joues rougies. J'aurais été incapable de dissimuler le comportement honteux auquel je venais de me livrer. La chair était faible, et en cet instant je ne me souciais pas le moins du monde de ce que cet homme pouvait avoir à me dire. Une nouvelle pensée prit forme au fond de moi avant de s'élever telle la fumée de la bouche de Summer : et s'il ne savait pas tout ? Il avait peut-être tracé une ligne entre nous, mais Summer, elle, venait de tracer un cercle dans lequel nous étions entrées toutes les deux.

— J'aurais fait pareil à ta place. Ton père est un hypocrite. Je comprends que ta religion est basée sur le pardon et tout, mais de là à excuser le comportement du type qui vient d'agresser sa propre fille ? Bienvenue dans le patriarcat ! J'appelle ça se comporter comme un gros connard.

— Mais non...

— Comment tu peux continuer à le défendre ?!

— Non, je veux dire : c'est pas mon père. Pas vraiment.

31

Summer se redressa sur un coude dans l'obscurité.

— Qu'est-ce que tu dis ?

— C'est pas mon père.

La vérité était sortie toute seule, et c'était bizarre de l'énoncer à voix haute. Pendant des années, elle était restée enfouie tout au fond de mon esprit. Je me tournai sur le ventre, le menton posé sur les avant-bras.

— On n'est pas du coin, maman et moi. On vient de Chicago. Papa nous a amenées ici quand j'étais petite. Mais c'est le seul père que j'aie jamais connu. Je l'ai toujours appelé papa. Et je pense pas que ça changera un jour.

Summer se mit dans la même position que moi. Nous n'avions pas le regard tourné l'une vers l'autre, mais vers la même obscurité.

— Où ça, à Chicago ?

— Je suis pas sûre, j'étais trop petite. Je me souviens de grandes tours d'immeubles avec des escaliers sans fin parce que l'ascenseur était toujours en panne. Et ça puait l'urine.

— Quel âge ?

— Je devais avoir 6 ans quand on est parties.

— Et donc ton... beau-père n'est pas de Chicago ?

Je secouai la tête.

— Tu sais d'où il vient ?

— On ne parle pas de ces choses-là.

— Comment ça ?

— Nous ne parlons pas de notre vie avant Newhaven. Avant de pénétrer dans la lumière du Seigneur, il n'y a que les ténèbres.

— Qu'est-ce qu'il faisait à Chicago ?

— Il évangélisait beaucoup les villes, à l'époque. Il faisait partie de la délégation locale de notre église.

— Vous n'étiez que toutes les deux ? Ta mère et toi ?

La voix de Summer accrocha dans le noir, éraillée par la fumée et nos cris, un moment plus tôt.

— J'ai jamais connu mon vrai père. Maman a eu des petits copains, mais aucun n'a jamais duré longtemps. Elle vivait dans le péché jusqu'à ce qu'il se présente.

— Personne d'autre ?

— Non, on était juste entre filles. C'est l'expression qu'elle utilisait.

— Et comment il s'est « présenté » ?

— Il est apparu un beau jour. Il traînait dans notre cité. C'étaient des tours immenses. Je me souviens que je devais renverser la tête en arrière pour voir le haut de l'immeuble. Il parlait aux habitants du quartier de trouver une vie meilleure, il disait que la ville était pleine de mal. La plupart des gens ne répondaient pas ou lui riaient au nez. Il s'en moquait. Un jour il a parlé à ma mère, en bas. Je pense qu'elle avait dû lui demander de lui prêter 10 dollars pour acheter un truc à la bodega[1],

1. Nom donné aux supérettes dans les quartiers défavorisés des grandes villes américaines.

ou quelque chose comme ça. Il lui a fait la causette pendant qu'il montait les courses à notre appartement. Après, il est venu tous les jours et c'étaient de longues conversations à la table de la cuisine ou sur le canapé. Il nous a emmenées à une réunion d'entraide de son Église, pour lui montrer qu'elle n'était pas obligée de tout faire toute seule. Il n'était pas comme les autres. Il portait un costume, il sentait bon. Il m'apportait des pralines que je suçais en regardant la télé. Et puis…

Après notre arrivée à Newhaven, les souvenirs de Chicago me suivaient partout, mais je les avais écrasés à mesure qu'ils refaisaient surface. Papa disait toujours : « Il faut aller de l'avant, ma chérie, et ne jamais se retourner sur le passé. » Au fil des ans, Chicago s'était dissipé en impressions et en odeurs fugitives qui n'apportaient plus qu'un tourbillon d'images et de bribes de conversation.

— Et puis ?

Je tripotais un fil qui dépassait de la doublure du sac de couchage.

— Et puis nous sommes arrivés à Newhaven, pour y vivre en sécurité.

— C'est dingue, Abby.

— Ce n'est pas mon vrai nom.

— Pardon. Abigail.

— Non, je ne suis pas Abigail, dis-je en me tournant vers Summer, dont les yeux étaient écarquillés. Il m'a appelée comme ça après notre arrivée ici.

Un soir après le dîner, il m'avait demandé de m'asseoir sur le canapé de son bureau. Mes pieds ne touchaient pas par terre. Le velours usé était tout doux sous mes doigts. « J'ai un cadeau pour toi, m'a-t-il dit. Un nom. » J'en avais déjà un, auquel je tenais assez, mais c'était la coutume à Newhaven. Et j'aimais bien vivre ici. Maman ne criait ni ne pleurait jamais. Il y avait toujours à manger, il faisait beau plus souvent. Les gens avaient une drôle de façon de parler par rapport à Chicago, mais au moins ils ne criaient pas. Un cadeau, ça ne pouvait pas faire de mal. Il m'a expliqué que ça voulait dire « joie du Père ». J'ai appris mon nouveau nom comme une prière ou une nouvelle règle de la maison, en l'écoutant et en le répétant en boucle jusqu'à ce que ça finisse par s'imprégner au plus profond de moi. À partir de ce jour-là, je m'étais efforcée sans relâche de me montrer à la hauteur de ce prénom – d'être la joie de mon père. Et, jusqu'à une période très récente, j'y étais arrivée.

— En réalité je m'appelle Faith.

Le silence se déposa entre nous comme la moisissure sur les murs du vieux salon. Un nouvel orage couvait. L'indignation de Summer prenait de l'ampleur. Être née au sein de la New America Baptist Church était une chose, y venir de son plein gré en était une autre… Son corps vibrait telle la corde d'un arc.

— Putain de chaleur…

Summer avait lâché ces mots les mâchoires serrées, en se levant d'un bond pour s'échapper de la masure. Elle se transforma en un murmure dans l'herbe, puis en un bruit d'éclaboussures.

Dans le silence qui suivit, le doute surgit de l'ombre sous forme de bêtes inquiétantes qui remontèrent le long de mon dos. J'essayai en vain de m'ébrouer pour m'en débarrasser. J'avais déçu tout le monde, y compris Summer. J'avais la bouche sèche. En cherchant la bouteille à tâtons, j'attrapai le sac de Summer et y sentis quelque chose de dur. Au lieu d'une bouteille, mes mains caressèrent la surface d'un livre.

Il pesait lourd. Sur la couverture orange et rose, ce titre : *Sur la route*. Je me demandai si, en le lisant, elle avait laissé sur le papier son léger parfum de tabac et de noix de coco. Quand je vivais à Chicago, j'avais vu un film avec une route de briques jaunes, des sorcières et un magicien… peut-être s'agissait-il du même genre d'histoire. C'était un vieux livre de poche au dos déformé. Il y avait des tas de pages cornées et autres marques de la vie : taches, gouttes de café, phrases ou mots soulignés au crayon, bosses et creux divers. Le livre tomba, révélant son secret.

Un sachet en plastique était calé entre les pages 124 et 125. Un coup d'œil à son contenu, et mon sang se figea dans mes veines. Si le sachet était troublé par des traces de doigts, je ne pouvais pas me tromper. Je déglutis, la langue collée au palais. La dernière fois que j'avais vu cet objet, c'était sur un agrandissement photo, exposé sur un chevalet dans la chapelle pour la commémoration des six mois de leur mort. Accroché autour de son cou gracile. Je n'avais pas besoin d'ouvrir quoi que ce soit pour savoir que le médaillon abritait d'un côté le portrait d'une jeune fille souriant de toutes ses dents du bonheur, et de l'autre celui d'un homme à la moustache grisonnante et aux yeux entourés de petites pattes-d'oie. Le *F* enluminé, gravé sur le couvercle en or, et les traces de sang oxydé sur la surface racontaient la violence insoutenable de ce qu'il s'était passé. Je jetai le sachet par terre et, les mains sur la bouche, m'en éloignai comme s'il m'avait brûlée.

Au-dehors, une nuit sans étoiles avait pris possession du ciel ; l'orage était passé. Je savais que Summer était là au bruit net et tranchant que faisait dans l'obscurité chacun de ses mouvements dans l'eau. Je m'assis sur le plancher, pris mes genoux dans mes bras et commençai à me bercer lentement. Mais rien ne put apaiser la confusion qui régnait dans mes pensées. Summer était en possession du collier de Fleur. Le médaillon qu'elle faisait jouer le long de sa chaîne quand elle écoutait vraiment avec attention. Je l'avais vue faire des centaines de fois. Comment Summer l'avait-elle récupéré ? Un bijou dont elle ne se séparait jamais ?

Fichier audio n° 10

Qualité du son : Mauvaise
[Voix A] : Féminine
[Voix B] : Féminine

[Deux premières minutes inaudibles]

[Voix A] : Pourquoi tu poses toujours autant de questions sur ma famille, et surtout sur mes parents ?

[Voix B] : J'essaie de comprendre les dynamiques de la congrégation, et puis ton père, tu vois, puisque c'est le pasteur, le chef de cette hiérarchie. Il faut que je comprenne son rôle.

[Voix A] : Ce n'est pas seulement mon père, tu poses aussi des tas de questions sur maman, et ce n'est personne dans cette hiérarchie dont tu parles. Ça ne rime à rien. Je me sentirais plus à l'aise si on arrêtait de parler de mon père, OK ?

[Voix B] : Pas de problème, on peut parler de tout ce que tu veux.

[Passage suivant inaudible]

[Voix A] : Toi, tu lâches jamais l'affaire, hein ? Je t'ai dit d'arrêter avec ça. Sérieux, Summer, tu laisses jamais tomber ?

(*Sons étouffés*)

[Voix B] : Reviens ! Allez, je suis désolée. Ça m'a échappé.

(*Autres sons étouffés*)

[Voix B] : Merde, je suis vraiment désolée ! Allez, je te demande pardon, putain ! Mais reviens, quoi ! Je t'assure que je l'ai pas fait exprès, Fleur. Pardon. FLEUR !

PARTIE II

Avant que tu ne redeviennes forêt
et eaux et friche envahissante
à cette heure d'angoisse inimaginable
où tu exigeras de toutes choses
qu'elles te rendent ton image inachevée.

Rainer Maria RILKE[1]

1. *Le Livre de la vie monastique*, traduit de l'allemand par Gérard Pfister, Arfuyen, 2019.

32
Moment présent

Mrs Favreau hoche la tête en écoutant son livre audio. Ses écouteurs noirs contrastant violemment avec sa crinière de cheveux blancs, elle a les yeux rivés sur la fenêtre et un ciel qu'elle distingue à peine. Dans sa peau, autour de la bouche et de ses yeux d'un blanc laiteux, les cicatrices sont marquées en profondeur, et toujours d'un rose vif après tout ce temps. Elle a tenté, à l'aide d'une bouteille de chlore, de chasser le Malin qui troublait sa vue et déformait ses paroles, tentant par cette automutilation de témoigner de la fermeté de sa foi. Si papa ne l'avait pas trouvée à temps, elle aurait sûrement avalé le reste de la bouteille. Les cris d'épouvante qu'il a poussés à ce spectacle hantent encore le couloir, de même que cette conviction inaltérable : il faut s'occuper d'elle à part. Malgré son emploi du temps chargé, il trouvait toujours le temps de passer la voir. Ce dont elle a besoin, c'est de notre amour, et que sa porte soit verrouillée en permanence. Mrs Finch affirme que ses cordes vocales ne sont sans doute pas complètement endommagées, et pourtant Mrs Favreau n'a pas prononcé un seul mot depuis.

Je danse d'un pied sur l'autre, le dos endolori après plus d'une heure penchée au-dessus de la table, à plier et replier son linge jusqu'à ce qu'il soit parfait. La monotonie de la tâche me permet d'engourdir les images qui ne me quittent plus depuis l'épisode de la clôture : le sang de maman dégoulinant de mes mains, ce sang dont sa robe était inondée. Plus je me souviens, moins j'ai envie de comprendre.

Mrs Favreau ne réagit pas à ma présence, mais elle sait que je suis là. Comme tous les jours. À l'exception de la voix étouffée du narrateur dans son casque, c'est très calme, ici. On en oublierait presque les étages inférieurs, fourmillant de gens qui ne veulent pas de moi dans leurs pattes. Ce matin, Melissa Pruitt a attiré sa fille contre elle quand je suis passée devant elles en allant au cours d'éducation des jeunes femmes.

Chaque fois que le pasteur Abernathy ouvre la bouche, je crains que ce soit pour m'annoncer qu'ils m'envoient ailleurs.

Un rectangle coloré se détache sur le blanc des draps. La photo me paraît sèche et cassante, comme découpée dans la peau de Mrs Favreau. On y voit papa debout à côté du pasteur Favreau, qui a le bras autour des épaules de sa femme. Je parcours du doigt le visage de papa et mon cœur se serre ; je me laisse glisser sur le sol. Ils sourient tous les trois. Le visage de Mrs Favreau est intact, mais c'est la seule qu'il reste – les deux autres sont partis.

L'image date d'une époque pas si distante, avant que le diable ait pris contrôle de la langue de Mrs Favreau, la forçant à ânonner des blasphèmes contre notre foi ; avant qu'on ne l'ait retrouvée au bas de l'escalier, au-dessus du corps inanimé de son mari, à hurler que le diable le lui avait pris. Elle avait alors le doigt pointé sur papa. Deux jours après la mort du pasteur, elle a fait irruption dans la vieille salle de bal. Échevelée, les yeux hagards, elle vociférait qu'elle ne trouvait pas son époux. À nouveau, elle s'est plantée devant papa pour le montrer du doigt. Quelques femmes et plusieurs enfants ont fondu en larmes, y compris les jumeaux. Papa était effondré. Le pasteur Floyd Favreau avait été son mentor depuis notre arrivée à Newhaven. Et dire que nous devions perdre le pasteur Munro et Fleur seulement quelques semaines plus tard… L'ange de la mort planait vraiment au-dessus de notre Église. Papa avait relevé le défi, endossé le fardeau des responsabilités.

Le cliquètement d'un clavier disperse mes pensées telle une volée de moineaux. Mrs Favreau vient de poser son livre audio et est courbée au-dessus de son horrible machine, ployant sous le deuil et la folie et frappant les touches métalliques de ses doigts crochus. Elle a vieilli de dix ans en moins de douze mois. Je ramasse la photo que j'avais laissée tomber et la pose près d'elle sur son bureau afin qu'elle puisse la trouver plus tard.

Elle attend. Je redresse le dos, intriguée. Moi aussi, j'attends. Je ne suis pas censée regarder ce qu'elle écrit, mais son immobilité m'interpelle. Le parquet grince sous mon pied. Les tendons de son cou frémissent, puis elle finit par se tourner vers moi et plonger son regard dans le mien. Ce mouvement me glace de la tête aux pieds.

— Vous vouliez quelque chose ?

Je n'ai pas fini de poser la question que ses doigts tapent une réponse, plaquant les lettres sur le papier avec ce qui m'apparaît comme la plus grande violence.

OÙ EST FLOYD ?

J'imagine qu'elle a encore moins de souvenirs que moi. Est-ce ainsi que cela commence ? Le diable vous grignote la mémoire pour y enraciner les ténèbres à la place ?

— Il est parti, Mrs Favreau. Vous ne vous en souvenez pas ?

La phrase suivante frappée sur le papier me glace les sangs.

ABIGAIL DANGER ABIGAIL DANGER ABIGAIL DANGER.

— Je ne comprends pas. C'est moi, je suis Abigail.

J'essaie d'avaler ma salive, mais il me semble avoir du sable dans la bouche. Le manque de syntaxe me perturbe : suis-je exposée à ce danger ou bien à sa source ? Victime ou agresseur ?

Les touches bombardent la nouvelle feuille de papier que Mrs Favreau vient de glisser dans le rouleau, dans un tintamarre de plus en plus frénétique qui me hérisse les nerfs. Le bruit me démange et fait imperceptiblement ramper mes mains vers les épaules de la vieille dame. Le besoin de le faire taire me traverse en une coulée de lave, jusqu'à ce que je n'y tienne plus. Ma main part toute seule. J'arrache la feuille sans un regard pour les mots, avant de m'enfuir en courant, le message roulé en boule dans ma poche.

Je sursaute juste avant de sombrer dans le sommeil. Mon esprit stupide est aussi volatil que la morale des féministes : j'ai oublié de ramasser le plateau de Mrs Favreau après le dîner. J'ouvre sa porte et entre sur la pointe des pieds. À cette heure, les autres habitants de Newhaven dorment à poings fermés, je peux redescendre le plateau à la cuisine et le vider sans que Mrs Calhoun s'en aperçoive. Je ne tiens pas à la décevoir ni à lui fournir un prétexte pour me chasser.

Le tapis me gratte la plante des pieds, l'air de la pièce est poussiéreux, lourd, presque menaçant. Je respire par la bouche. Alors que je suis au milieu du couloir, mon plateau dans les mains, la lumière vacille, battement de cœur de l'obscurité. Une latte grince derrière moi. C'est une vieille maison. Sauf qu'elle grince à nouveau, avec la régularité d'une présence. Mes cheveux se hérissent à l'idée de tout ce qui pourrait rôder dans mon dos. Je fais volte-face. Les ampoules clignotent, et quelqu'un apparaît au cœur de ce duel entre obscurité et lumière – une femme d'ombres. Mon cœur fait un bond dans ma poitrine. À cet étage, il n'y a que Mrs Favreau, or je viens de refermer sa porte à clé. La femme avance. Les couverts cliquettent sur le plateau. En levant lentement le bras, elle pose un doigt sur ses lèvres. Je m'éloigne à reculons mais le sol se dérobe sous moi et la gravité me tire vers l'arrière. Je suis terrorisée. La lumière crépite autour de la femme, fragmentant la réalité. Un hurlement reste tapi au fond de ma gorge, trop terrifié pour en sortir. La femme me fait signe d'approcher et trois mots brûlent dans mon esprit : *Elle est là.*

Le plateau tombe avec fracas et le choc libère mon cri.

— Au secours ! S'il vous plaît ! À l'aide !

Je me laisse choir et cherche à tâtons sur le plateau le manche du couteau. La lumière revient et je pointe le couteau devant moi : le couloir est désert. Elle a disparu.

— Abigail ?

Une main empoigne mon épaule, m'arrachant un nouveau cri.

Le pasteur Abernathy décroche mes doigts un à un du manche avant de m'aider à me relever.

— Il y avait une femme. Au bout du couloir. Elle a essayé de m'enlever. Je vous jure que c'est vrai.

— Une femme ? Quelle femme ?

Il a une haleine de fromage aigre.

— Je ne sais pas. Quand j'ai relevé la tête, elle était partie. Comme si elle avait disparu. Je vous le jure, je ne suis pas folle.

— Mais non, tout va bien. Après tout ce qui t'est arrivé, ton esprit est juste un peu confus. Rebecca, vous voulez bien raccompagner Abigail à sa chambre ?

— Je ne mens pas, elle était juste là, dis-je en pointant un doigt accusateur vers le bout du couloir.

— Wade, Ezra, allez regarder dans toutes les chambres de l'étage.

Sans un mot, ils passent devant nous et ouvrent une porte après l'autre. Ma respiration saccadée reste bloquée dans ma gorge avec une masse de mots. Je prends des inspirations frénétiques mais me noie dans un excès d'oxygène. Mes doigts se crispent sur le bras de Mrs Calhoun.

— Peux pas. Respirer.

Son sourire ne monte pas jusqu'à ses yeux.

— Ça va aller. C'est juste ton corps qui essaie de repousser l'Ennemi. Il lui fait barrage. Viens, retournons prier dans ta chambre.

Elle m'y emmène en me soutenant.

Une fois seule, je me tourne et me retourne, terrifiée à l'idée que si j'ouvre les yeux je verrai la femme debout près du lit un doigt en travers des lèvres, et que j'aurai les mains couvertes de sang. La chaleur accentue l'odeur d'humidité, me l'enfonce dans la gorge à m'en donner des haut-le-cœur. Puis le message tapé dans la soirée par Mrs Favreau succède dans ma tête au sang et à la femme inconnue. L'encre est pâle, mais les lettres ont été frappées si fort que je vois encore le creux qu'elles ont fait dans le papier :

LE DIABLE EST LÀ. LE DIABLE EST LÀ. LE DIABLE EST LÀ.

L'épuisement m'empêche d'ouvrir les yeux mais la femme du couloir s'immisce à nouveau dans mon esprit. Assise au bout du lit, elle me regarde à présent avec des pupilles couleur de miel, et une volute de fumée s'échappe de sa bouche. Elle m'a apporté des odeurs et des images comme autant de petites offrandes : quelque chose d'âcre et de brûlé, des éclats de lumière à la surface de l'eau, le grincement du parquet… le tout enrobé d'un air familier sur lequel je ne parviens pas à mettre le doigt. Le parfum de tabac m'enveloppe comme si elle était vraiment passée ici. On dirait que quelqu'un a mélangé les pièces de différents puzzles.

Le diable est là.

Elle est là. Elle est là.

Qui est là ?

— Summer.

Sans y penser, je laisse échapper le nom en un murmure.

— Summer est là.

De : Cameron McPherson
Date : Vendredi 9 septembre 2022, 16:40
À : Jeb Abernathy
Objet : RE : Inquiétude – besoin de guidance

Cher pasteur Abernathy,

Merci pour votre message et vos nouvelles régulières sur la situation à Newhaven.

Je crois moi aussi que quelque chose ne tourne pas rond et que la situation doit être surveillée de près, d'autant plus que la police rôde toujours dans les parages.

Nous ne pouvons pas laisser le mal se diffuser dans Newhaven et ébranler le sentiment de sécurité, de même que la foi de nos frères et sœurs. Surtout après ce qu'il est arrivé au pasteur Favreau et à sa chère Elizabeth. Cet incident avec les animaux morts sur la clôture est en effet des plus perturbants.

J'ai peut-être une solution qui pourrait nous aider à résoudre tous nos problèmes avec Abigail, mais je vais d'abord avoir besoin de l'approbation du Conseil des anciens. Je reviens vers vous dès que j'aurai des informations plus consistantes.

Il guide nos pas. Que votre journée soit bénie.

Pasteur Cameron McPherson

PS : Vous serez heureux d'apprendre que la cagnotte GoFundMe pour Abigail et les petits a atteint les 58 000 dollars et que la somme sera transférée sur le compte de Newhaven après prélèvement du don en faveur de la fondation mondiale de la NABC.

33

Trois semaines avant l'incendie

Le soleil roussissait le ciel d'une teinte d'orange sanguine. Enfin, le jour se levait. J'avais dû rester là, le marais étant impossible à traverser dans l'obscurité, mais je n'avais pas pu fermer l'œil après ma découverte du médaillon. Le perron de la vieille masure m'éraflait la plante des pieds. La tempête avait balayé l'île, emportant la tension accumulée dans l'air depuis des semaines. Hormis la ligne écarlate du levant, le ciel appartenait encore à la nuit. Toutefois, quelque chose de rouge pulsait contre le ciel indigo et la masse sombre d'un bosquet...

Summer dormait encore. Pieds nus dans l'herbe rase, je ne cessais de penser au médaillon. Je devais me dépêcher de rentrer, mais l'étrange phénomène qui se déroulait à la lisière du bois m'attirait comme un aimant. Je n'avais pas posé de questions à Summer, n'étant pas certaine de vouloir savoir d'où elle tenait le collier, et je n'avais pas envie d'avouer avoir fouillé dans ses affaires. J'étais donc restée allongée raide comme un piquet auprès d'elle, qui dormait recroquevillée en chien de fusil. Même sans la pensée du médaillon, l'odeur du tabac m'aurait tenue éveillée.

Une langue incandescente s'était infiltrée dans l'arbre, rougeoyant sous l'écorce grise et craquelée. Le charbon ardent oscillait en une sorte de respiration et me tirait la peau du visage. Est-ce à cela que ressemblaient les portes de l'enfer ?

— Voilà ce que c'est quand la foudre s'abat sur un arbre.

Sa voix me fit sursauter. Summer apparut à côté de moi, cigarette à la main, et s'approcha tout près du tronc calciné. À bas bruit, les flammes léchaient l'intérieur tendre du bois et se reflétaient dans ses cheveux, allumant de braise ses yeux de miel et conférant à sa peau un éclat ardent. On aurait dit que l'arbre et elle avaient été amenés au point de fusion.

Les derniers vestiges du sommeil flottaient dans ses yeux, mêlés à autre chose que je ne parvenais pas à identifier. J'avais déjà vu ce type de regard, mais je ne me rappelais pas où. Je retroussai le nez à la vue du gilet d'homme à rayures multicolores et chiffonné qu'elle portait, au-dessus d'un short de sport jaune fluo. C'était un arc-en-ciel azimuté.

— Ben quoi ? J'ai longtemps vécu dans un endroit où on n'avait pas droit à la couleur, précisa-t-elle en tirant un peu plus fort sur sa cigarette.

Ce détail me surprit, mais je m'abstins de tout commentaire de peur de la couper dans son élan. Ma curiosité le disputait à mon envie de décamper.

— C'est pour ça que je n'aime pas suivre les règles ni dormir trop longtemps au même endroit. Le monde est vaste et j'ai bien l'intention d'en profiter.

— Et ta famille ?

— J'en ai pas.

Voilà qui était ridicule, tout le monde a une famille, nous venons tous de quelque part. Sa révélation se mua entre nous en un silence inconfortable. Elle tira une nouvelle bouffée de sa cigarette.

— Faith, dit-elle.

Mon ancien nom résonna comme la comparaison entre une photo et le vrai visage de quelqu'un.

— Il faut que j'y aille.

— Il est peut-être temps de partir pour de bon.

Le sens équivoque de sa phrase me déstabilisa, et elle replaça en souriant une mèche de cheveux derrière mon oreille. L'intimité de ce geste me figea sur place et me fit respirer plus lentement. Alors que le bout de ses doigts effleurait ma joue dans un nuage de nicotine, une tendresse que je ne lui avais encore jamais vue adoucissait son visage. Prisonnière d'un sortilège, je roulai le bout de ma tresse entre mes doigts en dansant d'un pied sur l'autre. Il fallait qu'elle me laisse rentrer. Certes, elle m'avait protégée dans cette impasse sinistre et avait pansé mes égratignures, mais c'était toujours quelqu'un de l'extérieur, et qui posait des questions. Beaucoup de questions. Par chez nous, c'était toujours très suspect.

— Oui, vas-y. Il ne faudrait pas que ta mère s'inquiète.

La douceur passagère de son expression s'était enfuie tel un oiseau apeuré. Elle tira une bouffée qui lui creusa les joues, allumant la braise d'un orange vif, avant de jeter le mégot dans le marais. Je fronçai les sourcils.

— Ben quoi ? J'ai pas envie de mettre le feu.

J'étais en train de courir sur le ponton quand la vue du lever de soleil m'arrêta net. Des éclats de lumière orangés dardaient entre les gommiers noirs. En touchant l'eau, ils incendièrent le marais. Du moins c'était l'impression que ça donnait. La beauté farouche de la nature m'évoquait Summer. Une part de moi aurait voulu rester ici indéfiniment, baignée dans ce flamboiement, mais je repris mon chemin dans le sous-bois.

La pensée du médaillon me préoccupait. Dans la lumière du matin, je n'étais plus si certaine que ce soit celui de Fleur. Il ne s'agissait pas d'un bijou artisanal. Le papa de Fleur le lui avait acheté dans un magasin ordinaire, et des tas de filles avaient un prénom commençant par *F*.

Sous mes pieds, les planches avaient cédé la place à la terre desséchée par le soleil.

Le médaillon pouvait appartenir à une Fiona ou à une Felicity. Ce pouvait même être le sien – Summer était peut-être son deuxième prénom, ou un surnom. Après tout, moi aussi j'avais deux noms et ne le lui avais pas révélé tout de suite. Je piétinai les hautes herbes. J'aurais dû le sortir du sachet, vérifier ce qu'il y avait dedans. Me forger une certitude. J'avais raté l'occasion de dissiper mes soupçons. Je fis craquer une branche sèche. C'était ridicule. Summer, en possession du médaillon de Fleur ? Cela n'avait pas de sens. *Pas si vite, lis la question jusqu'au bout,* me disait Mrs Calhoun en classe d'éducation des jeunes femmes chaque fois que je levais la main avant qu'elle ait fini de parler. J'avais tiré des conclusions hâtives, à l'instar des gens de Parkerville, qui n'arrêtaient pas de nous juger. Dieu n'avait pas mis Summer sur mon chemin par hasard, et je ne devais pas laisser un malentendu me servir de prétexte pour abandonner trop vite une âme égarée.

La frustration grondait dans ma gorge lorsqu'un bruit de pas craqua le silence. Pause. Un froissement me plia en deux dans les hautes herbes : une silhouette était tapie dans le sous-bois. Je m'accroupis un peu plus bas et vis alors une queue-de-cheval se balancer entre les feuilles ; à chaque mouvement de ses cheveux je risquais un peu plus d'être découverte. Une casquette de base-ball était enfoncée au-dessus, camouflant le visage. Qui qu'elle soit, cette femme ne portait pas l'uniforme de Newhaven. Elle se frayait un chemin dans les fougères, à la lisière du bois – on voyait même la clôture par endroits. Tout se connecta soudain dans mon cerveau : la femme du magasin et du *diner*, demandant où se trouvait Newhaven. La femme qui nous avait jeté ce regard glacial le jour de l'accident de Tania.

Téléphone en main, elle prenait des photos de la clôture, et sans doute de Newhaven à l'arrière-plan. Alors qu'elle se penchait pour un meilleur angle, son top dévoila une bande de peau ainsi qu'un objet noir dont la vue me pétrifia.

Les « affaires » qu'elle avait à traiter avec notre communauté impliquaient-elles donc de nous espionner un revolver enfoncé dans la ceinture de son jean ?

Fichier audio n° 11

Qualité du son : Bonne
[Voix A] : Féminine
[Voix B] : Féminine

[Voix A] : Je ne suis pas obligée de vous dire mon nom.

[Voix B] : Pas de problème, vous pouvez rester anonyme.

[Voix A] : Donc personne ne saura que ça vient de moi ?

[Voix B] : Je n'utiliserai ni votre nom ni rien qui permette de vous identifier.

[Voix A] : D'accord. Alors cette femme, Samantha, s'est présentée au commissariat où je travaille. Je suis réceptionniste. Elle était furieuse, elle a demandé à porter plainte pour enlèvement au sujet de sa sœur et de son neveu. Elle expliquait que sa sœur avait quitté son domicile en Virginie pour suivre des membres de la New America Baptist Church, à Newhaven Plantation. Elle était survoltée. Je pense qu'elle avait pris des trucs, mais je n'allais pas lui poser la question…

J'ai appelé un enquêteur, qui l'a invitée à s'asseoir dans la salle de réunion. Il lui a expliqué qu'en réalité on ne pouvait rien faire. Sa sœur était adulte, et il n'y avait aucune preuve qu'elle ait été emmenée contre son gré. Et c'est vrai, y avait clairement pas de quoi ouvrir une prélim.

[Voix B] : Une prélim ?

[Voix A] : Une enquête préliminaire. À force de bosser pour les flics je parle comme eux ! (*Rires*) Enfin bref, elle est sortie de la salle en criant et a refusé de quitter le commissariat tant qu'on n'aurait pas recueilli sa plainte et ouvert l'enquête. L'inspecteur Parker lui a dit de partir, sans quoi elle serait arrêtée pour trouble à l'ordre public.

[Voix B] : Qu'est-ce qu'il s'est passé ?

[Voix A] : Finalement elle est sortie de son plein gré, mais elle a menacé de prendre les choses en main, de s'introduire à Newhaven pour délivrer sa sœur et faire payer ces gens pour ce qu'ils lui ont fait. Et elle avait un de ces regards… ça m'a foutu les jetons.

34

Maman façonnait les pains sur la table de la cuisine. Elle poussait dans un sens puis dans l'autre la pâte qui changeait de forme sous la pression de ses mains tapissées de farine. Dans un coin de la pièce, la petite Sarah dormait dans son berceau.

— Enfin !

Maman me scruta comme pour vérifier que j'étais rentrée en un seul morceau.

— Maman…

Le mot s'étira comme la pâte sous le poids de mon embarras. J'ouvris la bouche dans l'intention de lui parler de la femme armée qui nous espionnait, mais c'est une autre réponse qui sortit :

— Je suis allée directement à mon cours ce matin.

— Je sais, mais tu aurais pu passer à la maison d'abord.

— Désolée.

La patrouille se chargerait de l'intruse. De toute façon, je ne tenais pas à expliquer comment je l'avais repérée. Je regardai ma mère, mais elle n'était en rien différente de la femme restée silencieuse au côté de mon père la veille au soir.

Ses mains se remirent au travail, s'enfonçant plus profondément. Si un lambeau de pâte collait à la table comme pour s'évader, maman n'avait qu'à y ajouter un peu de farine et lui redonner la forme qu'elle voulait. Dans la chaleur du four, une croûte dure et craquelée ne tarderait pas à se former à la surface.

Encore imprégné de la présence de Summer, mon esprit repartit se promener à Chicago. Tout à coup j'eus la nostalgie du pain de mie carré et spongieux de l'épicerie du coin. Le meilleur pain pour les sandwiches à la mayonnaise ou à la confiture et au beurre de cacahuète. Le sucre aidait maman à se débarrasser de ses maux de tête. La confiture dégoulinait sur les côtés à chaque bouchée, je léchais mes doigts et le bord de la tranche. Parfois, je n'étais pas assez rapide et j'en faisais tomber sur mon tee-shirt ou sur le coussin du canapé. Maman se contentait de rire tout haut, la bouche pleine de pain mâchouillé. Cela n'arrivait plus, depuis papa. Il tenait à avoir une maison impeccable.

— Je monte prendre ma douche.

Je quittai la pièce d'un pas décidé avant qu'elle n'identifie l'odeur incriminante du tabac dans mes cheveux et mes vêtements.

L'étage était plongé dans le silence ; les jumeaux dormaient encore à poings fermés et je restai un instant à les regarder par la porte entrouverte de leur chambre. Au cours de la nuit, Matthew avait grimpé dans le lit d'Elijah. Ils étaient allongés face à face, leurs petits poings serrés devant eux, les lèvres gonflées par la moue du sommeil. Leur proximité me serra le cœur. Quoi qu'il arrive, ils seraient toujours là l'un pour l'autre. Ce lien unique suscitait en moi de l'envie mais pas la moindre jalousie. Les yeux fermés, je réalisai que l'odeur de tabac froid et de moisissure qui régnait dans la vieille masure m'avait rappelé Chicago et l'époque où je pouvais me blottir contre maman.

Je laissai l'eau tiède de la douche dévaler le long de mon corps et frottai chaque centimètre carré de ma peau, mais ni l'eau ni le parfum lacté de la savonnette ne suffiraient jamais à effacer le souvenir de ma mauvaise conduite. La veille au soir, j'avais l'impression d'être à des milliers de kilomètres de Newhaven. « La chair est faible », disait papa. Peut-être que Newhaven n'était pas aussi parfait que j'avais pu le croire. Mais je préférais encore vivre ici que dans un monde permettant des tragédies telles que ce qui était arrivé à cette pauvre femme nommée Karen Elsher. Je savonnai plus fort. Si un incident comme celui avec Tom avait pu survenir ici, je n'osais même pas imaginer ce qu'il était susceptible de m'arriver en dehors de la communauté...

Maintenue par la raideur d'une robe toute propre, je redescendis à la cuisine. Les pâtons avaient disparu dans le four. Maman me suivit dans le couloir.

— Tu devrais présenter des excuses à ton père, ce soir.

— Je sais, mais... ce n'est pas entièrement ma faute. Tom a mal agi aussi.

— Ce n'est pas si simple, mon cœur. Les hommes sont vulnérables à la tentation. Nous devons être prudentes. Tu devrais remercier le Ciel : ce n'était qu'un baiser.

— Tu aurais dû prendre ma défense. C'est pas la vérité, peut-être ? Entre filles, maman, tu te souviens ?

Ma voix était chargée de chagrin. Elle tendit les bras pour m'enlacer et son étreinte allégea une partie du poids que j'avais sur la poitrine.

— Je suis désolée, ma puce.

— Tu as choisi papa plutôt que moi.

— C'est mon mari. J'étais obligée. Après tout ce qu'il a fait pour nous. Les sacrifices, les risques qu'il a pris...

— Comment ça ?

— Nous devons rester discrets.

Leur conversation, épiée depuis ce même couloir, me revint à l'esprit.

— Qu'est-ce que tu racontes ? demandai-je en me dégageant de ses bras.

— Tout ce que tu as besoin de savoir, c'est qu'il nous garantit une vie stable. Nous avons à manger, nous sommes en sécurité. Nous devons lui en être reconnaissantes. Avant cela, nous vivions dans un taudis, pas dans un environnement sain pour élever un enfant.

D'accord, l'appartement était petit et nous n'avions pas beaucoup d'argent, mais cela ne voulait pas dire que c'était malsain pour autant. Notre petit espace était truffé d'attentions maternelles, comme les étoiles phosphorescentes qu'elle avait collées au plafond du placard pour les soirs où j'allais y « camper ». Entendre maman parler de Chicago – cela n'arrivait jamais – raviva encore plus de souvenirs. J'eus l'impression d'être propulsée dans l'enfance d'une autre. Une vie où ses cheveux étaient d'un blond artificiel. Comme par magie, une cigarette tenait suspendue à ses lèvres rouges, et elle se trémoussait au rythme de la musique. Le souvenir avait la même odeur d'humidité que la vieille masure, le froid de l'hiver s'immisçait sous ma peau, mais j'avais les doigts au chaud dans ses mains et son sourire illuminait la pièce. Nous chantions en chœur avec la radio à nous en brûler les cordes vocales, et alors que nos rires engloutissaient la moitié des paroles, la pièce n'était plus froide du tout et la moquette ne grattait plus. Nous finissions par nous écrouler en tas sur le vieux canapé élimé.

— Ce n'était pas si mal que ça.

Maman n'entendit même pas mon objection.

— Tu apprendras que quand on veut s'en sortir il faut s'adapter et faire des compromis. Le monde extérieur n'est pas sûr. Nous devons faire bloc avec les personnes que nous connaissons et en qui nous avons confiance. Après tous les sacrifices que j'ai faits pour te protéger…

— Je sais que le monde est plein de dangers.

— Non, tu ne peux pas savoir, dit-elle en poussant un soupir agacé. Tu n'es qu'une enfant.

L'arbre qui se consumait rougeoyait dans mon esprit. La langue de feu visible par la fente de l'écorce me brûlait la peau ; c'était la porte vers quelque chose d'ancien et de nouveau qui avait tracé son chemin jusqu'à Jaspers Island. Le soupir de maman souffla sur les braises et en tira des flammes.

— Non, Bon Dieu ! Je ne suis pas une enfant. J'ai presque 18 ans !

Elle leva brusquement la main, mais sa colère demeura en suspens. Je clignai des yeux et sa main retomba, lourde de remords, avant d'empoigner la mienne.

— N'invoque jamais le nom du Seigneur en vain. Et surtout pas devant ton père. La situation est déjà assez tendue. Fais-le pour moi.

Il y avait très longtemps que maman n'avait pas été comme ça sur le point d'exploser. Mais ce n'était pas seulement de colère qu'elle tremblait en prononçant ce « Fais-le pour moi ». Elle omettait de me dire quelque chose, je le sentais. Quelque chose d'important.

35

En dépit de tout ce que j'avais pu me dire pour expliquer sa présence dans le sac de Summer, la pensée du médaillon de Fleur continua de me suivre partout. J'eus beau changer les draps de Mrs Favreau, nettoyer sa salle de bains, briquer, laver et balayer..., j'effectuai comme sur pilote automatique ces tâches mille fois répétées, et le pendentif était toujours là. Je brossai si fort le parquet qu'à la fin j'avais le bras en feu et une crampe dans la main. La sueur coulait le long de mon nez. Et pourtant : *médaillon, médaillon, médaillon*. Quand je ne pus plus rien faire pour le parquet, je m'attaquai aux vitres. J'ouvris le rideau mité, découvrant la vue sur les bois, mais je ne vis que le médaillon, niché dans le livre de Summer. Comme si elle l'avait laissé là exprès, pour que je le trouve et qu'il m'ensorcelle. D'habitude, faire le ménage me calmait. Pas ce jour-là.

Les pensées me poursuivirent au moment de servir le déjeuner. Malgré la chaleur, Birdie ne se pressait pas alors que nous traversions la pelouse chargées de lourds paniers. Le soleil avait brûlé tous les nuages qui la veille encore peuplaient le ciel. Si je n'avais pas vu l'arbre se consumer devant la vieille masure, j'aurais pu croire qu'il n'y avait jamais eu d'orage.

Des cris et des rires nous parvinrent bien avant que la grange ne soit en vue. Une équipe d'hommes démontait la palissade d'un corral, la lèvre et le front brillants de sueur, le tee-shirt collé dans le dos. De leurs mains calleuses ils arrachaient les vieilles planches, les entassaient et en retiraient les clous, avant de les stocker comme combustible pour l'hiver – le générateur ne suffisait jamais. Moi, cela ne me dérangeait pas. Un temps froid était la promesse d'un feu ronflant dans la cheminée de la vieille salle de bal. J'adorais l'odeur de la fumée, la sensation de tiraillement que provoquait la chaleur sur ma peau, le craquement du bois. « La musique du feu », disais-je quand j'étais petite.

Les hommes se redressèrent et s'étirèrent à notre arrivée. Quelques-uns s'essuyèrent le front avec le bas de leur tee-shirt. Birdie et moi fûmes accueillies par un florilège de sourires. Aucun ne venait de papa.

— Pause déjeuner, annonça Wade Pruitt en frappant dans ses mains avant de les frotter l'une contre l'autre d'un air réjoui.

— Que Jésus bénisse ce repas, répondirent les autres en cascade.

Jackson était parmi eux, occupé à arracher une planche. Il était le seul à porter des gants. On voyait ses muscles se tendre sous son tee-shirt trempé, et je me demandai à quel point sa tête et son dos le faisaient souffrir. Ce que j'avais vu dans la grange donnait une autre dimension à la provocation de Tom, lorsqu'il lui avait demandé s'il n'en avait pas assez de prendre des raclées. Tandis que le groupe se rassemblait autour de Birdie et moi, l'adolescent restait en retrait.

— Gamin ! Dépêche-toi, Jackson. On n'a pas toute la journée, gamin.

Jackson se crispa sous l'ordre de son père, chaque « gamin » le clouant sur place, dans une enfance éternelle. La voix de Mr Caine me raidit moi aussi. Il n'était pas grand, mais son corps était sec, ses muscles noueux, et sa peau peinait à contenir le tout. Pas la moindre trace de relâchement chez lui. Je scrutai sur le visage des autres l'indice d'une désapprobation de son comportement, mais ils étaient entièrement concentrés sur leur repas. S'il était facile de détourner le regard en plein air, il devait être impossible d'ignorer la violence tapie en Mr Caine entre les quatre murs de Myrtle Cottage. Pourtant, Mrs Caine n'avait jamais rien laissé transparaître ; elle avait disparu un beau matin sans crier gare. Avais-je moi aussi détourné les yeux ?

Jackson se plaça près de moi.

— Comment tu te sens ? demandai-je en lui proposant un verre de thé glacé.

Sa réponse se perdit dans un déchaînement de cris venus de l'autre côté de Newhaven. Verres et sandwiches furent déposés sur le sol, et Mr Caine et les autres se précipitèrent vers l'entrée du domaine.

— Restez là, nous intima Wade Pruitt.

Birdie et moi échangeâmes un regard interdit, avant d'emboîter le pas au reste du groupe, oubliant nos paniers dans l'herbe.

Une femme était en train de secouer le portail en ferronnerie, silhouette floue dans la brume de chaleur. Elle grognait, criait et écumait tel un animal enragé. « Totalement inconvenant pour une femme », aurait dit papa. En m'approchant, je finis par reconnaître un nom au milieu des cris.

— Jamie ! Jamie !

Elle se tourna vers moi et je me figeai sur place – c'était la femme qui rôdait dans les bois le matin. Le pistolet fourré dans la ceinture de son jean me revint à l'esprit. Quelques hommes avaient un fusil en main : cette vue desserra un peu le nœud que j'avais dans la poitrine.

Une ombre s'imposa dans mon champ de vision. Papa avait devancé tous les autres. La femme et lui se faisaient face de part et d'autre de la clôture.

— Veuillez quitter les lieux. Il n'y a pas de Jamie chez nous.

— Je sais que ma sœur et mon neveu sont ici. Je veux les voir. Vous ne pouvez pas m'en empêcher.

— Cet endroit est un havre pour tous ceux qui y cherchent refuge. Vous n'y êtes pas la bienvenue.

— Je vous en supplie, ils sont ma seule famille !

— Elle ne veut pas venir avec vous.

— Alors amenez-la, qu'elle me le dise en personne, riposta la femme, égrenant les mots de son accent yankee.

La mâchoire de papa se contracta sous sa barbe, et un frisson d'angoisse me parcourut. Je m'approchai d'eux ; il fallait que je le mette en garde.

— Papa, elle…

— Pas maintenant, Abigail. Partez, je vous prie, ajouta-t-il à l'intention de la femme.

— C'est votre fille ?

Je glissai la main dans celle de papa.

— Vous avez pris ma famille, comment réagiriez-vous si je prenais la vôtre ? postillonna la femme.

Mon père la regardait toujours aussi fixement. Derrière lui, les crans de sûreté des armes crépitèrent dans l'air. J'aurais voulu dire à la femme de s'en aller, mais les mots refusèrent de sortir. Papa me serrait si fort que j'en avais mal aux doigts. Je sentais son holster contre ma taille. *Dieu trouve toujours un moyen de punir les impies.* Cette pensée me coupa le souffle. Dieu punit les méchants, mais Jackson, lui, avait été puni sans raison. Qu'avait-il fait pour mériter tant de cruauté ? Ce n'était qu'un enfant. J'avais envie de libérer ma main, mais je craignis que cela ne m'attire des ennuis. *La fille obéissante respecte son père.* Je broyai la douleur entre mes dents, attendant le moment que papa jugerait opportun pour me relâcher.

36
Moment présent

Des yeux noirs me scrutent sur l'écorce blanche des bouleaux dressés en première ligne de ces bois touffus. Quelque part derrière moi, les autres habitants de Newhaven sont massés dans l'église pour l'office du dimanche. Les jumeaux doivent être parmi eux. La possibilité que je puisse être séparée d'eux et de la petit Sarah me coupe le souffle. La plupart des gens mettent encore l'incendie au compte du monde extérieur, mais certains… Ils ont vu les lapins et les opossums sur la clôture, le sang sur mes mains, mon absence de larmes aux funérailles, ma crise de toux au dîner. Je frissonne en imaginant ce qu'ils pourraient me faire si je leur racontais les fragments de souvenirs qui me sont revenus du jour de l'incendie – le sang de maman sur sa robe, et sur mes mains aussi. J'ai renoncé à leur remettre la lettre bleue – ce n'est pas le moment de faire des vagues. L'ombre de l'arbre aux pendus est ma seule protection. Ses branches tombantes dégoulinent de touffes de mousse espagnole pareilles aux fantômes de centaines de condamnés. Peut-être que je finirai ainsi, à me balancer au bout d'une corde. Ça, ou attachée à la clôture…

Je suis assise sur l'une des branches basses, mes doigts épluchent l'écorce et le bout de mes chaussures en toile frôle le sol. Je cogite à plein régime à mesure que les souvenirs reviennent. Summer. Un visage entouré d'un halo de cheveux presque noirs, des yeux couleur de miel, deux petites parenthèses qui encadrent un sourire. Et puis il y a la femme de la clôture et celle du couloir. Elle m'apparaît tour à tour comme l'incarnation du Mal et comme une hallucination provoquée par le stress et le chagrin du deuil. Un mouvement dans le sous-bois attire mon attention. La main en visière, je scrute l'ombre entre feuilles et broussailles. Rien.

— Tu as manqué à tout le monde, à l'office.

Jackson s'adosse à ma branche et son mensonge m'arrache un sourire fatigué. Un couple de balbuzards sautille en lisière du bois, picorant l'herbe dans l'espoir d'y trouver des vers de terre. Bien que le sol soit desséché, tous deux s'obstinent. Je ne leur donne pas longtemps avant de se rendre compte qu'il serait plus efficace de s'entre-dévorer.

— Tu attends quoi ?

— J'attends Summer.

La réponse a fusé du tac au tac.

— Summer… la fille du podcast ?

Je le regarde à nouveau, étonnée.

— Tu la connais ? Tu sais où elle est ?

— Je crois qu'elle est repartie.

— Qu'est-ce qui te fait dire ça ?

— Elle n'a enquiquiné personne avec ses questions depuis un moment. Depuis l'incendie. L'autre jour, Anita Jones disait à Mrs Calhoun qu'elle était soulagée d'être débarrassée d'elle.

L'espoir s'effondre dans ma poitrine. Une seule personne aurait pu m'apporter des réponses, et elle a quitté la ville. Je ne saurai jamais dans quelle mesure elle est liée à tout ça. Mais peut-être que c'est un mal pour un bien si je veux continuer à faire profil bas. Comme je bouillonne de frustration, j'enfonce un ongle dans l'écorce jusqu'à ce que ça fasse mal.

Jackson se laisse tomber près de moi sur la branche, qui ploie en grinçant. Il me sourit et je lui réponds, mais aussitôt mon attention se reporte sur la chapelle, dont les fidèles sont en train de sortir. Parmi eux, Tom parle au pasteur Abernathy. Jackson suit mon regard et son sourire retombe. Une tempête d'émotions passe sur son visage.

— Tu ne devrais pas t'approcher de lui.

— Qu'est-ce que tu racontes ?

— C'est un oiseau de malheur, comme ton père.

Je sursaute.

— Papa ?

— Tom et ton père, c'est bonnet blanc et blanc bonnet. Le genre à se prétendre plein de sainteté et de vertu, mais c'est du vent. Juste deux personnes cruelles et égoïstes.

— C'est faux.

— Tu te souviens pas ? Tu ne faisais pas confiance à Tom, avant. Birdie et toi, vous me racontiez comment il vous foutait les jetons aux répétitions de la chorale.

— Mais non, dis-je en pinçant le bout de ma tresse. Tom m'a dit que les choses avaient changé entre nous, juste avant que… En tout cas, depuis l'incendie, il est vraiment sympa avec moi.

— Et tu le crois ? Wow ! Tu te souviens vraiment de rien, alors…

Jackson m'empoigne les épaules pour mieux se faire entendre. Ce geste me paraît terriblement adulte par rapport à sa silhouette juvénile, mais sa poigne se révèle étonnamment ferme. La branche se balance et mon équilibre me semble précaire.

Je secoue lentement la tête, les yeux baissés. Des semaines qui ont suivi la commémoration de Fleur et son père, je n'ai récupéré qu'une collection de visions fugitives. Comme si je regardais le passé par le trou de la serrure.

— Ils disent qu'un traumatisme violent peut parfois bloquer la mémoire.

— Qui ça, « ils » ?

— Les policiers.

— Si seulement je pouvais effacer certains de mes souvenirs ici…

Avant que j'aie le temps de lui demander ce qu'il entend par là, il poursuit :

— En tout cas, Tom est un menteur, comme l'était ton père.

— C'est pas vrai. Mon père…

— Mais ouvre les yeux, Abigail ! Ton père n'était pas une bonne personne. Peut-être que tu ne te souviens pas, ou que tu ne veux pas te souvenir, mais moi je le sais. Oublie Tom. S'il te faut quelqu'un, je peux prendre soin de toi.

— Jackson, tu n'as que 14 ans.

— On peut quitter cet endroit. Tu n'as pas peur qu'ils t'enferment comme Mrs Favreau ?

— Peut-être qu'ils devraient. Peut-être qu'il y a truc qui cloche chez moi.

Jackson me tient toujours les épaules. J'essaie de me dégager et je revois le sang sur mes mains, mais au lieu de me lâcher il m'attire à lui et me prend dans ses bras. Instinctivement, je contracte le ventre pour éviter de tomber.

— Y a rien qui cloche chez toi.

Et, d'un ton pressant, il me souffle encore à l'oreille :

— On peut s'enfuir. Cet endroit est dangereux.

Ses bras me serrent un peu plus fort et je sens ses doigts sur mes côtes, son menton au creux de mon cou. Je suis mal à l'aise, autour de nous l'air est étouffant, des oiseaux criaillent. Le monde rétrécit à chaque respiration.

— Ne t'approche pas d'elle.

La voix de Mr Caine est aussi tendue que toute sa personne ; il a fait claquer cet ordre comme un fouet au-dessus de nous. Jackson tressaille contre moi et desserre aussitôt son étreinte.

— Tu m'as entendu, gamin ? Ne t'approche pas de cette fille, c'est un vrai poison.

— Papa, c'est pas ce que tu crois.

Jackson m'a lâchée, il se ratatine sur la branche.

— Tu me fais honte, gamin. Je t'ai bien dit, comme à tes sœurs, de ne pas parler à cette fille.

Le père de Jackson avale l'espace qui le sépare de nous à petites enjambées nerveuses. Jackson saute à terre et semble rapetisser à mesure que son père se rapproche. Mr Caine l'empoigne par le col de sa chemise pour l'éloigner de l'arbre, et un bouton saute. Je m'agrippe à la branche, les mains griffées par l'écorce. Un instant, un vieil hématome d'un jaune sale est visible sur la clavicule de Jackson. Son visage se crispe de terreur. La scène m'en ramène une autre, avec une odeur de foin piétiné et de sueur animale. Jackson et Mr Caine dans la grange. Le souvenir se désintègre avant que j'aie eu le temps de le saisir.

Ils sont rapidement avalés par la marée des fidèles qui sortent de la chapelle pour rejoindre Newhaven. Personne d'autre ne s'arrête pour me parler. Les yeux des bouleaux me fixent toujours. Me voilà à nouveau seule, face à ce que vient de me révéler Jackson. Peut-être que je ne connaissais pas mon propre père. Je ne suis plus sûre de rien. Papa, Tom, Summer, Mr Caine... Le vertige me prend. Je me masse les tempes les yeux fermés, dans l'espoir d'extraire de ma tête un souvenir ou une part de vérité. *Juste deux personnes cruelles et égoïstes.* Ces mots tournent en boucle, mais les seules images qui se plaquent sur cette bande-son représentent papa et moi dans la salle de bains. Je suis assise sur le bord de la baignoire et il me nettoie à l'aide d'un gant humide. C'est un souvenir étrange, assombri par le ressentiment de Jackson : je n'y trouve pas d'amour, seulement de la peur qui pulse dans mes veines.

— Tu viens au petit déjeuner ?

La question me fait rouvrir les yeux en sursaut. Tom me regarde, solaire avec ses boucles blondes dans la lumière du matin.

— J'ai pas très faim.

— Alors tu peux me tenir compagnie pendant que je mange pour deux.

Je saisis la main qu'il me tend en souriant pour m'aider à descendre de la branche.

— Ça ne te dérange pas, d'être vu avec moi ?

— Tu plaisantes ? Allez, viens, j'ai envie d'un truc à croquer.

Ces mots font remonter quelque chose... Peu importe. Jackson ne sait pas ce qu'il dit, ce n'est qu'un adolescent en colère contre le monde entier. Tom me sourit. Qui que soit cette Summer, elle est partie. En revanche la personne dont j'ai vraiment besoin est peut-être encore ici.

INCENDIE DE NEWHAVEN – L'ENQUÊTE PIÉTINE
par notre correspondante Marilynn Wassermann

Deux semaines se sont écoulées depuis l'incendie survenu sur le domaine de Newhaven Plantation qui a coûté la vie au pasteur John Heywood et à son épouse, Genevieve. Or ni le bureau du shérif ni la brigade des pompiers n'avancent dans leur enquête. Le chef des pompiers, Wesley Dunlop, a confirmé que la piste accidentelle ne pouvait être écartée à ce stade, malgré la découverte d'un produit accélérant sur les lieux. En effet, la présence de carburant peut s'expliquer par celle de nombreuses lampes à kérosène dans la salle de séjour. Plusieurs bougies ont également été retrouvées. Selon le témoignage d'habitants de la plantation, le générateur était en panne ce jour-là en raison de l'orage. Il n'existe à l'heure actuelle aucune preuve d'une origine criminelle de l'incendie.

Par ailleurs, le bureau du shérif n'a toujours pas établi la cause du décès du pasteur John Heywood et de son épouse. On attend encore les résultats de l'autopsie. Toutefois, une source interne du bureau du shérif a confirmé qu'elle cherchait activement à recueillir le témoignage de Summer Washington, une jeune femme qui enquêtait sur la New America Baptist Church au moment des faits. Miss Washington est productrice et animatrice du podcast

« Une question de foi ». La police espère l'interroger sur son contact avec plusieurs membres de la congrégation de Newhaven. Toutefois, Carol-Ann Walt, directrice du motel Sunny Inn, où Miss Washington était descendue, a confirmé que la jeune femme avait quitté l'établissement depuis environ un mois. Et, surtout, plusieurs témoins affirment ne pas avoir revu Miss Washington dans le secteur de Parkerville depuis l'incendie. Il n'est pas encore établi si Summer Washington doit être entendue comme témoin ou comme suspect.

COMMENTAIRES :

Blackstar

Cliquez ici pour apprendre comment gagner des millions en cryptomonnaie.

Anon_1978

Ça m'étonnerait pas que ces fous de Dieu aient fait du mal à la fille. Elle posait trop de questions.

Girl_Interrupted

@Blackstar je t'ai signalé comme spam

Sportsfanatic2000

Je parie que si on fouille la m**** de ces gens-là, on va trouver des trucs à faire dresser les cheveux sur la tête. Ça finira en série « true crime » sur Netflix.

37

Deux semaines avant l'incendie

Summer prenait le soleil sur le ponton, point rouge vif au bout de la jetée : son bikini était assorti à ses lèvres. Elle tapait du pied au rythme de la musique diffusée dans ses écouteurs. Une chanson dont elle reprenait nonchalamment les paroles : « Toutes les braves filles vont en enfer[1]. » « Blasphème et corruption de la jeunesse », aurait dit papa. Je déglutis et me composai une posture assurée. Je n'étais pas revenue depuis ma découverte du médaillon, mais à présent je voulais demander des comptes à Summer.

— Yo ! Bien ou bien ? fit-elle sur un ton plaisant en enlevant ses écouteurs.

Elle n'avait pas frémi quand mon ombre était passée devant elle.

— Pourquoi tu portes du rouge à lèvres ici ? Il n'y a personne pour te voir.

— Tu n'agis jamais que pour plaire aux autres ?

— Qu'est-ce que ça veut dire ? demandai-je en désignant du menton les lettres tatouées sur son ventre.

---

1. *All the Good Girls Go to Hell*, Billie Eilish, 2019.

— C'est « Dissous et coagule » en latin. Quand les choses se cassent, elles peuvent se recoller pour former autre chose. Ça me rappelle ce que j'ai traversé.

— À savoir ?

— Un moment où les gens en qui j'avais le plus confiance m'ont poignardée dans le dos avant de me laisser moisir dans un endroit atroce, pas très différent de là où tu vis. Beaucoup d'interdits derrière une clôture bien gardée. J'en prenais plein la gueule tous les jours. D'autres questions ?

Le silence retomba entre nous ; la question de Summer était clairement rhétorique. Je finis par le briser en changeant de sujet.

— J'ai entendu dire que tu étais en ville hier et que tu demandais aux femmes de notre communauté de te parler de leur vie quotidienne.

— Ouais, pour mon podcast. Mais aucune n'a voulu.

— Elles n'ont peut-être pas envie qu'on se moque d'elles.

— Si vous menez une vie tellement saine et équilibrée là-dedans, pourquoi elles refusent d'en parler ? À moins que vous n'ayez des choses à cacher…

La voix de Summer dégoulinait de condescendance.

Les gens ne les auraient pas comprises ; papa m'avait expliqué qu'à l'extérieur ils ne craignaient ni Dieu ni le diable. Et moi, même si j'avais pris un peu de recul ces derniers temps, je n'aurais jamais laissé personne critiquer Newhaven.

— Elles ne veulent pas que tu déformes leurs propos pour ton documentaire. Tu comprends, tu n'es pas l'une des nôtres.

— C'est un podcast. Et, bravo, tu m'as démasquée ! Ça te dit de me parler un peu pour que je déforme tes propos ? demanda-t-elle avec un sourire narquois.

— Je t'ai apporté une surprise, répondis-je avec diplomatie. Tu peux me poser tes questions pendant qu'on mange.

Et j'avais bon espoir d'obtenir des réponses aux miennes...

Nos doigts nappés de miel disparurent dans notre bouche. Nous nous étions mises à l'abri du soleil, dans le salon moisi de la vieille masure.

— Alors comme ça vous avez des ruches ? Dingue ! C'est trop bon, ce truc. Mille fois meilleur que le miel du supermarché.

Elle plongea à nouveau les doigts dans le bocal pour casser un rayon luisant et doré, et ma bouche me trahit, imitant son sourire béat. Même après tout ce qu'il s'était passé. *La chair est faible*, me répétai-je.

La lumière de l'après-midi filtrait entre les planches clouées à la fenêtre. L'extérieur se faufilait à l'intérieur, m'indiquant que l'heure tournait. Je devais faire vite. Ici, la lumière ne restait jamais très longtemps, comme si elle craignait de déranger les ombres et l'obscurité de la maison. L'idée que Summer dorme là chaque nuit me fit frissonner. Et puis je trouvai mon angle d'approche quand la lumière caressa le coin de son livre.

— Tu sais, j'ai vraiment adoré *Les Quatre Filles du Dr March*. Elles sont toutes incroyables, surtout Jo, mais je crois que ma préférée est Beth.

— Ça, par exemple ! lâcha-t-elle avec ironie.

Ses doigts replongèrent dans sa bouche. Après les avoir léchés, elle déclara :

— Peut-être que je devrais juste me pointer à Newhaven. Voir si sur votre terrain l'un d'entre vous a envie de me parler.

— Ce n'est pas une bonne idée. Mon père, il...

Le scandale de la femme devant le portail était une atteinte encore récente à la vie paisible de la communauté. La venue de Summer ne ferait que jeter de l'huile sur le feu.

— Qu'est-ce qu'il pourrait me faire ? Me prêcher l'Évangile jusqu'à ce que mort s'ensuive ?

Sa désinvolture me pesait. Elle était assise face à moi, raide comme une allumette, or j'avais vu ce que papa faisait aux allumettes après avoir démarré un feu. Mes phalanges souffraient encore de sa poigne de fer le jour où la femme s'était présentée au portail. S'il y avait une chose qu'il détestait, c'était bien le manque de respect.

Un morceau de rayon de miel se coinça au fond de ma gorge. Je réussis à l'avaler mais me mis à tousser.

— T'as pas un truc à boire ? demandai-je entre deux hoquets en me tapotant le plexus solaire.

— Si. Attends.

Dès qu'elle eut disparu dans la cuisine, j'attrapai le livre qui dépassait de son sac, enflé du secret qu'il contenait. Les pages s'ouvrirent d'elles-mêmes et je sentis mon cœur s'effondrer. Au lieu du médaillon, le briquet de Summer me narguait. Je retournai le livre, le secouai et en feuilletai frénétiquement les pages. Toujours rien. Misère ! Mes chances de trouver un peu d'apaisement en regardant quels portraits renfermait le médaillon s'amenuisaient de seconde en seconde. La seule vraie découverte se présenta sous la forme d'un tampon de bibliothèque à moitié effacé sur la page de titre : CENTRE JEUNESSE DE BAY PINES. Sans doute une maison de quartier. Je jetai un coup d'œil à l'ouverture béante du sac de Summer : le médaillon avait dû tomber au fond.

— Qu'est-ce que tu fabriques ?

Summer me regardait depuis la porte, un sourcil haussé sous le coup de la surprise et du soupçon.

— Je me demandais si je pourrais te l'emprunter.

— J'aimerais que tu t'abstiennes de fouiller dans mon bordel.

Je sentis mes joues s'embraser.

— Désolée.

Sa main étranglait le col d'une bouteille de Coca.

— J'aime pas qu'on touche à mes affaires. Dans le monde de la rue, c'est *no way*, tu te fais défoncer pour ça.

— Je… je recommencerai pas.

— Je préfère.

Elle me lança la bouteille, mais j'étais trop terrifiée pour boire.

— À part ça, reprit Summer, c'est mon livre préféré. Je l'ai depuis, genre, des années. C'est très différent des *Quatre Filles du Dr March*. Les personnages se livrent à toutes sortes de… péchés, pour ainsi dire.

— Oh, je vois.

L'idée de lire la description de comportements honteux me retourna l'estomac, mais en même temps j'étais curieuse de savoir ce qui rendait *Sur la route*, d'un certain Jack Kerouac, si spécial aux yeux de Summer qu'elle en était venue à le voler dans une bibliothèque.

— Tu sais quoi ? Je te le prête. Mais d'abord tu dois faire quelque chose pour moi.

Sa façon de le dire sous-entendait que j'allais me mouiller jusqu'au cou…

38
Moment présent

J'ouvre la fenêtre et la nuit entre dans ma chambre, avec la forêt plus sombre que le ciel. Mes doigts caressent les rainures de l'appui de fenêtre, jouent avec une écharde qui dépasse. J'ignore pourquoi, mais la forme des entailles m'aide à calmer mon souffle. Ce matin, le pasteur Abernathy s'est tourné vers moi quand il a déclamé que Dieu ne nous infligeait pas davantage que ce que nous pouvions supporter, et que nous devions accepter notre fardeau avec humilité. Quelques têtes ont tenté de se tourner, mais ma place au dernier rang et mon voile autour du visage ont empêché les curieux de me scruter en détail. Dieu s'est vraiment trompé sur mon seuil de tolérance. La frustration enfle dans ma poitrine. Je boxe l'appui de fenêtre jusqu'à ce que ça m'élance dans les phalanges, à l'endroit des brûlures. Ils ne comprennent pas ce que c'est, de vivre avec un cerveau plein de trous noirs. Après tout ce temps, je n'ai récupéré que quelques images terrifiantes, évocatrices d'une vérité que je ne veux pas connaître. Je m'essuie les yeux, ravalant mes larmes et un cri.

Tom a peut-être raison. Aujourd'hui, pour le petit déjeuner après l'office, il m'a fait la surprise d'un panier de pique-nique près de la fontaine, loin des yeux de plus en plus inquisiteurs de la congrégation.

« Tu ne t'es jamais dit que ça pouvait être une bénédiction, de ne pas se souvenir ? Une façon pour Dieu de t'accorder un peu de répit alors que tu traverses une période atroce ? »

Cette idée m'a arrêtée en pleine mastication de mon pain de maïs. Jusque-là, j'étais si occupée à tenter de recouvrer la mémoire que cela ne m'était pas venu à l'esprit.

« Au lieu de te lancer à la poursuite des vieux souvenirs, tu pourrais t'appliquer à en créer de nouveaux. Je pourrais t'aider. Ton premier nouveau souvenir, ce serait de me préparer un crumble aux pêches. »

Il a prononcé cette dernière phrase avec un clin d'œil et des joues de hamster pleines de pain de maïs et d'œufs brouillés. Ses yeux me font vraiment penser à ceux de papa. Ils sont du même bleu glacial et semblent toujours vous percer à jour. À ce moment-là, une scène m'est revenue à l'esprit : Tom m'adressant un clin d'œil, appuyé au chambranle de la porte de la cuisine. Sans raison, un frisson m'a parcouru l'échine. J'ai repoussé l'image en engloutissant un nouveau morceau de pain de maïs.

À présent, je suis assise avec le message de Mrs Favreau sur les genoux. Chaque lettre me semble marquée au fer rouge, chaque mot cloué au fond de ma poitrine avec la sensation de quelque chose d'inéluctable – *le diable est là*. Me revient à ce moment l'image de la femme au bout du couloir, dans le détraquement des lumières. *Le diable est là*. Maman aurait su quoi faire. Je ne m'autorise presque jamais à m'aventurer par là, je veux dire à penser à elle. Ça revient à désirer quelque chose d'impossible ; c'est trop douloureux. Elle m'aurait dit : prends soin de tes frères et de ta sœur, vis selon les enseignements du Seigneur et crée de nouveaux souvenirs. Des souvenirs heureux.

Je déchire le message entre mes doigts jusqu'à ce que l'avertissement de la vieille dame soit réduit à un tas de petits carrés au creux de ma main. Et soudain sa sinistre prophétie n'est plus aussi effrayante. Je jette les bouts de papier comme autant de confettis pour célébrer mon nouveau départ. Je les regarde tomber dans la cuvette des toilettes puis tourbillonner, incapables d'échapper à leur destin une fois que j'ai tiré la chasse. Terminé.

De : Cameron McPherson
Date : Mardi 30 août 2022, 11:34
À : Jeb Abernathy
Objet : RE : Inquiétude – besoin de guidance

Mon cher pasteur Abernathy,

Je voulais vous donner de plus amples informations sur la solution potentielle précédemment évoquée pour résoudre votre problème avec Abigail.

Après m'être entretenu avec le Conseil des anciens, je peux vous faire savoir que nous sommes en train de construire un nouveau centre au Texas, un nouvel Éden où une congrégation pourra vivre selon les lois de Dieu. Le lieu sera entièrement autosuffisant et fermé au monde extérieur. Il serait peut-être bon d'y conduire Abigail si la situation venait à s'aggraver, ou si la police revenait. Ainsi, nous pourrions la mettre à l'abri et l'aider à retrouver le chemin de Dieu. Je ne pense pas qu'il soit nécessaire de lui parler de cette éventualité pour le moment. Dans sa situation, cela ne ferait que semer la confusion dans son esprit.

Concernant les mots que vous avez vus gravés sur le rebord de sa fenêtre, je suis très préoccupé. Vous avez raison : « *Solve et coagula* » est une formule latine. Après une brève recherche, j'ai découvert que cette expression était associée à l'occultisme et à des pratiques impies. Mais ma principale inquiétude est : où a-t-elle appris ces mots ? De deux choses l'une. Soit notre jeune fille a reçu du Saint-Esprit le don de parler en plusieurs langues, soit elle conspire avec des personnes de l'extérieur. Dieu seul sait ce qu'elle a bien pu leur dire. Notre devoir est de protéger cette jeune femme, mais aussi de protéger la NABC. Abigail ne devrait être autorisée en aucun cas à quitter Newhaven.

Il guide nos pas. Que votre journée soit bénie.

Pasteur Cameron McPherson

39

Dix jours avant l'incendie

Les instructions de Summer étaient simples, leur mise en œuvre un peu plus complexe. Suspendu au-dessus du vide devant ma fenêtre, mon pied tâtonna jusqu'à trouver la première fixation en métal de la gouttière. Lentement, du bout des orteils, je les descendis une à une comme des échelons.

Lorsque papa et maman étaient allés se coucher et que la lumière s'était éteinte sous leur porte, je m'étais tournée et retournée dans mon lit. J'avais compté jusqu'à cinq cents, puis scruté le silence dix minutes de plus avant d'oser mettre le plan de Summer à exécution : ma punition pour avoir fouillé dans ses affaires.

Je frémis d'appréhension quand mes pieds touchèrent l'herbe. Jamais je n'étais sortie en cachette la nuit. Jamais. Le péché pesait lourd, mais je me débarrassai d'une part de culpabilité en songeant que si mes parents avaient des secrets je pouvais en avoir aussi.

Summer rôdait à la lisière de la forêt, ombre parmi les ombres. Désormais, c'est l'excitation que je sentais vibrer. Il y avait dans la clôture une brèche que personne n'avait encore réparée. Une fois entrée dans le périmètre, Summer m'emboîta le pas tandis que les hautes herbes bruissaient sur notre passage. En catimini, nous fîmes le tour de la masse sombre de Newhaven pour atteindre la porte de derrière. J'eus un peu honte au moment de soulever lentement le loquet.

— Attends, c'est pas fermé à clé ?

— Pour quoi faire ?

— Dingue !

Dans la cuisine, je manœuvrai dans l'obscurité, évitant l'angle des placards et tout ce qui risquait de faire du bruit. Nous nous faufilâmes dans le couloir, n'entendant que notre propre souffle, assourdissant à nos oreilles, et le déclic discret du téléphone de Summer quand elle prenait des photos. Les salles de cours de piété et d'évangélisation en ligne furent bombardées de flashes. Son enthousiasme photographique me stressait. Après m'avoir lancé un coup d'œil, elle passa en mode vidéo. Elle ouvrit quelques livres d'étude, passant les doigts sur les dents laissées par des pages arrachées. Un gros craquement au-dessus de nous nous figea sur place. Nous levâmes les yeux en direction du plafond.

— Et maintenant ? murmura-t-elle.

À présent qu'elle était là, bizarrement, je n'avais plus envie de la laisser repartir. Pas tout de suite.

Je lui fis signe de me suivre, elle prit ma main et un courant électrique me monta jusque dans le bras. Retour à la cuisine, où une porte dérobée s'enfonçait dans un coin de mur. Les charnières grincèrent quand je l'ouvris.

— C'est l'ancien escalier de service, personne ne l'utilise.

Nous montâmes jusqu'au grenier dans un air confiné, poussiéreux, qui sentait l'abandon et les vieux fantômes.

Summer avait entrelacé ses doigts aux miens et me laissait la guider jusqu'à une chambre le long du couloir obscur. Sans un regard pour le lit de camp et son matelas moisi, nous nous retrouvâmes face à face, en tailleur par terre.

— On l'a échappé belle. Je croyais qu'ils… que vous vous couchiez tous à la même heure ?

— Oui. Normalement. Je ne sais pas…

— Belle baraque, en tout cas ! C'est immense. Dommage que j'aie pas pu prendre plus de photos et de vidéos, surtout de tous ces bouquins.

Dans le noir, elle n'était plus qu'une voix désincarnée. J'aurais dû me lever pour ouvrir le rideau, mais je ne voulais pas bouger.

— Oui, tu vois : il y avait même un deuxième escalier pour les domestiques.

— Tu es au courant que ce n'étaient pas exactement des « domestiques » ?

Je changeai de posture.

— Comment ça ?

— C'étaient des esclaves.

— Oh.

Tout à coup, je fus heureuse qu'il fasse sombre. Je baissai les yeux vers ma main, encore tiède de la sienne, tandis que la honte de mon ignorance me brûlait les joues.

— Tu devrais peut-être t'informer sur l'histoire de cette grande maison, dit-elle en allumant une cigarette.

— Tu ne devrais pas fumer ici.

— Tu ne m'as pas dit qu'il n'y avait personne à l'étage ?

— Seulement Mrs Favreau.

— La vieille dame malade, c'est ça ?

— Oui. La veuve du pasteur, celui auquel mon père a succédé. Elle est très âgée et… en mauvaise santé.

Je m'étais arrêtée sur le seuil de la vérité.

— Ça me fait penser… La dernière fois que je suis allée faire le plein en ville, j'en ai appris un peu plus sur ce qui s'était passé dans la vieille masure.

Des profondeurs de son sac, elle sortit une bouteille qui s'ouvrit avec un *pschitt*. Elle en but une gorgée avant de me la passer. Le Coca était tiède.

— Qui t'en a parlé ?

— Des types avec qui j'étais en train de tiser.

— Tiser ?

— Ben tu sais… Non, bien sûr, tu sais pas ! pouffa-t-elle. Traîner, picoler.

Dans l'obscurité, mon esprit s'efforça de donner forme aux jeunes gens avec lesquels elle passait du temps, dans la promiscuité d'une alcôve de *diner* aux banquettes en Skaï rouge. Je me demandai ce qu'elle pouvait bien faire d'autre quand elle « traînait » avec eux. Des lèvres se mouvant contre d'autres, à grand renfort de gémissements étouffés, de doigts effleurant des mentons et de peaux moites goûtant le fruit défendu. Cette vision m'enflamma le sang.

— Eh bien, le type qui habitait la masure, sa femme ne l'avait pas quitté, en fait. On a retrouvé le corps dans le marais quelques semaines après qu'il s'est fait sauter la cervelle. C'est très probablement lui qui l'avait tuée.

La brutalité du monde extérieur me glaça. Un monde perverti, où les maris tuaient leur épouse : Karen Elsher, mais aussi la femme de la masure, et combien d'autres ? Sans aucun doute les conséquences du féminisme.

Summer était toujours plongée dans l'obscurité. Je me demandai comment elle pouvait séjourner dans un endroit où une telle tragédie avait eu lieu… D'un autre côté, je vivais moi-même dans un endroit où les gens avaient été maintenus en esclavage. À chaque bouffée, la braise de sa cigarette luisait et les ombres reculaient un instant vers les bords de son visage, avant de la voiler de nouveau, suivant une pulsation lancinante. Elle tapota sa cigarette, qui laissa par terre une petite tour de cendre.

— Une chose pareille ne pourrait jamais arriver ici.

— Ouais, tant que les femmes sont complètement soumises à leur mari.

— Telle est la volonté de Dieu.

— Vraiment ? En fait je me souviens pas que tu te sois franchement soumise à Tom, dans cette cuisine.

— Ce n'est pas mon mari.

— Et si ç'avait été le cas ?

L'idée de me soumettre à Tom en tant que mari me souleva le cœur. Papa ne le permettrait jamais, sachant ce que je pensais de Tom.

— Tu devrais quand même te demander ce que c'est qu'une religion qui n'empêche pas les types comme Tom d'agresser les filles comme toi. Et même pire : qui leur trouve des excuses.

— La chair est faible.

— Et en quoi est-ce de ta responsabilité, si Tom est faible ?

J'ouvris la bouche, mais je n'avais aucune réponse. Le flot de mes arguments était tari ; en cet instant je ressentais la vérité au plus profond. Ce jour-là, sur le canapé, papa avait choisi l'âme de Tom contre la mienne.

Summer tira une longue bouffée orange. Elle avait l'air d'un des prédateurs du marais. J'attrapai la bouteille et me fis mal en avalant trop vite.

— Sérieux, cet endroit, mais c'est un carcan ! Ça m'étonne que personne n'ait encore pété les plombs, que personne n'ait déjà fait un carnage.

40
Neuf jours avant l'incendie

Papa se plaça derrière le pupitre. Il attendit que le silence soit parfait, que tous les reniflements et raclements de gorge se soient éteints, et que Mr Garrett lui ait tendu les deux pouces, annonçant qu'il était prêt pour l'enregistrement.

— Mes chers frères et sœurs, on raconte que le Mal est une bête cornue, mais moi je dis que c'est une femme en costume tailleur. Une femme qui va à l'encontre de la nature et de son rôle naturel. Qui prend soin de sa carrière plutôt que d'une famille, qui vole leurs emplois aux hommes et les prive de la chance de soutenir un foyer. Une femme qui aime rabaisser les hommes. Son ambition enfle comme un cancer et la détourne de ses responsabilités. Le féminisme est le serpent du jardin d'Éden. Mais nous avons créé notre propre Éden dans cet endroit, en suivant Celui qui guide nos pas. Un nouveau havre de vertu. Nous sommes forts de Sa vérité. Pourtant prenez garde ! Car la chair est faible et corrompt les esprits…

Cette scène mille fois répétée me ramena à mon rêve de la nuit, après avoir raccompagné Summer jusqu'à la clôture et être revenue sans bruit dans ma chambre. Dans mon rêve, papa prononçait des mots similaires. Ils coulaient de sa bouche au milieu d'un flot de braises et de cendres brûlantes. En panique, je me tournais vers les autres fidèles, mais me trouvais confrontée à des rangées de têtes sans visage, des faces aussi lisses que des galets.

— ... ce n'est pas seulement notre confiance, c'est notre foi profonde que nous devons placer dans le Seigneur. Nous devons nous reposer les uns sur les autres et protéger les membres les plus faibles de notre communauté. La société tente de corrompre la chair chaque fois que nous mettons les pieds à Parkerville...

Je tentais de fuir, mais j'étais prisonnière du banc, les jambes entravées par d'épaisses lianes. Au pupitre, le torse de papa pulsait d'une lueur orange. Il finissait par se fendre comme l'écorce d'un arbre, découvrant des braises rougeoyantes dans une longue fissure. L'odeur de chair carbonisée était insupportable. Quand les flammèches s'éteignaient, une vision familière apparaissait dans la fente de sa poitrine : la lueur faible d'un écran de télé avait remplacé la fournaise. Tirant sur les lianes à m'en faire saigner les mains, je finissais par me libérer. Je plaçais alors mes mains sanglantes sur les bords de la fente pour entrer dans la poitrine de papa. Je me retrouvais au milieu d'une salle de séjour où Summer m'attendait avec une bouteille de Coca.

— Mais le Mal émerge aussi sous d'autres formes dans notre société. Souvenez-vous du Lévitique, 18:22 : « Tu ne coucheras pas avec un homme comme on couche avec une femme. C'est une abomination. » L'abomination est endémique dans nos villes. Ils ne se cachent même plus, se promènent main dans la main à la vue de tous, désacralisant le mariage, pervertissant les esprits jeunes et influençables.

Ils sont un cancer de notre société, tout comme ces abattoirs où se rendent les femmes pour se débarrasser de leurs responsabilités de mère parce qu'elles ne savent pas serrer les cuisses.

Plusieurs « amen » fusèrent, l'encourageant à poursuivre.

— Nous ne pouvons pas rester les bras croisés, car ils veulent venir chercher nos enfants. Vous les voyez déjà à la télévision et dans leurs défilés avec leurs arcs-en-ciel et leurs bonnets roses. Mais nous pouvons riposter. Rien n'est plus fort que la foi dans notre Seigneur. Écoutez bien : demain nous manifesterons devant l'abattoir de Parkerville, et je vous invite tous à participer là où vous êtes. Ou plutôt : je vous implore de le faire. Rassemblez-vous dans tous les lieux de votre ville où sévissent ces péchés. N'oubliez pas de vous filmer et de mettre en ligne le témoignage de votre travail pour la gloire de Dieu.

J'aurais dû frapper, mais la porte était grande ouverte. Le bureau de papa était sens dessus dessous. La pagaille, si inhabituelle dans cette pièce, me laissa sans voix. Ici, chaque objet avait sa place et l'ordre était une qualité que papa attendait de tout le monde. Il tenait même à ce que les jumeaux rangent leurs jouets quand ils avaient terminé. Tous les tiroirs avaient été sortis et vidés, leur contenu était répandu sur le bureau. Une grande boîte en velours, que je n'avais encore jamais vue, était posée sur une pile de papiers. Papa fouillait le tout avec une énergie frénétique.

Sentant qu'il n'aimerait pas être surpris dans un tel moment d'agitation, je me retirai dans le couloir sur la pointe des pieds, avant de revenir. Je toussotai plusieurs fois avant d'entrer.

À l'intérieur, la scène avait changé. Il était assis derrière son bureau et feuilletait les documents un à un. La grosse boîte avait disparu.

— Papa, je me demandais…

— Oui, ma chérie ?

— Le collier de Fleur… est-ce que tu sais où elle l'a eu ? Je sais que son papa le lui avait offert, mais est-ce que tu as une idée de l'endroit où il l'avait acheté ?

— Pourquoi cette question ?

Ses mains cessèrent de bouger, tenant toujours une feuille.

— Je me demandais juste. C'était si joli !

Après ma tentative ratée de retrouver le médaillon dans la vieille masure, je voulais savoir à quel point ce modèle de bijou était répandu. Maman n'avait pas su me répondre.

Le papier crépita tandis que papa le roulait en boule. Il était tout petit dans sa main, de même que je me sentais toute petite dans ce bureau.

— Tu devrais avoir honte. L'envie et la vanité sont des péchés capitaux !

La sensation familière du picotement du bout de ma tresse me procura un peu de réconfort. La réaction de papa était si extrême, si disproportionnée pour une si petite question. J'avais dû arriver au mauvais moment. Il était responsable de l'équilibre spirituel de toute une congrégation, et moi je venais lui parler d'un collier.

Un coin d'enveloppe bleue dépassait de l'une des piles de papiers. Je sautai sur l'occasion.

— On a encore reçu une lettre de menaces ? Qu'est-ce qu'elle dit ?

Il suivit mon regard et la sortit de sa cachette avant de la fourrer dans un tiroir ouvert.

— Ne t'inquiète pas, ma chérie. Maintenant, va aider ta mère à préparer le dîner.

41
Moment présent

Dans la cuisine en sous-sol de Newhaven, mon couteau d'office sépare la chair de la peau. Une mèche de cheveux me tombe dans les yeux, et je la repousse en soufflant dessus. Ma main tremble, j'ai présumé de mes compétences : j'aurais dû utiliser une lame plus tranchante. La pêche me glisse entre les doigts, sa chair est molle et j'ai les mains pleines de jus quand le dernier morceau de peau tombe dans le bol. Les étapes suivantes de la recette m'attendent, calligraphiées avec soin par la main de maman. Ensuite, me dit-elle, il faut dénoyauter et couper la chair en quartiers.

Le parfum sucré des pêches et de la cannelle rivalise avec l'acidité du jus de citron. Tous les ingrédients d'un nouveau départ, d'une vie où je pourrai laisser derrière moi le passé et les questions sans réponse, sont étalés sur le plan de travail. Il suffit de les associer dans les bonnes proportions, puis de laisser la chaleur et un soupçon de patience se charger du reste. En attendant, la pêche est toujours là, tremblotante, sur la planche à découper. Mon esprit se laisse aller à un souvenir : maman tranche des pêches sur la table de la cuisine. Moi, plus jeune, debout sur une chaise, les mains plongées dans un saladier, je malaxe du beurre avec du sucre et de la farine. Le mélange me dégouline entre les doigts.

— Comment tu t'en sors, Honey-Bunny ?

Maman me regarde en souriant, les cheveux encore presque aussi courts qu'à Chicago. La pièce est baignée d'une lumière douce et chaude, et moi je suis enveloppée du sourire maternel alors que nous découvrons ensemble une nouvelle vie, que nous l'essayons comme des vêtements neufs, ajustant nos personnalités à ce nouvel endroit. Au début, j'étais désorientée par le calme de Newhaven, mais nous prenions nos marques petit à petit, et nous étions toujours entre filles.

Le souvenir enfle dans ma gorge, me coupe le souffle. J'aimerais presque oublier aussi ces images plus anciennes. Je m'essuie le visage du dos de la main, me barbouillant au passage de jus de pêche. Le parfum donne encore plus de netteté aux images, une netteté tranchante. Je me concentre à nouveau sur la pêche. Le couteau hésite, le fruit roule. Maman aurait fait ça en un rien de temps. Légumes, poulet, bœuf ou poisson parfois : sa lame s'enfonçait toujours d'un geste assuré. Pourquoi je ne lui ressemble pas davantage ? La pêche glisse à nouveau et la frustration gronde en moi comme un orage.

— Ça sent bon, par ici.

Tom entre dans la cuisine, charriant avec lui une impression de déjà-vu. Il s'approche, ses cheveux blonds mouillés de chaleur estivale, les joues rougies par le labeur physique. Ses yeux brillent intensément et ma gorge se serre. La sensation que nous avons déjà vécu cela émerge, mais ne prend pas la consistance d'un vrai souvenir. Pas grave. Je ne cherche plus à retrouver le passé à tout prix. Je garde les yeux fixés sur Tom et passe outre ma drôle d'impression.

— Je prépare un crumble aux pêches.

Je baisse une nouvelle fois les yeux sur le fruit et plonge la lame dans la chair orange. Quand Tom se rapproche de mon dos, mon souffle ralentit. Le couteau tremble dans ma main. Il sent le travail, et la promesse d'une vie normale. Peut-être qu'avec lui toute ma souffrance serait apaisée.

— J'ai envie d'un truc doux et sucré. Comme une pêche.

Je sursaute en sentant ses mains sur ma taille et son souffle dans mon cou. Le couteau glisse sur la pêche, m'entaille le doigt. Je pousse un cri. Ses mots ramènent une fois de plus l'impression de déjà-vu, comme si j'étais coincée dans une pièce noire à chercher l'interrupteur. Je scrute son visage tandis qu'il prend ma main dans les siennes, mais je n'y trouve aucun indice.

— Oh, mer… credi. Tu saignes, Abigail !

Mes yeux suivent son regard jusqu'à mon index couvert de sang, et la vue du rouge me coupe le souffle. Soudain, je n'entends plus que le ronflement du feu et des cris au loin. Mon corps se raidit tellement qu'il se met à trembler. Tom me conduit jusqu'à l'évier. Il passe mon doigt sous le robinet, le sang se dissout en volutes roses qui s'en vont dans la bonde en tourbillonnant, jusqu'à ce que l'eau soit complètement claire. La tension retombe et mon corps s'écroule sur la poitrine de Tom. Il m'entoure les épaules de son bras, mais cela ne m'empêche pas d'être secouée d'un frisson.

L'eau coule à flots du robinet de la salle de bains. Je frotte mes mains l'une contre l'autre selon une cadence obsessionnelle et en éclaboussant tout autour de moi. Le pansement tombe dans le lavabo, révélant la ligne rouge et gonflée de la plaie. Une journée. La sidération a duré toute la journée avant que la folie ne s'abatte sur moi sous la forme d'un nouveau rêve. Le pire que j'aie fait jusqu'ici. Je regarde mes mains, le pansement que Tom a enroulé au bout de mon doigt hier. L'une après l'autre, les visions de mes cauchemars prennent la forme d'un doigt accusateur pointé dans ma direction. Celle-ci est le clou final. Pourquoi le diable ne me laisse-t-il pas tranquille ?

Mes mains tremblent encore. Elles tremblaient aussi dans le rêve. Rouges. Elles dégoulinent de rouge. Les flammes lèchent le sang sur le sol, rouge sur rouge. Mais ce n'est pas le pire, seulement le prélude de ce nouvel acte : les corps de papa et maman sont étalés sur le sol. Je regarde mes mains, elles semblent toutes petites, et dedans le couteau paraît énorme. Jusque-là, il n'y avait encore jamais eu de couteau. La lame est luisante de sang. Elle, je ne la vois pas, mais je sais qu'elle est là, près de moi.

42
Une semaine avant l'incendie

À Parkerville, notre groupe avait envahi chaque centimètre carré du trottoir et occupait l'air de Sa vérité. Ce bâtiment, avec sa façade en stuc blanc et ses jardinières débordant de géraniums, était le lieu où les femmes venaient se débarrasser du précieux cadeau de Dieu qu'elles portaient en elles, un petit être dont elles auraient dû prendre soin – jeté au rebut parce qu'il n'avait pas sa place dans leur vie égoïste. Mrs Calhoun brandissait sa pancarte avec ferveur, toujours la même, avec la photo d'une vie interrompue dans tous ses détails sanglants et démembrés, et le mot « ASSASSINS » en grosses lettres rouges. Ce jour-là il me sembla que quelque chose n'allait pas avec ces pancartes, de l'ordre de l'indécence. Je détournai les yeux et m'appliquai à joindre ma voix aux autres pour scander nos slogans – l'occasion ou jamais de revenir en grâce. Je levai les bras avec une foi redoublée et la conviction que je pourrais de nouveau susciter la fierté de mon père.

Mes yeux parcouraient le visage des passants, mais je n'y voyais pas Summer. Je ne savais pas comment elle réagirait si elle me découvrait ici. De l'autre côté de la route, une femme, l'air agité, serrait son sac sur son ventre. Elle émettait des ondes de peur perceptibles depuis le trottoir d'en face. « Quand il y a de la peur, on peut les sauver », disait papa. Elles avaient peur parce qu'elles savaient qu'elles s'apprêtaient à faire le mal. Je pouvais la sauver. Je criais avec les autres, mais dans ma bouche les mots n'avaient pas le même goût que d'habitude. La femme leva la tête, les yeux pleins de larmes, et c'est là que je réalisai : c'étaient mes mots qui la faisaient pleurer.

— C'est quoi votre problème ? Fichez-lui la paix et laissez-la passer. Elle en bave déjà assez comme ça.

C'était l'amie de Tania. Elle avait troqué sa robe à fleurs contre un jean, un tee-shirt et des valises sous les yeux. Son visage ravagé de chagrin me bouleversa.

— Évidemment, la goudou prend la défense de la catin qui ne sait pas serrer les cuisses.

L'interjection venait de Tom. Dans sa bouche à lui, la vérité prenait un tour sordide. L'amie de Tania encaissa le coup, puis reprit contenance.

— Hé, gros malin, tu crois peut-être que personne ne l'a aidée à tomber enceinte ? Envoyez-moi cet abruti en cours d'éducation sexuelle.

Sa repartie souleva quelques rires et encouragements parmi les badauds, et fit se serrer les deux poings de Tom.

Alors qu'elles se frayaient un passage à coups de coude, Tom bouscula brutalement l'amie de Tania, qui tomba à terre tandis que la femme au sac détalait comme un lapin pour disparaître derrière les doubles portes de la clinique. Avant d'avoir eu le temps de réfléchir, je m'agenouillai et passai la main sous son coude pour l'aider à se redresser en position assise.

— Je suis désolée.

Je ne savais pas trop de quoi je m'excusais, mais un sentiment de responsabilité me gonflait la poitrine. J'avais peut-être envie de lui montrer que je n'étais pas comme Tom.

— Vraiment ? Vous êtes avec eux, non ?

Je baissai la tête et rougis violemment.

— Je suis aussi désolée pour votre amie. Vous savez, l'accident. Vraiment, sachez que vous avez toute ma sympathie dans cette épreuve.

Quand j'osai relever la tête, je vis que mes condoléances avaient adouci ses traits. Ce jour-là, ses tresses n'étaient pas attachées ensemble, elles flottaient librement au-dessus de ses épaules. Ni elle ni moi ne bougions, mais je sentais la foule autour de nous.

J'ai encore baissé la voix.

— Qu'avez-vous voulu dire, ce jour-là, quand vous avez crié quelque chose à mon... à l'homme qui m'accompagnait ?

— Il était juste à côté de nous. Il lui a fait quelque chose, je ne sais pas comment. Il marchait derrière nous sur le passage piéton et puis tout à coup c'était comme... comme si ses jambes avaient lâché et elle est tombée en avant.

Travaille tes réflexes, ma chérie. Les mots résonnèrent dans ma mémoire avec la voix de papa. Je sentis mon cœur tomber d'un étage. Cette femme devait se tromper. J'ouvris la bouche mais, avant que le moindre mot puisse en sortir, un bras se glissa tel un serpent autour de ma taille pour me relever de force. Le corps de Tom était moite contre le mien. L'intimité de cette étreinte ranima les souvenirs de la cuisine... dans les moindres détails. Un shoot de terreur et de colère électrisa mes muscles.

— Ne me touche pas !

Tout se passa en un clin d'œil. Pour une fois, mon poing ne s'abattit pas sur ma cuisse, mais sur le menton de Tom.

Les slogans se turent, toute l'attention s'était tournée vers moi, et sur Tom qui se tenait la mâchoire. La douleur pulsait dans les jointures de mes doigts. Tous me jugeaient pour ce que je venais de faire, sans même se demander pourquoi.

Le retour en bateau se déroula dans un silence de mort. Le regard noir que Tom dardait dans mon dos rendait l'air orageux, je le sentais comme un rayon laser à l'arrière de ma tête… mais la douleur lancinante de mes phalanges prenait plus de place.

Je montai l'escalier du cottage d'un pas lourd, écrasée par les événements de la journée. Mis au courant de l'incident, Papa et maman étaient restés à la grande maison pour discuter avec les autres. Tout le monde en parlait, mais personne ne prenait la peine de me poser la moindre question. L'injustice de ma situation me piquait les yeux, d'autant plus que papa et maman savaient exactement ce que Tom m'avait fait.

Je refermai la porte de ma chambre et passai ma chemise de nuit sans prendre la peine d'allumer. Pourquoi tout avait-il changé en quelques semaines à peine ? La déception de papa, l'agression de Tom, les secrets que mes parents avaient pour moi… Jusqu'alors, ma vie avait été un ensemble de certitudes immuables, aussi profondément enracinées que les cyprès chauves dans le marais. J'avais à présent l'impression d'être un terrain de camping avant un cyclone.

Papa. Les accusations de l'amie de Tania tournaient en boucle dans ma tête. *Il a fait quelque chose… comme si ses jambes avaient lâché… Travaille tes réflexes, ma chérie. Ces gens-là mentent tout le temps*, me répétai-je. Mais ma foi était ébranlée.

Je me glissai sous le drap, plus pour dissimuler ma peau qu'autre chose dans cette chaleur. Summer, elle, devait dormir sur son sac de couchage ouvert, le corps offert aux éléments. Tout à coup, je m'aperçus que quelque chose de mouillé se répandait du côté de mon bas-ventre, collant ma chemise de nuit contre ma peau. Mon bras effleura une masse gluante et la panique me fit sauter hors du lit. Je percutai l'interrupteur, clignai des yeux plusieurs fois dans la lumière crue. Mes mains et ma chemise de nuit étaient couvertes d'une substance tiède, rouge vif. Je sentis la chair de poule descendre le long de mon dos en recalculant qu'il restait deux semaines avant mes prochaines règles. Je m'approchai prudemment du lit avant de repousser le drap en grand. Là, j'eus un haut-le-cœur. Ce que je vis me plaqua contre le mur.

Au centre du matelas était niché un tas de viscères luisants et monstrueux, un animal sans forme, sans l'identité de sa peau ni la structure de son squelette. Quelque chose qui avait été vivant, désormais réduit en bouillie, en avertissement sanglant.

Fichier audio n° 12

Qualité du son : Bonne
[Voix A] : Féminine

[Voix A] : (*Toux*) Cet épisode d'« Une question de foi » s'inscrit dans notre série consacrée à la New America Baptist Church, une église baptiste fondamentaliste dont l'influence n'a cessé de s'étendre depuis une quarantaine d'années, par l'établissement d'un certain nombre de communautés et de centres de pratique répartis dans le sud des États-Unis. D'aucuns n'hésitent pas à dire que cette Église, fondée en 1980 à Benton (Arkansas) par le pasteur Jeremiah Spence, serait une secte extrémiste et un lobby prêchant la haine et l'intolérance, plutôt qu'une... une...

(*Grognement*) Et merde. Pourquoi je fais ça, d'abord ? Ça sert plus à rien. Plus rien n'a d'importance. C'est elle – elle seule qui compte, maintenant. Plus la peine de faire semblant.

43
Cinq jours avant l'incendie

Je ne pouvais pas regarder le visage de maman. De ses doigts rougis elle épluchait des pommes de terre à la table de la cuisine. Un autre souvenir de Chicago me revint, évoquant une femme qui aimait sortir, une femme qui allait où elle voulait, qui avait la ville à ses pieds et ne craignait jamais de sortir de chez elle. Maman me demandait de l'aide pour se préparer, à l'époque, avant papa, où nous faisions partie d'une autre communauté, celle d'un tas de voisins bien plus nombreux que les membres de Newhaven, empilés sur des dizaines d'étages – nous habitions presque dans les nuages.

« Laquelle, Honey-Bunny ? demandait maman en me montrant des tenues sur les cintres.

— Celle à paillettes. »

À l'époque, les vêtements de maman la moulaient comme une seconde peau. Après s'être habillée, elle s'asseyait sur une chaise de cuisine et moi en tailleur sur la table. Le corps drapé de sequins bleus, elle examinait son visage dans le miroir appuyé contre la fenêtre.

« Blush », commandait-elle en tendant la main, un frisson d'excitation dans la voix.

De petites mains plongeaient dans la trousse de toilette avec des cris de joie, luttant pour en sortir le bon article. C'était une malle au trésor souple, pleine de minuscules boîtes brillantes emplies de poudres de toutes les couleurs, du cuivre scintillant à la poussière d'or en passant par le rose pailleté. Elle ajoutait une touche de rouge sur ses lèvres en cul-de-poule, puis les faisait claquer l'une contre l'autre. Quelqu'un frappait quelques coups énergiques à la porte et les yeux de maman brillaient dans la lumière jaune du plafonnier.

« Sois sage, Honey-Bunny. Il reste de la pizza dans le frigo », disait-elle en sortant, enveloppée de légèreté et d'un parfum floral.

Elle partait, mais elle était toujours de retour le lendemain matin, quoique avec l'odeur de quelqu'un d'autre.

— Est-ce que Chicago te manque parfois ?

Son corps se raidit.

— Non, jamais.

— Tu n'as pas envie de sortir de temps en temps ? Tu ne pars jamais d'ici. Tu dois t'ennuyer. Je sais que je suis privée de sortie toute seule, mais on devrait aller faire un tour à Parkerville ensemble, un de ces jours. Passer une bonne journée. On pourrait même emmener les jumeaux.

— Je me sens bien, ici. J'ai tout ce qu'il me faut, pourquoi j'aurais envie d'aller ailleurs ?

Son attachement à Newhaven ne cadrait pas avec la brutalité des dernières semaines. Ce qui m'était arrivé dans la cuisine aurait dû écorner l'opinion qu'elle se faisait du lieu, et d'autant plus que Tom avait recommencé à Parkerville. Mais elle continuait de peler les patates pour le dîner de papa, l'air satisfait, alors qu'il n'y avait pas assez de pelures dans tout Newhaven pour camoufler ce qu'il m'était arrivé.

Tout à coup, cela m'apparut clairement : la personne responsable de toute cette souffrance était Tom, pas moi. En cet instant, je détestai Newhaven et ceux qui tentaient de me faire passer pour la méchante.

— Chicago n'est pas parfait, mais Newhaven ne l'est pas non plus.

Le couteau s'immobilisa et maman leva les yeux.

— Tu ne sais pas de quoi tu parles. Tu étais trop petite quand nous sommes parties. Ce n'est pas l'endroit que tu as recréé dans ta tête.

— Chicago n'est pas parfait, mais ici les choses ont changé. Là-bas aussi, on était heureuses. Pas de la même façon, c'est tout. Je me souviens. Tu sortais tout le temps, tu allais où tu voulais. On écoutait de la musique, on dansait, on avait… des frites.

La vérité me brûlait la gorge. Maman se leva, les deux mains appuyées sur la table.

— Oui, tu mangeais des frites. Tu mangeais toujours, mais moi je passais parfois plusieurs jours sans rien de consistant dans le ventre. La musique à fond ? C'était pour couvrir les cris, et même pire.

Maman se laissa retomber sur la chaise, comme si les mots ou les souvenirs l'avaient épuisée.

— Quand John nous a trouvées, quand il *m'a* trouvée, il m'a rappelé ma vraie vocation. J'avais négligé ma responsabilité. Mon devoir était de te donner une vie meilleure et de mieux te protéger.

— Ce n'est pas vrai. Tu as toujours été une bonne maman, même à Chicago.

— C'est toi qui as changé, Abigail, et pas pour le mieux.

Elle se remit à éplucher les pommes de terre, mettant ainsi un terme à la conversation et me laissant plus désorientée que jamais. Je m'accrochai aux mots de Summer : « C'est toi la victime, dans cette histoire. » Cette conversation m'avait donné une idée, une façon de leur montrer ma piété tout en prenant un peu de recul à l'égard de la situation.

— Partons un peu. Juste quelque temps. On peut aller répandre la bonne parole à Chicago – je suis sûre que Mrs Calhoun et Mr Garrett voudraient nous accompagner. On pourrait rendre visite à nos anciens voisins, acheter des pizzas chez le marchand qu'on aimait bien, et…

— Je ne peux pas partir.

— Bien sûr que si. Juste quelques jours. Tu n'as pas envie de revoir Chicago ?

Elle se rejeta en arrière et fit reculer sa chaise en poussant un soupir exaspéré, avant de déclarer :

— Tu as presque 18 ans, Abigail. Il est temps que tu grandisses. Chicago est une ville dangereuse. On ne pouvait pas rester là-bas, surtout après… Et ton père…

— Papa n'y verrait pas d'objection.

— Si, justement. John est un homme bon. Il nous a offert une vie meilleure, nous a donné les jumeaux et Sarah, et il nous protège. Mais il a ses limites, et nous devons les respecter. Je lui dois tout.

— Ce qui justifie que tu prennes toujours son parti plutôt que le mien ?

— C'est un petit sacrifice, après…

— Après quoi, maman ?

— C'est du passé.

— Qu'est-ce qui est du passé ?

— Rien.

— Rien ? Comme c'est pratique !

— Tu ne comprends pas.

— Et sinon… « tu ne mentiras point » ?

— Ils étaient sur le point de t'emmener !

— Qu'est-ce que tu racontes ?

— Les services sociaux. Ils allaient me retirer ta garde. Il fallait qu'on parte.

— Quoi ?!

— Ils disaient que je n'étais pas une bonne mère, que je te négligeais, que l'environnement dans lequel je t'élevais était dangereux et instable.

Elle s'écroula sur la chaise, et ses yeux se brouillèrent de larmes. Je reculai en titubant jusqu'à trouver le plan de travail. Dans la pièce, l'air était de mélasse. Je remplis d'eau un verre et bus à longs traits qui me firent mal.

Les mots de maman ne cadraient pas avec les images que j'avais d'elle. Je la voyais prendre soin des jumeaux et de la petite Sarah. Quand les garçons avaient eu la varicelle, elle était restée dormir sur une chaise dans leur chambre quatre nuits d'affilée. Même à Chicago, elle renonçait à manger pour que je n'aie pas faim. On était juste entre filles contre le reste du monde, et on s'en sortait. Son amour m'apparaissait à la lueur des étoiles phosphorescentes qu'elle avait patiemment collées dans notre placard, afin que je puisse camper sous un ciel étoilé – nous les appelions nos « étoiles d'été ». Ces gens-là ne comprenaient rien. Je serrai instinctivement le poing. Quel genre d'administration se permettait d'arracher un enfant à une mère aimante ? « Une belle bande de connards », aurait dit Summer.

— Tu ne comprends pas ? S'ils me trouvent, ils me mettront en prison.

— Mais tu es une mère fabuleuse ! Je te vois faire, avec les jumeaux et Sarah. Et les étoiles que tu avais collées au plafond pour moi quand j'étais petite ?

Le souvenir raviva ses émotions, elle essuya furtivement une larme. Les câlins dont elle m'étouffait chaque fois qu'elle revenait de Parkerville, son angoisse le jour où elle avait cru que j'y étais allée sans permission, sa réticence à s'éloigner de Newhaven… tout cela prenait une nouvelle dimension à la lumière de ce que je savais à présent. Ce n'était pas un choix, mais une nécessité.

— Va te débarbouiller avant que ton père rentre.

— J'ai presque 18 ans. Ils ne peuvent plus m'emmener.

— J'irais en prison quand même. Ils pourraient prendre les jumeaux et Sarah.

— Peut-être qu'ils ont renoncé à te chercher.

— Chut, plus un mot. Va te laver.

Comment avait-elle pu jeter un tel pavé dans la mare pour ensuite refuser d'en parler ? Les États-Unis étaient vastes, les services sociaux ne pourraient pas nous retrouver si facilement du moment que nous évitions Chicago. La peur lui embrouillait les idées.

Après avoir fermé à clé la porte de la salle de bains, je montai dans la baignoire pour réfléchir plus à l'aise. Une accumulation de petites incohérences tournaient dans ma tête, ajoutant encore à mon sentiment de confusion : maman m'aimait au point de passer dans la clandestinité, mais pas assez pour me défendre contre Tom ou papa ; tout Newhaven me jugeait pour ce qu'il s'était passé à Parkerville, sans même écouter ma version de l'histoire. L'image des entrailles sanglantes m'apparut dans un flash, elles avaient la forme des photos sordides sur nos pancartes. Elles avaient clairement été placées dans mon lit en guise d'avertissement anonyme comme un obstacle à contourner, mais au lieu de cela elles avaient ouvert quelque chose en moi. Je me boxai la cuisse, transformant ma frustration en un énorme bleu sur lequel je pourrais appuyer n'importe quand afin de me souvenir de ce moment. Alors que Newhaven avait toujours été un lieu de clarté pour moi, je n'y comprenais plus rien. Maman, papa. Même Mr Caine. Tous prêchaient une chose – l'importance de la famille – mais faisaient l'inverse : des parents qui prenaient parti contre leur propre fille, un père qui battait son fils. Pour la première fois de ma vie, ma foi ne m'apportait aucun réconfort.

44
Moment présent

La chapelle caverneuse attend d'être remplie par la dévotion vibrante des fidèles. De son temps, la passion communicative de papa avait vraiment le don de rendre ce lieu vivant tous les dimanches. Le pasteur Abernathy, lui, a un style plus réservé, du genre à souffler doucement sur la ferveur des gens pour l'attiser. Ma présence n'entame pas vraiment la vacuité du sanctuaire. Je remue les lèvres, prononçant des mots silencieux. Tête baissée, les mains serrées l'une contre l'autre, je m'agrippe à ma foi et à ce qu'il me reste de santé mentale.

— Dieu du ciel, je m'en remets à vous au nom de Jésus. Je reconnais que j'ai péché, je vous demande pardon pour ces péchés et pour la vie que j'ai menée ; j'implore votre pardon. Père tout-puissant, protégez-moi du Mal. Ne le laissez pas prendre possession de moi. Par pitié, Seigneur. Faites que tout cela s'arrête.

Je change légèrement de position, les genoux meurtris par des bleus que je ne me rappelle pas m'être faits. La peur me serre la gorge, mais je la ravale. Je continue à prier entre mes dents serrées – je ne faiblirai pas. La chaleur est presque aussi accablante qu'au-dehors. Tandis que j'essaie désespérément de sauver mon âme, les autres sont en train de travailler ou de vaquer à leurs occupations. Mes épaules tombent, je manque piquer du nez. Depuis quelques jours, je repousse le sommeil et ne m'accorde que quelques heures de repos ici et là. J'arrime mon regard à la croix au-dessus de l'estrade. J'ai envie de fermer les yeux et de me laisser aller à l'obscurité. Mais qui sait quels souvenirs peuvent surgir, quels visages risquent d'apparaître dans mon esprit – ou au pied de mon lit ? Quelle voix me parlera à l'oreille ? Ma respiration s'emballe, comme l'autre nuit dans le couloir. La nuit où elle est apparue dans Newhaven.

Mes mots se bousculent, maintenant, mais la rédemption ne vient pas. J'ai beau lutter, des visions s'infiltrent par les brèches de ma foi endommagée. Papa, l'horreur peinte sur le visage, en train de dire « Pardonnez-lui, Seigneur, car elle ne sait pas ce qu'elle a fait » ; le feulement des flammes déchaînées ; la femme du couloir ; celle de mon rêve, debout dans l'encadrement de la porte à Hunters Cottage ; des lapins et des opossums ensanglantés pendus par les entrailles, l'odeur de viande pourrie au soleil. Les images me poursuivent. À présent, je ne veux plus me souvenir !

Je sors de la chapelle en courant, trébuche sur le perron, pantelante, et manque renverser quelque chose de mou.

— Hé, je te cherchais. Tout va bien ? demande Jackson, un peu inquiet.

— Très bien. Est-ce qu'on a besoin de moi chez Mrs Favreau ?

Il enfonce les mains dans ses poches, la tête dans les épaules.

— Non, je... On peut marcher ?

Je lui fais signe de nous réfugier plutôt à l'intérieur de la chapelle : la chaleur de l'air est toujours aussi oppressante, mais nous échappons au moins à la morsure du soleil. Malgré mon sourire d'encouragement, quelque chose retient Jackson de parler... Mais j'ai vu la violence de son père, et ne m'étonne plus qu'il soit aussi discret. Papa aurait dit que Dieu le mettait à l'épreuve. *Tu parles d'une épreuve de merde !* Je ferme les yeux à fond, me tape la cuisse à coups de poing. Elle ne peut pas être là, pas dans ma tête, pas dans la maison du Seigneur.

— Bon, alors, pourquoi tu voulais me voir ?

— Pour te demander pardon.

— De quoi ?

— Mon père. Il a été horrible avec toi.

— Ce n'est pas ta faute. Il est plutôt rude avec toi aussi. Ça arrive souvent ?

Les yeux de Jacskon sont toujours rivés sur le sol, où le bout de sa chaussure gomme sur la moquette une tache imaginaire. Je me demande combien d'autres secrets renferme Newhaven, derrière toutes ces portes fermées et toutes ces zones d'ombre, même en plein été.

— Tu as essayé d'en parler à quelqu'un ?

— Ton père était au courant.

— Papa ?

— Il savait. Je lui avais demandé de parler au mien. Tu sais ce qu'il a répondu ?

Je secoue la tête. Jackson poursuit avec un rire amer :

— Il a dit que Dieu avait fait mon père tel qu'il était, que je devais l'honorer en essayant d'être un meilleur fils.

Il me regarde, menton un peu levé, pour ajouter :

— Je suis pas fâché qu'il soit mort.

J'ouvre la bouche, Jackson insiste :

— Vraiment pas.

Ce que dit Jackson me laisse sans voix. Cela ne colle pas avec mes souvenirs de papa, l'homme qui nous a sauvées, maman et moi. D'un autre côté, je n'ai pas toutes les cartes en main. Plusieurs semaines de souvenirs sont encore effacées. Jackson a un nouveau petit rire ironique.

— Et tu sais ce qui est marrant, quand on y pense ? Si le pasteur Munro n'était pas mort, ton père ne lui aurait pas succédé, et nous n'aurions peut-être pas cette conversation. Mais, entre nous, ce n'est pas la peine d'en parler au pasteur Abernathy. Il est trop faible pour faire quoi que ce soit.

Mon esprit rassemble le chapelet de noms qu'il vient d'égrener et en ajoute un : les pasteurs Munro, Heywood, Abernathy – et avant eux le pasteur Favreau. Sur ces quatre-là, trois sont morts, frappés par le destin... ou par quelque chose de bien plus sinistre. Maman et Fleur, simples victimes collatérales dans l'ombre d'un grand homme. Je me demande si les autres pasteurs avaient reçu des lettres de menaces. J'avais toujours pensé que cela n'arrivait qu'à nous.

Les lèvres de Jacskon se sont remises à bouger.

— Tu entends ce que je dis ? Nous ne serons jamais en sécurité ici. Il faut partir.

— Je ne peux pas. Ma famille est ici. Les jumeaux et la petite Sarah. Et puis, même si je voulais, je n'ai pas d'argent.

— Moi j'en ai mis un peu de côté chaque fois que je pouvais. J'ai près de 500 dollars.

— Tu les as volés ?

Son pied change de cible, il shoote dans le dos du banc qui nous fait face.

— Les dons sont adressés à toute la communauté, donc j'ai le droit de m'en servir aussi.

La tristesse de son regard me souffle qu'il ne supporterait pas d'être rejeté une fois de plus. Le petit garçon joyeux qu'il a été a disparu en même temps que sa mère. Un jour, Mrs Caine est allée participer à une manifestation devant le centre LGBT. Elle est entrée dans les toilettes de la gare routière mais n'en est jamais ressortie. Son absence a créé chez Jackson un vide qu'il espère combler par 500 dollars, un ticket d'autocar et le rêve de la retrouver.

Des voix nous parviennent dans la brise.

— Je ferais mieux d'y aller. Tu me promets d'y réfléchir.

— D'accord.

À ces deux syllabes, son visage se fend d'un large sourire et il sort en courant dans la lumière aveuglante. Le silence reprend possession des lieux. Je joins à nouveau les mains, doigts croisés. *Pardonnez-moi, Seigneur, car j'ai péché*...

La grande horloge, suspendue près de la porte, me signale d'un air sévère que je vais être en retard pour le déjeuner de Mrs Favreau. Surtout qu'aujourd'hui c'est son plat préféré : gruau de maïs au fromage et bacon. Les pancartes sont appuyées contre le mur sous l'horloge, prêtes pour la prochaine manifestation. D'après les slogans qui s'étalent sur le carton, ce sera devant le Planning familial. Nous parlons de piété, ils nous accusent de haine. Un jour, j'ai demandé à papa, et il a dit que tout était question de point de vue. On pouvait regarder la même chose et la voir différemment selon notre proximité avec Dieu. Les gens étaient trop éloignés de Dieu pour voir la piété. « Un peu comme le dessin du lapin/canard ? ai-je demandé. – Exact, ma chérie, comme le dessin du lapin/canard. – Mais... on est lequel des deux, papa ? Le lapin ou le canard ? » Le souvenir de son rire, ce jour-là, m'accompagne tandis que je quitte la chapelle.

Le présent me rattrape brutalement quand une main me repousse à l'intérieur et me plaque contre le mur, où ma tête vient cogner. Je ne peux plus respirer. Quelques-unes des pancartes dégringolent avec fracas. Le visage de Mr Caine est à quelques centimètres du mien, déformé par la colère. Ses doigts enserrent le haut de mes bras, s'y incrustent presque, pinçant la chair contre l'os.

— Je t'ai dit de ne pas t'approcher de mon gamin.

— Lâchez-moi ! Comment pouvez-vous…

— Personne te demande ton avis.

Pour me faire taire, il me plaque à nouveau contre le mur. La peur m'oblige à l'écouter.

— Je ne veux pas qu'une raclure de ton espèce vienne corrompre mon fils.

Il a prononcé le mot « fils » comme il aurait dit « ma table », « ma barque » ou « ma carabine ».

— Écoute, morveuse, ton père était un type bien, mais il était faible. Il savait qui vous étiez, ta mère et toi, mais ça ne l'a pas empêché de vous ramener ici, où vous n'aviez pas votre place. Dieu a châtié son orgueil, en purifiant sa maison par le feu. Je ne laisserai pas cette perversion infecter ma famille, Jackson inclus. C'est clair ?

Une terreur aveuglante me paralyse. J'opine furieusement. Sans un mot de plus, il me rejette avec violence, avant de sortir en trombe de la chapelle.

De : Jeb Abernathy
Date : Vendredi 16 septembre 2022, 10:27
À : Cameron McPherson
Objet : RE : Inquiétude – besoin de guidance

Cher pasteur McPherson,

Je prie pour que ce mail vous trouve en bonne santé.

J'ai bien peur de devoir vous informer que la situation à Newhaven est en pleine escalade. Un de nos membres m'a signalé qu'environ 500 dollars avaient disparu de la caisse courante. Je ne vois pas qui pourrait faire une telle chose, si ce n'est Abigail, et je crains d'imaginer à quoi pourrait servir cet argent. Elle pourrait l'utiliser pour payer quelqu'un – qui sait dans quel but – ou pour se rendre à Parkerville, voire pire.

Vous avez vous-même évoqué la possibilité de l'envoyer à New Eden. J'étais réticent au début, convaincu que nous étions investis de sa responsabilité, mais peut-être se sentirait-elle mieux dans un nouvel environnement. Nous ne pouvons être certains de ce qu'elle irait colporter si jamais elle quittait notre Église, et New Eden dispose peut-être des outils qui lui permettront de prendre conscience de ses égarements. Je dois à la mémoire du pasteur Heywood de veiller à ce que sa fille soit prise en charge et protégée.

J'attends votre retour et vos conseils.

Il guide nos pas. Que votre journée soit bénie.

Pasteur Jeb Abernathy

45
Quatre jours avant l'incendie

Comme tous les dimanches, la congrégation fit silence. Comme tous les dimanches, les femmes s'étaient couvert la tête en signe de respect. Comme tous les dimanches, tous les regards étaient fixés sur papa. Comme tous les dimanches, il puisait son éloquence dans leur énergie, leur désir de rédemption. Mais ce dimanche-là rien n'était comme d'habitude. Les choses ne s'ordonnaient pas telles qu'elles l'auraient dû, l'image était déformée de même que dans un verre d'eau, un verre d'eau trouble.

Néanmoins, l'air de la chapelle semblait chargé d'étincelles. Un courant convergeait vers papa, qui se frotta les mains après les avoir claquées l'une contre l'autre, un grand sourire au milieu de sa barbe. Le micro épinglé à son revers crépita.

— Aujourd'hui, je vous propose de tenter une petite expérience tous ensemble, annonça-t-il. Levez-vous, même vous qui nous suivez à distance. À présent, les maris vont enlever leurs chaussures.

Un murmure d'hésitation parcourut l'assemblée.

— Allez, allez ! Vous me faites confiance, non ?

Il montra l'exemple en se déchaussant. Les hommes le suivirent, quittant leurs souliers du dimanche – certains flambant neufs, d'autres patinés par les années. Les gens se regardaient, cherchant si quelqu'un savait ce qui allait suivre. En les observant, je me demandai combien d'entre eux avaient fui quelque chose, quelqu'un, ou le sigle d'un organisme gouvernemental. Mr Caine imita les autres, enlevant chaque chaussure du bout de l'autre pied. J'eus le cœur serré au souvenir de la grange.

— À présent, mesdames, enfilez les chaussures de votre mari, puis faites un petit tour dans la chapelle.

Maman trébucha après quelques pas dans les chaussures de papa, trop grandes de cinq pointures. Elle n'était pas la seule. Les autres aussi perdaient l'équilibre ou marchaient très lentement, tels des petits veaux esquissant leurs premiers pas. L'expérience souleva des gloussements dans toute la pièce. Même papa rit de bon cœur. Quelques minutes plus tard, le statu quo se rétablit, lorsque les bonnes chaussures rejoignirent les bons pieds.

— Cette petite expérience porte une leçon très importante. Mesdames, vous avez eu du mal à marcher dans les chaussures de votre homme, n'est-ce pas ?

Un chorus approbateur lui répondit.

— C'est le problème de la société actuelle : les femmes essaient de marcher dans les chaussures de leur mari, d'assumer des tâches trop grandes pour elles. Les chaussures de votre mari ne sont pas faites pour vous, et leurs responsabilités non plus. Ici, nous comprenons que le rôle des maris est différent de celui des femmes. Les maris sont là pour protéger et nourrir la famille, tandis que les femmes les encouragent et prennent soin de cette même famille. Et à chaque instant Il guide nos pas.

Mon voile me serrait. Je passai un doigt dessous pour relâcher la pression. Je regardais l'estrade, mais j'écoutais une autre voix – celle de Summer, qui murmurait dans ma tête une tout autre histoire.

Le flot de gens s'écoulait lentement de la vieille salle de bal après le petit déjeuner. Melanie Le Roux descendait lentement le grand escalier au bras d'Owen Nolan, à qui elle était à présent fiancée avec la bénédiction de papa. Je les dépassai en hâte, les yeux baissés sur les marches. Ils n'avaient pas l'air de futurs mariés, mais plutôt d'un père et de sa fille.

— Je nageais complètement dans tes chaussures, je n'aurais pas pu faire deux pas sans tomber.

— Pas de problème, je t'aurais rattrapée.

— Qu'est-ce qu'il se passe si on a les pieds plus grands que son mari ?

Ma question les stoppa dans leur badinage. C'était sorti tout seul – à mon insu, Summer avait encore une fois pris les commandes de mon esprit. La révélation que j'avais eue l'autre jour, comme quoi Tom était coupable et pas moi, avait éveillé en moi une attitude de défi dont je ne me serais jamais crue capable. Melanie me regarda avec des yeux de merlan frit.

— Tu n'auras pas ce problème quand nous serons mariés.

Tom passa près de moi avec une expression de satisfaction insupportable sur le visage. Mon coup de poing n'avait pas entamé son arrogance. Je brûlais de le frapper à nouveau, mais il y avait trop de monde autour de nous. Je calmai ma respiration pour articuler :

— Je ne me marierai jamais avec toi. Jamais.

— Ce n'est pas ce que dit ton père.

Ces mots me firent l'effet d'une gifle. Quelques semaines plus tôt encore, j'aurais pris ce genre de remarque narquoise comme un mensonge de plus, mais à présent... Je m'accrochai tout de même à l'idée que papa ne pouvait pas m'imposer quelque chose d'aussi horrible – une condamnation à perpétuité.

— Bien sûr, je ne saurais te laisser remettre en question l'ordre des choses, mais tu apprendras à devenir une bonne épouse.

— Ça n'arrivera pas.

— Que tu dis.

— Jamais.

— Pour autant, n'aie pas peur, je ne te donnerai jamais l'occasion de marcher dans mes chaussures.

Chaque repartie avait entamé ma patience. J'explosai. Pliée en deux au-dessus de la rampe, au risque de perdre l'équilibre, je hurlai après Tom dans le hall :

— C'était un exercice débile et je ne t'épouserai jamais, même si tu étais le dernier homme sur Terre !

Je dépassai tout le monde en courant, heurtant coudes et hanches, laissant une forêt de statues sur mon passage. *Ce n'est pas ce que dit ton père.* Ces mots avaient ajouté à ma confusion, ils érodaient encore ma foi. Que papa me culpabilise pour la réaction de Tom était une chose, mais qu'il envisage de me lier à lui jusqu'à ce que la mort nous sépare en était une autre !

L'histoire de l'ancien occupant de la masure me revint à l'esprit, avec sa femme retrouvée morte dans le marais. Malgré la chaleur écrasante du dehors, je ne ralentis pas. Je trébuchai, priant pour un atterrissage en douceur, mais le soleil avait rendu le sol dur comme la brique. Aussitôt relevée, je repris ma course.

46

Le claquement de la porte d'entrée me fit sursauter, ma Bible faillit me tomber des mains. Mon esprit dévoré par la menace de Tom n'avait trouvé aucun réconfort dans la parole du Seigneur. Des pas retentirent dans l'escalier, trop lourds pour être ceux de maman, suivis de brefs coups frappés à ma porte. Je tressaillis.

— Abigail, peux-tu descendre à mon bureau.

Ce n'était pas une question. Mes poils se hérissèrent sur mes bras. Papa ne m'avait encore jamais parlé d'un ton aussi plat. J'ouvris la bouche, mais de nouveaux pas se firent entendre en sens inverse avant que j'aie eu le temps de prononcer un mot.

J'hésitai devant la porte ouverte du bureau. Le silence m'indiquait que nous étions seuls à la maison. La nuque mouillée de chaleur et d'appréhension, je me demandai si Dieu avait créé les canicules pour mieux nous faire craindre l'enfer. Le visage de papa était aussi indéchiffrable que les papiers étalés sur son bureau ; rien ne laissait deviner si sa trahison était bien réelle. Et moi, je n'osais pas le questionner sur ce que Tom avait dit.

— Ferme la porte, veux-tu.

Elle nous scella à l'intérieur sans le moindre son.

— Approche.

Quelque chose crissa sous mes pieds. Je fronçai les sourcils en découvrant des grains de riz crus éparpillés sur le sol.

— Je suis très déçu, Abigail. Déçu de ce qui s'est passé à la manifestation, et aussi du scandale que tu viens de faire. Tu dois réfléchir à ton comportement, et demander au Seigneur guidance et pardon.

Je dansais d'un pied sur l'autre. Il sourit et, un instant, mon ancien papa apparut dans la chaleur de ce sourire. L'homme qui était si fier de moi, qui avait essuyé mes larmes avec le pouce le jour où j'avais dégringolé les marches du perron, qui m'écoutait réciter le serment des jeunes femmes avant d'applaudir.

— Il est temps de t'agenouiller et de prier, ma chérie.

Je me baissai, prête à balayer le riz du plat de la main.

— Laisse-le là.

Je levai les yeux ; le sourire bienveillant était toujours accroché à son visage.

— Mets-toi juste à genoux. Et remonte le bas de ta jupe.

Je le fixai du regard. Il allait m'indiquer où m'agenouiller, ou me dire que c'était une blague, comme il le faisait souvent avec maman... Son sourire disparut, et mon dernier espoir avec lui.

— Je ne le répéterai pas.

Mon cœur se contracta sous le coup de la peur tandis que je me mettais en position, pesant de tout mon poids sur les grains de riz, qui entaillèrent mes genoux. Un mouvement pour trouver une meilleure position déclencha un élancement intense : je me mordis l'intérieur de la joue tandis que le riz s'enfonçait plus profondément.

— Luc 15:18 et 18:13. Tout haut.

— « Je vais retourner vers chez mon père… »

J'accouchai des deux versets dans la douleur ; les mots se brouillaient dans ma gorge.

Quand j'eux terminé, alors que je me noyais dans la souffrance, papa quitta son siège de bureau pour le canapé. Accoudé sur ses genoux, penché en avant, ses lèvres étaient si proches de mes cheveux que je sentais le frôlement de son souffle et de sa barbe. Cette proximité ajoutant à la torture de mes genoux en feu, mes dents se mirent à grincer.

— Écoute-moi bien, je ne le répéterai pas. Ton insolence est allée trop loin. Je l'ai tolérée jusqu'à maintenant, mais c'est terminé.

Je fixai un point imaginaire sur le mur blanc qui me faisait face et me cramponnai à ses mots pour me distraire de la douleur, mais mon esprit ne cessait de divaguer. Les grains de riz s'enfonçaient de plus en plus profondément et je souffrais de plus en plus. Elle me transperça d'abord les cuisses, puis me traversa le corps. La pièce devint floue derrière un rideau de larmes. Chaque sanglot ravalé soulevait une nouvelle vague de douleur. Tout mon corps brûlait. Mourir aurait été moins douloureux.

— Tu apprendras à te comporter en fille obéissante. Je vous assure une belle vie, à ta mère et à toi. Mais, si jamais tu recommences à me manquer de respect, c'est toi qui seras responsable de ce qui pourrait lui arriver.

La terreur me saisit. Je clignai des yeux et les larmes coulèrent, s'accumulant sous mon menton avant de tomber sur mes mains jointes, tandis que je fixais toujours le point sur le mur. Mon corps convulsait de douleur.

— À ton avis, que se passerait-il si je reniais ta mère et la jetais dehors ? Les jumeaux et Sarah resteraient avec moi, étant donné les ennuis de ta mère avec la justice. Je sais qu'elle t'a parlé de l'Aide sociale à l'enfance.

Il était si proche que ses lèvres me frôlaient le lobe de l'oreille. Son haleine empestait le thé sucré. La douleur me prit à la gorge et me souleva l'estomac.

— Ta pauvre maman en aurait le cœur brisé, avant de finir en prison pour enlèvement et mise en danger d'enfants. Tu ne veux pas être responsable d'une telle chose, n'est-ce pas, ma chérie ?

Les larmes brouillaient tout, je ne percevais plus que sa voix, plus tranchante encore que la douleur physique.

— Souviens-toi que, quoi qu'il arrive, ce sera toujours ta parole contre la mienne. Tu penses vraiment que quiconque ici est disposé à te croire ?

Le riz continuait de s'enfoncer. L'intimité de la menace me coulait comme de la glace le long du dos. Il était capable de tout. Et, si on lui enlevait ses petits, maman mourrait.

— Je me suis bien fait comprendre ?

Au claquement de ces mots, je me recroquevillai et le riz s'incrusta de plus belle, m'arrachant un gémissement.

— Bien. Tu peux te relever, maintenant.

Le mouvement transféra la douleur dans mon périnée, et une goutte d'urine mouilla ma culotte. Je tressaillis et m'écroulai. Papa me retint par le coude.

— Là, là. Laisse-moi t'aider.

Il me souleva et épousseta le riz incrusté dans ma peau. Les grains tombèrent, remplacés par des marques rouges. Lorsqu'il eut terminé, il me prit le visage en coupe et essuya mes larmes de ses pouces.

— Allons, ma grande. C'est fini. Tout va bien, ma chérie. On va nettoyer tout ça à la salle de bains.

Je le suivis, trop anesthésiée pour parler, toute volonté brisée, éparpillée sur le sol du bureau avec les grains de riz. Il m'assit sur le bord de la baignoire, me nettoya doucement le visage, puis tamponna une compresse fraîche et de l'antiseptique sur mes genoux en feu. Je ne savais pas ce qui était le plus terrifiant : la cruauté de son châtiment ou la tendresse de ses bons soins juste après.

47
Deux jours avant l'incendie

Un crumble aux mûres était en train de refroidir sur le plan de travail. Le dessert préféré de papa – évidemment. Personne ne me demandait jamais ce que j'avais envie de manger. Penser à papa réveilla la douleur de mes genoux. Au fond de moi, la foi avait laissé place à la peur, qui s'imprégnait un peu plus à chaque battement de cœur. Elle guidait la moindre de mes actions, c'était désormais ma seule motivation pour devenir et rester une fille obéissante.

En regardant maman, je vis la femme qui avait versé dans l'illégalité pour pouvoir garder sa fille. Sa façon d'éventer avec un torchon le plat sorti du four, de laver la vaisselle, de préparer le dîner de papa, de repasser ses chemises… chacun de ces gestes était une preuve de son amour pour moi et de ce qu'elle était prête à faire pour assurer ma sécurité. Et tout cela avait failli être réduit à néant à cause de mon insouciance. Depuis l'épisode du riz dans le bureau, je me demandais s'il avait un jour été aussi attentionné pour elle… ou si elle l'avait suivi par peur plutôt que par amour. Par ma faute, les menaces de papa planaient comme une ombre au-dessus de la cuisine, et elle n'en soupçonnait rien. La culpabilité me faisait une boule dans la gorge.

Matthew arriva en courant, stoppé par la lourde table, et faillit renverser un verre. Sarah geignit dans son berceau. La volonté de vivre sembla s'échapper de maman sous la forme d'un long soupir qui lui ferma les yeux.

— Je peux t'aider ?

Elle me regarda comme si elle me voyait pour la première fois depuis très longtemps.

— Tu peux prendre les jumeaux ? Je ne sais pas quelle mouche les a piqués aujourd'hui.

Je m'accroupis pour barrer le passage à Matthew et Elijah.

— Les garçons, ça vous dit de jouer à cache-cache ?

— Un, deux, trois…

Un tourbillon de rires enfantins envahit l'obscurité du couloir, et le tapotement de petits pas résonna dans l'escalier. Je ne pus m'empêcher de sourire : pour ce qui était de la discrétion, les jumeaux n'étaient pas encore au point.

— … cinquante. Cachés ou pas cachés, j'arrive !

Je montai l'escalier sans me presser, toussotant une fois ou deux pour leur ménager des frissons d'excitation. Sur le palier, je souris en voyant la porte de la chambre parentale légèrement ouverte. Depuis qu'ils avaient l'âge de jouer à ce jeu, ils n'avaient toujours pas trouvé d'autre cachette.

— Où peuvent-ils bien se cacher ? Est-ce qu'ils pourraient… ?

Quelque chose bougea au fond de la pièce. J'ouvris la porte en grand. Dans un clair-obscur, les lames sombres du store étaient transpercées par des rais de lumière. Il était toujours étrange d'entrer dans la chambre de papa et maman en leur absence. D'autres bruits étouffés me parvinrent du placard, et je me retins de rire. Maman ne serait pas contente s'ils décrochaient de leurs cintres les chemises de papa. Mais lui ne dirait rien. Je rampai sous le lit. Ma gorge se serra en voyant le couvre-lit en patchwork – un cadeau de mariage cousu à la main par les femmes de la communauté. Papa n'avait toujours pas commenté l'allusion de Tom à un mariage, et je n'avais pas l'intention de le questionner.

Soulevant un coin du couvre-lit, je plongeai sous le sommier d'un geste théâtral. Une seconde, je m'attendis à me trouver nez à nez avec Summer, cachée là avec un sourire canaille. Mais je ne rencontrai qu'un troupeau de moutons de poussière, étrangement déçue de ne trouver personne.

De nouveaux gloussements me rappelèrent à ma tâche.

— Où peuvent-ils bien être, alors ? Où donc... ?

J'interrompis la phrase en apercevant, par les portes entrouvertes, quelque chose de vert sur la plus haute étagère du placard. Les yeux rivés sur l'objet, j'ouvris les portes en grand.

— Tu nous as trouvés, Abby !

Les cris des jumeaux passèrent près de moi en courant, tandis que sur la pointe des pieds je grimpais sur le seuil du placard en étendant le bras. C'était trop haut. De l'index, j'éraflai la surface en velours. La boîte bascula et retomba en même temps que moi.

Le fond de la boîte me barbouilla les doigts d'une couche de poussière collante. C'était celle aperçue dans le bureau de papa le jour où il cherchait frénétiquement quelque chose. L'intérieur dégageait la même odeur que les vieilles chambres condamnées de Newhaven. J'y découvris un gros tas de photos anciennes cornées, mais ne reconnus aucun des visages. Sur l'une d'entre elles, une femme était debout à distance de deux autres personnes. Très mince, elle se tenait les coudes, les bras croisés sur la poitrine. Le fantôme d'une cigarette était suspendu au bout de ses doigts. À côté, une fillette tenait la main d'un homme – probablement son père. Il semblait jeune, à peine la vingtaine. La surexposition du cliché floutait les visages. Plutôt que vers l'objectif, celui de la petite était tourné vers l'homme, dont la main reposait sur l'épaule de la femme. On ne voyait pas leurs yeux, mais des ombres noires à la place des orbites, surtout chez l'homme. J'eus l'impression qu'il me jugeait. Le soleil et le temps avaient décoloré les tirages, ne laissant que des impressions de vies passées, mais le rouge des lèvres de la femme était resté aussi éclatant qu'un panneau d'avertissement, filant juste un tout petit peu sur les bords. Je me demandai qui étaient ces gens. Leurs vêtements ne cadraient pas avec les codes de notre communauté. La femme portait une robe d'été, jaune pâle ou blanche, qui drapait un ventre arrondi par la grossesse et dévoilait des épaules brûlées par le soleil. Derrière eux, on ne voyait que des champs. Les autres photos montraient des scènes de vie quotidienne – des scènes qui auraient dû être heureuses, mais ce n'était pas ce dont témoignaient les expressions. Excepté la dernière, un portrait de mariage sur lequel la femme riait à gorge déployée, tête renversée. Les mariés avaient l'air d'adolescents qui jouaient aux grandes personnes.

— Abby, réclama Elijah en tirant sur ma robe.

— Chut.

Je remis les photos dans la boîte, où elles firent rouler quelques drôles de perles difformes. J'en pris une et vis que c'était une dent de lait. À qui avait-elle donc appartenu ? Les jumeaux n'avaient pas encore perdu les leurs. Au moins, ce n'étaient pas celles d'un adulte… Je la reposai près d'une montre de femme – pas celle de maman. J'attrapai ensuite une petite bourse en velours, la secouai un peu, et une paire d'anneaux d'oreilles atterrit dans ma main.

Cette fois, j'eus un coup au cœur en les reconnaissant. Des images se précisèrent dans mon esprit. Autrefois elles avaient été enveloppées dans du papier de soie jaune. J'entendais encore le bruissement quand maman avait ouvert ce paquet-cadeau de fortune. *Oh, elles sont trop belles, Honey-Bunny ! Merci, mon cœur !*

— Je peux regarder ?

Je sursautai, retirant vivement la main avant qu'Elijah ne s'empare des boucles. Pas touche. Papa, lui, ne disait jamais non aux jumeaux. Je contemplai leur bouille tendre et ronde. Ils n'avaient jamais eu à s'inquiéter de rien, n'avaient jamais subi les contraintes et les punitions de papa – le privilège d'être nés garçons. Je me massai les genoux. La pulsion de les enfermer à clé dans le placard avant de m'en aller monta en moi. Que leurs cris déflorent l'innocence de leur gorge. Ils devaient apprendre, comme cela venait de m'arriver, que l'on pouvait parfois pleurer dans le noir sans que personne vienne vous sauver. J'avais besoin de compagnie dans mon désespoir. Au lieu de quoi je me perdis dans les lignes d'or des boucles, suivant les lettres cursives gravées sur chacune d'entre elles. Dans notre cuisine de Chicago, elles attrapaient la lumière, jetaient des reflets comme autant d'étoiles filantes.

— Abigail !

Je me redressai et fourrai les boucles d'oreilles dans ma poche, les jumeaux toujours pendus à ma jupe.

— Tu peux descendre ? Ton père veut te parler.

Fichier audio nº 13

Qualité du son : Moyenne
[Voix A] : Féminine
[Voix B] : Féminine

[Voix A] : Bon, alors, c'est quoi cette pièce, là, au sous-sol, avec tous ces livres où il manque des pages ?

[Voix B] : Attends, tu n'es pas censée demander la permission de m'enregistrer ?

[Voix A] : Merde, c'est vrai.

[Voix B] : C'est bon, tu peux. Cette pièce, c'est la salle de formation. C'est là qu'ont lieu les cours.

[Voix A] : Quel genre de cours ?

[Voix B] : Les hommes et les adolescents ont cours de piété tous les matins à 7 heures, et il y a aussi le cours d'éducation des jeunes femmes, une heure avant.

[Voix A] : Wow ! Et donc c'est quoi, ça, les cours de piété ?

[Voix B] : Les hommes y apprennent à devenir des leaders, sur le plan physique et spirituel. Comment utiliser les enseignements des Saintes Écritures pour devenir des hommes forts, des guides moraux qui encadrent leur épouse, leur famille. Ils apprennent aussi à répandre la parole du Seigneur vers ceux qui ont besoin d'être sauvés.

[Voix A] : (*Profond soupir*) Donc en gros on leur lave le cerveau pour devenir de parfaits dictateurs.

[Voix B] : Voilà, tu recommences à juger…

[Voix A] : Désolée, j'essaie juste de comprendre, et ça me paraît complètement dingue.

[Voix B] : Pourquoi ?

[Voix A] : Laisse tomber. Et la salle avec tous les ordinateurs ?

[Voix B] : C'est celle où les hommes font de l'évangélisation en ligne. Ils s'inscrivent sur des forums où des hommes perdus échangent sur leurs malheurs. Et ils leur proposent une alternative, en leur montrant que la foi peut les aider à mener une vie épanouie au sein de notre communauté. Des hommes qui n'ont pas accès à une vie pleine à cause des perversions de la société moderne et de l'égoïsme de toutes ces féministes, et qui se retrouvent involontairement célibataires.

[Voix A] : DES INCELS ? TU ES EN TRAIN DE ME DIRE QUE TON ÉGLISE RECRUTE DES INCELS POUR LEUR APPRENDRE QUE DOMINER LES FEMMES EST LEUR NATURE PAR LA VOLONTÉ DE DIEU ?

[Voix B] : Baisse le ton. Ce n'est pas leur faute si…

[Voix A] : Ton Église est une fabrique d'hommes dangereux. Ne t'étonne pas qu'ils abusent de ce pouvoir.

48
Moment présent

Les mots de la Bible se brouillent devant mes yeux ; je ne vois que les images de ma rencontre d'hier avec Mr Caine. Depuis, je n'ai pas quitté ma chambre, à part pour passer du temps avec les jumeaux. Les coups frappés à ma porte sont une simple formalité. Ils entrent toujours, quelle que soit ma réponse, mais ce soir c'est un peu différent. Tom est muni d'un plateau et a le sourire aux lèvres. Alors que tous les autres, moi comprise, pensent que mon cas est désespéré, il continue de faire des efforts. Il pose le plateau sur le lit, à côté de la lettre bleue trouvée dans le bureau de papa. Le matelas ploie sous son poids lorsqu'il s'assied. Je ne sais pas quoi faire de la lettre puisque la police ne reviendra plus et qu'ici personne n'a confiance en moi. Pour le moment, je m'en sers de marque-page dans ma bible : l'enveloppe est calée en plein milieu de la Genèse.

Tom bouge les lèvres. Il parle mais j'ai coupé le son. Il m'offre un sourire qui illumine son visage. Je lui en offre un en retour, mais le mien est moins large.

— Tu n'as rien entendu de ce que je viens de dire.

— Pardon. C'est une telle pagaille dans ma tête…

Un sentiment de désespoir me gonfle la poitrine. Je suis vraiment une chochotte, toujours au bord des larmes. Elles sortent plus facilement et mieux formées que mes souvenirs. Je cligne fort pour les retenir et secoue la tête. Une fois le mouvement enclenché, je ne peux plus m'arrêter. De frustration, mon poing boxe ma cuisse, faisant tinter le plateau et son contenu.

— Hé, ça va aller.

Il essuie une larme sur ma joue du plat du pouce et ma peau frémit en se remémorant le même geste de la part de papa, dans la salle de bains, au moment où il me consolait. Je me demande bien de quoi. La main de Tom s'attarde sur mon visage et la chaleur de sa paume me réconforte.

— Je ne vais pas te mentir, je suis un peu vexé de ne pas avoir produit sur toi une impression plus durable.

Il sourit à nouveau et je me mords la lèvre inférieure pour éviter d'en faire autant. La lumière vacille. Nous levons tous les deux la tête, redoutant une nouvelle coupure de courant. Après quelques instants, la lumière se stabilise à nouveau, mais pas mon cœur.

— Dommage que tu ne te souviennes pas des dernières semaines avec moi.

Cette fois, c'est dans ses yeux que la lumière change, et ses doigts me brûlent la joue. Au fond de moi quelque chose s'agite, se cogne aux parois spongieuses de mon abdomen en tentant d'émerger. *Tu ne vas quand même pas le croire, bordel ?* Mes muscles deviennent durs comme de l'os, et mes os durs comme de la pierre. *Encore elle !* J'enfouis sa voix sous le poids du moment présent et me concentre sur Tom.

— Mais j'ai une petite idée pour t'aider à te souvenir.

Repoussant le plateau, il s'approche de moi. Ma respiration ralentit, la lumière vacille de nouveau. Il me caresse la joue du bout de l'index. Ses lèvres effleurent plusieurs fois les miennes, puis se posent pour de bon et sa bouche se détend en un baiser tout doux. Mes lèvres s'ouvrent, il fait aller et venir sa langue sur mes dents puis prend mon visage et le baiser devient plus profond. La douceur se transforme en autre chose... Les mains de Tom se glissent sous ma nuque et me maintiennent fermement tandis que sa bouche devient plus goulue, moins délicate. Une sensation de danger me vrille la poitrine ; son baiser me cambre en arrière, me plaque sur le matelas et Tom finit par m'écraser de tout son poids. Je suis prise au piège. La voix de Summer déboule avec ma panique, à la vitesse des cavaliers de l'Apocalypse. *Cogne, putain ! Défends-toi !*

Je le frappe à la tempe mais rien n'entame sa détermination. Son anatomie durcit contre ma cuisse et il pousse un grognement dans ma bouche. Dans ma tête la voix dicte mes gestes et je lui tords l'oreille jusqu'à lui faire lâcher prise.

— Salope !

Du coin de l'œil j'aperçois le plateau et je cherche à tâtons un objet en métal. Tom bat en retraite, les mains levées. Je me redresse en brandissant la fourchette et je hurle :

— Sors ! Sors d'ici tout de suite !

Son agression a déclenché un flot d'images et de sensations : Tom dans l'immense cuisine de Newhaven en train de bloquer la porte ; le malaise de cette rencontre qui se transforme en pure panique quand il me vole ce qu'il convoite ; le pincement de ses doigts. Je me souviens de tout.

— Tu m'as agressée. Tu m'as agressée dans la cuisine. Jackson avait raison. Tu es un monstre !

Ma terreur lui arrache un rictus.

— Sale petite allumeuse. J'ai été sympa avec toi. Je t'ai écoutée et je t'ai aidée à fouiller le bureau de ton père. Tu pourrais montrer un peu de reconnaissance.

— Sors. Dégage, je te dis !

— Allez, fais pas ta sucrée.

— Je vais le dire. Je vais porter plainte.

Sa façon de me regarder me pétrifie. Tout son corps se contracte, prêt à me faire du mal. Je recule lentement et mon dos vient se plaquer contre la tête du lit. Je me mets à crier au moment où les lumières partent en vrille. Être coincée avec lui dans cette pièce si en plus le générateur tombe en panne me paraît inconcevable.

— Au secours ! À l'aide ! Tom, tu sors d'ici !

La porte s'ouvre en grand sur le pasteur Abernathy et Wade Pruitt, très essoufflés. Les doigts de Mr Pruitt enserrent sa carabine et je sens mes épaules retomber sous l'effet du soulagement.

49
Moment présent

Le tumulte a attiré quelques autres personnes, parmi lesquelles Mrs Calhoun. Leur nombre contribue à me rassurer, j'ose me décoller de la tête du lit et me relève prestement.

— Allons, que se passe-t-il ici ? demande le pasteur Abernathy.

Les mots sortent de ma bouche en torrent. Plus vite ils sauront, plus vite ils le jetteront dehors.

— Il m'a agressée, monsieur. Il a dit qu'il voulait m'aider à me souvenir, mais il mentait. Il s'est jeté sur moi. Il a dit que nous étions amis, mais c'est un mensonge, il est malhonnête et dépravé. On ne peut pas… Il faut appeler le shérif…

— Pas si vite, Abigail.

Mes paroles ont déclenché une vague de murmures. Tom est debout près du lit, en une attitude étrangement calme. Le pasteur Abernathy fait taire les spectateurs avant de se tourner vers lui, jaugeant sa réaction à mes accusations.

— Tom, qu'as-tu à dire pour ta défense ?

— J'ai bien peur que ce ne soit elle qui mente. Je ne l'ai pas agressée.

— Monsieur…

Le pasteur Abernathy étend la main, coupant court aux objections que je pourrais formuler. Tous les yeux se tournent vers moi, scrutant ce que je m'apprête à dire. Mais je ravale le reste de ma phrase.

— Désolé, Tom. Tu disais ? l'encourage le pasteur.

— J'essaie toujours d'aider Abigail. Elle me fait de la peine, avec tout ce qu'il lui est arrivé suite à l'incendie. Perdre ses parents comme ça ! Il y a de quoi être chamboulé. Je ne voulais pas la juger après l'histoire de la clôture.

Le pasteur hoche la tête et les murmures reprennent dans le groupe.

— J'ai décidé de lui apporter son repas par sympathie. Elle m'a invité à m'asseoir, vous voyez, pour discuter. C'est ce que j'ai fait, je voulais être aimable. Mais après elle a commencé à flirter à moitié et m'a demandé si je pouvais lui rendre un service.

J'ouvre la bouche, prête à protester, mais le regard que me décoche le pasteur Abernathy m'en empêche.

— Elle voulait que je poste une lettre pour elle.

Je me tourne vivement vers Tom. Il me jette un regard condescendant et désapprobateur. Summer se rebelle en moi, se tortille comme un serpent au creux de mon estomac. Sa colère crispe mes doigts autour de la fourchette. Un coup d'œil circulaire confirme que les autres continuent à le croire : il est en train de valider tout ce qu'ils pensent de moi.

— Bien sûr, sur le principe, j'étais content de lui faire plaisir, de l'aider dans cette période difficile. Mais il y avait un truc bizarre dans cette histoire de lettre. Et puis elle s'est mise à crier, comme si elle avait le diable au corps.

Je fronce les sourcils, je ne vois toujours pas où il veut en venir avec son petit numéro. Il marque une pause. Parcourt l'auditoire du regard, tandis que les visages se tendent vers lui, avides de connaître le prochain rebondissement de son récit.

— Le truc, c'était l'adresse. La lettre était adressée à Newhaven.

— Pourquoi elle enverrait une lettre ici ? demande le pasteur Abernathy.

— Mais je n'ai jamais…

— C'est bien ce que je me suis dit, monsieur. Donc je l'ai ouverte, et c'est à ce moment qu'Abigail s'est mise à hurler ; parce que je ne voulais pas la lui rendre. Enfin, je vous laisse juger par vous-même.

Tom me fixe du regard en tendant l'enveloppe bleue au pasteur Abernathy. Et moi je regarde ma bible, laissée ouverte sur le lit. Tous les autres allongent le cou pour lire par-dessus l'épaule du pasteur, soudain pâle comme un linge.

— Qu'est-ce que c'est que ça, Abigail ?

— Il ment. La lettre n'a rien à voir. J'étais sur le point de vous la remettre. On recevait ces lettres chez nous. Des messages de haine. Papa me les avait montrées. Je suis retournée à Hunters Cottage et j'ai trouvé celle-ci dans son bureau. C'est peut-être l'auteur des lettres qui a mis le feu.

— Vraiment ?

Cette question vient de Tom, qui affiche un rictus, amusé par une blague que je ne comprends pas. J'ai le vertige : il me menait en bateau depuis le début.

— Comment ton père a-t-il pu recevoir cette lettre au courrier alors qu'elle n'est pas tamponnée ?

Il brandit devant moi l'enveloppe, dont le timbre n'est effectivement pas estampillé par la machine des services postaux. Mes jambes manquent de lâcher, comme quand papa me donnait une chiquenaude à l'arrière du genou. Pourquoi ne m'en suis-je pas aperçue dès le départ ? L'affolement me saisit. Je lis l'interprétation des autres sur les bouches ouvertes et les sourcils indignés. Ils ne doutent plus que je sois impliquée dans l'incendie, ainsi que dans l'incident des cadavres d'animaux suspendus à la clôture. Par-dessus le marché, ils croient maintenant que j'ai mis en scène un méchant intrus pour maquiller mes crimes. Qui sait ce qu'ils feraient s'ils avaient accès au fil de mes rares souvenirs – le sang, le sang de maman, et le couteau dans ma main ? Ils en tresseraient une corde pour me pendre ?

— Abigail, pourquoi aurais-tu fait une chose pareille ? articule lentement le pasteur.

Je suis son regard jusqu'à ma main crispée sur la fourchette. Mes doigts se desserrent, la fourchette tombe avec un fracas qui résonne en ondes concentriques comme une pierre jetée dans le marais.

— Qu'as-tu fait, Abigail ? demande le pasteur face à mon mutisme.

À présent les souvenirs affluent. Ses mots emplissent la pièce mais moi je me retrouve à Hunters Cottage au milieu d'une insoutenable odeur de métal. J'ai un couteau dans la main, ça dégouline de sang. Ce n'est pas le mien. C'est celui de maman. Sa vie est répandue partout sur mes mains, comme une seconde peau. Son sang. Le couteau en est badigeonné, il tombe à terre. Bientôt maman suit le même chemin, mains crispées sur le ventre, et le sang lui file entre les doigts.

50

Deux jours avant l'incendie

La terreur cognait dans ma poitrine au moment de frapper à la porte du bureau de papa.

— Abigail, entre et referme derrière toi.

— Salut, papa.

L'interjection était sortie toute seule tandis que je me glissais sur la chaise face à lui. Au moins, je ne sentais rien craquer sous mes pas. Ma langue se plaqua contre mes incisives. Son visage ne trahissait en rien la raison de ma présence. Mes doigts saisirent le bout de ma tresse, les pointes fourchues me picotèrent les doigts. Un coup d'œil de sa part et la tresse retomba sur ma poitrine.

— Sais-tu pourquoi je t'ai fait appeler ?

Il avait les mains à plat sur le bureau. Elles semblaient énormes sur le bois ciré.

— Je ne sais pas. Maman m'a seulement dit que tu voulais me parler. Désolée.

Je détestais ce tremblement dans ma voix.

— Ce n'est pas grave. Prends juste un instant pour y réfléchir. Il n'y a pas quelque chose que tu veux me dire ?

Son accent étirait la question, jouant avec mes nerfs. Je me sentais tel un oiseau sur sa branche.

Il se pencha en avant, accoudé au bureau, le menton dans une main. Sur la cheminée, la pendule me lançait des *tic tac* désapprobateurs. Je jetai des regards anxieux dans la pièce, mais il n'y avait aucun moyen d'échapper à la question, et mes yeux n'arrivaient plus à se poser nulle part. Dans cet endroit, chaque chose avait sa place et sa finalité – des citations encadrées sur les murs aux étagères garnies de livres au dos intact. J'étais là, prisonnière de ma chaise et de mon anxiété, dans un état de chaos intérieur au milieu de cet ordre méticuleux. En parcourant les étagères, je la vis à nouveau : la boîte de riz avec ses joyeux tons bleus et jaunes, et en médaillon le visage illustré d'une brave ménagère aux dents parfaitement blanches et alignées. Cette vue réveilla la douleur, qui irradia dans mes genoux. L'avait-il oubliée là, ou bien rapportée à dessein ? Je me creusais les méninges à la recherche de la réponse qui saurait lui plaire, mais mon esprit restait vide.

— Tu pensais que je ne l'apprendrais pas ?

Pourquoi jouer ainsi avec mes nerfs ? C'était presque pire qu'être agenouillée sur les grains de riz. Le spectre de ce qu'il pourrait m'infliger défila dans ma tête. Alors qu'une panique désespérée me tordait la vessie, je serrai les boucles d'oreilles au fond de ma poche. Mes yeux passaient du visage de papa à la boîte sur l'étagère, et je ne savais toujours pas quoi dire. Une parole de travers aurait des conséquences, mais ne paierais-je pas plus cher mon silence ? Était-il possible qu'il sache déjà ?

Ce matin-là, je m'étais assise au bord de la vieille fontaine après le cours d'éducation des jeunes femmes, la pierre poreuse me râpait la peau et je sentais la présence imposante de Newhaven dans mon dos. Avant la prière du matin, papa avait déclaré devant tout le monde que je ne devais pas quitter Jaspers Island tant que je ne me serais pas sincèrement repentie de mes actions. Privée de Parkerville jusqu'à nouvel ordre. Il avait réduit mon univers à Newhaven et aux terrains environnants. Soudain, un doute avait diffusé dans mon esprit à la vitesse des algues dans la fontaine, immiscé jusque dans les moindres recoins. Et si papa ne me laissait plus jamais sortir de là ? Non que j'aie le loisir de m'y opposer ; toute tentative de rébellion me coûterait très, très cher, je le savais.

J'étais restée assise en compagnie des vieilles statues effritées du jardin, avec leur nez ou leurs doigts en moins. Les yeux sur le gravier, j'évitais leur regard vide et leurs traits effacés. Elles me fichaient la trouille. On avait étudié en classe l'histoire de la femme de Lot, et Mrs Calhoun avait plaisanté en disant que les statues du jardin étaient peut-être de vraies personnes transformées par Dieu en statues de sel parce qu'elles n'avaient pas été des filles ou des épouses obéissantes. Désormais, je me sentais comme l'une d'elles.

Je broyais du noir, ma tresse entre les doigts, quand quelque chose me piqua le menton. Par cette chaleur, les taons étaient féroces. Je battis l'air pour chasser un insecte invisible quand un autre s'attaqua à mon épaule. Le coupable tomba dans le creux de ma jupe : un minuscule caillou. Je fronçai les sourcils et un autre m'atteignit au sommet du crâne.

— Faith !

La voix attira mon attention plus efficacement que les projectiles. Summer se tenait de l'autre côté de la clôture dans son short en jean effrangé et ses lourds bottillons, une confiance crâne sur le coin de ses lèvres relevées. Elle était beaucoup trop près de Newhaven. Sautant de la margelle, je courus jusqu'à elle en faisant frissonner les hautes herbes.

— Qu'est-ce que tu fais là ?

— Je te jette des cailloux pour attirer ton attention, on dirait.

— Hein ?

Je n'avais d'yeux que pour Newhaven. Ces vieilles maisons avaient beaucoup trop de fenêtres, et les reflets du soleil masquaient ce qu'il y avait derrière.

— Laisse tomber, je suis venue pour…

Le reste de sa phrase fut avalé par un long cri de bête.

— Merde, alors. C'était quoi, ça ?

Je ris en voyant sa mine stupéfaite.

— Ben, une vache !

— Vous avez des vaches ?

— Oui, des poules aussi.

— Très bucolique. Bref.

Elle avait allongé le mot avec l'insouciance de qui s'étend sur un transat ou se tient trop près du lieu du crime pour être découvert. Fabuleux.

— Il fallait que je prenne de tes nouvelles. Je ne t'ai pas vue depuis une semaine.

Elle passa les doigts dans les mailles du grillage pour les entrelacer aux miens. Son parfum de tabac froid semblait marquer son territoire. Une sensation de chaleur se répandit dans ma poitrine à l'idée que quelqu'un s'était inquiété pour moi. Au loin, les fenêtres de Newhaven coulaient sur nous une multitude de regards vitreux.

— Donc ça va ?

— J'étais occupée.

— Quelque chose ne va pas ?

— Non, ça va. Tu dois partir, s'il te plaît.

— Pas tant que tu ne m'auras pas dit.

— Je t'en supplie, il ne faut pas qu'on te voie. La patrouille va bientôt passer.

— Alors viens à la vieille baraque.

— Je peux pas…

Je me tournai vers Newhaven les boyaux tordus par l'angoisse.

— Mais si, tu n'as qu'à venir me voir.

— Bon Dieu, Summer, tout ne tourne pas autour de toi !

Je tressaillis. Quelqu'un aurait pu m'entendre.

Elle me regarda avec des yeux menaçants.

— Promets-moi que tu vas venir ou je me mets à crier jusqu'à ce que toute la communauté se pointe.

Acculée, j'opinai frénétiquement et elle s'éloigna enfin.

— Si tu ne viens pas, c'est moi qui reviens mettre le boxon, donc t'as intérêt à tenir parole, dit-elle par-dessus son épaule, tandis qu'elle s'enfonçait sous le couvert des arbres.

La certitude de ne pas avoir été vues s'étiolait sous le regard inquisiteur de papa. Était-il en embuscade derrière une fenêtre à ce moment-là, ou quelqu'un lui avait-il rapporté cette entrevue ?

— Je comprends tes scrupules, puisque l'orgueil est un péché, dit-il. Mais j'étais content d'apprendre de Rebecca Calhoun que tu t'étais excusée auprès d'elle et des autres témoins du scandale que tu as fait à Newhaven après l'office dimanche dernier.

— Ah oui, c'est vrai, dis-je dans un souffle.

J'attendais qu'il développe, certaine qu'il n'en resterait pas là. Cela ressemblait aux diversions des prestidigitateurs que je regardais à la télé, le samedi soir à Chicago. La boîte de riz occupait mon esprit ; j'étais sûre qu'elle reviendrait sur le devant de la scène. Il suivit mon regard et sourit.

— C'est tout ce que je voulais te dire. Je suis heureux de voir que tu te comportes à nouveau comme la fille obéissante que tu es.

— Je suis bien contente… d'avoir ton approbation ?

— Bien. Que t'étais-tu imaginé ?

Il n'attendit pas ma réponse pour ajouter :

— Maintenant, j'ai encore un peu de travail avant le dîner.

Sans un mot de plus, il se repencha sur le livre qui était ouvert devant lui, me congédiant de son esprit avant même que j'aie quitté la pièce.

— Une dernière chose, ma chérie.

Mes doigts se crispèrent sur la poignée de la porte et je me composai sur le visage ce que j'espérais être une expression aimable avant de me retourner.

— Oui, papa ?

— Je suis certain que ta maman te sera très reconnaissante de ton changement de comportement.

Je dus prendre appui contre le mur pour monter l'escalier puis m'allonger dans la baignoire pour me calmer. Personne ne déboulait jamais dans la salle de bains ; j'y avais davantage d'intimité que dans ma chambre. Dans le giron de la porcelaine émaillée, le dernier fil qui maintenait ensemble mon intégrité et ma santé mentale finit par lâcher. Je sanglotai, une serviette-éponge dans la bouche en guise de bâillon. Je le détestais d'avoir sur moi le pouvoir de m'anéantir par la seule crainte de ce qu'il pourrait me faire. Mais je me détestais encore plus d'être si faible, d'être celle qui le lui accordait.

Une pensée abominable me traversa l'esprit : peut-être que Dieu n'existait pas. Cette idée me broya, je me sentis absolument et désespérément seule. Je ravalai le reste de mes larmes. Le sel était amer ; ces larmes me corrodaient, éraflaient tout ce qu'il y avait en moi de douceur. Mon poing boxa ma cuisse pour évacuer la frustration. Il y avait des limites à la souffrance et à l'humiliation. J'aurais donné n'importe quoi pour ressentir la satisfaction de déceler une terreur semblable dans le regard de papa.

Fichier audio n° 14

Qualité du son : Moyenne
[Voix A] : Féminine
[Voix B] : Masculine
[Voix C] : Masculine

[Voix A] : C'est OK si je vous enregistre ?

[Voix B] : Bien sûr. Vas-y, dégaine !

(*Rires*)

[Voix C] : Ouais, pourquoi pas.

[Voix A] : Que pensez-vous des gens qui vivent à Newhaven Plantation, et de la New America Baptist Church en général ?

[Voix B] : Du moment qu'ils m'emmerdent pas, j'ai rien à dire. Bon, c'est clair qu'ils sont bien barrés, mais chacun son délire.

(*Bruits de fond, conversations et musique*)

[Voix C] : Ouais, pareil. Mais moi ils me foutent un peu les jetons avec leur uniforme et toutes ces filles qui ont des tresses comme des gamines, et puis leur gueule de six pieds de long. C'est flippant, sérieux. Comme dans le film, là, avec les gosses blonds qui se ressemblent tous et finissent par buter toute la ville…

[Voix B] : *Les Enfants des damnés* ?

[Voix C] : Ouais, c'est ça, merci, mec.

(*Bruits de conversation et cliquetis de verres*)

[Voix A] : Tu dis qu'ils te font flipper. Est-ce que tu as déjà parlé à l'un d'entre eux ? Tu leur as posé des questions sur eux et leur communauté ?

[Voix B] : Une fois, ils ont essayé de me convertir. (*Gargouillis*) Il s'est rien passé, évidemment, ça m'intéresse pas.

[Voix A] : Il y a combien de temps ? Qu'est-ce qu'ils t'ont dit ?

[Voix B] : L'année dernière. Quelques jeunes mecs de Newhaven Plantation étaient en ville. Ils m'ont raconté qu'en vivant là-bas leur vie avait un sens, nanani nanana. Qu'ils se sentaient utiles et valorisés, et que je pouvais pas en dire autant.

[Voix A] : Et c'était vrai ?

[Voix B] : Ouais, dans un sens… Tu vois, je gagne pas beaucoup comme apprenti mécano. J'ai une chambre dans le sous-sol de mes darons. D'accord, ils me l'ont convertie en appart, avec ma propre salle de bains et une entrée indépendante par le garage. Mais quand même.

[Voix A] : Tu as été tenté ?

[Voix B] : Ce serait peut-être pas si mal… Je pourrais me trouver une femme, me caser. Être apprécié par quelqu'un qui prend soin de moi et me prépare de bons petits plats… mais je suis pas prêt à lâcher toute ma vie pour ça. Tu vois, sortir entre potes, boire des mousses le samedi et regarder les matches tous les dimanches si j'ai envie.

[Voix C] : À propos de boire, tu paies ta tournée ? Tu nous dois bien ça, meuf !

[Voix A] : Vous m'avez dit que ça vous faisait plaisir de répondre à mes questions…

[Voix C] : Nan, je veux dire pour avoir foutu les jetons à la petite. Il était pas convaincant, mon gros Zach, hein Zach ? Il y a mis du cœur, il a donné de sa personne !

[Voix B] : Ouais, j'ai été bon. J'ai mis Brad Pitt en PLS.

(*Rires*)

[Voix A] : J'avoue, vous m'avez bien facilité les choses… mais je vous ai déjà payés, non ?

[Voix B] : Ouais, c'est carré. Mais t'avais vraiment besoin d'être aussi trash ? D'insulter mon intelligence ? Franchement, je suis choqué.

[Voix C] : C'était pas moi, c'était la justicière héroïque.

(*Rires*)

[Voix B] : Ça vaut bien une tournée quand même, pour soigner mon ego blessé. Sinon, c'est pas pour faire mon ingrat, mais… on pourrait savoir pourquoi t'as voulu qu'on fasse peur à cette fille, si c'était pour nous dire de dégager après ?

[Voix A] : (*Soupir*) Il fallait bien que je trouve un moyen de m'infiltrer, non ?

51
La veille de l'incendie

Les bois filaient en taches vert et marron. Les cyprès et les gommiers s'étiraient, menaçants, en direction du ciel. Les grenouilles et les insectes vitupéraient contre ma témérité et me pressaient de faire demi-tour, mais je continuais. Pas le choix. Je continuais de foncer malgré mon cœur qui tambourinait dans ma poitrine, de courir en dépit du bon sens, suant comme un pécheur à l'office du dimanche, et je ne ralentis pas pour gravir d'un bond les marches défoncées du perron. Les poumons en feu, je haletais comme un chien quand je me précipitai dans le séjour. Le duvet avait disparu, de même que toute trace de Summer : il n'y avait plus ni sac, ni vêtements éparpillés sur le canapé, ni emballages de fast-food. Rien qu'une odeur de tabac froid.

Pas de Summer.

J'aurais dû éprouver un immense soulagement. J'aurais dû rentrer à Newhaven en courant. Au lieu de cela, mes jambes ployèrent sous le choc et je dus m'asseoir par terre, où flottait un parfum d'huile de coco. Elle m'avait forcée à venir, à prendre des risques absurdes ; tout ça pour rien. Son absence avait un goût amer. Abigail, si facile à manipuler, une vraie marionnette !

J'étais accablée par ma propre naïveté. L'énergie qui m'avait propulsée s'évanouit. Je pensais ne plus avoir de larmes après papa, après Tom... mais le corps humain est plein de ressources insoupçonnées. Je passai le doigt sur le plancher sans me soustraire à la morsure d'une écharde. Au contraire, j'appuyai dessus plus fort, m'ouvrant à la douleur tandis que la poussière se mêlait au sang sous ma peau.

— Faith ?

Mon ancien prénom m'arracha à ma séance de mortification. Summer se découpait dans l'encadrement de la porte, la hanche en appui contre le bois dans son short taille basse et la bretelle d'un soutien-gorge rose vif contrastant avec sa peau mate. Elle était belle sans avoir l'air de le savoir, juste en étant là. Presque irréelle.

— Je croyais que tu étais partie.

— Mais non ! J'ai juste monté mes affaires à l'étage le temps de faire un peu de ménage. C'est un trou à rat mais c'est le mien.

Elle se laissa tomber près de moi, jetant son paquet de cigarettes entre nous.

— Hé, fais pas la gueule ! ajouta-t-elle en m'administrant une pichenette sur le bout du nez.

De petites fossettes encadraient son sourire. Elle épongea mes larmes avec le bas de sa chemise, un truc rose fluo et orange.

— Je me suis doutée qu'il s'était passé quelque chose. Qu'est-ce qu'il a encore inventé, ton taré de beau-père ?

Un picotement dans le flanc gauche me détourna de sa question.

— Je t'ai apporté quelque chose.

— Ah ouais, encore un pot de ce miel succulent ?

Elle haussa un sourcil en glissant une cigarette au coin de sa bouche, mais la laissa retomber avant d'avoir pu l'allumer.

— Où t'as trouvé ça ?

Elle était penchée en avant, les doigts aimantés par les boucles d'oreilles au creux de ma main.

— Elles sont à ma mère.

— Faith, pourquoi tu me les as apportées ?

— Je les ai trouvées il y a quelques jours dans une vieille boîte. C'est pour te dire merci. Et au revoir. Je ne pourrai plus venir aussi souvent, il y a beaucoup à faire à Newhaven, ma mère a besoin d'aide.

Un lourd silence s'installa entre nous. Elle effleura les boucles du *H* de « Honey » si précautionneusement que son doigt semblait trembler. J'eus l'irrépressible envie de la prendre dans mes bras, mais une partie de moi se demandait encore si elle avait le médaillon de Fleur…

— C'est comme ça que ma mère m'appelait, avant : Honey-Bunny, expliquai-je. Je pense qu'elles ne lui manqueront pas et c'est pas comme si je pouvais les porter.

— Elle t'appelait Honey-Bunny ? Genre « Lapinette au miel » ?

— Oui, c'est débile, je sais. Parce que j'avais des dents de lapin, les dents du bonheur. Mais ça s'est refermé. C'était un surnom idiot, de toute façon.

Je ne comprenais toujours pas moi-même ce qui m'avait poussée à lui offrir ces boucles d'oreilles. C'était tout ce que je possédais même si, techniquement, je les avais volées. C'était la dernière chose qui me reliait à ma vie à Chicago avec maman. Comme Summer ne les prenait pas, je levai les yeux et vis des larmes au bord de ses cils. Ce fut un choc : jamais je n'aurais cru la voir pleurer.

— Tu n'es pas obligée de les porter si tu ne les aimes pas.

— Tu rigoles ? renifla-t-elle. Je les adore.

Elle s'en empara puis les mit à ses lobes, et remonta ses cheveux en un chignon lâche.

— De quoi j'ai l'air ?

Une décharge électrique me parcourut. Il y avait quelque chose de surnaturel et en même temps de très familier à voir les boucles de maman pendre à ses oreilles. Je tentai de déraciner quelque chose de ma mémoire. Mais, avant que j'y sois parvenue, Summer m'attira contre elle et me serra à m'étouffer. Ce geste, si étonnant de sa part, me laissa sans voix. Je me figeai sur place. Jusqu'à présent, je m'étais toujours heurtée à la muraille qu'elle avait érigée autour d'elle, or elle venait de me laisser la franchir.

52

Cette version plus émotive de Summer ne dura pas. Bientôt, ses bras relâchèrent mon cou comme si elle venait de se rappeler qui elle était. Sa réaction me déconcertait ; elle semblait disproportionnée. J'eus soudain envie de rentrer à Newhaven.

— Foutue allergie, dit-elle en reniflant à nouveau. Écoute, il y a une chose que je dois te dire.

Elle appuya sa main sur mon genou, et je tressaillis et me mordis la joue.

— Ben quoi ? demanda-t-elle les sourcils froncés.

— Rien, il faut que j'y aille.

— Ne bouge pas de là.

La dureté de sa voix m'effraya. Sa main appuya davantage, tandis qu'elle soutenait mon regard. La douleur me fit monter les larmes aux yeux, et je laissai échapper un gémissement. Sans attendre de réponse ou de prétexte, elle souleva ma jupe et son visage se crispa de colère à la vue de mes genoux, marbrés d'hématomes et de marques rouges à cause des grains de riz. Sa mâchoire se contracta si fort que ses épaules se mirent à trembler. Son attitude me terrifiait.

— Qu'est-ce que c'est que ça ?

Je me creusai la tête en quête d'une explication plausible, quelque chose qui apaiserait la tempête, mais les mots ne venaient pas et le visage de maman s'imposa à moi.

— C'est lui qui t'a fait ça ? Réponds.

Mes larmes coulèrent à nouveau, arrivant plus vite que les mots, ce qui me rendit furieuse. Elles se présentaient en toute circonstance depuis quelque temps. Il fallait que je rentre pour protéger maman.

Summer regardait, bouillonnant de colère.

Soudain, elle courut à la cuisine et je crus pouvoir en profiter pour m'enfuir, mais je fus arrêtée par une pluie de tessons et de débris. L'émotion de Summer se déchaînait contre les objets de la cuisine délabrée. Avec une planche en bois, elle tapait sur les étagères dans les piles de verres et d'assiettes à l'abandon. Quelques cafards terrifiés détalèrent sur le plan de travail.

— Quel taré ! Et elle, comment elle peut laisser ce monstre te faire une chose pareille ?!

— Summer, arrête, s'il te plaît.

— Il y a lui et…

Summer balança un verre le long du plan de travail, il éclata contre le mur d'en face.

— Et elle c'est ta mère ! Elle est censée te protéger !

— Je m'en vais.

— Quoi ?

— Tu n'as pas de famille, tu ne peux pas comprendre. Arrête, maintenant.

J'avais dit ça comme j'aurais arraché un pansement sur le genou d'un des jumeaux. Il fallait que je parte sans me retourner, sa violence m'effarait. J'avais atteint la porte d'entrée quand elle m'attrapa par les épaules.

— Tu ne peux pas y aller.

— Bon Dieu, Summer, ça te regarde pas ! On est même pas amies ni rien. J'essayais de te convertir mais le péché est trop profondément ancré en toi !

Je tentai de me dégager, mais ses doigts s'enfoncèrent plus profondément dans mon bras. Si je ne rentrais pas à temps, il risquait vraiment de s'en prendre à maman.

— Lâche-moi ou je crie. Certains de nos hommes coupent du bois dans le marais, ça les fera venir.

Je me débattis, mais elle était déterminée et étonnamment forte. Un nuage noir planait dans ses yeux ; je frissonnai. Il m'était déjà arrivé de la trouver intimidante, mais tout à coup elle me terrifiait. Le sang sur le médaillon de Fleur me revint à l'esprit et je me débattis de plus belle.

— Laisse-moi ou je te jure que je vais crier. Ils te trouveront. Ils ont des fusils. Je leur dirai que tu m'as touchée.

Son poing partit à la vitesse de l'éclair et m'atteignit à la tempe. Le monde vacilla, puis s'inclina dangereusement. Une lumière me traversa.

Puis plus rien.

53

Ce n'était pas mon lit. Le matelas avait une odeur d'animal mouillé et sa rugosité me grattait la joue. Le silence n'allait pas non plus ; pas de voix connues, seulement des grenouilles qui coassaient leur désapprobation, interrompues par les cris d'un balbuzard. L'air sentait la vase.

Me relevant sur un coude, je clignai des yeux pour en chasser la poussière et une pièce apparut par bribes : des murs noircis, des fenêtres barrées de planches laissant passer peu de lumière. J'avais mal à la tête. En effleurant mon cuir chevelu, je tressaillis et tout me revint : Summer m'assenant un coup de poing, son regard noir. La peur me serra la gorge. Elle se prétendait mon amie mais elle m'avait frappée. Elle ne valait pas mieux que papa. J'eus un haut-le-cœur à l'idée de ne pas pouvoir lui faire confiance à elle non plus.

La tête de lit raboteuse et les taches acajou du matelas me firent me redresser d'un coup. Summer m'avait couchée dans le lit d'un mort. Un homme qui avait tué sa femme avant de se tirer une balle sur ce même matelas. Le Mal hantait cet endroit ; il n'y avait qu'à voir la suie sur les murs pour se rappeler que la pièce avait brûlé dans les flammes de l'enfer. Un instant plus tôt, j'avais la tête posée sur des restes desséchés de sang et de cervelle. Je me pliai en deux et vomis par terre.

Il fallait que je sorte de là. Je secouai furieusement le bouton de la porte mais elle ne s'ouvrit pas, y compris en tirant dessus de tout mon poids. Je tambourinai contre le bois, les yeux brûlés par les larmes. Je voulais juste rentrer chez moi.

— Laisse-moi sortir, s'il te plaît ! criai-je à perdre haleine.

— Désolée, mais je ne peux pas, répondit Summer de l'autre côté. C'est pour ton bien. Tu ne peux pas retourner chez des gens qui te font du mal.

— Tu ne comprends pas. Ouvre la porte. Je te jure que je ne dirai rien.

— Non, désolée. Je peux pas courir le risque.

— Ma mère va s'inquiéter.

— Elle devrait s'inquiéter de ce qu'il te fait.

— Tu peux pas comprendre.

— De toute façon, je n'ouvre pas.

Je shootai dans la porte en poussant un cri de frustration. Mes jambes cédèrent sous moi et je me laissai glisser sur le sol, enlaçant mes genoux. Mais c'était d'autres bras que j'avais besoin. Maman serait désespérée en ne me voyant pas revenir pour le dîner – à moins que l'heure ne soit déjà passée ? Elle croirait peut-être que je m'étais enfuie et l'avais abandonnée ! À l'inquiétude succéda une sainte terreur : papa penserait que je lui avais désobéi. Je me frappai la cuisse jusqu'à ce que le muscle pulse de douleur.

— Pourquoi tu me punis ? Je ne t'ai rien fait !

— C'est pas contre toi. C'est cet endroit. Ces gens. Ils sont dangereux.

Sa voix semblait plus proche qu'avant, comme si elle parlait dans les interstices du bois.

— Pourquoi tu détestes tellement la religion ?

Un long soupir glissa sous la porte.

— J'ai pas de problème avec la religion, mais ça ne devrait pas être du lavage de cerveau. Franchement, la foi m'a aidée pendant une période bien nase de ma vie. C'est à ça que ça devrait servir : aider. Pas être un outil de contrôle des gens, une façon de les tenir en laisse. Ton beau-père ? Il s'en sert comme d'une arme de haine. Ça craint.

J'avais envie de lui dire qu'elle se trompait. Elle ne savait pas de quoi elle parlait. Newhaven avait aidé des centaines de personnes au fil des années. J'avais vu des femmes arriver de foyers d'accueil la peur inscrite au cœur, elles sursautaient au moindre bruit ; des hommes dépressifs faute de pouvoir subvenir aux besoins d'une famille ; les corps malades, la mastication involontaire des fumeurs en plein sevrage, alors que le spectre de la nicotine leur collait encore aux doigts et aux poumons.

Mais, en fait, un souvenir dominait les autres : après avoir arrêté de fumer, maman se rongeait les ongles à vif, le bout de ses doigts était bordé de rouge. Un jour, elle avait émergé du bureau de papa la tête basse, les yeux aussi rouges que le bout des doigts. Ses ongles n'avaient plus jamais atteint sa bouche. Après ce qui m'était arrivé, je me demandais quel genre de torture elle avait dû endurer dans ce bureau. Écroulée sur le sol poussiéreux, je me boxais la cuisse.

Jackson versus son père, la déviance de Tom, papa et les grains de riz. Newhaven incarnait sa métaphore favorite : le dessin du canard/lapin. Selon la façon dont on focalisait son attention, on voyait une image complètement différente. Tout à coup, je craignis que papa ne soit qu'une illusion. Je ne l'avais jamais vu que sous un angle trompeur, mais à présent mon regard avait changé. J'étouffai un cri de rage, qui se transforma en quinte de toux incontrôlable.

— Il y a de l'eau près du lit et je t'ai laissé un vêtement pour dormir. Ce sera plus confortable que ta grosse robe, par cette chaleur.

De l'autre côté de la porte, j'entendis Summer descendre l'escalier, puis se fondre en un bruit sourd à l'étage inférieur. Je me précipitai à la fenêtre et tentai de soulever les planches, mais les clous rouillés tenaient bon. Un autre souvenir remonta : maman en train de se faire les ongles, les pieds sur le rebord de la fenêtre, un flacon rouge sang à la main. Le dos cambré, je tirai sur la planche à m'en décrocher les épaules. *Ça te plaît, Honey-Bunny ?* Ensuite, elle vernissait les miens et on soufflait dessus pour que ça sèche. Pour vérifier, elle posait un bisou sur chacun de mes orteils – ça chatouillait… J'abandonnai au bout de dix minutes, laissant la liberté me narguer par les interstices, mes efforts n'ayant servi qu'à me casser un ongle et à me planter une ou deux échardes.

Je bus d'un trait, m'essuyai le menton avec l'avant-bras et jetai la bouteille vide près d'un morceau de tissu rouge.

Debout devant la psyché au verre terni, émaillé d'autant de taches que les mains de Mrs Favreau, je passai les doigts sur le vêtement léger, me sentant nue dans la robe à bretelles de Summer. La fille dans le miroir n'était qu'un concept, quelqu'un qui ne s'appelait pas comme moi, la personne que j'aurais pu être si j'avais grandi à Parkerville ou à Chicago. Dépouillée de la double peau beige qu'était ma robe quotidienne, je me sentais comme un lapin sur le billot de la cuisine :

d'un côté la chair et les muscles, luisants sous la lumière jaune ; de l'autre le pelage, laissé en tas un peu plus loin. Prête à couper en morceaux et à passer à la casserole.

Je me roulai en boule au pied du lit en séchant mes larmes et fixai la porte jusqu'à ce que l'épuisement ait raison de moi. J'étais anéantie à l'idée de ne pas être là pour maman, et terrifiée d'imaginer ce qu'il arriverait quand Summer viendrait ouvrir la porte.

De : Cameron McPherson
Date : Lundi 19 septembre 2022, 9:15
À : Jeb Abernathy
Objet : RE : Inquiétude – besoin de guidance

Cher pasteur Abernathy,

J'ai de merveilleuses nouvelles pour vous. Le Seigneur et le Conseil des anciens ont entendu nos prières. Ils ont voté pour qu'Abigail nous rejoigne à New Eden, où elle pourra entamer son processus de guérison et se reconnecter à sa foi.

De plus, l'un de nos membres les plus éminents, Boyd Belmont, a subi un deuil récent et cherche à se remarier. Je pense qu'Abigail ferait une merveilleuse épouse pour lui, elle sera ainsi en mesure de recouvrer sa vraie nature et sa place au foyer, en prenant soin des cinq enfants de Boyd Belmont, tous âgés de moins de 10 ans.

Je sais que prendre une décision concernant Abigail n'a pas été facile pour vous, mais je crois que nous pouvons assurer sa sécurité et lui garantir une nouvelle vie épanouie à New Eden.

Faites-moi savoir si nous devons commencer à préparer son voyage.

Il guide nos pas. Que votre journée soit bénie.

Pasteur Cameron McPherson

54
Moment présent

Ils me tirent de l'ombre pour me laisser à découvert dans la lumière aveuglante. Leurs mains luttent, c'est à qui m'emmènera. Ils m'entraînent, m'exhortant de leur voix suraiguë, ne me laissant pas le choix. Ils m'exposent à l'intolérable chaleur, sans pause, ne serait-ce que pour essuyer mes sourcils trempés. Comme si je pouvais m'opposer à eux… Leur volonté a toujours été tellement plus forte que la mienne. Ils ne me lâchent pas, je dépose les armes.

— Abby, viens voir les poules ! dit Elijah.

— Donner à manger aux poules ! crie Matthew en secouant ma main d'excitation.

Le poulailler en vue, ils me lâchent pour courir librement, leurs bras écartés embrassant leur innocence. Je m'accroupis à leur hauteur et me coule dans leur joie. Les poules passent près de nous l'une derrière l'autre, grattant et picorant dans la poussière. Tout semble normal, comme s'ils n'étaient pas orphelins, n'avaient pas perdu leurs parents de façon si traumatisante. Comme si personne ici ne me haïssait. Je veux juste oublier la journée d'hier et la trahison de Tom. Les jumeaux me sourient sans raison particulière ; le besoin de les serrer à les étouffer me démange les bras. Je goûte cet instant de bonheur, mais il ne suffit pas à apaiser la blessure.

— Du grain, du grain ! scandent-ils.

— S'il te plaît, Abby ! ajoute Elijah.

Je souris, parvenant à éloigner Tom de mes pensées. J'ouvre les doigts et le grain s'écoule dans les mains des garçons. Ils le jettent en l'air comme des pétales à un mariage, puis applaudissent en regardant les poules picorer avant de redemander des munitions.

— Abby, dit Matthew d'un air solennel, est-ce que mamoune pourra venir donner à manger aux poules quand elle reviendra ?

La réponse me reste coincée dans la gorge tandis que des images s'imposent à moi : des membres couverts de sang – impossible de savoir s'ils appartiennent tous à la même personne –, ma main qui retire un couteau du corps de maman, les craquements et rugissements du feu. Une odeur métallique de rouille me donne envie de vomir, mais elle est bientôt recouverte par une fumée âcre. *Qu'as-tu fait, Abigail* ?

— Sois pas triste, Abby.

La voix d'Elijah transperce et atomise les souvenirs. Je lui offre un sourire las.

— Tu vois ? Je suis pas triste.

— Tu te souviens quand j'avais peur des poules ? me rappelle Matthew.

Je hoche la tête.

— Mais mamoune en a pris une dans ses bras et elle m'a fait la caresser, après j'avais plus peur du tout.

— Je me souviens, dis-je en souriant.

Eux aussi découvrent leurs petites dents blanches comme des perles. Bientôt, elles tomberont et maman ne sera pas là pour les ranger dans une boîte à souvenirs. Un amour débordant me submerge, et je les serre contre moi. L'idée que je puisse vivre une vie de mère célibataire me fait de l'œil ; partout dans le monde des filles plus jeunes que moi endossent de telles responsabilités. Jackson a 500 dollars et un plan pour nous sortir d'ici. Les jumeaux se trémoussent dans mes bras, pressés de retourner nourrir les poules. Il serait si simple de composer ma vie autour de la leur, de recommencer ailleurs, avant qu'on ne m'arrache à ma fratrie.

— Lâche ces enfants !

La voix du pasteur Abernathy me fait sursauter, et je desserre mon étreinte. Sans prêter attention à ce ton autoritaire, les jumeaux courent en direction des poules, mais Mrs Calhoun est déjà là, qui les canalise entre ses bras.

— Qu'est-ce qu'il y a ? On était juste en train de nourrir les poules, dis-je en me relevant.

— Bien sûr, bien sûr, mais nous pensons qu'il vaut mieux que quelqu'un reste avec toi quand tu es avec les petits.

— Je vous demande pardon ?

— Nous ne voulons pas qu'ils te fatiguent.

— Ils ne me fatiguent pas, ce sont mes frères.

Je fais un pas en direction de Mrs Calhoun et des jumeaux, mais avant que je puisse en esquisser un deuxième le pasteur me barre le chemin.

— C'est dans l'intérêt de tout le monde, Abigail.

— Je n'ai pas besoin de supervision quand je suis avec mes frères, riposté-je en croisant les bras. Et je crois que je n'aime pas beaucoup vos insinuations. C'est à cause du mensonge de Tom ?

Je vais pour le contourner, mais il me saisit par un bras.

— Lâchez-moi ! dis-je en criant d'une voix aiguë, tout en me débattant.

Mais il m'attrape l'autre bras et sa poigne est ferme.

— Je vous l'ai déjà dit : il ment. Je ne lui ai jamais donné de lettre à poster.

— Calme-toi, Abigail, tu es hystérique.

Mr Caine accourt de derrière la grange comme s'il n'avait attendu que ce moment pour faire son entrée. Derrière le pasteur Abernathy, Mrs Calhoun entraîne les jumeaux, qui ouvrent de grands yeux affolés. Ce sont les adultes qui surréagissent, ici. Nous étions juste en train de nourrir ces fichues poules !

Les bras de Mr Caine se referment sur moi, m'empêchant de bouger pendant qu'il m'emmène. *Bordel de merde !* Elle se glisse dans ma peau, la fille dans ma tête. Revenant à moi, je donne des coups de pied et me tortille, prisonnière des deux hommes. Mais du fond monte une énergie plus forte, en forme de jeune femme. *Allez, bats-toi !*

Un hurlement s'échappe de mes entrailles et je me débats comme un opossum enragé.

— Ne me touchez pas ! Vous n'avez pas le droit. Laissez-moi partir.

Ma fureur les conforte dans leur logique malade.

— Aidez-moi à la ramener dans sa chambre, dit le pasteur à l'intention de Wade Pruitt, qui les a rejoints comme par enchantement.

L'étreinte de Mr Caine se resserre, m'enfonçant les bras dans les côtes. Le pasteur et Wade me saisissent chacun par une cheville et me soulèvent comme un fétu. *Montre-leur, à ces connards !* Une rage en fusion circule dans mes veines, j'ai la peau en feu, les vêtements trempés de sueur. Je me convulse au contact de leur pharisianisme hypocrite. Mon gros orteil se prend dans des boutons de chemise – il semblerait que j'aie perdu une chaussure.

— Monsieur le pasteur, elle est hystérique.

— Prions notre Seigneur pour qu'il l'aide à retrouver le chemin de la vérité. Que le diable quitte le corps de cette enfant.

— Mais vous êtes dingues ? Laissez-moi partir, nom de Dieu !

— Vous avez raison, pasteur Abernathy, elle ne va pas bien.

Je passe devant une haie de visages flous tandis que notre procession explosive pénètre dans Newhaven. Mes cris résonnent sous le haut plafond du grand escalier. Tom se tient à la marge, un sourire asymétrique aux lèvres, les yeux luisants. *Bats-toi plus fort.* Coup du pied gauche. J'atteins Wade Pruitt dans les côtes. Sa grimace me tire un rictus. Je veux leur faire mal. J'ai les muscles chauffés à blanc, la gorge en feu. Je veux leur faire mal à tous, les faire plier de douleur !

Ils parviennent à me mettre dans ma chambre, ou plutôt dans la pièce qu'ils m'ont assignée, au dernier étage. Il n'existe pas de propriété, ici, tout est commun, rien ne vous appartient, pas même votre esprit. Ils me jettent sur le lit – poupée de chiffon qui s'écroule en tas, les cheveux trempés et les vêtements collés à des endroits gênants.

Le ressentiment me propulse sur mes pieds et jusqu'à la porte qui se referme. Mon épaule cogne le bois dans un bruit sourd. Mais le son qui me terrifie vraiment est le déclic de la serrure. Je secoue la poignée, en vain. Ils m'ont enfermée à clé.

— C'est pour ton bien, Abigail, affirme de l'autre côté la voix du pasteur Abernathy.

— Ce n'est même pas mon vrai nom. Vous ne pouvez pas faire ça. Vous ne pouvez pas. Vous n'avez pas le droit !

Mes cris luttent contre le bruit de leurs pas qui s'éloignent. Je tambourine à la porte jusqu'à ce que mes bras et mes jambes n'en puissent plus. *Ça sert à rien, ma pauvre.* Summer se retire dans les replis de mon esprit, et son énergie s'effiloche. Elle me laisse avec une profonde et douloureuse sensation de solitude.

Recroquevillée par terre, je me souviens de choses dont je ne suis plus certaine qu'elles aient eu lieu : des bribes de conversation, les après-midi passés à se tremper les pieds dans le marais… Même son parfum de noix de coco n'est qu'un tour que me joue mon cerveau. Je devrais sans doute me plier à cette folie et leur donner ce qu'ils veulent.

Je pense à l'homme qui habitait la masure avec sa femme, qui l'a tuée avant de mettre le feu et de se tirer une balle, pris de folie. Je ne peux m'empêcher de me demander si c'est ce qu'il est arrivé à Hunters Cottage – si le diable n'a pas poussé l'un d'entre nous à craquer l'allumette.

Et quand je dis l'un d'entre nous… Je suis le feu. Je suis les murmures portés par le vent, immiscés dans l'esprit de cet autre homme. Je suis la chaleur de la nuit qui l'empêchait de dormir tant qu'il n'avait pas tué sa femme et brûlé sa maison. Je suis les flammes dans lesquelles Hunters Cottage s'est consumé. Je suis tout ce qu'il y a de mal. J'ai été naïve de penser autrement. Je ne trouverai jamais la rédemption ici. Et voilà que j'ai recommencé. Je les ai fait sombrer dans la folie. Mais une question demeure : que vont-ils me faire à présent ?

55
Cinq heures avant l'incendie

J'étais assise en tailleur au milieu de la pièce. Peu avant, je m'étais plaquée contre le mur, prête à bondir sur Summer dès qu'elle passerait la porte. Et puis je m'étais rappelé l'éclat du cutter.

« Pourquoi tu gardes ça ? » avais-je demandé en le ramassant par terre le soir de l'orage.

Elle m'avait fixée, les mots sur le bout de la langue. Malgré la chaleur, l'outil était froid et lourd. Ayant trouvé le cran de sécurité, je l'avais poussé. Le danger n'était pas plus gros que ce bout de lame. Mr Caine en avait un pour ouvrir les sacs d'aliments destinés aux poules, après quoi le grain ruisselait par la déchirure du jute.

« Pour me défendre. De types comme Zach », avait-elle précisé en me le reprenant des mains.

S'attaquer à une Summer désarmée me semblait déjà difficile, mais Summer avec une arme blanche ? Je ne devais même pas y penser.

Le déclic de la serrure me fit m'éloigner de la porte. Summer entra, une assiette à la main. Le cutter redouté dépassait de sa poche.

— Tu dois avoir faim.

D'épais triangles de pain blanc ultratransformé dégoulinaient de beurre de cacahuète et de confiture. J'hésitai, trahie par mon estomac, qui gargouilla. Elle poussa un soupir.

— C'est juste des sandwiches. J'essaie pas de t'empoisonner.

La pointe de tristesse que j'entendis dans sa voix me surprit. Le parfum sucré me fit saliver. Peut-être juste une bouchée ? Je plongeai les dents dans le pain moelleux, et le mélange sucré-salé m'électrisa les papilles ; je dévorai le reste en trois bouchées.

— Pas si dégueulasse, hein ?

— Non, répondis-je la bouche pleine. Combien de temps tu comptes me garder ici ?

— Autant qu'il le faudra pour que tu comprennes que cet endroit est toxique. Regarde ce qu'il t'a fait aux genoux, dit-elle en soulevant le tissu rouge de la robe.

Je songeai à maman, prise au piège à la maison avec lui, et à moi prisonnière de ma geôlière ici.

— Et puis on doit parler d'autre chose, aussi, ajouta Summer en attrapant une cigarette dans le paquet.

Elle actionna plusieurs fois son briquet. Frustrée par l'absence de flamme, elle relâcha sa vigilance. Je balançai le bras en avant de toutes mes forces. L'assiette se cassa sur le coin de sa tête avec un énorme craquement – je n'aurais su dire s'il provenait de la porcelaine ou de son crâne. Je ne m'attardai pas pour vérifier et pris mes jambes à mon cou, poussée par l'adrénaline et par la pensée de maman. Je descendis l'escalier à toute vitesse, ratai la dernière marche et tombai sur le menton. Je me relevai sans prêter attention à la douleur qui me broyait la mâchoire.

Après la pénombre de la maison, la lumière du jour décolorait tout, mais la ligne du ponton finit par émerger de la blancheur. Une bouffée de vase du marais, et je reçus un coup de bélier dans le dos. De nouveau je fus par terre. Summer était assise à califourchon sur mon dos et m'écrasait les côtes ; le bout de tissu qui me tenait lieu de robe n'était guère plus qu'une peau supplémentaire entre nous. Je tentai de me débattre, mais ne parvins qu'à me mettre sur le dos.

— Je t'en supplie, je ne veux pas mourir. Par pitié !

Les mots étaient sortis tout seuls.

— Hein ?

— Je ne veux pas finir comme Fleur.

Je boxais les épaules et les cuisses de Summer, mais cela ne lui faisait ni chaud ni froid. Je voulais revoir maman, les jumeaux et Sarah. Je ne voulais pas mourir. La terreur m'étranglait, me soulevait le cœur.

— Faith. Faith ! Calme-toi.

Tout espoir était perdu. Comment avais-je pu imaginer que je réussirais à m'échapper ? Je ravalai mes larmes et la bile qui m'était montée dans la gorge. Les jambes de Summer me clouaient au sol. Elle me soufflait dans la figure son haleine pleine de nicotine et le rideau de ses cheveux bouclés m'abritait de la lumière. Des gouttes de sueur me tombèrent sur la joue, je respirai par la bouche.

— Comment ça, tu ne veux pas finir comme Fleur ?

— Mon amie Fleur. Je crois que j'ai trouvé son collier dans ton livre. Désolée d'avoir regardé. Elle ne l'enlevait jamais. Je t'en prie, je ne veux pas mourir.

— Je sais bien qu'elle ne... Attends. Tu crois que je l'ai tuée ?

— Je dirai rien, je te le jure.
— Je ne te veux pas de mal.
— Par pitié…
— Écoute. Ce n'est pas ce que tu crois, je…
— Tu as son collier !
— Je l'ai trouvé à Newhaven !

Cette révélation me réduisit au silence et mit un terme à mes tentatives de me dégager. Summer avait trouvé le collier à Newhaven. Ses yeux scrutaient ma réaction à la bombe qu'elle venait de lâcher, mais je n'arrivais pas à analyser le sens de ses mots.

— Tu m'as entendue ?

J'avais une grosse boule dans la gorge. J'acquiesçai.

— J'ai fouiné à Newhaven. Je connaissais la brèche dans la clôture avant que tu me la montres, mais je n'avais réussi à explorer que la chapelle et quelques habitations. C'était plus facile d'entrer là que dans la maison de maître. D'ailleurs je ne savais pas que tu occupais un de ces logements. Le collier, je l'ai pris pour ce que sa présence ici pouvait impliquer… Je l'avais vu au cou de Fleur les fois où je l'avais interviewée pour mon podcast. Ça fait plusieurs mois maintenant.

Elle me libéra, mais j'avais toujours un poids sur la poitrine. Elle repoussa ses cheveux pour dégager son visage.

— Faith, la boîte était dans le bureau de ton père.

Je me relevai en titubant ; le marais tanguait sous mes yeux et la chaleur me tapait sur la nuque, il y avait une cacophonie de grenouilles assourdissante et, au milieu de tout cela, la voix de Summer me demandait si j'allais bien. Les mots flottaient dans ma conscience. *La boîte était dans le bureau de ton père.*

La boîte en velours de papa. Impossible. Pourtant je lus sur son visage qu'elle disait vrai. Je me pliai en deux et vomis dans les hautes herbes.

56

Dans la salle de séjour, la vie sauvage avait battu en retraite : la famille de fougères et les mottes de terre avaient disparu, et aucune boule de poils ne détala dans un coin à mon arrivée. Summer avait réaffirmé sa domination sur la nature.

Elle m'avait convaincue de revenir à la masure, m'avait donné de l'eau. Mais, même après m'être rincé la bouche, le goût du vomi ne partait pas. Papa avait eu le collier de Fleur en sa possession. Quelque chose me soufflait que Summer disait vrai. J'avais la tête qui tournait, le corps engourdi, l'esprit hérissé de bribes de ma vie, incrustées là à présent qu'elle avait tout fait voler en éclats.

— Tiens, bois. Ça t'aidera à te remettre du choc.

Elle me mit une bouteille de Coca dans la main. Les bulles et le sucre me ramenèrent un peu à moi, mais ne calmèrent en rien le flot de pensées qui me traversait. Elle disait vouloir me protéger de papa, n'avoir pas pu me laisser repartir lorsqu'elle avait vu mes genoux.

— Ce n'est peut-être pas ce que tu penses, suggérai-je. Peut-être qu'il a juste trouvé le médaillon et l'a mis dans la boîte.

Mais je n'en croyais pas un mot. Une immense lassitude me submergea et me coucha à terre, la tête sur les genoux de

Summer. Elle me caressa les cheveux et je m'efforçai de ne pas trop penser à papa ni à l'énorme vide qu'il laissait dans mon cœur.

— Pourquoi tu es venue fouiller Newhaven ?

— À cause de Fleur. Je suis allée en Floride pour mon podcast. J'ai passé du temps auprès de sa congrégation – bien plus accueillante que la tienne, soit dit en passant. Elle était cool, et son daron aussi. Mais après ce qu'il leur était arrivé, il fallait que je comprenne. Je suis pas venue à Parkerville tout de suite, j'ai d'abord suivi d'autres pistes.

— Qu'est-ce que tu comptais en faire ?

— Franchement, je sais pas.

— J'arrive pas à croire que papa…

— Regarde ce qu'il t'a fait. Tes genoux. Y a rien qui peut justifier ça.

L'air crépita de la cigarette qu'elle allumait.

— Et ça ne date pas d'hier, à mon avis. Les hommes comme lui commencent par des actes qui peuvent paraître anodins, ensuite c'est l'escalade. Tu peux me croire.

Dieu trouve toujours un moyen de punir les impies. Papa s'était fondu dans la foule au passage piéton, prêt à jouer le rôle de Dieu et à exécuter sa sentence. Tania lui avait manqué de respect. Mon sang se glaça dans mes veines à l'idée que le supplice des grains de riz n'était sans doute pas la pire vengeance à laquelle il se soit livré.

Je racontai tout à Summer, dévidant l'écheveau du comportement de papa au cours des dernières semaines. Ne pas être obligée de la regarder me faisait du bien. Je lui parlai de ses chiquenaudes derrière les genoux, de son mensonge sur mon excursion à Parkerville, de mes doutes, de ses paroles après l'accident de Tania et de ce que l'amie de cette dernière m'avait dit. Je lui parlai de la fille obéissante, de ses sermons sur la corruption des femmes par la société, qui transformait les épouses et les mères en putains de Babylone. Summer m'écouta sans m'interrompre.

Quand je fus à court de mots, nous restâmes enveloppées dans le silence, troublé par le seul crépitement du tabac. Chaque fois qu'elle inhalait, il me semblait que la cigarette qui rougeoyait allait s'enflammer. Une pichenette, et le mégot atterrit dans la cheminée. Il se cogna contre la brique, provoquant une petite gerbe de braises.

— Seigneur, quel fieffé connard ! Et ta mère a épousé cette ordure de son plein gré !

Cette phrase me tira de ma torpeur. Ce n'était pas vrai. Maman l'avait épousé pour échapper à l'Aide sociale à l'enfance. Il l'avait séduite par une promesse de sécurité. En échange, elle lui avait fourni les chaînes qui nous liaient à lui. Et c'est de ce pouvoir qu'il avait usé en me forçant à m'agenouiller sur les grains de riz. Il avait joué de la menace de l'ASE pour la rendre obéissante, puis cette même menace contre maman lui avait permis de me soumettre à mon tour. Un frisson glacé me parcourut. Maman était toujours seule avec lui à Hunters Cottage.

Je me relevai d'un bond, montai l'escalier quatre à quatre. J'étais en train de me tortiller pour sortir de la robe rouge quand Summer entra en trombe. Je n'allais pas me soucier de pudeur dans un moment pareil.

— Quelle heure il est ? demandai-je en récupérant au pied du lit ma robe humide de sueur et d'un début de moisissure.

— Je sais pas, environ 14 heures ?

— Il me faut l'heure exacte. S'il te plaît.

Elle dégringola l'escalier. Je finis de me préparer à toute vitesse, mettant un nouveau plan à exécution : j'apprenais de mes erreurs.

— OK, dit-elle en remontant. D'après mon téléphone, il est 15 h 16, mais pas question que tu y retournes, c'est trop dangereux. Faith ?

Comme je ne répondais pas, elle avança dans la pièce obscure. Je sortis alors de ma cachette derrière la porte et j'étais en train de franchir le seuil quand une lame de parquet me trahit bruyamment. Summer fit volte-face. Comprenant ma ruse, elle regarda la serrure avec angoisse. La rage et le sentiment de trahison lui tordirent la bouche.

— Je suis désolée. Il faut que j'aille avertir ma mère.

Je claquai la porte et la verrouillai prestement, avant de quitter les lieux en courant. Jackson racontait parfois qu'il avait un jour subtilisé tout un plat de crumble aux pêches quand il avait 9 ans.

Tout cela pour dire qu'il valait mieux avoir des remords que des regrets.

Extrait du sermon du pasteur Abernathy

« J'ai demandé au Seigneur de me guider. "Dites-moi ce qu'il convient de faire." J'ai prié longtemps et avec ardeur, et j'ai aussi cherché de l'aide auprès du pasteur McPherson et du Conseil des anciens de la New America Baptist Church. J'ai bien peur que le diable ne se soit à nouveau infiltré à Newhaven. L'Ennemi qui a murmuré ses mensonges à l'oreille de notre estimée Elizabeth Favreau, corrompant ses pensées pour la manipuler. Et à présent nous sommes à deux doigts de perdre notre chère petite Abigail. Nous en avons tous été témoins : sa réaction physique à la parole du Seigneur, ses cauchemars et ses cris, ses mensonges, l'incident avec la clôture et même son apathie générale envers la mort de ses parents.

« Le pasteur McPherson a répondu à notre appel et m'a transmis une merveilleuse nouvelle. Un nouveau centre de vie communautaire est en construction au Texas, sous le nom New Eden. Il m'a confirmé qu'il prendrait notre Abigail en charge pour l'aider à guérir et retrouver le chemin de Dieu. Un homme respectable a également proposé de convoler avec elle en justes noces, pour l'aider à se sentir utile en tant qu'épouse, et bientôt – appelons-le de nos vœux – en tant que mère.

« Une délégation arrivera jeudi de New Eden pour emmener Abigail dans son nouveau foyer et auprès de son fiancé. D'ici là, il est inutile d'évoquer la question avec elle. Nous ne voulons pas la perturber davantage, et elle ne tardera pas à voir que tout est arrangé pour son bien.

« Nous nous devions d'agir ainsi envers notre regretté guide et ami le pasteur Heywood. »

57
Moment présent

Ma robe pue. C'est comme une seconde peau que je refuse d'enlever. Je sens la charogne écrasée en plein soleil au milieu de la route. En tailleur par terre, j'utilise ce qu'il me reste d'ongles pour attraper un coin de papier peint mal collé. Je l'ai presque, il glisse. Je gratte un peu et soulève à nouveau. *Yes.* Le papier se tend, je tire. Il se déroule comme une pensée, s'arrache du mur en une longue bande et découvre le plâtre dessous. Je suis trop pressée, la bande casse avant d'avoir atteint l'appui de fenêtre. Elle tombe par terre, rejoignant ses petites sœurs entassées. Il n'y a pas grand-chose à faire, ici. La pièce est nue. Ma tête résonne de tellement de voix – Summer, papa, maman. Ce qu'il leur est arrivé, l'origine du sang, est là, sous l'incendie, mais je n'arrive pas à creuser assez profond et seules me reviennent des images incomplètes, semblables aux morceaux de papier peint déchiré.

En entendant des voix, je me lève et m'approche de la fenêtre. Un filet de gens pas plus grands que des fourmis s'écoule par la grande porte de Newhaven sur la pelouse desséchée avant d'être avalé par la bouche sombre de la chapelle. Ce n'est pas le jour de l'office, il me semble ? Le temps s'est transformé en un porridge de flocons d'avoine indissociables. Environ une journée est passée depuis qu'ils m'ont arraché les jumeaux et m'ont jetée ici – enfin, je crois. Une silhouette reste à la traîne. Il se retourne, j'ai l'impression de voir papa jeter un coup d'œil en direction de ma fenêtre. Il articule des mots que je ne comprends pas. Je me frotte les yeux. Je vois alors qu'il s'agit de Tom avec son sourire en biais. Mon cerveau me joue des tours.

Mon regard glisse vers les bouleaux qui montent la garde derrière la clôture. Parmi leurs silhouettes, l'une d'elles a forme humaine. À croire que tous les fantômes se sont donné rendez-vous aujourd'hui. Son visage n'est qu'une ombre ; elle est peut-être venue me chercher. Les femmes sont faibles, nous laissons entrer le serpent, et nous avons créé l'hérésie féministe. Le diable est peut-être une femme, en embuscade à la lisière de la forêt. Pourrais-je l'invoquer pour la faire apparaître dans Newhaven ? Il suffit peut-être de prononcer la formule, celle que j'ai gravée sur le rebord de la fenêtre : *Solve et coagula.* Sa tête est inclinée, ses cheveux en bataille à peine contenus par la ligne rouge d'un bandana. *Regarde-moi, regarde-moi. Je suis juste là. Je suis prête.* La fenêtre ne s'ouvre pas ; je martèle la vitre quand j'entends le cliquetis de la serrure.

Tom referme la porte derrière lui et s'adosse contre ; son corps est un obstacle de taille. Chacun de mes muscles se raidit. Il n'a pas sa place dans cet espace où ils m'ont enfermée. Un coup d'œil par la fenêtre : la silhouette près de l'arbre a disparu.

— De quoi tu as l'air… Une vraie souillon. Et l'odeur qui va avec, ajoute-t-il en faisant mine de renifler.

— Qu'est-ce que tu veux ?

Mauvaise question. Il se décolle de la porte ; ses pas avalent lentement l'espace qui nous sépare, me faisant reculer jusqu'à ce que l'appui de la fenêtre s'enfonce dans mon dos.

— Ils ne t'aideront pas, dit-il en suivant mon regard. Ils sont tous à une réunion sur ce qu'ils vont faire de toi. Entre tes cauchemars, tes cris de sorcière et ta crise de panique l'autre jour, quand on flirtait.

— Arrête de mentir, on n'était pas en train de flirter.

— Et qui pourrait oublier l'incident de la clôture ? J'aurais aimé voir ça. Déjà, j'étais assez fier d'avoir mis ces boyaux dans ton lit – c'était de bonne guerre après la façon dont tu m'avais humilié. Mais franchement c'était hyper soft comparé à la personne qui a suspendu les cadavres à la clôture.

Il se penche vers moi, le visage encore plus tordu par l'autosatisfaction.

— Dis-moi, c'était toi ? Allez, ça restera entre nous…

— Qu'est-ce que tu fais ici ?

— Je me suis porté volontaire pour nourrir les bêtes pendant que les autres sont en réunion.

Son sourire découvre toutes ses dents. Nourrir les bêtes. Les bêtes ont besoin d'être nourries. Comme le feu qui dévorait les corps ce soir-là. Il fait encore un pas, et encore un. Je me redresse, mais mes jambes me portent à peine.

— Je suis là pour finir ce que nous avons commencé.

De l'ongle, il longe la ligne de mon bras, s'égarant en chemin sur le galbe de mon sein.

— Ne fais pas ta sainte-nitouche !

Tout à coup, ses doigts me pincent le mamelon. Il pince fort, et c'est là qu'elle s'éveille en moi.

L'esprit de Summer se rassemble dans mon arrière-gorge, puis sort de ma bouche selon un arc parfait. *Me touche pas, connard !* Mon crachat l'atteint sur l'aile du nez, puis dégouline le long de sa joue. Il l'essuie du dos de la main et sourit.

L'instant d'après, j'ai la joue en feu et sa gifle m'envoie valser sur le coin de la fenêtre. Dans mon crâne un écho monte crescendo.

— Je devais être fou pour envisager de me marier avec toi. J'avoue que je te voyais comme un beau défi à relever. Sans étincelles, où est le plaisir ? Ouais, tu me rends dingue, c'est ça. Tu m'as ensorcelé avec ton esprit de sale chienne féministe.

Il me regarde, et c'est papa que je vois dans ses yeux. Même mort, il n'en a pas fini avec moi. La main de Tom repose sur la boucle de sa ceinture comme une menace silencieuse. Cette fois, ce n'est pas l'esprit de Summer mais la peur qui monte en moi et que je ravale sous forme de bile.

— Je leur dirai tout. Ils sauront tous quel genre d'homme tu es. Que tu ne vis pas selon les enseignements du Seigneur.

Il me saisit à la gorge, et le rictus qui lui déforme le visage me fige.

— Personne ne te croira. Tu n'es qu'une pauvre folle et tu mens comme tu respires.

— Ils verront ce que tu m'as fait, soufflé-je entre le garrot de ses doigts.

— On sait tous que tu es une menteuse. Moi, j'étais en train de soigner les bêtes. Qui nous dit que ce n'est pas le diable qui t'a mise dans cet état ? À moins que tu te sois fait ça toute seule.

Son ton égal révèle la fermeté de sa conviction.

Je ne peux pas fuir. Il franchit le dernier pas entre nous. Je ferme les yeux, prête à encaisser. Ses lèvres étouffent les miennes, sa langue enfouit profondément mes cris au fond de ma bouche. Sa main glisse dans le pli entre mes jambes. J'espère qu'il me tuera quand ce sera fini. Il me doit une faveur.

Morte, je pourrai enfin dire à maman ce qu'il s'est réellement passé ce jour-là. Pourquoi le feu ne m'a-t-il pas prise moi aussi ? Le corps de Tom m'écrase dans la pénombre… et cesse tout à coup.

J'ouvre grand les yeux. Au lieu de Tom, c'est Jackson que je vois. Il brandit la lampe au-dessus de la tête de mon agresseur. Un coin est plein de sang et de cheveux collés. Il tend le bras, prêt à frapper à nouveau. Tom s'est écroulé par terre, inconscient, et sa vue accélère mon pouls.

— Ils sont tous à la chapelle, c'était le moment ou jamais, dit-il en jetant la lampe. Tu crois… qu'il est mort ?

Mon esprit est trop occupé par la vue du sang et de ce nouveau corps pour parvenir à répondre à la question de Jackson. Encore un drame qui me sera imputé.

— Viens, faut qu'on y aille, reprend Jackson en m'attrapant par le poignet. Le temps presse.

58
Quatre heures avant l'incendie

La sueur me coulait dans les yeux. Les broussailles et les branches basses se prenaient dans ma robe et me griffaient les bras, mais je continuais. Il fallait que j'aille chercher maman. Récupérer les jumeaux et la petite Sarah. Les ramener à la masure, où je demanderais à Summer de me pardonner – et idéalement de nous emmener en voiture. 15 h 16. Papa devait être en train d'enregistrer sa vidéo de milieu de semaine pour la chaîne YouTube. La voie serait libre à Hunters Cottage. Entre l'épuisement et la chaleur, j'avais les muscles en coton. Je donnais tout, volant sur les vieilles planches du ponton.

Je déboulai dans la cuisine, laissant claquer derrière moi la porte-moustiquaire, et n'y fus stoppée que par la vieille table. Maman semblait avoir pris dix ans, de gros cernes noirs soulignaient ses yeux. La culpabilité me pinça le cœur de l'avoir ainsi plongée dans l'inquiétude. Je me jetai à son cou, encore sous le choc. Le poids de mon corps la fit sursauter. Elle me serra à m'écraser, éperdue d'amour et de soulagement.

— Dieu soit loué. Je savais que tu n'avais pas fugué.

— Jamais. On reste entre filles. Tu vois, je ne l'ai jamais oublié.

— Où étais-tu ? J'ai cru devenir folle.

— Pas le temps d'expliquer. On doit partir avant que papa revienne.

— Je dois appeler ton père. Il te cherche avec les autres à Parkerville, dit-elle en ouvrant les bras pour me relâcher et se relever.

— Papa est à Parkerville ?

— Il croyait que tu t'étais enfuie parce qu'il veut te marier avec Tom.

Cette nouvelle me ramollit les genoux, je m'effondrai sur une chaise. Ainsi, Tom disait vrai.

— Il veut quoi… ?

— Tu as besoin d'un cadre, d'une direction. Tu es hors de contrôle, Abigail. Tu as besoin d'un mari pour te guider. « Femmes, soumettez-vous à votre mari comme au Seigneur, car le mari est le chef de la femme, comme Christ est le chef de l'Église. »

Je restai clouée sur ma chaise, incrédule. Il lui avait lavé le cerveau. Elle ne m'avait protégée jusqu'alors que pour me vendre comme du bétail. Ma vie avait été entre ses mains qui m'avaient langée, donné les dernières frites quand j'avais faim et collé des étoiles en plastique au plafond pour que je n'aie pas peur la nuit. Puis, au lieu de me donner ma liberté, maman avait permis à papa de me livrer à Tom. La bile me brûlait la gorge. Je la fixai. Cette femme ne méritait pas le nom que je lui donnais. Une mère est censée défendre ses petits bec et ongles, pas les donner en pâture au premier prédateur venu. Était-ce vraiment cette même femme qui avait fui et était entrée dans la clandestinité par amour pour moi ? Il l'avait brisée en mille morceaux pour la refaçonner entièrement selon sa propre idée. Mais je n'avais pas de temps pour ces considérations. Je ravalai ma colère.

— Écoute. Je crois que papa a fait quelque chose à Fleur et au pasteur Munro. Je pense qu'il est responsable de… ce qu'il leur est arrivé. On doit s'en aller.

— C'est ridicule, qu'est-ce que tu racontes ?

— Fais-moi confiance, on doit partir d'ici.

— Partir pour où ?

— La vieille masure dans le marais, après Marshall Point. J'ai rencontré cette fille qui t'expliquera tout. Ensuite, je ne sais pas, on pourrait prendre un motel à Savannah pour quelques jours.

Cet objectif me redonna des jambes, et j'avançai en direction du couloir.

— N'emporte que le nécessaire !

— Je ne vais nulle part.

— Maman, tu as entendu ce que je viens de te dire ?!

— Il nous a protégées jusqu'à présent, il continuera.

— Il est dangereux.

— Voyons, ce ne sont que de petits sacrifices, ça ne vaut rien au regard de notre sécurité !

— Vraiment ? Et qu'est-ce que tu dis de ça ?

Je soulevai ma jupe, découvrant mes genoux et la preuve indéniable de sa cruauté. Maman baissa les yeux.

— Je suis sûre qu'il… avait ses raisons. C'est au père de discipliner les enfants. Si tu te tiens tranquille, nous sommes à l'abri. Tout ira bien.

— *Discipliner* ? Tu es sérieuse, maman ?

Ma voix s'éraillait de frustration.

— Mais comment tu peux le défendre ? Je suis du même sang que toi. Pas lui !

Elle rejeta la tête en arrière. Ses yeux verts étaient durs, mais teintés de tristesse.

— C'est bien ça le problème : ton comportement. Tu fugues, tu fais peur à tout le monde, tu réponds. Tu me fais de plus en plus penser à... moi quand j'avais ton âge. Je ne veux pas que l'histoire se répète.

Tous les mots que j'avais envie de lui dire me brûlaient la bouche. Je sentis leur goût de cendre et en étranglai les fantômes dans mes poings. J'avais démenti les accusations de Summer à son encontre. Je prenais sa défense. Pourquoi ne faisait-elle pas la même chose pour moi ?

— Tu ne t'en rends pas compte pour l'instant, mais c'est pour ton bien.

Le voile de la soumission passa dans ses yeux. En la regardant, je vis la forme même de l'avenir qui m'attendait. Il n'était pas question que je vive cette vie rabougrie, une éternité passée à interpréter chaque mot de mon mari, à anticiper chacune de ses réactions, ne sachant jamais ce qui déclencherait sa fureur. Et papa lui-même. Comment aurais-je pu vivre dans l'ombre de l'homme qui avait potentiellement fait du mal à Fleur ?

— Ce n'est pas parce que tu n'attends plus rien de la vie que je dois faire pareil.

Sa gifle me surprit et raffermit mes poings.

— Abigail, je...

Maman tendit la main qu'elle venait de lever sur moi, mais je déclinai sa tentative d'armistice. Et dire que j'avais pris le risque de revenir en pensant la sauver...

— Je te hais.

— Ne t'avise pas de...

Je claquai la moustiquaire avant qu'elle ait fini de proférer sa menace. Quoi qu'elle ait à dire, elle pouvait aller en enfer.

En l'occurrence, l'enfer semblait avoir pris possession du ciel. L'air était plus saturé d'humidité que jamais et des nuages noirs obscurcissaient l'horizon ; on aurait cru que la nuit était tombée. Lorsque je levai les yeux, quelques grosses gouttes éclatèrent sur mon front. J'inspirai l'air chaud et épais comme de la mélasse, et le temps s'arrêta. Quand j'expirai, le ciel se fendit, déchaînant un véritable déluge. Il s'abattit sur moi avec hargne. Je me mis à courir.

Fichier audio n° 15

Qualité du son : Moyenne
[Voix A] : Féminine
[Voix B] : Féminine

[Première partie de l'enregistrement inaudible]

[Voix A] : Toi ? Tu connais la Bible ? (*Rire*)

[Voix B] : « Il n'y a rien de caché qui ne doive être découvert, ni de secret qui ne doive être connu. C'est pourquoi tout ce que vous aurez dit dans les chambres sera proclamé sur les toits. » J'ai un rapport fluctuant à la religion, mais ce verset m'a marquée à vie. C'est comme si Dieu l'avait écrit rien que pour moi. Qu'est-ce que tu dis de ça ? (*Long soupir*) J'aime Dieu dans sa version la plus vengeresse ; après ce qu'il m'est arrivé, c'est là que je me suis sentie le plus proche de lui. Bref, après avoir été à la rue pendant un an ou deux, j'ai rencontré ce pasteur dans un foyer. Ce vieux, je l'ai laissé me parler pendant des heures comme il aurait caressé un chien errant : en échange d'un repas gratuit, il me suffisait de l'écouter. Je n'ai jamais oublié cette citation, je l'ai même surlignée dans la bible que le pasteur m'avait donnée. (*Léger rire*) Le vieux était furax : « On ne souille pas la parole de Dieu. – Dans ce cas, Dieu n'aurait pas dû créer le type qui a inventé les surligneurs », je lui ai répondu !

[Voix A] : Qu'est-ce qui te plaît tellement, dans cette citation ?

[Voix B] : On aura beau faire, rien ne peut rester caché éternellement.

59

Trois heures avant l'incendie

Mes vêtements s'égouttaient sur le plancher poussiéreux, juste devant Summer qui, dans sa déception, secouait la tête et ses boucles d'oreilles. Des rideaux de pluie battaient la vieille masure, l'eau passait par les vitres cassées, par les fissures des murs, s'engouffrait dans ce qu'il restait du toit.

— Comment tu es sortie de la chambre ?

— Je suis pleine de ressources. Tu es déjà revenue ? Tu ne devrais pas être chez toi, en train d'avertir ta maman chérie ? persifla-t-elle dans un nuage de fumée.

L'évocation de maman ouvrit les vannes de mes larmes. Mon poing trouva le point meurtri de ma cuisse, tapant davantage sur les bleus formés par des mois de frustration. J'enviai ses yeux de miel qui savaient rester secs.

— Et merde. Désolée, je voulais pas dire ça comme ça.

Dans le tumulte de mes émotions et le rugissement de l'orage, je sentis qu'elle me prenait dans ses bras. Je m'effondrai encore plus, enveloppée dans son odeur de noix de coco et de tabac. Summer, que j'avais repoussée, défiée, que j'avais littéralement assommée avec une assiette… Summer était là pour moi en dépit de tout, comme maman aurait dû le faire.

— Je suis désolée. Pardon d'être partie en courant, de t'avoir enfermée et de t'avoir cassé une assiette sur la tête.

— Pour tout dire, j'étais plutôt impressionnée.

Je ronflai un rire trempé de larmes et secouai la tête contre sa poitrine.

— Non, tu avais raison depuis le début.

— Comment ça ?

Je secouai à nouveau la tête, dévastée par la honte de ma naïveté. Summer me repoussa doucement. D'un doigt, elle me releva le menton pour trouver mon regard et ne le lâcha plus.

— Raconte.

— Tu avais raison pour ma mère. Je suis allée lui demander de l'aide et elle m'a laissée tomber. Comme une merde. Elle a choisi mon père contre moi.

— « Comme une merde », hein ? Désolée, mais ce mot ne fonctionne pas du tout dans ta bouche.

Je répondis par un faible sourire.

— J'ai dit à maman que je la haïssais.

— Comment elle a réagi ?

— Elle m'a giflée.

— Connasse.

Summer se releva d'un bond.

— Elle peut pas te traiter comme ça. Ça me rend malade de les voir te traiter comme ça !

J'agrippai le short de Summer et tirai dessus pour qu'elle se rasseye par terre et me regarde dans les yeux. Il fallait qu'elle voie ma détermination.

— Oublions mes parents. On s'en va.

Pour une fois, elle ne trouva rien à dire. Mon sourire s'étira.

— Je suis prête. On n'a qu'à aller quelque part. N'importe où. Comme dans ton livre, *Sur la route*.

Elle sourit à son tour. Elle avait toujours été belle, dans le genre indomptable, mais là elle rayonnait. Je la serrai de nouveau contre moi, si fort que j'entendis son cœur battre dans ma poitrine. À travers elle, c'est mon libre arbitre que j'embrassais.

— Allez, on se tire, dis-je, le visage encore plongé dans ses cheveux.

— Attends. Je dois d'abord te dire quelque chose.

— Plus tard.

— C'est important.

Elle me repoussa doucement, les mains fermement posées sur mes épaules.

— C'est la raison de ma présence ici.

Je repensai au collier de Fleur, ainsi qu'à l'aveu de Summer sur son intrusion dans Newhaven.

— Je m'en fiche, ça peut attendre.

Tout avait changé. Jusqu'alors, chaque fois que j'avais dû quitter la masure, je l'avais fait en sachant qu'un jour Summer en partirait définitivement. Mais là nous partions ensemble. La pluie tambourinait en un crescendo furieux sur les tuiles qui tenaient encore et sur ce qu'il restait de vitres. Mais ce rugissement n'était rien en comparaison du tumulte qui m'animait. Nous étions sur le point de partir et l'aventure avait le parfum transgressif des cigarettes.

Elle posa une main sur ma joue et me regarda comme si elle me voyait pour la première fois. Ma gorge se serra.

— Je ne sais pas trop comment…

— Abigail !

Mon nom avait résonné dans la pièce comme un coup de tonnerre, me glaçant jusqu'à la moelle. Cette voix n'avait rien à faire ici.

La silhouette de papa se profilait dans l'encadrement de la porte. Trempé, les cheveux plaqués sur le front, il avait sur le visage un mélange de dégoût et de fureur. Ses yeux allaient et venaient de Summer à moi, écarquillés par l'horreur.

— Qu'est-ce que tu fais là ? articula-t-il sur un ton glacial.

Nous nous relevâmes, j'agrippai la main de Summer et elle répondit à ma pression. Quoi qu'il advienne, nous affronterions ce moment ensemble.

— Viens là, Abigail.

Il tendait la main vers moi. Croyait-il vraiment que j'allais le suivre de mon plein gré ?

— Allez vous faire foutre, dit Summer. Vous avez causé assez de dégâts. Elle vient avec moi.

Elle pressa ma main un peu plus fort tandis que papa se mettait à marcher à grands pas de long en large.

— Comment oses-tu me parler sur ce ton ? Tu… Sa mère et moi décidons de ce qui est le mieux pour elle.

— Le mieux pour elle, c'est de dégager d'ici en vitesse. J'ai vu ce que vous lui avez fait.

— Rentre dans ton trou et laisse-nous tranquilles. Je ne te laisserai pas corrompre ma fille.

— Je suis pas ta fille ! hurlai-je avec un trémolo dans la voix.

C'en était fini de la fille obéissante. Après un temps d'arrêt, il fondit sur nous.

— Assez. Je ne souffrirai pas qu'on me manque de respect. Tu rentres à la maison. Tout de suite.

Nous battîmes en retraite, jusqu'à ce que mes talons heurtent la marche de la cheminée. Summer fit un pas pour se placer devant moi, un bras me barrant la poitrine, le menton relevé avec défi, un rempart en forme de jeune fille. Moi, je posai la main sur sa hanche… et mes doigts effleurèrent le cutter dans sa poche. Ce contact fit un peu baisser ma peur. Dans la semi-obscurité, des ombres dansaient sur le visage de papa, dessinant des angles agressifs tandis que ses yeux brillaient au fond de leurs orbites.

— Écarte-toi de mon chemin !

— Vous n'avez pas besoin d'elle. Vous avez votre femme et vos petits, votre précieuse famille. Laissez-moi Faith. Vous ne nous reverrez plus jamais.

Il n'était pas du genre à lâcher prise. Il n'avait certes pas besoin de moi, mais je lui appartenais et il gardait jalousement ses possessions jusqu'à ce qu'il décide de s'en débarrasser. Un jour, maman avait jeté sans le consulter une montre qui ne fonctionnait plus. Il était resté assis à la table de la cuisine à écaler un œuf dur pour la regarder chercher, les bras enfoncés dans la poubelle jusqu'aux coudes. Il avait refusé que j'aille l'aider. Deux semaines plus tard, il avait lancé la montre sur la table et demandé nonchalamment à maman de la jeter.

Un dernier pas et il fut sur nous. Summer redressa les épaules, mais elle paraissait trop gracile face à sa silhouette massive ; une brindille face à un ouragan. La pluie continuait de fouetter les murs. Je saisis le cutter à l'instant où papa écartait Summer comme une mauvaise hypothèse. Je tripotai le cran de sécurité, mais mes doigts tremblaient trop. Papa saisit l'arme et me fit une clé de poignet. Mon avant-bras pulsait de douleur, prêt à se rompre ; ma vision se troubla.

— Lâche-moi, tu me fais mal !

— Ça suffit, tu rentres à la maison.

Tandis qu'il m'entraînait, mes semelles raclaient le plancher et je me débattais malgré la douleur. J'avisai la porte au bout du couloir. S'il réussissait à me sortir de là, je ne reverrais jamais Summer.

Elle lui sauta littéralement sur le dos, l'étranglant d'un bras et le frappant à la tempe de l'autre.

— Lâche-la ! Tu la reprendras pas !

La main de papa se relâcha autour de mon poignet, je me dégageai et joignis mes forces à celles de Summer : coups de pied dans les tibias et pluie de coups de poing dans la poitrine.

— Dégage, sale putain !

Il attrapa Summer par le col et il l'envoya valser contre le mur. Elle tomba par terre comme un pantin désarticulé.

— Non !

Je me précipitai vers son corps inanimé, le cœur battant. Quand je la secouai, sa tête ballotta. Je la relevai doucement et sentis mes doigts se mouiller au contact de ses cheveux. Impossible ! Un coup d'œil sur mes mains : elles étaient rouges de son sang. J'eus un haut-le-cœur.

— Qu'est-ce que tu as fait ?!

Je la pris dans mes bras : elle était molle mais sa peau était encore chaude.

— Elle n'aurait jamais dû venir ici.

J'eus à peine conscience de la douleur lorsque papa m'empoigna par la tresse pour m'éloigner de Summer. Une fois dehors, le rugissement continu de la pluie avala mes cris. L'eau endormait la souffrance tandis que la vieille masure disparaissait dans le déluge. Mes chaussures glissaient dans la boue du marais. Il me ramenait à Newhaven.

60
Moment présent

— Dépêche-toi !

Jackson court vers l'embarcadère de Newhaven. Nous sommes à découvert, comme le soleil dans le ciel sans nuages. La chaleur me cogne la nuque.

— Quand j'ai entendu parler de la réunion, j'ai compris que c'était notre seule chance. J'ai piqué la clé d'un bateau. Le temps qu'ils s'en rendent compte, on sera à Parkerville, dans un car pour Pétaouchnok.

Sa main est moite autour de mon poignet, la friction de ses doigts m'irrite la peau. Il me tire en avant et je le suis comme je peux, l'épaule endolorie. J'ai déjà vécu ça… *Sale putain, de ta part, j'aurais dû m'y attendre*, a dit papa en m'entraînant hors de la masure. Mes talons labouraient la boue, les épaules me brûlaient, mes lèvres avaient le goût salé de mes larmes. Tout à coup, les souvenirs s'entrechoquent. Papa qui me traîne dans le marais puis papa qui me traîne sur la moquette de l'appartement à Chicago. Toujours contre ma volonté. Les images se tordent et se mêlent. *Je sais ce qui est le mieux pour toi.* Qui prononce cette phrase ? Papa, qui a du sang sur les mains ? Sur ses doigts boudinés, serrés dans des bagues en or ? Tellement de sang ! Et puis cette clôture, menaçante autour de nous, me rappelle les murs oppressants d'une salle de séjour.

— Stop !

Je dégage mon bras de la main de Jackson.

— Allez, viens, supplie-t-il. On n'a pas beaucoup de temps. C'est ma seule chance, *notre* seule chance. Je reste pas ici une seconde de plus avec le monstre qui me sert de père.

Ses cris s'ajoutent à la cacophonie de ma tête. Les mouettes criaillent au-dessus de nous, épiant notre échange. Derrière lui, les vagues lèchent la coque des bateaux qui tanguent sur ces eaux pleines de prédateurs. Je sens dans mon dos la présence de la chapelle pleine à craquer. Juste devant, Jackson me tend la main, et à droite, de l'autre côté du bois, c'est le marais et la vieille masure.

Je pars en courant vers la brèche dans la clôture ; mon corps sait exactement où aller. Une pointe métallique me griffe la joue. Les arbres s'ouvrent sur le sentier et je m'enfonce dans le sous-bois. Les cris de Jackson et des mouettes me poursuivent mais s'éteignent rapidement, remplacés par le croassement des grenouilles-taureaux. Mes vêtements et mes cheveux s'agrippent dans des branches que je repousse farouchement. J'ai laissé Jackson derrière moi, mais les souvenirs me collent à la peau. On ne sème pas les fantômes si facilement. Leurs voix sont dans ma tête, leurs mots dans ma bouche, les images derrière mes paupières. Devant moi, la forêt est plus dense, jusqu'à ce que des rais de lumière percent à nouveau la canopée.

La terre battue laisse place aux planches de bois tendre qui grincent à chaque foulée, serpentant au-dessus de l'eau entre les arbres, de plus en plus profondément, jusqu'au cœur du marais. Un vertige me coupe les jambes et je m'écroule au bout du ponton, haletante. Mon reflet dans l'eau me révèle mes joues enflammées par la course, l'une barrée d'une balafre. Ma respiration ralentit, les cris de terreur dans ma tête se réverbèrent à la surface : les cauchemars ne me lâchent pas. Je dois continuer à courir.

C'est à ce moment-là que je la vois. La masure au bout du sentier, avec tout un pan ravagé, défiguré par la fumée et les lianes de kudzu. Ses fenêtres cassées ont l'air d'orbites vides. L'endroit sent la souffrance et l'abandon, et pourtant il m'appelle, me dit qu'il y a une part de moi à l'intérieur, comme si j'avais laissé là un certain nombre de réponses. Je reprends ma course sur la terre ferme. L'homme est mort dans la chambre du haut, j'ai dormi à l'endroit où il s'était tiré une balle, la tête sur le même matelas, la joue contre son sang.

— Pourquoi tu es venue là ?

La voix ne provient pas de la maison, mais de Jackson. Il s'approche de moi, le corps tendu vers l'avant, les poings serrés. Il ressemble à son père tandis qu'il accélère sur le ponton.

— Il n'y a rien à faire ici, il faut qu'on parte.

Je ne lui réponds pas et me contente de me retourner vers la masure.

— Je ne te le demanderai pas deux fois.

Son ultimatum flotte au-dessus de moi, mais je ne vois que la masure.

La porte est ouverte sur un gouffre noir, jusqu'à ce qu'une silhouette y apparaisse. C'est elle : la fille du miroir, celle qui vit dans ma tête, de l'autre côté de la clôture, dans le couloir. Summer est revenue. Une pomme verte brille dans sa main, un couteau jette un éclat argenté dans l'autre. Elle est la flamme qui allume la mèche, les images prennent vie : Summer, un autre couteau à la main, le sang qui écume aux lèvres de maman, la chemise de papa trempée de rouge, les trous dans le tissu, trop nombreux pour que je puisse les compter. Je la vois s'avancer vers moi, le sang coulant goutte à goutte de ses doigts. Elle est là. Le feu la camouflait, mais maintenant je la vois. Elle était là ce jour fatal.

Elle les a tués.

Le souffle de Jackson me chatouille l'oreille. Je sens sa peur.

Le diable existe. Elle est là, devant nous, un autre couteau à la main, prête à finir ce qu'elle a commencé.

Sans réfléchir un instant de plus, je me mets à courir en sens inverse.

61

Deux heures avant l'incendie

J'avais cessé de résister. Cela ne servait à rien. Ma seule raison de me battre gisait inanimée sur le sol poussiéreux de la vieille masure. Papa me traîna par la porte arrière de Hunters Cottage, me fit traverser la cuisine et me tira sur toute la longueur du couloir, laissant derrière nous un sillage boueux. Arrivé dans le séjour, il me jeta sur le tapis aux pieds de maman.

Le générateur avait lui aussi jeté l'éponge. Maman s'était mise en devoir d'allumer des bougies, avant de régler la flamme d'une des lampes à kérosène, toute en gestes mécaniques, les traits inexpressifs. L'orage avait provoqué le crépuscule avant l'heure. Mon épaule heurta violemment le sol, mais je n'eus pas conscience de la douleur. Le bas de la robe de maman était éclaboussé de pluie. Je levai les yeux vers la femme à présent assise sur le canapé, qui portait le masque de ma mère – en réalité une statue façonnée par les mots et les actions de papa. Sa façon d'éviter mon regard disait clairement qu'elle lui avait dit où il pourrait me trouver.

— Qu'as-tu fait, Abigail ? demanda-t-elle.

La pluie fouettait les vitres, m'accusant à son tour, mais cela m'était égal. *Ce que j'ai fait ? Et toi, maman ?* Je ne répondis pas. J'en avais assez de jouer selon leurs règles. Être une bonne fille n'avait aucun sens. Ils ne voulaient pas connaître la vérité, mais récolter mes mots pour les tordre à leur gré et se raconter l'histoire qu'ils avaient envie d'entendre.

Papa rompit mon silence comme si nous étions à l'office du dimanche.

— Merci d'avoir appelé. Tu avais raison. Elle se cachait dans cette vieille baraque décrépite après Marshall Point. Je l'ai trouvée en train de se conduire de façon honteuse, sans la moindre décence.

— J'ai échoué, répondit maman. J'ai essayé, mais on ne peut pas la sauver. Qu'allons-nous faire ?

Elle leva les yeux vers lui. Me voyait-elle encore comme sa fille, ou comme une erreur qu'il convenait de rectifier ?

— Laissez-moi seulement partir. S'il vous plaît. Je disparaîtrai, vous n'entendrez plus jamais parler de moi. Je ne vous ferai pas honte, vous serez débarrassés.

Je me cramponnai à ses genoux, et à l'idée que je pouvais encore atteindre en elle la personne qui se préoccupait de mon vrai bonheur. Mais elle évitait tout contact, entièrement centrée sur papa.

— Tu ne vas nulle part. Et surtout pas avec cette fille.

La voix de papa était plus sinistre que le bruit de la pluie sur les carreaux. Il marchait de long en large, propulsé par je ne sais quelle énergie démente. L'existence de Summer creusait un sillon entre ses sourcils – je ne l'avais encore jamais vu si remonté. Je savais de quoi il était capable dans un état de calme calculateur… je craignais de voir comment réagirait la version déchaînée.

— Quelle fille ? demanda maman.

La question sembla attiser l'agitation de papa ; ses pas étaient plus courts, il ne cessait de se prendre le menton. Quelque chose comme de la frustration lui restait en travers de la gorge.

— C'est elle, fit-il avec un rire de mépris. Elle est ici.

— Je ne comprends pas. Qui est ici ?

— Summer. Elle était avec Summer.

Le nom éclata dans le salon, la déflagration atteignit maman en pleine poitrine.

Encore un rire bref, et il s'arrêta net, face à maman. Elle restait coite, bouche bée. Mes yeux allaient alternativement de l'un à l'autre. Tenter de suivre leur conversation revenait à chercher l'interrupteur au milieu de la nuit : il y avait quelque chose quelque part, je le savais, mais je ne parvenais pas à mettre le doigt dessus.

— Genevieve, tu m'as entendu ?

La question la tira de sa sidération.

— Comment est-elle arrivée jusqu'ici ?

— Comment veux-tu que je le sache ?

— Mais ils l'ont enfermée, après ce qu'il s'est passé !

Une angoisse monta en moi. Ils parlaient d'elle comme s'ils la connaissaient – pas seulement comme d'une podcasteuse qui écumait la ville. Ils connaissaient son nom et son histoire. Leur ton et leurs paroles me rendaient folle. Qui étaient ces gens, quels pans de la vérité m'avaient-ils cachés ? En cet instant, ils m'étaient plus étrangers que Summer.

— Ma foi, on dirait bien qu'elle est sortie. On ne reste pas toute sa vie en maison de correction.

Plus j'écoutais, moins je comprenais. Je pris appui sur un coude, et une douleur sourde irradia dans mon épaule. La peur était en suspens, mais je la sentais vibrer sous ma peau, prête à réagir au premier signe de danger.

— Summer est ici.

Entendre maman prononcer son nom ouvrit quelque chose au creux de mon estomac. Comme un vide qui attendait d'être rempli.

— Elle… De quoi avait-elle l'air ?

Maman se pencha imperceptiblement, avide d'entendre la réponse.

J'avais envie de leur hurler de me dire enfin ce qu'ils me cachaient, mais trop peur de ce qui pourrait m'arriver lorsqu'ils se rappelleraient ma présence. Summer n'avait jamais dit qu'elle les connaissait. Seulement avoué avoir fouillé le bureau de papa.

— Que veux-tu que je te dise, Genevieve ? lança papa, exaspéré. Ta fille est là. Et elle nous a trouvés, ou plutôt elle a trouvé celle-là, lâcha-t-il avec un geste vague dans ma direction.

Sa fille. Mon esprit se vida et leur dispute se mit sur pause, il n'y avait plus que ces mots : *ta fille. Ta fille est là. Summer.* Summer était la fille de maman ? Pourtant, elles ne se ressemblaient en rien. Je confrontais les deux silhouettes dans ma tête, le choc faisait table rase de tout ce que je croyais savoir de ma vie. Dans ce paysage lunaire, une pensée, toute nouvelle, émergea des décombres.

Summer était ma sœur. J'avais une autre sœur. Ça n'avait aucun sens et d'un autre côté c'était l'évidence même : ma demi-sœur. Même mère, père différent. Pas étonnant que papa ait paniqué en me voyant avec elle ! Elle avait tenté de me dire quelque chose avant qu'il n'arrive à la masure. Mais pourquoi ne l'avait-elle pas fait avant ?

Une question surnagea parmi toutes celles qui m'envahissaient. *Comment ai-je pu oublier que j'avais une sœur ?* La réponse reposait dans les profondeurs du silence maternel. Maman ne m'avait jamais rappelé que j'avais une sœur, n'avait jamais inclus ce paramètre les rares fois où Chicago arrivait dans la conversation. Je repensai à notre altercation, le jour où elle avait parlé de sacrifices, de décision que je ne pouvais pas comprendre – Summer avait-elle été le prix du passage vers une vie plus confortable, la victime innocente immolée sur l'autel ? L'abysse de mon ignorance était vertigineuse.

Juste entre filles. Ces mots tournaient en boucle dans ma tête alors que je grimpais sur le canapé pour me réfugier à la place encore chaude laissée par maman, mes vêtements mouillés plaqués sur la peau. Près de la porte, papa et elle étaient absorbés dans leur dispute. *Juste entre filles.* Recroquevillée contre l'accoudoir, les genoux dans les bras, j'exorcisai lentement les mensonges qui avaient brouillé ma vision jusqu'alors, effaçant ma sœur de mon esprit pendant la meilleure partie de ma vie. Je me fondis dans le passé antérieur à Newhaven, appliquant ce nouveau filtre à tous mes souvenirs. *Juste entre filles.* C'était notre devise, mais pas le « toi et moi » que j'imaginais. Pas vrai, Honey-Bunny ? Honey-Bunny. Honey, Bunny. Summer, Faith. Au fil du temps, j'avais lié la prononciation des deux surnoms, éludant la virgule, la remplaçant par un trait d'union jusqu'à effacer Summer.

Après le déménagement, mon moi de 6 ans ne savait plus nommer la voix qui m'avait consolée jusque-là ni la main qui essuyait mes larmes ou me passait les dernières frites. Mon esprit d'enfant avait récrit son passé en fonction de sa nouvelle réalité à Newhaven. À présent, un souvenir éclatait, avec la vivacité de l'allumette que l'on craque : Summer en équilibre sur une chaise dans le placard, en train de coller des étoiles phosphorescentes au plafond.

Cette réalité conféra une tout autre connotation aux moments passés récemment en compagnie de Summer : son insistance à me demander si je me souvenais de Chicago, sa réaction aux boucles d'oreilles – elle avait même évoqué que sa mère l'avait abandonnée quand elle était toute jeune. Je serrai les paupières – mais cela ne retint pas les larmes –, bouleversée à la fois par le chagrin d'avoir perdu ma sœur et par la joie de l'avoir retrouvée.

— Où est-elle ? Où est Summer ? voulut savoir maman, interrompant le fil de mes pensées.

— Ce n'est pas la priorité, Genevieve.

— Pourquoi tu ne l'as pas emmenée ? demandai-je.

Mais ni elle ni lui ne répondit, ils me regardaient comme s'ils m'avaient oubliée.

— C'est ce qu'il s'est passé, pas vrai ? Tu as laissé ma sœur sur le bord du chemin. Pourquoi ? Deux filles, c'était trop de travail pour toi ? C'est pour ça qu'on est parties si précipitamment !

Les valises bouclées devant la porte, la façon dont maman m'avait pressée de sortir dans mon nouveau manteau marron, cadeau de papa, pour notre départ en voyage surprise. Soudain, je fus envahie par le désespoir de ce moment. *Maman, où est Summer ?* Les souvenirs revenaient, flashes rouges sur fond noir : mes réveils nocturnes, pleurant ma sœur perdue… jusqu'à ce que le temps ait achevé son sale boulot.

— Tu as abandonné ta propre fille. Pourquoi ?

La réponse se tenait debout près de la porte. Un instinct primal s'empara de moi, assombrissant ma vision. Mon poing boxa ma cuisse et cela me propulsa hors du canapé. Je me jetai sur lui, tremblant de l'envie de casser quelque chose. Je le rouai de coups, mais il restait de marbre.

— C'était toi ! C'est toi qui m'as séparée d'elle ! Est-ce que la couleur de sa peau ne cadrait pas avec ton image de la famille parfaite… ? Pourquoi tu as fait ça ?!

— Pour te sauver, cria maman en se tournant enfin vers moi, la voix brisée par les larmes. Elle était déjà perdue, mais toi… tu étais encore si jeune. On peut changer de destin dans un environnement approprié. Il fallait que je te sorte de Chicago !

— Tu me dégoûtes. Vous êtes des menteurs.

Je ne savais pas si elle pleurait la fille qu'elle avait délaissée ou la honte de son crime contre la maternité. De toute façon, ça m'était bien égal.

— Comment elle va ? Summer… ?

— *Comment elle va ?* répéta papa. Quand je les ai trouvées, elle essayait de convaincre Abigail d'abandonner sa foi et de fuir sa famille. Voilà comment elle va. Elle corrompt tout ce qu'elle touche. Tu aurais dû voir comment elle était habillée, à enlacer Abigail à demi nue.

L'horreur se peignit sur le visage de maman. Il déformait tout. C'est moi qui tenais Summer dans mes bras, et elle n'avait à me convaincre de rien. C'est lui qui m'avait poussée à m'enfuir, pas Summer. Summer, qui sous le coup de sa violence gisait à présent sur le plancher pourri de la masure, les cheveux collés par le sang. Derrière la porte, le marais ne m'avait jamais paru si vaste.

— Demande-lui. Demande-lui ce qu'il a fait à Summer.

Maman demeura silencieuse. Papa parla d'une voix basse et menaçante :

— Tu n'iras nulle part avec cette fille, alors autant l'oublier tout de suite. Ta place est ici, tu restes ici. Tu seras mariée à Tom et tu apprendras à te soumettre à ton mari. Il est temps de prier pour ta rédemption.

Il me dominait de toute sa hauteur. Et son idée de la rédemption était plus terrifiante que les flammes de l'enfer.

62
Moment présent

Les souvenirs coulent en moi tandis que je fuis la masure, un flot d'images floues et de sons qui déchaînent mon rythme cardiaque. Je regarde mes mains : le sang a séché. Les branches et les broussailles m'agrippent mais je ne ralentis pas.

Les poumons me brûlent, j'ai mal aux jambes mais je ne ralentis pas.

Le visage de la fille du miroir s'épanche en auréole dans ma conscience. Elle existe. Jackson l'a vue. Le diable est là. Son visage apparaît et je sens le goût du sang. Il m'étouffe, remplace l'oxygène mais je ne ralentis pas.

Les fougères sifflent sur mon passage. Le ponton a cédé la place à la terre battue mais je ne ralentis pas.

Il y a trop de choses autour de moi. J'ai besoin de ralentir, mais pas ici. Je dois aller à Hunters Cottage, voir comment les souvenirs s'agencent dans l'espace. Résoudre ce puzzle. La forêt défile et je ne ralentis pas.

Pas même quand un arbre se met à bouger devant moi.

63

Une heure avant l'incendie

Papa me dominait de toute sa hauteur. Je ne savais pas ce qu'il comptait faire, mais mes genoux pulsaient de la dernière fois où il m'avait demandé de me repentir. La terreur me prenait à la gorge, m'étreignait la poitrine et paralysait tous mes nerfs.

— À genoux.

Il avait ordonné cela d'une voix d'outre-tombe mais, au lieu de me plier à sa volonté, ces mots ouvrirent quelque chose en moi. Le menton levé, le regard stable, je convoquai l'esprit de ma sœur.

— Non.

— Je ne tolérerai plus que tu me désobéisses. À genoux, j'ai dit.

— Non.

La fureur lui tordit le visage, ses narines se dilatèrent. Je ne l'avais jamais vu comme ça, pas même lors de notre dispute le soir de l'orage, ni lors de l'épisode des grains de riz. Je me campai sur mes deux jambes, prête à encaisser tout ce qu'il lui prendrait de m'infliger. Il leva la main pour me frapper, et je me protégeai instinctivement derrière mon bras.

— À genoux, j'ai dit.

Une douleur aveuglante explosa dans mon épaule, irradiant jusque dans mon humérus. Ma gorge était pleine de mots, trop de mots – dans leur précipitation, ils se muèrent en instinct primal. Je fus déchirée de cris. Sa main avait emprisonné mon poignet et il tordit si loin mon bras dans mon dos que mon corps se plia en deux.

J'étais un animal pris au piège, le moindre mouvement se soldait par une vague de douleur insoutenable, il n'en aurait pas fallu beaucoup plus pour que le bras casse.

Maman s'était plaquée contre le mur d'en face.

— Aide-moi, maman, ne le laisse pas me faire ça !

Ma supplique suivante se fondit dans un sanglot ; maman ne bougeait pas. Il augmenta encore la torsion. Son haleine me tombait sur l'oreille et sa poitrine se souleva dans mon dos, sa chemise trempée collant à ma robe. D'un mouvement leste, je lui écrasai le pied de tout mon poids. La surprise lui arracha un cri et desserra son emprise. Je fis quelques pas en avant, mon corps exultant de ne plus souffrir. L'euphorie ne dura pas. Il me gifla si fort que je titubai. Avant que j'aie pu reprendre l'équilibre, il était sur moi avec une nouvelle clé de bras, encore plus furieux. Je laissai échapper un jappement et, ployant sous son poids, je m'écroulai le menton le premier, l'épaule au bord de la rupture.

— Dégage ! Dégage de là !

— Aide-moi à contenir ta fille. C'est Summer qui la fait se comporter comme ça. Tu veux la voir finir comme sa sœur, alors que je peux encore la sauver ?

Maman s'avança d'un pas traînant. Je balançais mon bras libre comme une furie, essayant de le frapper. L'épuisement me rattrapa, les larmes me piquèrent les yeux. Il m'écrasait.

— Maman, je t'en supplie…

— Allez, Genevieve. À moins que tu ne veuilles livrer au diable une autre de tes enfants ?

Maman s'agenouilla devant moi.

— Tiens-la.

Maman attrapa mon bras libre, évitant mon regard. Ils me maintenaient au sol comme un animal à abattre. Je sentis l'espoir me quitter, mon corps était soudain étonnamment léger. Peut-être que je n'étais pas obligée de rester là. Je pouvais m'en aller en volant, flotter au-dessus de Hunters Cottage, au-dessus des bois et du marais, m'enfuir vers la masure, m'allonger près de Summer et enfouir mon visage dans les cheveux de ma sœur. Je voyais déjà la maison de l'extérieur, la porte par laquelle je pouvais entrer, avant de la refermer à clé. Un nouvel élancement dans le bras me ramena à l'horreur du moment présent. Un sanglot m'étouffa.

— Repens-toi, maintenant, et accepte d'épouser Tom dans deux semaines !

— Maman, défends-moi !

— Réponds, Abigail.

— Ce n'est pas mon nom.

— Satan, je t'ordonne de quitter ce corps.

Les poils rêches du tapis me tourmentaient, un filet de bave me coulait sur le menton, se mêlant à mes larmes. Il pesait de tout son poids, je ne pouvais plus respirer.

— Par le pouvoir de notre Seigneur…

— S'il te plaît, maman…, l'implorai-je. Regarde-moi !

L'épaule de maman frémit.

— Je t'en prie, aide-moi…

Il serra encore plus fort.

— Maman !

Mon cri détona comme un coup de feu, lui faisant brusquement tourner la tête. Nos regards se trouvèrent, brillants de larmes.

— Ne le laisse pas faire ça. Il a blessé Summer. Ne le laisse pas me faire du mal… Juste entre filles, maman.

Les mots me brûlaient la gorge. Le poids du genou de papa glissa vers le bas de mon dos, tandis que maman lâchait mon poignet. Mais au fond de ma poitrine la vague d'espoir fut de courte durée. La terreur me ravagea quand je vis maman sortir de la pièce en courant.

64
Moment présent

Mon coccyx percute violemment le sol. C'est Wade Pruitt qui me barre la route. D'autres silhouettes se détachent de la toile de fond des arbres. Une paire de mains me ramasse et me remet sur mes pieds.

— Où sont Tom et Jackson ? Qu'est-ce que tu as fait d'eux ?

Wade Pruitt me secoue comme s'il pouvait extraire la réponse de mon corps. Je crains, si j'ouvre la bouche, de n'en laisser tomber que des cris incohérents. Des visages m'entourent, m'enveloppant de leur colère et de leur mépris. Pauvre Jackson. Je suis partie en courant, je l'ai laissé là-bas. Avec elle. Dieu sait ce qu'elle lui a fait.

— Elle est dérangée mentalement, ça se voit. Regardez-moi ça...

Ils ouvrent des yeux effarés, humides d'horreur à la vue de mes mains et de ma robe pleines de sang. Je l'avais oublié. J'avais vu juste : ils m'accuseraient pour ça aussi.

— Qu'est-ce que tu as fait à Jackson, salope ? Réponds !

La gifle stoppe le tourbillon des morts dans ma tête.

— J'ai rien fait. Il m'a suivie. Elle... C'est elle, la fille dans ma tête. Elle existe. C'est le diable.

Cette avalanche de mots me laisse à bout de souffle. Je ne peux pas leur dire ce que j'ai fait. La honte d'avoir abandonné Jackson avec la fille me suffoque.

— Qu'est-ce qu'elle a fait à mon gamin ? Hein, qu'est-ce que t'as fait à mon gamin ?!

Mr Caine m'arrache des mains de Wade Pruitt. Il m'attrape par les épaules et ses doigts s'enfoncent dans mes clavicules, dangereusement près de ma trachée. La peau de son cou est rouge et tendue, avec une grosse veine gonflée. Ses pouces pressent le creux au bas de mon cou.

C'est comme ça que je meurs – étranglée par le père de Jackson. L'oxygène me manque, des taches apparaissent devant mes yeux.

— Ezra, pas comme ça, l'admoneste le pasteur Abernathy.

— Elle a tué mon gamin, je le sais. Y a qu'à la regarder.

Ses mains tremblent avant de lâcher prise. Le pasteur Abernathy lui tapote le dos, mais Mr Caine se dégage d'un coup d'épaule. C'est alors que tout son corps, tendu comme une corde de violon, laisse échapper un long pleur animal. J'ai envie de lui dire que si j'ai tué Jackson en l'abandonnant derrière moi, avant cela, il a quant à lui tué son fils des centaines de fois, à chaque gnon, à chaque os cassé, assassinant lentement son esprit et sa douce personnalité. Mais je me tais, de peur qu'il ne me déchiquette comme une bête féroce.

— Ezra, Ezra.

La voix du pasteur finit par l'apaiser, jusqu'à ce que la tension de son corps ne se manifeste plus que par un spasme des épaules. Je n'avais encore jamais vu Mr Caine pleurer ni paraître abattu. Comment peut-il éprouver de la tristesse pour son fils, alors qu'il le bat comme plâtre ?

— On va d'abord trouver ton garçon. Ayons foi en notre Seigneur pour protéger Jackson. Il guide nos pas.

— Il guide nos pas, acquiesce Mr Caine, mais sa voix a perdu de sa ferveur coutumière.

Le pasteur Abernathy envoie cinq hommes accompagner Mr Caine. Les autres m'escortent jusqu'à Newhaven, et Wade Pruitt et Mr Garrett me prennent chacun un bras, emboîtant le pas au pasteur. Mon esprit retombe dans sa torpeur, émaillée d'images brutales. La mort attire la mort. Le sang attire le sang.

Mes mains dégoulinent de la vie de quelqu'un d'autre. À moins que ce ne soient les mains de Summer ? La bouche de maman, une écume rouge au coin des lèvres. La chemise de papa auréolée de rouge. Mes doigts agrippent le vide. Quelque chose est en train de bouger, remontant les sédiments du plus profond de mon esprit. C'est trop. La surcharge me plie en deux.

— Allez, avance.

Une main me pousse, me fait tomber. Personne ne m'aide à me relever, ils me traînent et aucun d'entre eux ne ralentit. Apparemment, la miséricorde et l'amour infini de leur Dieu ne s'appliquent pas à moi.

65

Quarante-cinq minutes avant l'incendie

Le sentiment d'abandon me glaçait les veines. Je ne pouvais plus compter que sur moi-même. *Bats-toi.* Je ruai et cognai de mon bras libre. Papa fut déstabilisé. Sa main lâcha prise, je tombai sur le dos et lui échappai en me tortillant comme un ver. Il me saisit le poignet ; je plongeai les dents dans sa main. Je sentis l'os sous la peau, un goût de rouille sur ma langue, et ce sang décupla ma détermination. Ses mains me broyaient à présent le cou, mes vertèbres allaient rompre. Je manquais d'air, des taches noires se formaient devant mes yeux. J'avais beau tirer sur ses mains, il serrait de plus en plus fort.

— Lâche-la.

Maman était à la porte, un couteau de cuisine à la main, serrant le manche si fort dans sa détermination que ses jointures blanchissaient. Elle brandissait la lame devant elle comme un talisman.

— Qu'est-ce que tu fais ?

Papa relâcha son emprise.

— John, lâche ma fille.

Son bras ne cessait de baisser, comme si ce couteau pesait trop lourd pour elle. Papa se décolla lentement de moi – trop lentement au goût de maman, qui pointa la lame dans sa direction.

— C'est bon, fit-il en se redressant puis en reculant, les mains levées.

Aussitôt délivrée de son poids, je rampai vers la main libre de maman, qui me faisait signe de venir. J'avais l'épaule broyée de douleur. Elle étendit un bras devant moi, comme l'avait fait Summer dans la masure. Après toutes ces années, la femme qui avait tout risqué pour moi était de retour. Mon corps se détendit aussitôt. La peur et le courage rivalisaient sur son visage. Elle n'avait pas disparu, la femme aux cheveux peroxydés qui rembarrait les mecs lourds dans la rue. Mais ma gratitude avait un arrière-goût amer. Cette même personne avait abandonné son autre fille – pire : elle avait fait comme si elle n'avait jamais existé. Et j'avais assimilé ses mensonges. Summer avait dû être brisée de s'apercevoir que sa propre sœur ne la reconnaissait pas.

De l'autre côté du tapis, papa rentra sa chemise dans son pantalon et se lissa les cheveux, se composant à nouveau une apparence respectable. Il me faisait penser à l'eau du marais. Assez placide pour vous faire oublier l'alligator tapi sous la surface.

— Et maintenant… ?

— Va te mettre là-bas.

Éludant son instruction, il fit un pas en avant.

— Recule, dit maman d'une voix qui tremblait autant que sa main.

— Un couteau. Vraiment, Genevieve ? Qu'est-ce que vous avez avec les couteaux, dans cette famille ?

— Qu'est-ce qu'il veut dire par là ?

Mais maman resta silencieuse, le regard fixé sur lui.

— Qu'est-ce qu'il veut dire ? répétai-je.

Il se croisa les bras sur la poitrine et sa nonchalance me rendit furieuse. Il aurait dû éprouver autant de peur qu'il en avait infligé. En pensée, je le mis au défi d'avancer encore. Désormais, nous étions entre filles, contre lui.

— C'est justement à cause d'un couteau que ta maman a décidé qu'il était trop dangereux pour toi de rester à Chicago. C'est pour ça que les services sociaux ont frappé à la porte et que ta mère a pris la poudre d'escampette.

Les mots coulaient de sa bouche comme l'acide d'une pile rouillée.

— Qu'est-ce qu'il raconte ?

Maman risqua un coup d'œil dans ma direction, mon estomac se serra.

— Repose le couteau, Genevieve, ou tu ne reverras jamais tes enfants.

— Arrête, s'il te plaît.

— Ta sœur avait 10 ans quand elle a poignardé un homme pendant qu'elle était censée te surveiller. Voilà quel genre de personne tu as fréquenté dernièrement.

Il sourit en contemplant les dégâts causés par sa révélation dans mes yeux écarquillés et ma bouche béante.

— Arrête, John.

— Tu as fait un câlin à tes enfants, aujourd'hui, Genevieve ? Parce que tu ne les reverras jamais.

La lame du cutter brilla dans ma mémoire. Summer avait poignardé un homme en ma présence. J'y étais et je ne me souvenais de rien, il y avait à la place du souvenir un puits de poix. Le temps avait foré tellement de trous dans ma mémoire que Summer et la majorité de ma vie à Chicago avaient disparu dans un dédale. Mais quelque chose se tortillait dans un recoin – un souvenir à l'état larvaire, qui sortait de sa torpeur.

J'avais peut-être oublié, mais je connaissais Summer. Pendant ces heures passées ensemble, mon corps cherchait sa proximité comme un soleil autour duquel graviter, et je ne pouvais plus me passer du réconfort inexplicable que j'avais ressenti en sa présence. Summer, qui m'avait toujours soutenue, qui m'avait révélé ma force intérieure le soir de l'orage, qui m'avait défendue quand je n'y parvenais pas moi-même, qui m'avait sauvée de Zach dans la ruelle lors de notre première rencontre à Parkerville.

— Pourquoi a-t-elle fait ça ?

Maman haussa les épaules.

— Tout ce que je sais, c'est que je t'ai retrouvée roulée en boule en train de pleurer dans le placard de l'entrée, et j'ai compris que je devais te tirer de cet endroit. Il fallait que je t'offre la chance d'une vie meilleure. Pour elle, c'était trop tard, mais il était encore temps de te sauver.

— Ce n'est pas une explication.

— Summer a dit qu'il avait eu les mains baladeuses, mais ce n'est pas une raison pour poignarder les gens.

— Elle aime semer la destruction autour d'elle, voilà pourquoi elle l'a fait. C'est dans son sang, Genevieve. Tu n'es même pas sûre de savoir qui est son père. À l'époque, tu étais une putain. Donne-moi ce couteau, maintenant. C'est ta dernière chance de continuer à être la mère des enfants qu'il te reste.

— Ne l'écoute pas. On peut aller la retrouver, maman. Elle est là. On peut partir ensemble avec les jumeaux et…

— Assez, maintenant ! rugit-il. Vous n'emmènerez mes enfants nulle part. Donne-moi le couteau. Tout de suite.

Sans attendre de réponse, il marcha sur nous d'un pas résolu, la main ouverte, certain qu'elle lui céderait son arme. Mais maman serra le manche plus fort.

Il planta le regard dans le sien, elle verrouilla le poignet en position de combat.

— Donne-le-moi.

Elle avança le couteau, le défiant à nouveau. Il fronça les sourcils.

— J'ai dit : donne-moi ce foutu couteau.

À cet instant, il saisit les doigts de maman, les écrasant contre le manche. Ils se disputèrent l'arme comme l'auraient fait les jumeaux avec leur camion en plastique. Ils luttaient corps à corps, et aucun des deux ne lâchait. L'expression de douleur sur le visage de maman me propulsa comme un ressort. J'empoignai le bras de papa, sans succès. J'essayai de les démêler, sans trouver la moindre ouverture. Leur lutte virait à la transe, ils tournaient d'un côté puis de l'autre, le couteau enfoui quelque part entre eux. Je me jetai de tout mon poids dans la bataille. Papa poussa un grognement de frustration, un cri aigu s'échappa de maman.

Tout à coup, elle cessa de crier. Je fis un pas pour m'éloigner de leur silence funeste et de l'imbroglio qu'ils formaient. Papa recula en titubant, les jambes en coton sous l'effet du choc. Il regarda ses mains, le sang. Je me tournai vers maman. Mon cœur sombra au moment où elle s'effondrait sur le sol. Je vis le manche du couteau juste sous ses côtes. Sa bouche s'ouvrit, mais c'est de la mienne que sortirent les cris.

66
Moment présent

Ils me jettent dans une chambre vide du grenier.

Je me laisse couler à terre contre le lit de camp ; le sol est couvert de moutons de poussière. Quelque chose accroche mon regard près de l'un des pieds en métal. La myrtille desséchée n'est plus qu'une bille rabougrie et crevassée. Jackson en emportait partout avec lui dans son satané mouchoir. Tenant dans ma main cette pièce à conviction qui m'accable, je m'autorise une seule pensée, dont je ne sais vraiment pas quoi faire : je l'ai abandonné. Je me suis enfuie en voyant Summer et le couteau. Il avait besoin de quelqu'un pour le protéger, pour s'évader en même temps que lui. Je l'ai laissé mourir ici. De cela aussi, ils me rendront responsable. Et pour une fois ils auront raison.

Tous ces fragments de souvenirs me disent que Summer faisait partie de ce qui s'est passé durant les semaines précédant l'incendie. C'est elle qui peut lever le voile et révéler le mystère de l'univers parallèle dans lequel je vis. Quand ai-je fait la connaissance du diable ? Je n'avais pas de raison de fuir, mais en la voyant, le sang... C'est comme si Summer et le sang étaient intrinsèquement liés. En elle et autour d'elle. Alors que je suis assise sur le sol poussiéreux, la masure réapparaît.

Je suis allongée sur le plancher moisi, et le cœur de Summer bat fort contre ma joue.

Quand la clé tourne dans la serrure, le soleil est déjà bas, et allonge les ombres dans la chambre. Le sang a coagulé sur ma robe. J'ai dormi d'un sommeil morcelé, émaillé de fragments de souvenirs semblables à des lettres de Scrabble que mon esprit aurait essayé, consciemment et inconsciemment, d'agencer en mots ou en récit ordonné.

Mrs Calhoun et le pasteur Abernathy apparaissent à la porte. Avec tout ce qui a eu lieu, personne ne prend plus le risque de se retrouver seul avec moi. Cette porte est la seule issue, c'est d'ailleurs clairement pour cela qu'ils m'ont enfermée à cet étage : toute tentative de fuite par la fenêtre leur permettrait de laisser la gravité s'occuper de mon cas.

Je me demande s'ils ont déjà trouvé Tom.

Inconscient, Tom pesait une tonne. Sa plaie à la tête, infligée par la lampe, saignait énormément, diffusant une odeur métallique.

— On n'a pas le temps, dit Jackson.

— S'il te plaît, on ne peut pas le laisser se réveiller ici, et il ne faut pas non plus qu'ils le trouvent là.

Jackson céda en poussant un soupir.

— D'accord, mais on se dépêche. On l'emmène où ?

— Chez Mrs Favreau.

Quand je saisis Tom sous les aisselles, la plaie barbouilla de sang mes mains et le devant de ma robe, mais je réglai ce problème en lui bandant la tête avec ma chemise de nuit. Jackson s'empara de ses chevilles et nous sortîmes dans le couloir.

— Pourquoi on fait ça ?

Il ne comprenait pas. Il ne pouvait pas. Il n'avait jamais eu besoin de se conformer au rôle de la fille obéissante. Je ne pouvais pas laisser Tom à la vue de tous dans ma chambre.

Après l'avoir déposé dans la baignoire de Mrs Favreau, je tentai d'essuyer le sang de ma robe, mais c'était peine perdue.

Je restai un instant à contempler Tom et le rideau de sang qui lui coulait sur la figure. Jackson m'attrapa par le poignet et m'entraîna hors de la pièce.

67

Trente minutes avant l'incendie

Le couteau résista, je le sortis lentement. Je ne pouvais pas laisser là le métal qu'il avait planté en elle. Je pressai les mains sur la plaie dans l'espoir d'en stopper le flux. En vain. Le sang me coulait entre les doigts, épais et chaud. Sa couleur écœurante me donna la chair de poule. L'envie de fuir me pinça l'estomac, mais je ne bougeai pas.

Une odeur terrifiante de rouille envahissait l'air, la terreur et la nausée me brûlèrent la bouche.

— Maman ? Maman, tu m'entends ? Maman !

Elle ouvrit les lèvres mais, au lieu de mots, des gouttes de sang éclaboussèrent son menton. La peur me vrilla. *Si seulement Summer était là, elle saurait quoi faire !* Maman m'avait défendue ; elle avait besoin de moi à présent, mais j'étais démunie. Mes mains perdaient la bataille, tout ce rouge était la marque de leur échec. Je paniquai, appuyant plus fort. Un début de grognement et un sinistre gargouillis me répondirent.

— Non, non, non… je suis désolée !

Mais je continuais de presser. C'était le seul point stable en moi, tout le reste tremblait. Ravalant ma peur et le goût de la bile, je me tournai vers le seul recours possible.

— Elle a besoin d'aide. Tu dois aller chercher quelqu'un.

À l'autre bout de la pièce, papa me regardait avec une expression d'horreur.

— Qu'as-tu fait, Abigail ? Qu'as-tu fait ?

Ses mots n'avaient pas de sens ; je n'avais rien fait sinon retirer le couteau. Je ne pouvais tout de même pas laisser cette lame froide enfoncée là. Les paupières de maman papillotaient, ses yeux ne parvenaient pas à se fixer.

— Maman, je suis là. Tu m'entends ?

— Écarte-toi. Comment tu as pu faire ça à ta propre mère ?

Papa arborait une expression de dégoût qui lui seyait mal après le rôle qu'il avait joué dans la catastrophe. Il avait tout provoqué.

— C'est toi qui l'as poignardée, dis-je, sentant à peine la poitrine de maman se soulever sous mes mains.

— N'essaie pas de jouer à ça avec moi. Tu t'es jetée entre nous. Pardonnez-lui, Seigneur, car elle ne sait pas ce qu'elle a fait.

— Je t'en supplie, papa, tu dois aller chercher Mrs Finch ou Mr Abernathy à Newhaven ! Appelle l'ambulance à Parkerville, un hélicoptère, je ne sais pas… Pour l'amour de Dieu !

— Et te laisser seule avec ta mère pour que tu termines ce que tu as commencé ? Je ne crois pas, non.

Je ne pouvais pas l'abandonner, pas maintenant. Au mois de septembre, quand Mrs Calhoun s'était entaillé la main en ouvrant des clams, Mrs Finch n'arrêtait pas de lui dire de bien appuyer sur la plaie, sans s'arrêter. Je ne sais pas pourquoi, mais le ton de Mrs Finch indiquait que c'était important.

Un hoquet, et maman suffoqua. Elle luttait pour rester consciente, mais ses yeux se révulsèrent. Leur blancheur effarante m'apparut comme le drapeau de la reddition. La mort gagnait du terrain sur son visage. Je me creusai les méninges pour trouver quelque chose à dire, des mots qui lui auraient donné la force de s'accrocher.

— Je suis désolée. Je ne pensais rien de ce que je t'ai dit. J'étais sous le coup de la colère. Je t'aime, maman. Tu m'entends ?

Son regard s'échappa des ténèbres pour retrouver le mien. Elle ne pouvait pas mourir, elle était trop jeune. Pas encore 40 ans.

— Tout va bien, Bunny.

Les mots avaient flotté dans l'air en un murmure à peine audible. Elle ajouta encore :

— Aide-moi, s'il te plaît.

Je la reculai jusqu'à ce qu'elle puisse un peu s'adosser au mur. L'effort lui arracha un long gémissement.

— Si tu ne nous avais pas sauté dessus, ce ne serait jamais arrivé, poursuivait papa, toujours campé au même endroit près de la fenêtre.

Il n'avait qu'à franchir la porte pour aller chercher de l'aide et sauver ma mère, sa femme. Tout s'était passé si vite. Si je ne m'en étais pas mêlée, est-ce que… ? Je ne le saurais jamais.

— John…, souffla maman en rassemblant ses dernières forces.

— Maman, je n'ai pas…

— Bunny… Quelle heure. Demain…

La peur s'empara à nouveau de moi. Son esprit était en train de la quitter, tout comme son sang qui me filait entre les doigts. *Je t'en prie, ne t'en va pas. Ne te laisse pas glisser.* Il y avait tant de choses que je devais lui confesser : je n'avais jamais aimé son pain de viande, c'était moi qui à Chicago avais ruiné son tube de rouge à lèvres préféré, moi qui avais retrouvé ses boucles d'oreilles et je comprenais maintenant pourquoi elle les avait gardées.

Je perçus un mouvement dans mon champ de vision.

— Je ne vais pas perdre tout ça à cause de toi. J'ai fait trop de sacrifices pour devenir le pasteur Heywood..., poursuivait papa.

— Ne les approche pas, espèce de sale taré.

Mon cœur se gonfla d'une joie folle en entendant cette voix familière : la silhouette de Summer apparut sur le seuil, dans une attitude farouche. Papa lui jeta un regard glacial. Dans ma panique, je ne m'étais même pas aperçue qu'il était en train de s'approcher de moi. Puis ses yeux se baissèrent vers le couteau, posé entre nous.

— N'y pense même pas, cracha Summer en s'emparant de l'arme.

Il ne dit rien, mais ses mâchoires serrées révélaient le fond de sa pensée. Le vent s'était calmé dehors, la pluie coulait le long des vitres. Ma sœur était là. S'agenouillant, elle posa le couteau et appuya sur mes mains pour m'aider à comprimer la plaie. Nous sentions ensemble la poitrine de notre mère se soulever et s'abaisser faiblement. Enfin réunies, entre filles.

— Maman, c'est moi. C'est Summer. Je suis là. Tu m'as manqué.

Summer lui caressa le visage, ce qui lui barbouilla la joue de sang. Elle essaya de sourire, mais sa voix rauque trahit son émotion.

— C'est moi, maman, c'est Summer.

Une à une, ses larmes chargées de mascara restaient un instant au bord de ses cils, puis tombaient quand elle clignait des yeux.

— Honey… Bunny…

— C'est ça, maman. Tu te souviens ? Juste entre filles.

Reprenant le couteau dans une main, Summer passa un bras de maman autour de son cou, et je l'imitai de l'autre côté.

— Allez, on y va.

Maman était appuyée sur nous. Elle pesait lourd, et je contractai les épaules aussi fort que possible. Summer adressa un regard haineux à papa, qui bloquait la porte. S'il croyait pouvoir nous arrêter… Avec Summer, je me sentais invincible. Mais il était presque impossible de déplacer maman dans cet état. Au bout de quelques pas, nous ployâmes sous son poids, et je m'étranglai de frustration quand nous nous retrouvâmes toutes les trois sur le sol, tandis que le couteau tombait avec fracas. C'est alors que la main de maman avança vers les nôtres. Summer et moi nous en saisîmes en même temps. Nous échangeâmes un bref sourire entre nos larmes, avant de poser nos fronts contre celui de maman. Un instant, tout alla bien. Juste entre nous.

— Ça va aller, dit maman en esquissant elle aussi un faible sourire.

Cet effort pour nous rassurer me suffoqua.

— Vous êtes fortes, mes grandes f…

Le mot se désintégra, ses yeux se révulsèrent de nouveau.

— Maman ? Maman, réveille-toi. Réveille-toi s'il te plaît.

Elle se raidit entre nos mains. Un spasme soudain me fit tressaillir, je me mordis la joue. Encore quelques raclements et toute tension quitta son corps. Tout était immobile, silencieux. Ça ne pouvait pas être la fin : je venais de retrouver ma famille…

68

Vingt minutes avant l'incendie

Les flammes des bougies vacillèrent sous mon cri. Le ciel couvert ajoutait à l'obscurité de la pièce. Le chagrin me démolissait. Puis un second cri me déchira.

— Tu as tué ta mère. Tu as tué ta propre mère. Tu vas passer le reste de tes jours en prison… s'ils ne te piquent pas comme une chienne.

Summer laissa échapper un grondement.

— Putain de connard, c'est toi qui l'as tuée ! T'as pas intérêt à faire porter le chapeau à ma petite sœur !

— Non, c'est elle. Deux sœurs, deux meurtrières. Qui vont-ils croire, à ton avis ?

— Tu penses vraiment que ton histoire tient la route ?

— Je suis un homme de Dieu.

— Mais tu caches bien ton autre identité.

Le corps de papa se tendit. J'attendais que Summer révèle ce qu'elle savait du médaillon de Fleur. Qu'elle démolisse son impunité, sa suffisance et son apparente respectabilité en lui assenant la vérité.

— Ce n'est pas exactement la première fois que vous assassinez votre épouse, pasteur Heywood.

Cette accusation inattendue me fit tourner la tête. Une autre épouse ? Il n'en était pas à son premier assassinat ? J'avais beau me répéter ces mots, je n'y comprenais rien et les visages fermés de Summer et papa ne m'en apprenaient pas davantage. Ils se regardaient comme les Yankees et les Confédérés sur le point de relancer la guerre de Sécession.

— Je ne sais pas de quoi tu parles.

— Vraiment ? C'est minable. Je sais qui tu es.

— Je suis le pasteur John Heywood et…

— Ah ouais ? C'est pas plutôt Lee Elsher ?

Ce nom fit à papa l'effet d'un coup de poing dans le ventre. Je vis à travers mes larmes une émotion que je n'avais encore jamais décelée dans son regard, pas même le jour où Matthew avait dégringolé du haut de l'escalier : une peur absolue.

— Je le savais. Je savais que j'avais raison, dit Summer.

Le nom me rappelait quelque chose. Summer avait dû le mentionner, je ne savais plus à quelle occasion. Je fixai ma sœur et mon esprit reconstitua la scène de notre première entrevue à la masure. J'étais assise près d'elle sur l'herbe, ma peau cuisait au soleil. Elle avait prononcé ces mots dans un nuage de fumée. *Elle s'appelait Karen, Karen Elsher. Elles l'ont trouvée dans son lit, la gorge ouverte d'une oreille à l'autre… deux enfants… balle dans la tête… jamais retrouvé.* Papa ? L'homme qui s'était occupé de moi toute mon enfance et mon adolescence. Les mains qui m'avaient bordée et qui bordaient les jumeaux, qui berçaient la petite Sarah après sa naissance… Ces mêmes mains avaient appuyé sur la détente pour tirer sur ses propres enfants endormis dans leur lit.

— Je ne vois vraiment pas de quoi tu parles.

— Mais moi je sais. Je sais ce que tu as fait à ta première femme et à tes enfants.

— Fait quoi, au juste ? Si je suis coupable de quelque chose, pourquoi la police n'est-elle pas ici ?

Son front se plissa de colère.

— Tu sais très bien pourquoi.

— Ils ne te croiront jamais, Summer.

— À l'époque, ils ne m'ont pas crue, mais après ce qui est arrivé à Fleur et à son père ? Et au pasteur Favreau ? Et maintenant à notre mère ? Le dossier commence à peser lourd, Elsher.

— Assez. Je suis le pasteur John Heywood.

Il jeta un coup d'œil au couteau sur le sol, encore maculé de sang.

Que raconterait-il à la congrégation ? Que cette étrangère s'était introduite ici, qu'elle nous avait tuées, maman et moi, avant qu'il ne la tue en situation de légitime défense ?

Summer dut lire dans ses pensées. Elle tendit la main pour attraper l'arme. Il lui saisit le poignet, qui resta suspendu en l'air comme une sentence prête à s'abattre. Je les regardais se battre derrière un rideau de larmes. Elle lui shootait dans les tibias, tentait de lui mettre des coups de genou dans l'entrejambe, mais il parait chacune de ses attaques. Elle luttait avec l'énergie d'un chat sauvage. Le cutter qu'il m'avait arraché des mains glissa de sa poche et tomba à terre. J'aurais dû seconder ma sœur, mais je n'arrivais pas à laisser maman.

Il administra à Summer un coup de poing dans le ventre qui la plia en deux. Elle toussa, soudain diminuée dans l'ombre de son agresseur, si désorientée qu'elle ne se défendit pas quand il la plaqua au mur en lui serrant la gorge.

— Tout est ta faute, dit-il en enfonçant ses doigts dans la chair tendre du cou. Qu'avais-tu besoin de revenir nous pourrir la vie ?

Les lèvres de Summer étaient en train de bleuir. Je ne pouvais pas le laisser recommencer. Ma vision s'assombrit. Les flammes tremblaient dans le verre des lampes et au bout des bougies. Une matière incandescente était en train de remonter de profondeurs cachées. Ça me brûlait les veines et ça s'accumulait dans ma gorge. J'avais déjà ressenti ça, il y a longtemps, à un moment où c'était nécessaire.

Mon poing frappa son dos – et non ma cuisse, pour une fois. Sa main se crispa sur le cou de Summer avant de le lâcher. Pas question qu'il me prenne quelqu'un d'autre. Elle était ma famille. Mon poing frappa encore. Le couteau s'enfonça dans son dos, encore et encore. Il s'enfonça en lui alors qu'il tombait à genoux. Il s'enfonça en lui alors qu'il gisait à terre. Il s'enfonça en lui après qu'il eut cessé de bouger. Je ne le laisserais pas faire. C'était déjà arrivé, l'histoire se répétait.

Mes mains. Rouges. Tellement de rouge. Mes mains si petites. La pièce fut transportée jusqu'à notre appartement de Chicago. Le corps de papa est là, semblable mais différent, plus trapu, les cheveux plus courts. Tous deux sont reliés par la quantité de sang qu'ils perdent.

J'étais une mauvaise personne. Les gentilles filles ne font pas ça. Mais j'étais obligée. Je l'avais empêché, et désormais il ne se réveillerait plus.

J'avais les yeux rivés sur les gouttes rouges qui coulaient de mes doigts, la bouche ouverte, et mes cris ne cessaient pas. Je les vomissais à flot continu. Mes doigts étaient tendus, écartés, tétanisés par le sang qui les tapissait.

— Ça va aller. Attends.

Le rouge luisait sur mes mains, trop chaud, trop collant. Toutes les images d'hémoglobine se mélangeaient : la fourrure ensanglantée des lapins, un balbuzard déchiquetant un pic-vert, les plaies dans le dos de papa. L'odeur de la mort montait de mes mains. Tellement de rouge.

Quelqu'un s'approcha, la voix de Summer dans mon oreille.

— Tiens.

Elle me débarrassa de mes vêtements, à gestes lents et empreints d'affection. Puis le nettoyage commença. L'eau sur mes mains chassa le rouge. Elle chassa aussi mes cris. Summer m'aida à entrer dans une robe propre.

— Tu vois, tout va bien. Ça va aller.

Mais l'eau n'avait pas lavé les images. Maman. Elle, au moins, pourrait m'aider. Je rampai vers elle. Je l'avais quittée, une fois. Plus jamais.

— Faith. Viens, ma belle. Il faut qu'on s'en aille avant qu'ils nous trouvent.

La voix de Summer n'était qu'un écho au milieu des souvenirs et des visions qui peuplaient ma tête.

Quelque chose me tirait de partout, m'arrachait à maman. Mes cris transperçaient l'air, criblant les mains qui tentaient de me contenir.

Le choc sourd d'un poids qui cogne un meuble, le fracas d'objets qui tombent.

— Je dois me débarrasser des preuves, mais je reviens te chercher. Je te jure que je reviens.

La main de maman pesait lourd dans la mienne. La même qui avait essuyé mes larmes ce soir-là, qui m'avait caressé le dos et ramassée par terre dans le placard de l'entrée. Je plaçai cette main sur ma joue, mais elle refusa d'y rester.

Un dernier bris de verre avant un énorme coup de chaud. Et me voilà perdue dans le labyrinthe de mes souvenirs. Je ne trouvais plus la sortie. Je ne cessais de m'y enfoncer, de plus en plus loin.

Fichier audio n° 16

Qualité du son : Bonne
[Voix A] : Féminine
[Voix B] : Féminine
[Voix C] : Masculine

[Voix A] : Cela vous ennuie si j'enregistre ? Ce sont des notes et des recherches pour mon podcast.

[Voix B] : Pas de problème. Comment puis-je vous aider ?

[Voix A] : Je recherche des informations sur la mort de l'ancien pasteur de Newhaven Plantation, Mr Favreau. J'ai épluché la presse, mais ça n'a pas donné grand-chose.

[Voix B] : Hum... Ferg saura peut-être vous renseigner. FERG. HÉ, FERGUSON ! Tu peux venir une minute ?

[Voix C] : Qu'est-ce que je peux faire pour vous, jeune demoiselle ?

[Voix B] : Cette jeune femme cherche des informations sur la mort de l'ancien pasteur, là, à Newhaven Plantation, mais il n'y a pas grand-chose dans les journaux.

[Voix C] : Ah oui, le vieux pasteur Favreau. Une histoire trouble. On sait pas trop s'il a trébuché ou s'il a eu des vertiges, toujours est-il qu'il a atterri au bas du grand escalier ; il s'était brisé le cou. On a retrouvé sa femme près du corps. Hystérique, elle était, la pauvre ! Il y a une rumeur selon laquelle ce serait peut-être elle qui l'aurait poussé. Mon neveu est ambulancier, voyez. Enfin mon petit-neveu, pour être exact. Il était de service ce jour-là, et d'après lui elle n'a pas la lumière à tous les étages.

[Voix A] : C'est-à-dire ?

[Voix C] : Une forme de démence, ou quelque chose comme ça. Bien sûr, là-bas les gens pensent qu'elle est habitée par le diable, et que c'est ce qui la rend malade.

[Voix B] : Mais comment on sait ce qu'il s'est passé, si elle n'a pas toute sa tête ?

[Voix C] : C'est le nouveau pasteur, il a tout vu. Il a dit que l'ancien avait chuté la tête la première. Imaginez un peu : voir votre mari mourir comme ça... Le pire, c'est que le pasteur Favreau, il était censé prendre sa retraite bientôt. Pour s'occuper de sa femme, justement. D'ailleurs il avait trouvé un successeur pour reprendre le poste, quelqu'un de Floride. Eh bien je vous le donne en mille : cet homme-là est mort aussi, tué chez lui par des cambrioleurs, quelques semaines après l'accident de Favreau. Et sa fille y est passée avec. Elle devait sortir avec sa mère et ses frères et sœurs, mais comme elle était souffrante elle était restée chez elle. Pauvre petite, pas plus de 16 ans, je crois. C'est à crever le cœur d'un vieil homme comme moi. Mais, pardon, je digresse. Je mélange tout.

[Voix A] : Au contraire, Ferg, c'est très éclairant tout ça.

[Voix C] : Bon, tant mieux si j'ai pu rendre service, ma belle.

69
Moment présent

— Abigail, tu veux bien venir avec nous, s'il te plaît ? dit le pasteur Abernathy.

Je me soumets sans protester à cette mascarade… comme si j'avais le choix. Le long couloir se déroule devant nous. L'envie de m'enfuir en courant me démange, mais le chemin est long jusqu'à l'entrée principale, et bordé de mains prêtes à m'attraper. Mrs Calhoun est en tête de notre petite procession, et je sens dans mon dos la présence imposante du pasteur Abernathy. Sur la mezzanine, au premier étage, nous sommes stoppés par un barrage humain qui rassemble presque toute la communauté, Mr Caine en tête. Des gens qui m'ont demandé de les considérer comme ma famille, des gens dont j'ai partagé la table, avec qui j'ai récolté les légumes du potager et les fruits du verger, des gens avec qui j'ai prié, unis autrefois avec moi contre le mal qui rôdait au-dehors, et unis maintenant contre l'ennemi intérieur : moi. Ezra Caine me regarde avec des yeux d'une noirceur vide, bordés de rouge. Ils ont dû retrouver Jackson mort, et me voilà devant son père, couverte de sang. Le fait que ce soit celui de Tom et non de Jackson ne pèse pas lourd dans la balance. Mon apparence m'accuse.

— Ezra, Ezra, je sais que tu souffres, mais il faut discuter de tout ça, intervient le pasteur Abernathy en se plaçant à côté de moi.

— Avec tout mon respect, pasteur, le temps de la discussion est passé. On a déjà décidé de ce qu'il fallait faire pour garantir… la sécurité de nos familles.

Derrière lui, un murmure d'assentiment s'élève du groupe.

— Rebecca, et vous aussi, pasteur, veuillez vous décaler, il faudrait pas que vous soyez blessés par accident.

La colère lui contracte les épaules et les bras. Il serre quelque chose dans son poing. Il l'ouvre, découvrant un caillou. Je scrute les autres, tous tiennent des pierres de différents calibres. Mrs Calhoun s'éloigne de moi pour se placer à côté d'Ezra Caine, et je m'attends presque à la voir sortir un caillou de sa poche.

Le pasteur lève ses deux mains vides.

— Ezra, ne nous emballons pas…

La douleur explose dans ma clavicule, et le pasteur fait un bond en arrière. Ezra Caine me fixe encore, mais même après son jet de pierre il a toujours cette rage noire dans les yeux. Lorsque le caillou suivant siffle à mes oreilles, je prends mes jambes à mon cou, fuyant en sens inverse de la sortie et de la foule incontrôlable. Je remonte l'escalier deux à deux, la tête dans les épaules. Les pierres me poursuivent, certaines m'atteignent dans les côtes, la colonne vertébrale. Chaque nouvelle douleur me rappelle que je suis vivante et me rapproche de ma mort. Au deuxième étage, mon dos n'est plus qu'une plaque de douleur, comme si on m'arrachait les muscles. Je me prends les pieds dans la dernière marche et tombe sur les coudes. La souffrance résonne dans mes bras et le tapis élimé me brûle les mains. Le groupe monte à ma suite dans un grondement de tonnerre ; ils me rattrapent. Les visages déformés sont au-dessus de moi. Tout ce que j'ai fait me revient en pleine face, je dois payer.

Au lieu du sifflement des pierres qui volent, on entend un long hurlement en provenance de l'étage inférieur. Nous nous figeons sur place. Un autre cri s'y ajoute, puis un autre. Un son primal, à donner la chair de poule. Une odeur âcre s'élève en même temps. La plupart des yeux se détournent de moi. Ce serait le moment de leur échapper, mais je ne peux m'empêcher de me demander ce qu'il se passe.

Elle atteint notre palier, tout en robe noire et veines bleues sous sa peau mince comme du papier. Elle ouvre la bouche, et un nouveau cri de détresse inarticulé s'en échappe.

— Mrs Favreau ?

Je revois ma fuite avec Jackson, après avoir jeté Tom inconscient dans la baignoire. Nous sommes sortis sans nous retourner… ni fermer à clé.

— Ton père est le diable. Il a tué mon Floyd. Où est Floyd ?

— Ezra a raison. C'est la fille de Satan ! s'écrie Mrs Calhoun en pointant sur moi un doigt accusateur avant de ramasser un caillou.

Je prends une courte inspiration. Revoilà cette odeur suffocante, aussi forte que du white spirit… avec quelque chose d'autre derrière. Au début, c'est réconfortant, ça me rappelle quand maman fumait et me laissait allumer son briquet.

— Mon Floyd chéri. Cet endroit est maudit. Il est sous l'emprise du diable, maintenant.

C'est assez perturbant de l'entendre parler après de si longs mois, mais personne ne semble s'en soucier.

Mrs Favreau tient dans sa main une photo chiffonnée. Deux visages côte à côte, resplendissants de bonheur. Les yeux de la vieille femme s'accrochent à moi sans me voir. Je me raidis en prenant conscience que je sais qui a causé son malheur. *Tout est question de perspective, ma chérie.* Ses messages reflétaient-ils le délire d'une folle ou les accusations fondées d'une veuve ? Papa. Papa est responsable de la souffrance de Mrs Favreau, et de la mort de son mari. Et je ne sais pas d'où je tire cette conviction intime. D'autres cris montent. La peur et le malaise éclaircissent le groupe : certains redescendent l'escalier en courant, sans un regard pour la vieille femme.

— Au feu ! Au feu !

À cet instant précis, un panache de fumée s'élève des étages inférieurs, déclenchant l'hystérie du reste du groupe. Tout le monde m'oublie et je comprends l'odeur. La robe noire de Mrs Favreau est trempée : elle a un petit bidon d'essence rouge à la main. D'autres personnes se précipitent pour descendre, dans un nouveau mouvement de panique. Mais leurs cris de frayeur sont avalés par un nouveau hurlement de Mrs Favreau. Elle n'a pas terminé. Le déclic du briquet pétrifie les gens. Elle le jette par terre sur le filet d'essence. Le feu lèche sa jupe et la transforme en serpent furieux. Le salon de Hunters Cottage s'impose à mon esprit, dévoré par les flammes qui noircissent les murs. Un nouveau cri de Mrs Favreau déclenche le chaos absolu dans l'escalier. Elle est en train de sombrer, et elle compte entraîner Newhaven dans le naufrage.

Les vieilles boiseries ne tardent pas à s'embraser. Je me penche au-dessus de la rampe : le sous-sol semi-enterré et la salle de bal sont déjà en flammes. Combien d'incendies a-t-elle déclenchés avant d'arriver chez nous ? Une fumée épaisse monte vers nous, la gorge me brûle à chaque inspiration.

La peur finit par me mettre en mouvement. Mon corps se rappelle cette chaleur si intense qu'elle me tiraillait la peau. Je cours. Le couloir se remplit de fumée, une toux sèche a pris racine au fond de mes poumons. Il y a partout des cris, le bruit des gens qui cassent des vitres et le rugissement des flammes.

L'un des vieux numéros dorés de l'hôtel brille faiblement. Je le prends comme une invitation et m'engouffre dans la chambre. Même la porte refermée, la fumée se faufile par-dessous et par les moindres interstices. La haute fenêtre à guillotine me promet de l'air frais. Le loquet est coincé, je ne parviens à le déverrouiller qu'après trois tentatives. Pourtant la fenêtre ne bouge pas, même quand j'essaie de la soulever de toutes mes forces. Le bois est voilé par l'humidité et des années de mauvais entretien. Dehors, la brise me nargue en agitant les feuilles des arbres. Une nouvelle quinte de toux me plie en deux. J'ai besoin d'oxygène, sans quoi la fumée me tuera avant le feu. Alors que je m'acharne contre la fenêtre, l'effort réveille la douleur dans mon dos. Ça ne sert à rien.

Je ressors, le couloir a pratiquement disparu sous la fumée. L'air me brûle la gorge et le brasier rugit. Je suis en enfer. Les flammes ramènent des souvenirs oubliés : les rideaux du séjour transformés en colonnes de feu, une fournaise si ardente qu'elle avale mes cris et brûle mes larmes. Je m'effondre, j'ai envie de revoir maman, mais mon instinct de survie ne lâche pas. À quatre pattes je tâtonne et trouve un objet rugueux.

Je rentre dans la chambre en titubant. Après quelques tentatives, le caillou fait voler en éclats la vitre, et j'inspire à grandes goulées le courant d'air frais qui entre dans la pièce. À coups de coude, je détache du cadre les morceaux de verre et me retrouve à moitié au-dessus du vide ; le vertige me vrille l'estomac. Pas de gouttière en vue. Dans la chambre, la fumée gagne du terrain sur l'air frais. J'ai la gorge à vif à force de tousser.

La fumée ou la chute : je peux choisir ma mort. En reculant, je me retrouve dos à la cheminée. Au milieu de la poussière et d'anciennes cendres, il est toujours là : un mégot solitaire. Il rallume la vision très nette de Summer assise en tailleur, qui tire une longue bouffée. Elle est venue ici. Avec moi. Le souvenir est aussi puissant que la toux qui me secoue. Recroquevillée dans le foyer, je choisis la fumée. M'endormir et ajouter mes cendres à celles-ci, un souvenir de ma sœur au creux de la main. Bientôt, je rejoindrai maman. Tout me revient. Summer réapparaît en même temps que le flot de souvenirs. Je n'aurais jamais dû m'enfuir à sa vue. Si seulement mon cerveau amnésique avait pu se rappeler plus tôt ! La fumée m'oppresse les poumons comme une lourde couverture, je suffoque. Bercé par l'asphyxie, mon esprit s'évade, explorant le passé. Une voix me parvient. *Faith ! Faith !* crie-t-elle. *Maman ? Je te rejoins bientôt, maman.* La voix lutte avec urgence contre le ronflement des flammes, de plus en plus forte. Réelle.

— Summer ?

Son nom me racle la gorge. J'économise ma salive autant que possible pour déglutir.

— Summer, je suis là !

Je rampe jusqu'à la porte, martèle dessus de toutes mes forces.

— Je suis là, Summer, dis-je en toussant.

La porte me pousse en arrière. Elle est là, tout près de moi, les yeux rouges et brillants.

— Je t'ai trouvée. Désolée d'avoir mis si longtemps. Il y a des gens partout. Fais-moi confiance, d'accord ?

Elle me tend la main comme si elle essayait d'apprivoiser un animal. Je me jette à son cou.

— Tu m'as trouvée.

Elle referme les bras autour de mes épaules. Ni la douleur ni le feu ne comptent plus. Le diable est là. Non, elle est encore bien plus puissante que ça. Quoi qu'il arrive, ma sœur est avec moi.

NOTE VOCALE

[Faith] : J'espère que ça enregistre. C'est Summer qui m'a montré comment faire. J'ai oublié tellement de choses après toutes ces années, puis au cours des dernières semaines… Plus jamais. Maintenant, j'enregistre tout, ce sera comme mon journal. Donc, en guise d'introduction, j'ai choisi le souvenir qui a tout provoqué. Elle aurait préféré ne jamais me raconter, mais je l'ai forcée, du coup voilà.

Ce sont mes mots, mais ce sont tes souvenirs, Summer.

Fat Travis était avachi sur le canapé comme une étoile de mer. On l'appelait ainsi à cause de son ventre gélatineux et de ses doigts boudinés. Et il écartait tellement les jambes que je pouvais me mettre entre ses genoux et faire des pirouettes sans le toucher. Il regardait la télé, et depuis la cuisine ça faisait comme un halo vacillant. Il a dû dire :

« Hé, morveuse. Va plutôt me chercher une autre bière, tu veux ? »

Tu n'as pas entendu les mots mais tu as levé les yeux au ciel en pensant : *Je supporte pas sa voix ! Pourquoi il rentre pas chez lui ? Maman est même pas là.*

« Ah, et puis mets-moi ça à la poubelle. »

J'ai foncé à la cuisine. Tu étais assise à table, en train de peler une pomme. Sa peau s'enroulait en un seul ruban sous le couteau. Je t'ai souri et ton cœur s'est gonflé de tendresse, comme la première fois qu'on m'a mise dans tes bras, le jour où tu as compris le poids de ta responsabilité. Le jour où tu as murmuré ce serment au tout petit bébé que j'étais : « Je suis là pour toi, petite sœur, jusqu'à la fin des temps. »

Je me suis dressée sur la pointe des pieds pour essayer d'atteindre le pack de bières dans le frigo. Mes doigts le frôlaient à peine, je soufflais et tirais la langue.

« Qu'est-ce qu'il te faut, Bunny ?

— Tu peux m'aider à attraper une bière pour Fat Travis ?

— Il peut pas venir se la chercher tout seul ? »

Le couteau a glissé, la peau a cassé avant la fin et tu as soupiré ; tu aimais bien faire une seule pelure.

Tu as attrapé une canette et claqué la porte du frigo, dont le contenu a protesté en brinquebalant. Pendant ce temps, je fourrais une boîte en carton dans la poubelle.

« Aïe ! Y a un truc qui m'a piqué, j'ai dit en suçant mon doigt.

— Fais voir. »

Tu t'es accroupie pour regarder mon doigt. Il y avait un tout petit trou d'épingle au bout, rouge. Après avoir fait un bisou et soufflé dessus, tu as fouillé dans la poubelle. En découvrant le contenu de la boîte, tu as serré les poings et ton visage a dû devenir cramoisi, comme chaque fois avant d'entrer en éruption – maman t'appelait parfois Summer Volcano, son volcan d'été.

Tu es entrée dans le salon en tapant des pieds, prête à en découdre. Moi, je t'appelais « mon petit singe à ressort ». On tournait la clé dans ton dos, on lâchait et c'était parti dans tous les sens.

Tu t'es plantée entre Fat Travis et la télé, et tu lui as jeté la boîte graisseuse à la tête. Il a en a dévié la trajectoire du plat de la main et une seringue a roulé sur le canapé.

« Ramène pas tes seringues dégueulasses ici, sale junkie ! Ma petite sœur vient de se piquer le doigt.

— Va te faire foutre, je suis en train de regarder la télé, il a dit, la voix pâteuse de drogue.

— T'es pas chez toi. Casse-toi.

— Tu crois que je vais laisser deux morveuses me dire ce que j'ai à faire ? », il t'a répondu dans un rire nasal.

Tes doigts ont saisi la canette – elle était entrouverte, un peu de mousse en sortait. Ton bras tremblait, et moi je n'osais pas te regarder en face, je me préparais à l'éruption. La canette a traversé la pièce en un arc parfait et lui a frappé le front. Indéniablement, c'était super bien visé.

« Sale petite merdeuse. »

Il s'est levé d'un bond, avec des réflexes surprenants pour un corps façonné par des années d'aliments frits et de mauvaises décisions. Il t'a coincée entre le mur et le meuble de télé et t'a prise à la gorge ; tes pieds ont quitté la moquette.

« Écoute-moi, sale petite merdeuse, c'est toi qui fais ce que je dis. Pas d'insolence, compris ? »

Ta respiration sifflait et tu lui griffais les mains comme les chats errants qui traînaient en bas des tours. Moi je lui boxais le dos sauf que ça ne lui faisait ni chaud ni froid. Je le suppliais d'arrêter mais le bruit de la mort qui montait vers tes oreilles couvrait ma petite voix. Il s'en foutait.

Tes jambes se débattaient avec l'énergie des dernières ressources de vie. L'obscurité t'envahissait… puis ses mains ont lâché ton cou et tu t'es retrouvée par terre.

« Laisse ma sœur tranquille ! »

Je criais ça en boucle.

Tu as été frappée par l'odeur douceâtre et métallique qui flottait autour de toi, mais ta vision était tellement floue que tu ne voyais plus la pièce. Tes yeux étaient rivés sur moi, je pleurais toutes les larmes de mon corps en le poignardant avec le couteau que tu avais laissé sur la table.

Il a titubé et sa tête a heurté le meuble de télé. Il est tombé par terre et son tee-shirt perforé de trous disparaissait presque sous le sang. Mes mains en étaient pleines aussi – l'innocence ne devrait jamais être aussi rouge.

Toi, c'est ma détresse qui t'a frappée en plein cœur. J'étais assise par terre, les bras raides, les mains aussi loin du corps que possible et tendues vers toi. Tu savais ce qu'il fallait faire. Ce soir-là, tu n'as pas eu l'ombre d'un doute. Tu as honoré ton serment. Tu m'as essuyé la figure avec ton tee-shirt, puis tu m'as soulevée de terre, et j'ai entouré ton cou de mes petits bras. Tu as tressailli mais c'était pas grave. Plus rien n'avait d'importance à part moi. À la salle de bains, tu as effacé le crime sur ma peau, tu m'as aidée à me débarrasser des preuves dont j'étais vêtue. Quand j'ai été propre et habillée, tu m'as portée jusqu'au placard de l'entrée.

« Écoute-moi. »

Ta figure devait être super sérieuse, parce que j'ai compris qu'il fallait très bien écouter. J'ai ravalé mes sanglots et hoché la tête.

« Toi, tu restes là-dedans. Si qui que ce soit te le demande, tu diras que c'est moi qui ai tué Fat Travis. Tu as bien compris ? »

J'ai baissé les yeux. Tu savais à quoi je pensais : maman disait toujours qu'on ne devait jamais se mentir les unes aux autres. Entre filles, on se serrait les coudes.

« Regarde-moi, tu as dit en me prenant les épaules. Je sais ce que dit maman, mais là, pour cette fois, on peut pas lui dire la vérité. D'accord ? C'est très important. »

J'ai opiné, et tu as souri.

« OK. Tu restes avec les étoiles.

— Les étoiles d'été.

— Oui, les étoiles d'été[1]. »

Tu as refermé la porte et t'es mise au boulot. Je t'entendais bouger de l'autre côté, mes sanglots avaient repris. Tu as nettoyé le manche du couteau. Puis tu as posé tes mains sur le manche vierge, essuyé la lame sur ton tee-shirt, tu leur as donné toutes les raisons de ne pas chercher plus loin. Quand les flics arriveraient, ta mise en scène, ta peau et tes origines confirmeraient tous leurs soupçons au sujet des gens comme toi.

Ça t'était égal. Ils pouvaient bien penser ce qu'ils voulaient. Ils pouvaient croire que tu étais la gamine la plus vicieuse du monde, croire que tu étais la somme de tous leurs préjugés, la fille qui confirmait tous leurs stéréotypes. La seule chose qui comptait à tes yeux c'était moi, ta petite sœur, et la certitude que je m'en sortirais.

---

1. En anglais, *Summer stars* signifie aussi bien « les étoiles d'été » que « les étoiles de Summer ».

NOTE VOCALE

[Summer] : Tu fais quoi ? Tu m'enregistres ?

[Faith] : Tu crois que t'es la seule à pouvoir interviewer les gens ?

[Summer] : M'interviewer ? (*Rire*) Très bien. Vas-y, dégaine !

[Faith] : OK. Alors je me demandais… comment tu as compris que pa… enfin… comment tu as découvert que c'était Lee Elsher.

[Summer] : Toi, on peut dire que tu entres dans le vif.

[Faith] : Summer…

[Summer] : Bon, d'accord. Je l'ai su complètement par hasard, ça faisait pas longtemps qu'il avait commencé à tourner autour de maman et à passer à l'appart, à Chicago. J'ai trouvé une photo dans son portefeuille.

[Faith] : Comment ça… ? Summer, tu lui faisais les poches ?

[Summer] : Ben tu voulais tellement ces lunettes de soleil en forme de cœur à la bodega du coin, tu en parlais tout le temps.

[Faith] : Waouh, je crois que je m'en souviens ! Elles étaient rouges.

[Faith] : Ouais, tu les enlevais jamais. Tu dormais même avec. Bref, je disais donc, dans son portefeuille je suis tombée sur cette photo. Un mariage ou un truc comme ça. Derrière, y avait une date et un lieu écrits. Je sais pas pourquoi, ça m'a marquée. J'ai essayé d'en parler à maman, mais elle n'a rien voulu savoir. Elle était toujours comme ça quand elle tombait amoureuse. Au moment où je suis sortie de maison de correction, où je suis retombée sur mes pattes, je me suis dit que c'était un moyen de le pister et de vous retrouver, maman et toi. Alors je suis allée dans la petite ville dont le nom était inscrit sur la photo, et j'ai consulté les registres d'état civil. J'ai trouvé leur acte de mariage avec la date. Donc reconstituer ce qu'il s'était passé avant qu'il débarque chez nous ç'a été hyper facile. Par contre, ça m'avançait pas du tout pour savoir où il vous avait emmenées après.

[Faith] : Comment t'as fait, alors ?

[Summer] : J'ai essayé de dire à la police que Lee Elsher avait vécu un temps à Chicago quelques années plus tôt, et qu'il se cachait au sein d'un groupe religieux, mais la police m'a ri au nez, surtout après avoir jeté un coup d'œil à mon casier. Sur ce coup-là, il fallait que je m'en sorte toute seule. T'imagines pas à quel point j'étais terrifiée à l'idée que vous viviez avec lui. Je crois que ç'a été une raison pour que j'emménage dans la vieille baraque par la suite, tu vois, pour pas être trop loin.

[Faith] : Je comprends mieux, maintenant. Et c'est pour ça que t'as commencé le podcast ?

[Summer] : Et c'est pour ça que j'ai commencé le podcast. Je me suis dit qu'en visitant ces églises par dizaines je finirais par tomber sur vous.

[Faith] : Il fallait avoir la foi.

[Summer] : Il fallait avoir la foi.

[Faith] : Attends. Je viens de réaliser, le titre de ton podcast[1]...

[Summer] : (*Rire*) T'auras mis le temps.

1. Le prénom *Faith* signifie « foi ». Le titre du podcast *A Question of Faith* est aussi bien « Une question de foi » que « À propos de Faith ».

70
Moment présent

Une douce lumière tombe sur la jetée, conférant à toute chose des reflets dorés, même à ma peau. Je ferme les yeux, le visage fouetté par les embruns. La rumeur de Jacksonville est derrière moi. Le visage tourné vers le soleil, je passe la main sur ma nuque libérée de sa contraignante tresse, profitant de la chaleur humide de la Floride.

— Le bus part dans une heure et demie.

La peau moite de Summer se colle contre la mienne, et nous restons quelques instants épaule contre épaule, unies par un silence confortable. Il n'y a pas grand monde sur cette partie de la promenade. Summer entrecroise nos doigts et me serre la main avec autant d'intensité qu'au moment où nous avons fui Newhaven. Le dos courbé, elle m'a entraînée dans l'escalier de service envahi par la fumée mais encore libre de flammes. Nous avons déboulé hors de la maison en feu en toussant comme des perdues, les poumons brûlés par la chaleur. Nous avons ensuite attendu à couvert derrière la chapelle, jusqu'à voir les jumeaux pleurer sur la pelouse, le visage noirci par la suie. La petite Sarah hurlait dans un couffin à côté d'eux. Tous terrifiés mais vivants.

Malgré tout l'amour que j'ai pour mes frères et ma sœur, leur place n'était pas avec nous. Ils ne méritent pas une vie en cavale, faite de faux noms et d'inquiétude permanente. M'éloigner d'eux a été un déchirement. Mais un jour je les retrouverai comme Summer m'a retrouvée.

Elle a fini par m'entraîner de force. Je sanglotais tandis que nous traversions les hautes herbes en direction de l'embarcadère où nous attendaient les bateaux. Summer avait volé une clé pendant que la communauté rejouait une scène de l'Ancien Testament en me lapidant sur le palier.

Jaspers Island est quelque part au nord, dans un repli de la côte. Pauvre Jackson. L'idée qu'il y est encore coincé me fend le cœur. Summer m'a avoué l'avoir mis K-O quand il s'en est pris à elle devant la masure, en revanche elle jure qu'elle n'a rien à voir avec les charognes qui avaient été suspendues à la clôture. Ce n'était pas Tom non plus, il me l'a dit quand il m'a agressée pour la seconde fois. Je ne suis pas fière de le dire, mais j'espère vraiment qu'il n'a pas échappé à la fureur de Mrs Favreau.

Je bâille à m'en décrocher la mâchoire. Vivement que j'arrive à faire des nuits complètes, parce que mes paupières sont lourdes. D'une certaine manière, je suis redevable à la congrégation de Newhaven ; les pierres que m'ont jetées les gens ont fini par faire remonter les souvenirs du jour fatidique. Qui aurait pu dire que j'avais juste besoin d'un ou deux coups sur la tête ? Mon sommeil est entrecoupé de flashes : les cris, le sang, le corps de maman, ses yeux pas complètement fermés, la mort qui emporte sa conscience, ma main qui enfonce le couteau dans le dos de papa, Summer qui renverse le guéridon en sortant, les flammes qui lèchent le bras du canapé en se délectant de kérosène, dévorant tout ce qui a l'apparence de la vie de famille : coussins, photos avec le sourire des jumeaux, revers du pantalon de papa. La chaleur, la fournaise, les flammes qui se repaissent de maman et papa, dont la peau noircit avant d'éclater. L'odeur, cette odeur qui vous retourne les boyaux.

Les souvenirs de ce qui s'est passé à Chicago ont mis plus de temps à revenir. Summer m'a aidée à recoller les pièces du puzzle. À contrecœur.

— J'ai un truc pour toi.

Sa voix me fait rouvrir les yeux. J'essuie mes larmes du bout des doigts. Les magasins de souvenirs du front de mer ne vendent que ces babioles qu'elle méprise. Quoi qu'il en soit, son cadeau est enveloppé dans un de ses vieux tee-shirts – ou plutôt le gilet jaune qu'elle portait la fois où nous nous sommes retrouvées à la masure, à l'époque où je ne me rappelais plus qui elle était. La honte me serre la poitrine : je ne me pardonnerai jamais de l'avoir oubliée. Mais il y avait cette chaleur inexplicable que je ressentais à son contact… Mon corps l'avait reconnue avant mon esprit.

Un sourire lui éclaire le visage. Comment ne l'ai-je pas vu plus tôt ? La peau de son père, tendue sur les os de notre mère. Elle dit en plaisantant que, petites, personne ne voulait croire que nous étions sœurs. Cette anecdote me fait de la peine. Je me demande si elle aurait agi de la sorte si elle avait su qu'au bout du compte maman partirait sans elle.

Mais il me suffit de la regarder pour sentir monter la conviction qu'elle n'aurait pas fait autrement. Je n'ai pas eu le courage de lui demander si elle en voulait à maman de l'avoir sacrifiée, d'avoir brisé sa promesse de toujours rester ensemble, entre filles.

Je déplie soigneusement l'emballage de fortune et ma gorge se serre. Dans le tissu, le poids du couteau. Sa lame semble ternie, comme émoussée par les vies qu'elle a prises. Summer l'avait dissimulé en lieu sûr au moment où elle se débarrassait aussi du cutter et de mes vêtements. C'est pour ça qu'elle est sortie en courant de Hunters Cottage, sans voir qu'elle renversait la lampe au passage, alors que je restais prostrée dans ma sidération. Sans le couteau et la robe pleine de sang, rien n'indiquait qu'ils étaient morts avant l'incendie.

C'est à moi de décider de son sort. Il a été nettoyé, mais le manche contient des particules de maman. Ce couteau est tout ce qu'il nous reste d'elle, mais il est aussi souillé de son sang à lui. Nous ne pouvons pas la garder près de nous sans l'emmener lui aussi.

Nos coudes sont appuyés l'un contre l'autre sur la rambarde. Mon bronzage ne sera jamais aussi intense que le sien, mais je me rattrape depuis quelques jours : ma peau n'est plus cachée sous son sévère uniforme. Summer m'a appris que je pouvais m'habiller exactement comme je le voulais.

Dans une heure et demie, nous monterons à bord de l'autocar qui nous emmènera vers la première grande étape de notre aventure américaine. Direction La Nouvelle-Orléans, pour déguster les célèbres beignets du Café du monde, écouter du blues et apprendre la vie dans des clubs enfumés, avant de nous perdre dans les plaines du Missouri. Nous nous arrêterons en route en Alabama pour nous recueillir sur la tombe de Karen Elsher et de ses enfants, et vivre les vies que le dénommé John Heywood leur a volées. Tellement de vies. J'imagine que les photos trouvées en jouant à cache-cache avec les jumeaux représentaient cette femme et ses enfants. Je porte le médaillon de Fleur contre mon cœur et mes doigts jouent avec la chaînette comme le faisaient les siens. Pas question d'abandonner mon amie. Entre filles…

Le premier soir de notre cavale, alors que nous étions allongées face à face sur un lit de motel, Summer m'a confessé avoir d'abord cru me reconnaître en trouvant Fleur. Et je la comprends : on avait le même âge, on nous prenait tout le temps pour des sœurs… mais c'est l'écart entre les incisives de mon amie qui a surtout induit Summer en erreur. Ce n'est pas la première fois qu'elle croyait me retrouver. Elle voyait mes traits chez une multitude de filles. À maintes reprises, elle avait cru toucher au but, entre son espoir insensé et les tours que lui jouait sa mémoire. À la fin, la triste vérité la rattrapait : ce n'était pas moi. Et la morsure de la déception était toujours cruelle. Ce soir-là, je m'étais endormie dans ses bras, le dos contre sa poitrine. « Grande cuillère, 'tite cuillère » : apparemment, c'est ce que je disais quand j'étais toute petite. Elle était la gardienne de tant de mes souvenirs d'enfance…

Un hors-bord passe devant le quai au moment où le couteau pénètre dans l'eau sans un bruit, disparaissant sous la crête blanche des vagues. Sépulture en mer. Summer dépose sur ma joue un baiser parfumé à la nicotine. Le meilleur de maman reste avec nous. Elle vit dans notre sang. Elle demeure en Summer et moi. C'est un fait. Établi par la science. Maman. Summer. Moi. Juste entre filles. Notre histoire est gravée dans nos os, inscrite sous notre peau. Nos cellules l'emmèneront partout avec nous. Tout comme Summer nous a emmenées alors que nous l'avions abandonnée. C'est l'appel de notre sang dans ses veines qui l'a poussée à nous rechercher après sa sortie de détention. Si elle m'a d'abord dit qu'au départ elle voulait juste dire en face à maman d'aller se faire foutre, maintenant je vois bien que c'était autre chose.

— Allez, viens, je te paie une bière. Il est temps que tu essaies.

— Mais je n'ai pas l'âge légal…

— T'inquiète, je connais le type du bar à côté du motel.

Je souris. Évidemment qu'elle le connaît. Summer se met en marche la première. Et Elle guide nos pas.

NOUVELLE TRAGÉDIE À NEWHAVEN PLANTATION
par notre correspondante Marilynn Wassermann

Quelques semaines à peine après la mort du pasteur John Heywood et de son épouse Genevieve dans des circonstances similaires, Newhaven Plantation, située sur Jaspers Island, a été ébranlée par une nouvelle tragédie. Cette fois, c'est dans la maison de maître qu'un incendie s'est déclaré, ravageant entièrement la bâtisse.

Le chef des pompiers Wesley Dunlop a confirmé que 8 personnes sont mortes et que 19 autres ont été blessées, principalement par inhalation de la fumée ou en sautant depuis le balcon du premier étage afin d'échapper aux flammes. Aucun des enfants résidant à Newhaven n'est au nombre des victimes. Plusieurs témoins ont affirmé que le feu avait été déclenché par Elizabeth Favreau, la veuve de l'ancien pasteur de la congrégation, Floyd Favreau. Ce dernier est mort il y a neuf mois, supposément lors d'une chute accidentelle. Le marshal Dunlop précise que l'enquête n'a pas encore pu corroborer les dépositions des témoins. Deux adolescents sont portés disparus : Abigail Heywood, 17 ans, et Jackson Caine, 14 ans.

À la suite du drame, Samantha Crawford, originaire de Lynchburg, en Virginie, a pu retrouver sa sœur, Jamie Baez, ainsi que son neveu, Tommy Baez. Miss Crawford était descendue au Sunny Inn Motel de Parkerville dans l'espoir de reprendre contact avec sa sœur. Cette dernière avait quitté le domicile de Miss Crawford, où elle résidait depuis qu'elle s'était séparée de son mari. Selon Miss Crawford, la New America Baptist Church lui aurait « lavé le cerveau » et profité d'elle dans une période de grande vulnérabilité. La *Gazette de Parkerville* a tenté d'approcher les représentants de la New America Baptist Church, mais ils se sont refusés à tout commentaire.

Une enquête distincte a été ouverte lorsqu'on a découvert le corps inanimé d'Harry Vance dans une salle de bains de la maison de maître. Vance était sous mandat d'arrêt dans le Maryland pour l'agression de sa voisine, Selina DeLuca, qui avait refusé à plusieurs reprises de sortir avec lui. Vance vivait à Newhaven depuis huit mois, sous le pseudonyme Tom Vermont. Le médecin légiste du comté, Nia Kordell, a pu établir que Vance avait été égorgé au moyen d'une lame particulièrement tranchante telle que celle d'un cutter. Aucune arme du crime n'a été retrouvée sur les lieux. À ce stade de l'enquête, la police n'a encore pu identifier aucun suspect.

Remerciements

Je n'arrive pas à croire que j'ai eu la chance de recommencer l'aventure. Mon livre n° 2 est un être étrange. Alors que la conception de mon premier roman s'est déroulée selon mes propres règles, j'ai dû pour la première fois créer une œuvre dans un délai imparti. Fini le luxe de prendre trois semaines pour peaufiner une scène ou de produire dix moutures différentes avant de faire lire le tout à quelqu'un. Je n'aurais jamais réussi à boucler ce livre sans l'aide et les conseils de mon éditrice, Clio Cornish. Merci de m'avoir orientée dans la bonne direction, tout en m'accordant une grande liberté créative ainsi que la « période de deuil » dont j'avais besoin avant de tuer chacun de mes personnages chéris.

À mon agent, Juliet Mushens : merci d'avoir rendu cela possible, et d'avoir été la plus enthousiaste (et la plus stylée) de mes fans. Pour citer Emily Henry : « … elle était pour ses auteurs comme Mlle Candy, la douce institutrice du *Matilda* de Roald Dahl, mais sous l'apparence d'une bombasse un peu sorcière ». C'est exactement toi.

Il faut un village pour publier un livre. Merci à toute l'équipe de Penguin Michael Joseph – Emma, Sriya, Jen, Nick, Eugenie et Laren –, ainsi qu'à celle de Mushens Entertainment : Liza,

Kiya, Rachel et Catriona. Merci à la communauté des amoureux de l'écrit – les libraires, critiques, blogueurs et bibliothécaires – de défendre les livres avec tant de passion. Un merci particulier pour le soutien reçu de mes consœurs et confrères écrivains – des gens qui m'ont généreusement offert leur temps, leurs conseils et leurs encouragements. Et je n'oublie pas ma première critique Philippa, qui a lu une ébauche de ce livre et m'a aidée dans les premières étapes. Merci aux membres de ma famille pour leur soutien et la promotion qu'ils font de mes livres.

Encore une fois, merci aux lecteurs. Que vous lisiez en grand format, en poche ou en numérique ou que vous écoutiez le livre audio, que vous vous soyez procuré votre exemplaire dans une grande enseigne, une librairie indépendante, ou encore dans votre bibliothèque de quartier, merci d'avoir choisi ce livre, j'espère qu'il vous aura plu.

Enfin, si vous êtes affecté·e par les problèmes évoqués ici, en particulier la description de violences conjugales et familiales – qu'elles soient physiques ou psychologiques –, le réseau Planning familial est une association inclusive dont l'une des missions est d'aider les femmes et les enfants victimes de violences.

www.planning-familial.org et 0800 08 11 11
(numéro anonyme et gratuit)

Imprimé en France par
CPI Bussière
en août 2025

Composition réalisée par
Facompo à Montrouge (Hauts-de-Seine)

#lisez! engagé
www.lisez.com
Pour plus d'information :
Imprimé sur du papier issu de forêts gérées durablement.

N° d'impression : 2086049

DE NOS CENDRES
ENTREMÊLÉES

ŒUVRES DE LAURE VAN RENSBURG
AUX PRESSES DE LA CITÉ

Rien que nous deux, 2023